Jörg Maurer

FÖHNLAGE

Alpenkrimi

Eder & Bach

MIX
Papier aus verantwortungsvollen Quellen
FSC® C083411

Lizenzausgabe des Verlags Eder & Bach GmbH, München
1. Auflage Januar 2016

Lizenzausgabe mit freundlicher Genehmigung der
S. Fischer Verlag GmbH, Frankfurt am Main
Covergestaltung: hilden_design, München
Satz: Satzkasten, Stuttgart
Druck und Verarbeitung: CPI – Ebner & Spiegel, Ulm
ISBN: 978-3-945386-35-4

Prolog

SIND SIE GEREIZT? Verspüren Sie ein allgemeines vages Unlustgefühl? Sind Sie unruhig, unkonzentriert und nervös? Ist Ihre Leistungsfähigkeit vermindert? Haben Sie Kopfweh, Migräne oder Gliederschmerzen? Fühlen sich Ihre Muskeln verspannt und hart an? Haben Sie Magenbeschwerden, Herzrasen, Seitenstechen oder andere vegetative Störungen? Plagen Sie Nackenschmerzen, die in den Hinterkopf aufsteigen? Fühlen Sie sich beobachtet und überwacht? Tanzen Ihnen Punkte vor den Augen? Verspüren Sie plötzlich ein Gefühl der dumpfen und ungezielten Wut? Haben Sie das Bedürfnis, etwas zu zerstören? Haben Sie unbestimmte Mordgedanken?

Wenn Sie eines oder mehrere dieser Symptome bei sich feststellen, dann befinden Sie sich möglicherweise in einem Kurort des bayrischen Voralpenlands – und es ist gerade Föhn. Sie sitzen dort etwa auf der Terrasse eines alteingesessenen Café, haben einen herrlichen Blick auf das Massiv des Wettersteingebirges und sind erstaunt über die außerordentlich klare Luft und den guten Blick. Sie halten Ihre Nase genießerisch in den ungewöhnlich warmen, trockenen Wind. Doch genau dieser warme, trockene Wind, das ist der Föhn. Und er packt schnell zu. Innerhalb kürzester Zeit hat er alle Ihre Synapsen besetzt, und Sie können froh sein, wenn Sie lediglich zwei oder drei der oben beschriebenen Beschwerden zu beklagen haben.

Wie dieser alpine Fallwind genau funktioniert und warum er all diese Symptome bewirkt, ist auch in unseren erleuchteten

Zeiten immer noch nicht ganz erforscht. Aber vielleicht umgibt ihn gerade deshalb die Aura des Mysteriums, des unergründlichen Geheimnisses, dessen unheilvolle Wirkung vielleicht – vielleicht! – auf heidnische Naturgottheiten zurückgeht, auf böswillige Naturgottheiten, denn er wirkt sich zumeist gezielt negativ auf menschliche Befindlichkeiten aus. Am meisten unter dem Föhn zu leiden haben die Bewohner der voralpenländischen Kurorte, die sich ironischerweise oft auch noch *heilklimatische* Kurorte nennen. Er entschuldigt dort zwar nicht alles, aber doch einiges. Vor Kurzem fällte ein Amtsrichter an solch einem alpenumstellten Ort ein denkwürdiges Urteil. In der Begründung bewertete er die Tatsache als strafmildernd, dass der Angeklagte die Tat unter Föhneinfluss begangen habe. Ein bayrisches Landgericht hob die Entscheidung wieder auf – aber was weiß der Flachländer vom Föhn! Was weiß er von dem legendenumrankten Fallwind, der das Wohlbefinden beeinflusst wie nichts auf der Welt. Dabei trifft der Föhn auch nicht Hinz und Kunz. Die Föhnfühligen sind eine eingeschworene Gemeinschaft, die sich auf der Straße erkennen und diese temporäre Behinderung als Sensibilisierung verstehen. Vor der Überquerung der Alpen bei seiner *Italienischen Reise* notierte Johann Wolfgang von Goethe 1790 ins Tagebuch: »In Mittenwald eingetroffen. Kaum der Kutsche entstiegen, traf mich ein heißer, starker Wind, wie aus fernen Landen kommend. Kurz eine Idee notiert, ›Faust‹, dann sehr niedergeschlagen.«

Jedenfalls kann es an solchen Tagen durchaus geschehen, dass zwei Menschen an einem Tisch sitzen und der eine von ihnen wird plötzlich unleidig, bitter, ungerecht, verletzend und gemein, während der andere sich fragt, was er denn falsch gemacht hat. Und genau an solch einem Tag rastete ein sonst gutmütiger Junge vollkommen aus. Er war bis dahin ein folgsamer und unauffälliger Zwölfjähriger gewesen, ein Spross geordneter Verhältnisse, ein wohlbehütetes Kind der mittleren Mittelschicht. Dann aber bekam er urplötzlich Lust, ein Plastikgewehr zusammenzubauen, das einer echten Kalaschnikow täuschend ähnlich sah. Pauli Schmidinger betrachtete die AK-47 liebevoll, versuchte dann ein gefährliches und hartes Gesicht aufzusetzen und zielte mit der Anscheinwaffe (so der Polizeiausdruck) auf Passanten.

Und auch auf dem Friedhof am Fuße des Kramergebirges herrschte der blanke Föhn. Die Sonne stach, am blauen Himmel erschienen nur die typischen linsenförmigen Lenticularis-Wolken. Die Kramerspitze selbst wuchtete sich gleich hinter der Friedhofsmauer auf ihre knapp zweitausend Meter hoch, und das Gipfelkreuz dort droben zwinkerte der Trauergemeinde unverschämt zu.

»Revela Domino viam tuam –«, psalmodierte der Gemeindepfarrer müde.

»– et spera in eum«, fuhr sein Kaplan ohne rechte Lust fort. Beide schweiften mit den Gedanken ab und waren überhaupt nicht bei der Sache.

»Subportantes invicem –«, sang der Kaplan nun weiter und erhielt einen vorwurfsvollen Blick vom Gemeindepfarrer. Subportantes invicem, das war der falsche Psalm, das war ein Psalm für Hochzeiten und keiner für Beerdigungen.

»– et ipse faciet«, so flickte er seine Panne aus, und die Trauergemeinde bemerkte nichts. Der Verstorbene selbst, František Hovorčovická, ein aus dem Tschechischen zugezogener Spenglermeister, war versenkt worden wie die schwarze Acht beim Billard, rumpelnd und zur Freude aller Umstehenden. Er war nicht sonderlich beliebt gewesen bei seinen Freunden und Verwandten, dieser František Hovorčovická. Die beiden Angestellten der Friedhofsverwaltung, die für die Höllenfahrt verantwortlich waren, fluchten unhörbar. Bei der automatischen Hebebühne, mit der der Sarg angeblich problemlos ins Grab gesenkt werden konnte, war die Geschwindigkeit falsch eingestellt worden, der Sarg fiel fast in die Tiefe und krachte unten mit einem kläglichen Geräusch auf. Holz zersplitterte, man wollte gar nicht so genau wissen, was noch. Der Trauergemeinde schien das nicht allzu viel auszumachen, die meisten waren wohl froh, ein altes Ekel wie Hovorčovická losgeworden zu sein. Eine schwarzgekleidete Frau sagte einen Satz auf Tschechisch, und alle lachten. Nur ein Paar, das etwas abseitsstand und offensichtlich nicht zur Familie gehörte, lachte nicht. Es war das Ehepaar Grasegger, Chef und Chefin des Beerdigungsinstituts Grasegger. Sie schlug die Hände vors Gesicht, er wurde aschfahl. Dann setzte die Friedhofsmusik ein, und auch hier ging es nicht ohne Misstöne ab, der Trauermarsch der Blasmusik klang schief und schräg, noch schräger, als ein Trauermarsch ohnehin zu klingen pflegt, denn der Posaunist lag unglaublich hartnäckig einen halben Ton daneben.

Als die Beerdigung vorüber war, seufzten alle erleichtert auf: der unkonzentrierte Kaplan und sein Gemeindepfarrer, die beiden ungeschickten Friedhofsangestellten, die verkaterten Musiker der Trauerkapelle und die fröhlichen Trauergäste. Die Bestattungsunternehmer Ignaz und Ursel Grasegger atmeten besonders scharf durch. Sie hatten allen Grund dazu. Sie waren gerade knapp an einer Katastrophe vorbeigeschrammt.

1

Am darauffolgenden Sonntag, abends, zur Zeit der Totenmesse für František Hovorčovická, zog Ingo Stoffregen die Haustür hinter sich ins Schloss und machte sich auf den Weg ins Konzert. Er war ein breitschultriger, muskulöser junger Mann mit einem gutmütigen Gesichtsausdruck – wahre Freunde hätten ihm jedoch ruhig dazu raten können, den dünnen Oberlippenbart abzurasieren. Seine Haare trug er windschlüpfrig kurz, seine Gesichtsbräune hatte er sich redlich bei internationalen Triathlons und anderen Grausamkeiten erworben. Er war ein *Ironman,* wenn auch ein kleiner, gedrungener. Er nahm nun Anlauf durch den Vorgarten und straddelte freihändig über das Gartentor. Er warf einen Blick auf die Uhr, in einer Viertelstunde begann das Konzert. Auf dem Gehweg vor seinem Haus verfiel er schon nach ein paar Schritten in einen leichten, aber athletischen Trab, er pflügte durch die krummen Straßen, lief Slalom zwischen kopfschüttelnden Sonntagsspaziergängern und spurtete dann einen kleinen Spazierweg am Fluss entlang – das alles freilich nicht in seiner blaugestreiften alten Sporthose, in der er oberbayrischer Meister im Querfeldeinrennen und südbayrischer im Free-Solo-Climbing geworden war, sondern in der steifen Abendgarderobe, die man sich bei einem Konzertbesuch antut. Er hob den Kopf und suchte im Wolkenvorhang über dem Karwendelgebirge nach einem Streifchen blauen Himmels, nach irgendeinem Anzeichen dafür, dass sich die Schlechtwetterfront Richtung Österreich verzog und dass es in diesem Tal doch noch ein schöner Augustabend werden könnte. Fehlanzeige: Es braute sich ein Gewitter zusammen, und erste blecherne Donnerschläge erklangen. Ingo Stoffregen hatte jetzt noch eine knappe Stunde zu leben.

DAS KONZERT BEGANN in wenigen Minuten, er war viel zu spät aufgebrochen und erhöhte jetzt sein Tempo von Langstrecke auf Mittelstrecke. Für ihn war das ein Klacks, doch kaum einer der Bauchweg-Jogger, die ihm da entgegenkamen, hätte mehr als fünfzig Meter mithalten können bei seinem Parforcelauf. Am hinderlichsten waren ihm dabei die unbequemen Lackschuhe, er hätte sie gern ausgezogen und wäre barfuß weitergelaufen. Er flog jetzt nur so dahin, sodass ein mitrennender junger Golden Retriever nach zweihundert Metern entnervt aufgab und keuchend am Straßenrand sitzen blieb. Ingo Stoffregen wollte, wenn er schon nicht pünktlich kam, wenigstens nicht allzu spät kommen, er schaltete noch einen Gang höher, blickte, als er am Sportplatz vorbeilief, sehnsüchtig auf die Fußballzwerge der F-Jugend, die gerade den Fallrückzieher üben durften. Sie fielen mit dem Rücken ins feuchte weiche Gras und jodelten vor Glück. Er näherte sich dem Ortskern.

Seine Eile hatte weniger den Grund, das Konzert möglichst vollständig zu hören, er war beileibe kein regelmäßiger Konzertgänger, es war sogar sein erster Besuch solch einer Veranstaltung. Er hatte sich vielmehr mit einer gewissen Gaby verabredet, einer Gaby mit »y«, wie sie hervorgehoben hatte. Er hatte sie am Tag zuvor beim Squash kennengelernt (wo auch sonst), und er hatte ihr von den zwei Konzertkarten erzählt, die er geschenkt bekommen hatte. Er wäre mit ihr lieber nochmals Squashspielen gegangen oder um den Eibsee gelaufen, sie jedoch hatte Lust gehabt, ins Konzert zu gehen, in ein Klavierkonzert der Pianistin Pe Feyninger, die eine rechte Skandalnudel wäre, bei deren Konzerten man immer mit einer

Überraschung, meist einer Attacke auf den guten Geschmack, rechnen müsse. Ingo Stoffregen war beeindruckt, man verabredete, sich in feinen Zwirn zu hüllen und einen Klavierabend zu durchhören, für danach hatte er einen Tisch im italienischen Restaurant *Pinocchio* bestellt. Diese Gaby gefiel ihm, er rechnete sich Chancen bei ihr aus, sie war ähnlich sportbegeistert wie er. Viel mehr wusste er nicht von ihr, nicht einmal ihren Nachnamen. Sie hatten keine Telefonnummern ausgetauscht, er konnte sie deswegen auch nicht anrufen, und sie wartete jetzt vermutlich ärgerlich vor dem Konzertsaal.

Es war schon nach sieben, er umlief die Barockkirche des Ortes, aus der gerade eine Herde von lodenumhüllten Schäfchen quoll, als hätte sie der Leibhaftige von innen durch die Kirchentür gestopft. Jeden Augenblick musste der Regen losbrechen, die Schäfchen blickten mürrisch nach oben, sie schienen nicht begeistert über die ungemütliche Witterung, die der Herr und Hirte im August schickte. Nur ein etwas bieder wirkendes Ehepaar, das sich vor dem Zeitungskiosk am Rande des Kirchenvorplatzes fotografieren ließ, lächelte freundlich in die Kamera. Ingo Stoffregen bog nun in die Fußgängerzone ein, er musste langsamer werden, um nicht schlendernde Rentner und müßig gaffende Sommerfrischler über den Haufen zu rennen.

Er griff in beide Gesäßtaschen, in einer steckten die Konzertkarten, in der anderen ein Hunderter, der musste fürs *Pinocchio* genügen, dachte er. Die ersten Regentropfen klatschten ihm in die Augen, das Kulturzentrum kam in Sicht, und davor stand sie schon, Gaby mit »y«, in einer grellgelben Windjacke, unter der das halblange schwarze Abendkleid hervorlugte.

»Reihe 4. So weit vorn?«, sagte sie erfreut, als er ihr wortlos die Konzertkarte reichte, wortlos nicht aus Unhöflichkeit, sondern aus Atemnot. Gaby verstand und lachte.

»Gehen wir rein? Das Konzert hat schon angefangen. Da kannst du ein wenig verschnaufen.«

»Entschuldige … Krawattenknoten … schon lange nicht mehr … zu spät los …«

Sein Puls war auf zweitausend, jetzt erst merkte er, dass er es mit dem Dauerlauf etwas übertrieben hatte.

»Ist nicht so tragisch. Jetzt bist du ja da. Also komm.«

Sein Hemd klebte am Rücken, er hatte das dringende Bedürfnis, zu duschen. Sie gingen zum Eingang des Konzertsaals. Gaby schien nicht sonderlich verärgert wegen der Verspätung. Sie war blond, stupsnasig und ähnlich klein und kompakt gebaut wie Ingo. Als sie beide ins menschenleere Foyer traten, kam ein livrierter Wichtigtuer auf sie zu gewackelt, wedelte aufgeregt mit der Hand, schlug den Zeigefinger an die Lippen und mahnte sie mit allerlei Gesten zur Ruhe, so, als wären nicht sie, sondern eine Horde lärmender Kinder hereingekommen. Der Portier winkte sie zu einer kreuzworträtsellösenden Garderobiere, die Gabys Windjacke schnell verschwinden ließ. Als Gaby den Garderobenzettel entgegennahm, sah Ingo den Ehering an ihrer Hand. Den hatte sie gestern noch nicht getragen. Sei's drum. Sein Blick senkte sich auf ihre festen Waden, die einen guten Antritt am Berg garantierten: Diese Frau gefiel ihm. Ingo Stoffregen atmete scharf ein und aus und wischte sich mit einem Taschentuch den Schweiß von der Stirn. Er hätte es danach auswringen können.

»Ihre Karten bitte.«

Der Portier las beide Konzertkarten, und er las sie so sorgfältig, als hätte er im Kleingedruckten noch etwas entdeckt, was gegen den Konzertbesuch der beiden Nachkömmlinge spräche. Er kostete seine kleine Macht aus und betrachtete, jetzt reichlich sinnfrei, auch noch die leeren Rückseiten. Ingo Stoffregen wiederum war ganz froh über die Verzögerung, er konnte noch ein paar Mal kräftig ein- und ausschnaufen und so seine Blut-pH-Werte wieder normalisieren.

»Langsam … geht's wieder …«, keuchte er, worauf ihn der großgewachsene Portier von oben herab strafend ansah, in seinen

Augen stand *Banause!* geschrieben. Er gab ihnen die Karten zurück und winkte sie zu einer Tür, die mit rotem Samt drapiert war. An der Tür vertrat er ihnen den Weg und nahm eine grimmige Wächterpose ein, als wäre er für den Schatz der Nibelungen verantwortlich.

»Wir schleichen uns ganz leise rein«, versicherte ihm Gaby flüsternd und streckte die Hand zum Türknauf aus. Der Portier packte ihr Handgelenk unsanft und entfernte es wieder von der Klinke.

»Sie trauen sich ja was«, sagte Gaby.

»Das sollte man als Konzertbesucher doch wissen«, fauchte er, »dass man nicht in eine so leise Stelle platzt. Das da drinnen ist ein Pianissimo. Wahrscheinlich sogar ein Piano Pianissimo.« Sein sächsischer Dialekt war nicht zu überhören, er sagte *Bianö Bianüssimö.* »Wir warten, bis eine laute Stelle kommt, dann gehen wir rein.« Alle drei, der schwabbelige sächsische Riese und die kompakten bayrischen Zwerge, standen nun vornübergebeugt da, warteten und lauschten. Dann schwoll das Klavierspiel drinnen tatsächlich an. Der Wachhabende, auf dessen Namensschild *Eugen Liebscher* zu lesen war, legte nun das Ohr an die Tür und nickte bedeutungsvoll. Er öffnete die Tür einen Spaltbreit und führte sie hinein. Sie mussten ein paar Meter nach unten gehen, dann standen sie vor der Reihe 4.

»Warten Sie auf eine Pause«, flüsterte Liebscher. »Dann gehen Sie auf Ihre Plätze. Sie haben 12 und 13.«

»Das ist ja ganz in der Mitte!«

»Das Stück wird gleich zu Ende sein«, sagte Liebscher so bedeutungsvoll, als ob er das b-Moll-Scherzo, das von der Bühne erklang, selbst komponiert hätte und nicht Frédéric Chopin. Ein paar Zuschauer in der Nähe waren jetzt durch das Geflüster aufmerksam geworden und warfen genervte Blicke auf das Trio. Auf der Bühne war ein mattglänzender Flügel aufgebaut, und Pe Feyninger, die Pianistin, saß an ihrem Arbeitsplatz. Sie trug einen ausladenden, quietschgrünen Hut, das war ihr Markenzeichen. Sie bückte sich gerade über die Tasten, was ihr etwas Tierisches, Sprungbereites gab, und ließ ihre Finger, die Ellenbogen nach oben gereckt, über die Tasten wuseln. Sie produzierte dabei so etwas wie PIRRILI PIRRILI PIRRILI PUM PUM, so kam es wenigstens Ingo Stoffregen vor. Der Zuschauerraum drinnen war spärlich beleuchtet, das Licht kam wohl von den hässlichen grünen Notleuchten, die über allen Ausgängen lauerten. Es mochten zwei- oder dreihundert Leute sein, die jetzt auf die hell erleuchtete Bühne starrten, auf den beiden Rängen drängten sich noch einmal hundert. Das Konzert war ausverkauft, in der Mitte riefen zwei leere Plätze nach Füllung, da mussten Ingo und Gaby wohl oder übel hin. Oben im gleißenden Licht spielte die Pianistin etwas außerordentlich Stürmisches. Das Scherzo wurde noch schwungvoller, die Musik schien sich auf der Zielgeraden zu befinden, dann erklangen zwei wuchtige Schlussakkorde. Das Publikum wusste nach dem letzten nicht genau, ob nicht noch einer kommt. Zwei, drei beherzte, aber unvorbereitete Musikliebhaber klatschten zaghaft, von irgendwoher hörte man sogar einen Bravoruf.

»Ja, dann wollen wir mal«, sagte Ingo Stoffregen leise zu Gaby und machte sich daran, die Zuhörer in Reihe 4 aufzuscheuchen. Widerwillig erhoben sich die ersten, und er drängte sich mit angedeuteten Entschuldigungen vorbei. Doch es war nicht das Ende des Stücks. Herr Chopin hatte sich den Luxus erlaubt, eine zweitaktige Pause mitten in sein Werk zu setzen, dann ging das Scherzo weiter. Von der Bühne kam ein leises PIRRILI POO PIRRILI, Ingo Stoffregen blieb stehen und verharrte in einer unbequemen Pose. Er war kurz vor einem Wadenkrampf, und der Schweiß brach ihm erneut aus. Der Rückweg war ihm versperrt, denn die Zuschauer hinter ihm hatten sich schon wieder gesetzt. Pikiert zogen drei glattrasierte Krawattenträger die Augenbrauen hoch und schnaubten hörbar. So peinlich es ihm auch war, jetzt musste er da durch, jetzt hatte der kleine Ironman auf Freiersfüßen eine durchaus unolympische Strecke vor sich – eine Wanderung auf einem ausgesetzten Gletschergrat wäre ihm allemal lieber gewesen. Auf Platz 4 fuhr ein rötliches, babyglattes Gesicht mittleren Alters in die Höhe, dann kam ein unrasierter Furchenkopf, darauf eine Hakennase und danach ein gelblicher Vollbart mit uralten Schweinsäugelchen, auf Platz 8 folgte ein rötlichblonder Schnurrbart mit Brille, dann zwei stechend blaue, vorwurfsvolle Augen, dazwischen ein Kind, das nicht aufstand, sondern nur die Beine wegdrehte. Aber auch dieses Mädchen wusste schon, wie man unendlich leise und gequält seufzt, wenn man mitten im Kunstgenuss gestört wird.

»Verzeihung, Verzeihung, Verzeihung«, sagte Ingo Stoffregen bei jedem der Gestörten, es sagte es insgesamt elfmal, bis hin zu der Dame in wuchtigem Abendkleid und mit klirrendem Ohrgehänge, die gerade ihren Kaugummi aus dem Mund nahm und lautlos ein zweisilbiges Wort formulierte. Dann endlich kam er zu den beiden freien Plätzen. Er drehte sich in dem Glauben um, seine Begleiterin direkt hinter sich zu haben, doch die war ihm nicht nachgekommen, er sah sie vielmehr noch draußen auf dem Seitengang stehen, sie blickte irgendwo in die Höhe. Die Leute würden wegen Gaby noch einmal aufstehen müssen, dachte er. Ingo Stoffregen bückte sich, um den Sitz nach unten zu klappen, da bohrte sich ein bestialischer Schmerz in seinen Rücken. Er hatte keine Zeit mehr, zu überlegen, woher der Schmerz kam. Er taumelte, und schon im Fallen war er aus medizinischer Sicht nicht mehr zu retten. Was von Ingo Stoffregen übrig blieb, war ein gut durchtrainierter Körper mit gebrochenem Rückgrat und ein reservierter Tisch für zwei Personen im *Pinocchio.*

2

»Lassen Sie mich durch, ich bin Arzt!«

Erst als sie diese junge, entschlossene Stimme von ganz hinten aus dem Saal hörte, unterbrach Pe Feyninger das Scherzo von Frédéric Chopin endgültig. Das Abbröckeln der Melodie klang etwa so wie BROMM BROMM PIRR PIRR PI – P –

Dabei war doch bisher alles so gut gelaufen. Sogar der Musikkritiker mit dem versteinerten Gesicht in der ersten Reihe hatte nach den ersten Takten kurz gelächelt, bevor er etwas auf seinen Block schrieb. Das Publikum schien bestens gelaunt, der Saal war proppenvoll, was auch daran gelegen haben mochte, dass man heute Abend wieder etwas Außergewöhnliches, Anstößiges, vielleicht sogar einen Skandal von ihr erwartete. Doch plötzlich, mitten im Takt 130 des Scherzos (das eigentlich überhaupt keine Störung vertrug, nicht einmal ein Räuspern oder ein verhaltenes Husten), war eine unbestimmte Unruhe im Saal entstanden, ein Raunen und Murmeln, das sie zunächst noch ihrem provokanten Spiel zugeschrieben hatte. Spätestens nach dem ärztlichen Zwischenruf aber war der Klavierabend beendet gewesen. Sie nahm jetzt ihren giftgrünen Hut ab und blinzelte ins Publikum, das im abgedämpften Licht saß und wie ein verunsichertes Tier leise zu knurren schien. Den eigentlichen Anlass für die Störung konnte sie nicht erkennen, dazu war es zu dunkel, aber es wurde geflüstert und gemurmelt, es fielen Programmhefte und Handtaschen zu

Boden, hastige Schritte näherten und entfernten sich, kleine spitze Schreie wurden unterdrückt. An den äußeren Sitzreihen waren schon vereinzelte Absetzbewegungen zu erkennen: Ein paar Hörer waren aufgesprungen, rissen die Türen auf und stolperten hinaus ins Foyer. Auf den beiden Rängen, die ebenfalls voll besetzt waren, hatte man offenbar mehr gesehen als unten zu ebener Erde. Eine Dame auf der Galerie mit einer aufgetürmten Frisur wie Marge Simpson zeigte aufgeregt auf eine bestimmte Stelle in der vorderen Mitte des Parketts und schlug dann die Hände vors Gesicht. Ihr abgewürgter Schrei stand noch eine Weile im Raum, dann brach der Tumult los. Kehlige Urlaute des Erschreckens, babylonische Satzsplitter und Wortstümpfe, ein Staccato von spitzem, angstvollem Gekreische – die Geräuschkulisse schwoll rasch an und trieb mit einem hitzigen Crescendo auf eine Panik zu. Größere Kinder, die neugierig nach unten schauten, wurden sanft am Kopf gefasst und weggedreht, andere gar hochgehoben und hinausgetragen. Pe Feyninger konnte vom Klavierhocker aus nicht sehen, worauf die verstörten Besucher auf den Balkonen da deuteten, deshalb erhob sie sich und schritt langsam an die Rampe, wie sie es sonst getan hatte, wenn sie den Applaus entgegennahm. Der Pressefotograf in der ersten Reihe drehte die Kamera in ihre Richtung und drückte ein paar Mal ab. Das Saallicht flackerte auf, sie stand jetzt an der Rampe und beugte sich vor.

In der Mitte der vierten Reihe konnte sie undeutlich einen leblosen Körper erkennen, der auf dem Boden vor einem hochgeklappten Sitz lag, er war größtenteils von Gaffern, Erschrockenen und sonstigen Untätigen verdeckt. Einen wesentlich besseren Blick hatte sie auf die Plätze davor, auf die leeren Sitze in Reihe 3. Die Zuschauer dort waren entsetzt aufgesprungen und drängten sich quietschend nach außen. Durch die entstandene Lücke konnte sie auf den Fußboden sehen, dort schob sich eine große rote Zunge unter dem Sitz hindurch nach vorn in die Reihe 3. Sie begriff nicht gleich, dass diese mattglänzende Masse, die sich durch den abschüssigen Zuschauerraum in Richtung Bühne bewegte, Blut war, doch als sie das begriffen hatte, wich jede Farbe aus ihrem Gesicht. Starr vor Entsetzen blieb sie an der Rampe stehen. Der Pressefotograf konnte nicht anders, er drückte nochmals ab.

Der junge Arzt mit der entschlossenen Stimme war auf seinem Weg nach vorn erst ein paar Schritte weit gekommen. Einiges neugierige Volk, das dort hinten schon aufgestanden war, um besser auf die Unglücksstelle sehen zu können, versperrte ihm den Weg. Und je weiter er nach vorn kam, desto enger wurde es im Saal. Inzwischen waren auch die Seitengänge voll von Menschen, die sich in alle Richtungen drängten, wobei es zu den ersten kleineren Handgreiflichkeiten kam.

»Lassen Sie mich durch, ich bin Arzt!«

Mit diesem Schneisen schlagenden Satz versuchte er einen schwammigen Hornbrillenträger beiseitezuschieben, dessen Bauch vom vielem Emporrecken aus der Hose hing.

»Ja, junger Mann, das bin ich ebenfalls«, sagte der Schwammige.

»Was?«

»Na, Arzt!«

»Warum unternehmen Sie dann nichts?«, zischte Dr. Schievelförde.

»Ich gehe erst mal davon aus, dass es hier im Saal von Ärzten wimmelt und dass da vorne ein paar Kollegen grade dabei sind, Erste Hilfe zu leisten.«

»Glauben Sie?«

»Außerdem … ich bin mir nicht ganz sicher, ob nicht …«

»Was?«

»Also … ich für meine Person will jedenfalls nicht auf die neueste Spinnerei der Feyninger hereinfallen.«

Dr. Schievelförde wusste nichts von Pe Feyningers Spinnereien, aber er hatte sich jetzt an dem Schwammigen vorbeigedrängt und kämpfte sich tapfer weiter.

Im Saal wimmelte es tatsächlich von Ärzten und anderen Angehörigen des Heilberufes, es waren Dutzende von ihnen da. Der Grund dafür mochte wohl in der traditionellen Liebe der Mediziner zur Musik liegen (Sauerbruch hatte Cello gespielt, Röntgen Querflöte und Freud Geige), aber in einem Kurort und Sportparadies wie diesem war es auch nicht weiter verwunderlich, dass der Anteil von Kur- und Sportärzten besonders groß war. Der Schwammige selbst, Dr. Seyff, war einer von der Sorte. Er war Sportorthopäde und zusammen mit seinem Vater Inhaber der Privatklinik Seyff & Seyff, in den Reihen 12 und 13 saß fast seine vollständige Belegschaft. Auch sonst war der Saal gefüllt mit plastischen Chirurgen und Modezahnärzten, Naturheilkundlern mit Außenseitermethoden und Doktoren, die damit warben, dass sich der eine oder andere Staatspräsident bei ihnen hatte behandeln lassen. Weiter vorn im Zuschauerraum konnte man ganze Abteilungen des Kreisklinikums wiederfinden, wie etwa die urologische, die kardiologische, und (möge nachschlagen, wer will) die phäochromozytologische. Die meisten von ihnen hatten sich schon draußen im Foyer mit Prosecco, Weißbier und anderen modischen Muntermachern zugeprostet und mit bösem kollegialen Spott überzogen, man kannte sich und feindete sich entsprechend an. Den jungen Doktor, der da nach vorne marschieren wollte, kannte niemand. Kein Wunder: Der Nordfriese Dr. Schievelförde aus dem fernen Husum war nur zufällig hier und wusste nichts von dem verkappten Ärztekongress. Er war auf dem Weg nach Italien gewesen, hatte kurz vor der Ortseinfahrt eine Autopanne gehabt, die Werkstatt des Autohauses Mirgl hatte sich seiner zwar angenommen, er konnte aber erst morgen weiterfahren. Durch die gebrochene Kardanwelle war Dr. Schievelförde auch zu seiner Konzertkarte gekommen: Der Inhaber des Autohauses und Oberlöschmeister der freiwilligen Feuerwehr, Josef Mirgl, mochte keine Klaviermusik. Dr. Schievelförde wusste nicht, dass viele der Anwesenden die Aussicht in dieses Konzert gelockt hatte, einen handfesten Skandal miterleben zu können. Denn in den Interviews hatte Pe Feyninger dem Gerücht nicht widersprochen, dass sie in irgendeinem Stück des Programms nackt am Flügel säße. Das musste man sich ansehen.

Jetzt aber war etwas anderes geschehen, irgendwo da vorn, irgendetwas Ungemütliches, und die reichlich anwesenden Nachfolger des Hippokrates waren sich nicht ganz sicher, ob es ein Unfall war oder eine auf den Kurort zugeschnittene Provokation der klimpernden Skandalnudel dort oben. Vielen wäre es äußerst peinlich gewesen, ein Teil der Inszenierung von Pe Feyninger zu werden, deshalb zögerten sie. Andere verfielen in wilden Aktionismus: Der Oberarzt Dr. Purucker war Urologe am Klinikum mit der Aussicht auf Chefarztweihen und saß zwei Reihen entfernt. Nachdem er einen gedämpften Schlag gehört hatte, stieg er, ohne zu zögern, auf seinen Sitz, um die Lage zu erkunden. Er sah den bewegungslosen Körper, diagnostizierte aus der Ferne eine Ohnmacht und sprang vom Sitz, um seinen Notfallkoffer aus der Garderobe zu holen, der auch ein paar Röhrchen Ammoniumchlorid enthielt. Er blieb jedoch schon nach ein paar Metern im Gewühl stecken. Zwei junge coole Mediziner im praktischen Jahr vermuteten ebenfalls einen Ohnmächtigen da vorne – was sollte auch sonst bei einem Klavierkonzert passieren.

»Vasovagale Synkope«, sagte der eine bekümmert, als stimmte ihn die Bedeutungslosigkeit der Beschwerde traurig. »Entsteht durch längeres Stehen.«

»Hat vermutlich zu lange an der Prosecco-Bar gestanden«, sagte der andere, und eine dabeistehende Anästhesistin vom Klinikum fügte hinzu: »– oder zu viel Mozart gehört.«

»Chopin.«

»Wie?«

»Es war ein Stück von Chopin.«

»Ja, die beiden verwechsle ich immer.«

Das Gedränge wurde schlimmer. Wer Glück hatte, wurde einfach weitergeschoben, wohin auch immer. Doch ohne Stöße und Knüffe, blaue Flecke und Blutergüsse ging es in den meisten Fällen nicht ab. Drei Reihen hinter den Plätzen von Ingo Stoffregen und seiner Begleiterin war der Allgemeinmediziner Dr. med. Klaus Müller aufgesprungen. Er erhaschte einen Blick auf die Unglücksstelle und sah einen verdrehten Männerkörper, der halb unter dem Sitz lag.

»Kreislaufkollaps«, rief er in die Runde, ohne sich klarzumachen, dass solch ein konkreter Ausdruck die medizinischen Laien mehr und dauerhafter erschreckt als ein Fachausdruck auf Altgriechisch: Vasovagale Synkope etwa klingt nach *Schwarzwald-Klinik* und baldiger Genesung, Kreislaufkollaps nach *Stirb langsam 4.0* und *Six Feet Under.*

»Kreislaufkollaps!« echoten nun einige im Saal wie entrückte Gemeindemitglieder bei einer Gospelmesse in Louisiana. Doch Müller und seine Nachbeter befanden sich auf derjenigen Seite des Saales, von der aus man keinen Blick auf den träge dahinfließenden Blutstrom zwischen Reihe 4 und Reihe 1 hatte. In diesem Bereich drängelte alles nach außen, jeder wollte dem zähen Rinnsal ausweichen. Manche stiegen über die Sitze, andere versuchten gar auf den Stuhllehnen zu balancieren. Nur ein Ehepaar war da vorne sitzengeblieben in Reihe 3, das Ehepaar Doblinger, das beim Anblick der roten Flüssigkeit ohnmächtig geworden war: Hysterische Hämatophobie.

Nachdem sich die Reihen im vorderen Teil des Saals gelichtet hatten, war wieder mehr Platz für einen medizinischen Angriff, vorgenommen von einer OP-Schwester und einem HNO-Facharzt mit einer Praxis am Rande des Kurortes. Der HNO-Arzt war nun der reglosen Gestalt ganz nah gekommen, wollte sich eben, von der Reihe 3 aus, über sie beugen, da legte sich eine Hand auf seine Schulter, die kräftige Hand der stellvertretenden Leiterin des Klinikums, Chefärztin Dr. Bianca Wallmeyer.

»Lassen Sie mal, Kollege.«

Dr. Wallmeyer war Chirurgin. Chefarzt schlägt Praxisarzt, Superfach schlägt Pipifaxfach. Der Hals-Nasen-Ohren-Arzt trat beiseite. Dr. Wallmeyer blickte auf den Boden und sah sich in einer großen Lache Blut stehen. Sie kniete nieder, um unter dem Stuhl hindurch nachzusehen, von wo denn das Blut herkam. Als sie unten auf allen vieren war, wurde ihr schwarz vor Augen.

Die Lage wurde langsam unkontrollierbar. Eine Hebamme rutschte auf der Blutlache aus, die nun schon die Fläche vor der ersten Reihe erreicht hatte, und verstauchte sich die Hand, ein Zahnarzt, der ebenfalls auf die Stuhlreihe gestiegen war, verlor das Gleichgewicht, glitt ab und krachte mit dem Schritt auf die scharfe Kante der Stuhlreihe 14, was eine Hodenquetschung nach sich zog. Einige der Zuschauer verfielen in psychotraumatische Zustände unterschiedlichen Grades, wurden je nach Temperament ohnmächtig oder hysterisch, bekamen Schreikrämpfe oder verkrochen sich unter den Sitzen. Eine Dame riss sich in einem Anfall von temporärer Regression die Kleider vom Leib.

»Akute Belastungsreaktion, ganz typisch«, sagte der Psychiater Dr. Gusswald zu den Umstehenden und legte der Dame chevaleresk sein Jackett um. Die meisten dieser Kollateralschäden konnten von umherirrenden Anhängern des Heilberufes notdürftig versorgt werden. Wieder andere blieben einfach teilnahmslos stehen oder sitzen, ohne dass es dafür einen psychologischen Fachausdruck gegeben hätte. Und immer wieder: spitze Schreie, irres Gelächter, wüste Flüche, unsinnige Verwünschungen. Die beiden amtlich vorgeschriebenen Theatersanitäter, die oben auf der Galerie saßen (und sich im Kopfhörer ein Fußballspiel angehört hatten), waren nicht nach unten durchgekommen, sie waren im Strom der drängelnden und drückenden Galeriebesucher irgendwo auf einer der Treppen stecken geblieben.

Zur Ehrenrettung aller Mediziner wäre vielleicht noch anzumerken, dass es bei der Beengtheit dieses Raumes fast unmöglich war, vernünftige Maßnahmen zu ergreifen. Der grausige Parcours zwischen den Stuhlreihen des Konzertsaales hätte einer ausgebildeten Antiterror-Einheit Schwierigkeiten bereitet, wie sollten da redliche Weißkittel durchkommen. Dr. Bianca Wallmeyer kniete immer noch auf dem Boden und schnappte nach Luft, ihre vollschlanke Gestalt blockierte den Zugang zum Verunglückten. Niemand der Umstehenden wagte die leibhaftige Stellvertretende zu stören. Viele der Konzertbesucher waren natürlich schon längst auf die Idee gekommen, per Handy einen Krankenwagen zu rufen, der kam jetzt auch, und nicht nur einer, man hörte von draußen mehrere Hörner in Quartenstimmung. Zusätzlich behindert wurden die Hilfeversuche noch durch das immer noch ohnmächtige Ehepaar Doblinger, das schräg vor dem Unfallort saß. Die beiden wurden von den Helfenden, die es geschafft hatten, bis hierher durchzudringen, für die eigentlichen Opfer gehalten und mehrmals behandelt. Dr. Konetzki, ein Naturheilkundler, legte Kompressen mit Gänsefingerkraut-Extrakt auf.

So waren viele kostbare Minuten vergangen, bis sich der unbeirrbare Nordfriese Dr. Schievelförde aus Husum – »Lassen Sie mich durch, ich bin Arzt!« – zu der leblosen Gestalt durchgekämpft hatte. Ihre Beine waren seltsam verdreht, Kopf und Hals unter dem Stuhl verborgen. Er bückte sich, um das Gesicht zu sehen, aber da war kein Gesicht mehr. Dr. Schievelförde nahm die Hand des Mannes, fühlte den Puls, wusste, dass hier nichts mehr zu retten war. Der Mann, dessen Kopf kaum mehr zu erkennen war, so schwer hatte ihn ein stumpfer Gegenstand getroffen, so konturenlos und blutigrot war er, trug eine samtrote Livree, und auf einem Schild an seiner Brust stand: Eugen Liebscher, darunter, ganz klein: Obertürschließer.

3

Die Herde der lodenumhüllten Schäfchen, die gerade aus der Barockkirche gequollen war, stand immer noch vor der Tür, es donnerte ab und zu, ein paar Tropfen waren gefallen, aber die Besucher der Abendmesse plaudertenim Windschatten des grünlichen barocken Zwiebelturms weiter. Vor ein paar Minuten noch hatten sie alle einen Verrückten am Kirchplatz vorbeirauschen sehen, einen jungen Mann mit hochrotem Kopf, eine prustende kleine Dampfmaschine in Anzug und Krawatte – sie mussten immer noch über die skurrile Einlage lachen. Einige der Anwesenden (die, die ebenfalls Sport trieben) kannten den Mann: Überall, wo gelaufen und gehetzt wurde, wo es darum ging, ohne Hilfsmittel möglichst schnell von A nach B zu kommen, war diese Ansammlung von Muskeln und Sehnen namens Ingo Stoffregen dabei gewesen, und er hatte meist einen der vorderen Plätze belegt. Die sportliche Einlage, die man da gesehen hatte, mutete auch deshalb so komisch an, weil so ein Rennen und Hetzen gar nicht dem Charakter eines Kur- und Heilortes mit geriatrischer Ausrichtung entsprach, hierorts wurde spaziert und geschlendert, gewandert und gewalkt. Einer der Kirchgänger hatte dem Davoneilenden noch so etwas nachgerufen wie *darénndifeinet!*, einem vorbeischlendernden nichtbayrischen Kurgast war das wie arabisch oder sogar fränkisch vorgekommen, der Sinn hatte sich ihm aber auch so erschlossen – ein Vorteil der bayrischen Sprache.

Das Gewitter zierte sich noch. Als vorher das Tröpfeln begonnen hatte, wurden vorsichtshalber ein paar Schirme aufgespannt, doch es ließ bald wieder nach, und manche der Gläubigen verweilten und ratschten weiter. Nur ein Paar wandte sich zum Gehen, ein Paar in mittlerem Alter, ein offensichtliches Ehepaar. Es verließ die abendliche Kirchplatzunterhaltung, hatte auch schon alles gehört über nachbarschaftliche Gemeinheiten und allgemein menschliche Niedertracht, wusste Bescheid über allerlei örtliche Bauvorhaben und nicht nachvollziehbare Gemeinderatsbeschlüsse, war auf dem neuesten Stand, was günstige Verheiratungen und – wichtig für die beiden – bevorstehende Todesfälle betraf. Es war das Ehepaar Grasegger, das nun den Heimweg antrat. Ignaz und Ursel Grasegger, Inhaber des renommierten Beerdigungsinstitutes Grasegger *(gegr. 1848)* waren beileibe keine strengen Katholiken, sondern besuchten die Kirche gleichsam aus beruflichen Gründen. Gerade eben war die ortsübliche Trauermesse für alle unter der Woche Verstorbenen abgehalten worden. Einer dieser Verstorbenen war ihr Klient gewesen, František Hovorčovická, den sie jetzt heil unter die Erde gebracht hatten, wenn *heil* hier überhaupt das treffende Wort ist.

Das Ehepaar Grasegger ging ziemlich genau den Weg zurück, den der verrückte Krawattenträger vor ein paar Minuten in entgegengesetzter Richtung gelaufen war, sie schlugen jedoch ein wesentlich gemächlicheres Tempo an. Ein Beerdigungsunternehmer hetzt nicht, er zehrt von der langsamen und wohlüberlegten (und, um das Wort ein letztes Mal zu gebrauchen: pietätvollen) Aura, die ihn umgibt. Dieses gesetzte Auftreten übten die Graseggers schon seit Generationen, und das mit Erfolg: Die einheimischsten der einheimischen Familien waren fast allesamt Kunden beim Beerdigungsinstitut, das schon in der fünften Generation diesem delikaten Gewerbe nachging.

Ignaz und Ursel jedenfalls hatten den sonderbaren Stadtläufer schon längst wieder vergessen, sie hakten sich unter, ganz privat, als Ignaz und Ursel. Sie freuten sich auf einen geruhsamen, schönen Augustabend.

Trotzdem: Ursel Grasegger war gestern beim Friseur gewesen, ein dicker Regentropfen, eine Sturmspitze von der Wetterfront da oben, hatte ihr ein Schläfenlöckchen platt gedrückt. Nun spannte sie doch den Schirm auf. Sie war eine herbe, üppige Schönheit mit vollen Lippen und vor Intelligenz blitzenden, blauen Augen, sie war hier im Tal geboren und hatte deshalb genetisch einiges an Sturheit, pardon, Willenskraft mitbekommen. Von Ignaz Grasegger konnte man eine ähnliche Beschreibung liefern: herb, massig, intelligent, zielstrebig, zudem war er ein stattlicher Mann mit der gewissen Ausstrahlung. Er war ebenfalls im Talkessel geboren, und irgendwann in grauer Vorzeit hatte es gemeinsame Vorfahren zwischen beiden gegeben, was im bayrischen Oberland fast zwangsläufig und unausbleiblich ist.

»Heute gibt's Arbeit, das spüre ich«, sagte Ignaz.

»Wenn du meinst«, entgegnete Ursel schmunzelnd und wies auf einen jungen Golden Retriever, der hechelnd am Wegrand saß.

»Schau dir den an, der ist bestimmt einem Hasen nachgelaufen.«

4

DIE STELLVERTRETENDE LEITERIN des Klinikums, Chefärztin Dr. Bianca Wallmeyer, hatte einen schweren Tag gehabt, drei äußerst komplikationsreiche Operationen, zudem im Ergebnis nicht befriedigend. Am Nachmittag kamen private Probleme hinzu, ihr Rechtsanwalt und der gegnerische Rechtsanwalt kündigten ihr beide eine verlustreiche Scheidung an, die Nachricht vom langsamen Abdriften ihres ältesten Sohnes ins Drogenmilieu war ein zusätzlicher Nackenschlag des Schicksals, dann, am Spätnachmittag, kam noch eine weitere Hiobsbotschaft: Ihre wissenschaftliche Entdeckung, eine bestimmte krankhafte Reaktion des Körpers nach operativen Eingriffen, wurde vom medizinischen Fachlexikon Pschyrembel nicht als *Wallmeyer's disease* oder *Morbus Wallmeyer* in die Stichwortliste aufgenommen. Und jetzt am Abend, da sie das alles vergessen wollte bei ein paar Takten Musik, kniete sie im Blut eines wildfremden, vermutlich toten Menschen, konnte nicht mehr helfen und fühlte sich selbst hundeelend.

»Hat sich da jetzt etwas bewegt oder nicht?«, murmelte sie, doch niemand konnte sie hören. Es hatte sich etwas bewegt, es war Ingo Stoffregen, der unter Eugen Liebscher lag und der sich auf einen letzten Endspurt mit Thanatos, dem Sohn der Nacht und dem Bruder des Schlafes, eingelassen hatte. Eine gnädige Drüse, die in solchen Fällen Rauschgift im Körper verschüttet, ließ seine Muskeln zucken und seine Augen flattern. Auch die Brust des kleinen Kämpfers hob und senkte sich noch langsam und zitternd. Das alles konnte Dr. Bianca Wallmeyer jedoch nicht sehen, sie hatte ihre Lesebrille vergessen.

Auf der anderen Seite der Stuhlreihe, nur einen halben Meter von ihr entfernt, prüfte der unbeirrbare Nordfriese aus Husum, Dr. Schievelförde, gerade ein zweites Mal den Puls des Obertürschließers Eugen Liebscher. Kein Zweifel, der Puls war auf null, auch konnte er keinerlei Herzaktivitäten mehr feststellen, der Mann war mausetot. Die anderen üblichen Schritte zur Feststellung des Todeseintritts wie die Prüfung des Pupillenreflexes oder die gute alte Hauchprobe an einem Spiegel (in alten Bauernfamilien der Startschuss zur Testamentseröffnung) waren hier nicht möglich, denn bei Eugen Liebscher waren Augen und Mund im engeren Sinne nicht mehr vorhanden oder vielmehr in der blutigen Masse nicht mehr erkennbar. Dr. Schievelförde betrachtete den Toten nachdenklich. Es sah so aus, als wäre ihm mit einem stumpfen Gegenstand ins Gesicht geschlagen worden, schräg von oben nach unten, äußerst schräg, denn auch die Nase fehlte. Die Leiche lag jetzt mit dem Kopf etwas erhöht, das Blut rann nach unten und hatte bald das Namensschild des Gesichtslosen überdeckt und ihm so auch noch zur Namenlosigkeit verholfen. Dr. Schievelförde richtete sich auf. Diesem Mann war ins Gesicht geschlagen worden – oder er war mit dem Gesicht irgendwo aufgeschlagen. Nicht irgendwo, sondern an einer scharfen Kante, die aus diesem Grund Blutspuren aufweisen musste. Sein Blick fiel auf die Stuhlkante des Platzes 12 von Reihe 3. Diese erwies sich bei näherer Betrachtung als sauber, vollkommen ohne Blutspuren – aber nicht mehr lange, denn zwei kleine, blutbefleckte Pranken mit grünen Fingernägeln umfassten sie jetzt und verschmierten sie ganz und gar. Viel Spaß bei der Spurensicherung, dachte Dr. Schievelförde. Das Gesicht, das nach den grünen Fingernägeln hinter der Stuhllehne aufgetaucht war, sagte:

»Konnten Sie was erkennen? Ich habe meine Lesebrille nicht dabei.«

»Der Tod ist etwa vor zehn Minuten eingetreten. Polytrauma, starker Blutverlust. Eine Nase fehlt mir allerdings.«

»Sie sind Kollege?«

»Dr. Schievelförde, ja. Kinderarzt aus Husum. Aber um den Tod von dem da festzustellen, kann man auch noch weniger als Kinderarzt sein.«

»Angenehm, Wallmeyer, Chefärztin vom hiesigen Klinikum. Noch weniger als Kinderarzt?«

»Tierarzt vielleicht«, sagte Dr. Schievelförde.

Oder stellvertretende Klinikleiterin, dachte Dr. Wallmeyer. Sie hätte ihrem norddeutschen Kollegen fast die besudelte Hand gegeben, wischte sie aber jetzt an ihrer Yves-Saint-Laurent-Hose ab.

»Ich hatte einen schweren Tag heute«, sagte Dr. Wallmeyer. »Operationen, Scheidung, Drogen, Karrierestau.«

»Das Übliche«, sagte der Kinderarzt, aber die Stellvertretende hatte sich schon umgedreht. Die Kante des Stuhles der Reihe 3 war jetzt mit dem Blut des Opfers verschmiert. Dr. Schievelförde wusste, dass der untersuchende Mediziner von der Spurensicherung daraus den falschen Schluss ziehen musste, dass Eugen Liebscher mit dem Kopf hier aufgeschlagen sei. Aber das ist nicht mein Problem, dachte Dr. Schievelförde, ich will durchaus nicht als – wie sagt man hier? – *Gschaftlhuber* gelten. Von den Rängen, von der Bühne, von überallher blitzte und blinkerte es immer häufiger aus kleinen digitalen Fotoapparaten; der Pressefotograf hatte sich mit seiner Leica sogar auf die Bühne gestellt. Die ermittelnden Beamten würden Dutzende von Fotos haben, die die wahren Abläufe zeigten, dachte der Nordfriese. Wenn er etwas sagte, würde er als Zeuge vermutlich tagelang hierbleiben müssen, während sich seine Familie in Brindisi über die Köstlichkeiten der apulischen Küche hermachte. Er beschloss, das Feld für die Beamten zu räumen, die sicherlich bald kommen würden.

»Gibt es Verletzte? Wo sind die Verletzten!«

Das knarrende Megafon gab diesen Sätzen eine hochoffizielle, amtliche Wucht, die die meisten kurz innehalten ließ. Die Saaltür war aufgestößen worden, drei Sanitäter in grellen Warnwesten und Feuerwehrhelmen waren hereingebrochen, einer schrie nochmals ins Megafon.

»Gibt es Verletzte? Wo sind die Verletzten!«

Er rief die Sätze nochmals auf Englisch, Serbokroatisch und Französisch, und überall im Saal, auf der Galerie, im Parkett, in den Gängen gab es Hier!-Rufe. Die Sanitäter waren technisch gut ausgerüstet, schlenkernde Beatmungsbeutel, diverse Nothämmer, mobile Defibrillatoren und sogar Gasmasken hingen ihnen griffbereit am Körper. Sie schwärmten nun aus und behandelten im ganzen Saal Prellungen, blaue Flecken und Nasenbluten. Dr. Schievelförde war leider zur anderen Seite hinausgegangen, sonst hätte er den Sanitätern der Feuerwehr einen nützlichen Hinweis geben können.

Im Gang drehte er sich noch einmal um. Dabei bot sich ihm inmitten des Chaos ein seltsames Bild. In Reihe 3, auf den Plätzen 8 und 9 saßen aneinander gelehnt ein Mann und eine Frau. Sie waren beide in Ohnmacht gefallen, mit offenem Mund und geschlossenen Augen schienen sie in ihren Sitzen zu lümmeln, sie wurden aber von Kollegen bereits betreut, einer legte gerade eine duftende Kompresse auf. Nicht weit davon, in der Reihe hinter dem Toten, saßen ebenfalls ein Mann und eine Frau, die genau das gegenteilige Bild boten. Sie schienen von den Ereignissen nicht im Mindesten beirrt oder gar schockiert, sie beobachteten Dr. Schievelförde interessiert, nickten ihm gar aufmunternd oder anerkennend zu. Das Verhalten dieser beiden, die so nah am Geschehen gesessen waren wie sonst niemand, hatte etwas Irres, Psychopathisches. Grinsten die beiden nicht hämisch? Flüsterten sie sich nicht gerade etwas Unverschämtes zu? Dr. Schievelförde fragte sich, was die beiden knallbunt gekleideten Gestalten, die ihn an ein Gymnasiallehrerehepaar erinnerten, mit diesem Toten zu tun hatten –

und ihm wurde unwohl. Aber was sollte er tun? Hindeuten und *Mörder! Mörder!* schreien? Er fand, dass auch das ein Fall für die Polizei sei. Er war froh, endlich draußen im Foyer zu sein. Dort war die exekutive Staatsgewalt schon präsent, wenn auch nur in Gestalt von zwei ratlos dreinschauenden Polizisten, die Fragen in ihre Funkgeräte stellten und auf Anweisungen warteten. Dr. Schievelförde ging an ihnen vorbei, blutverschmiert wie er war, ohne dass sie ihn angehalten hätten. Dann wusch er sich in der Toilette des Konzertsaals Hände und Unterarme und kam nochmals neben der Chefärztin zu stehen, die sich ebenfalls Hände und Unterarme wusch, ganz wie im OP.

»Das hier ist die Herrentoilette«, sagte Dr. Schievelförde.

»Ich hatte einen schweren Tag«, murmelte sie. »Aber jetzt geht's schon wesentlich besser. *Wallmeyer's disease.* Hätte hübsch geklungen. Vielleicht ein andermal.«

Dr. Schievelförde ging ins Foyer. Dort bot sich ihm noch einmal ein sonderbares Bild. Eine kleine stämmige Frau stand da, stupsnasig und blond, sie trug eine grellgelbe Windjacke, unter der ein halblanges schwarzes Abendkleid hervorlugte. Als sie sich von ihm beobachtet fühlte, drehte sie sich abrupt um und ging weg. Das Letzte, was er von ihr sah, waren die strammen Waden, die die Bergbewohnerin verrieten.

Als Dr. Schievelförde ins Freie trat, wurde er von einem Sanitäter angesprochen:

»Brauchen Sie Hilfe?«

»Nein«, sagte Dr. Schievelförde matt und deutete hinter sich. »Die da drinnen brauchen Hilfe. Reihe 4, Platz 12.« Dr. Schievelförde reiste am nächsten Tag ab.

Das Grüppchen drinnen, das in einer Art vorläufiger Totenwache um den Obertürschließer stand, wusste nicht so recht, was es tun sollte, so ganz ohne den wackeren Nordfriesen und die zweite Klinikleiterin. Irgendjemand schwang sich zum Sprecher auf.

»Wir sollten noch hierbleiben und uns für die Polizei als Zeugen zur Verfügung stellen.« Das sahen alle Umstehenden auch so, viele setzten sich wieder auf ihre Plätze, die meisten schalteten ihre Mobiltelefone wieder an, die sie für das Konzert stillgelegt hatten, und telefonierten.

»Du glaubst es ned, was hier los is, der Wahnsinn is des.«

Der Saal war noch zu einem Drittel gefüllt, ein weiteres Drittel der Zuschauer stand aufgeregt draußen im Foyer herum oder ganz draußen auf dem Vorplatz. Die drei gut ausgerüsteten Sanitäter der Feuerwehr irrten immer noch im Saal umher, waren der Unglücksstelle aber jetzt schon näher gekommen.

»Wir sollten vor allen Dingen nichts berühren«, rief die Dame mit der Marge-Simpson-Frisur von der Galerie herunter. Trotzdem befühlten noch einige, um ganz sicherzugehen, den Puls des Opfers. Als ein pensionierter Neurologe, der alte Dr. Kollbeck, wieder hochkam, sagte er:

»Ich spüre noch schwachen Puls. Der Mann lebt noch.«

»Nichts für ungut, Herr Kollege«, sagte Dr. Bader, »aber der Mann ist tot. Wir werden doch noch Puls fühlen können.«

»Versuchen Sie es selbst«, sagte Dr. Kollbeck.

»Unmöglich«, sagte Dr. Bader und fühlte seinerseits den Puls. »Um Himmels willen, der Mann lebt!«

Und so kam es, dass Ingo Stoffregen, der kleine, drahtige Ingo Stoffregen, der Ironman auf Freiersfüßen, der Konzertbesucher wider Willen, der Mann zur falschen Zeit am richtigen Platz – doch noch entdeckt wurde. Er war unter den schwabbeligen Massen Eugen Liebschers vollständig verborgen geblieben, lag darüber hinaus so weit unter dem Sitz, dass man auch ohne den darauf liegenden Liebscher zweimal hätte hinschauen müssen, um den kleinen Kraftprotz zu entdecken.

»Wir müssen die Leiche anheben und den Verletzten darunter herausziehen«, schlug Josef Scharrbiegel vor, ausnahmsweise einmal kein Vertreter des Heilberufes, sondern Gemeinderatsmitglied und Inhaber der gleichnamigen Bäckerei.

»Nein! Bloß nicht! Das ist doch ein Toter, den darf man nicht verändern!«, kreischte die Marge-Simpson-Imitation von der Galerie. Doch Scharrbiegel setzte sich durch, Eugen Liebscher wurde, so ehrfurchtsvoll es ging, abgelegt, Ingo Stoffregen kam in eine stabile Seitenlage. Dabei lief ihm Blut aus den Ohren.

»Ein schlechtes Zeichen«, sagte Dr. Schwamminger. Die Tatsache, dass ein zweites Opfer entdeckt worden war, sprach sich unter den verbleibenden Zuhörern im übrigen Konzertsaal schnell herum und sorgte für weiteres Entsetzen. Beim unweigerlich auftretenden Stille-Post-Effekt veränderte sich allerdings das »zweite Opfer« zu »weiteren Opfern«, irgendwann auch zu »mehreren Toten und Schwerverletzten«. Wie das Wort »infektiös« in die Runde der dramatischen Ausschmückungen und spontanen Spekulationen geriet, bleibt unklar, als das jedoch geschah, kochte die geschundene Seele der verbleibenden Zuhörerschaft noch einmal hoch, und beinah wäre wirklich eine Panik ausgebrochen, die den Abtransport der beiden Opfer gänzlich unmöglich gemacht hätte. *Infektion! – Infektiös! – Hochinfektiös!* Das Wort steigerte sich von selbst und breitete sich im Saal aus, als wäre es selbst die Infektion.

Aber inmitten all der spitzen Schreie, gellenden Hilferufe und plötzlichen Fluchtbewegungen kam der Künstlerin Pe Feyninger eine Idee. Sie setzte sich ans Klavier und spielte einfach an der Stelle weiter, an der sie aufgehört hatte. PIRRILIBUM PIRRILIBUM erklang es zaghaft von der Bühne, und wie in der fabelhaften Geschichte, in der wilde, angriffslustige Bären sich beruhigten und niederlegten, als sie Celloklänge hörten, dämpften die Klänge der Skandalkünstlerin wiederum die züngelnden Flämmchen der Panik.

Die beiden Streifenpolizisten taten ihr Möglichstes. Sie waren eigentlich nicht gerufen worden, sondern hatten heute mit einem ruhigen Dienst gerechnet und waren in einigen Seitenstraßen herumgekurvt, um das Fußballspiel im Radio zu Ende zu hören. Dann hatten sie das Blaulichtgewitter vor dem Konzertsaal bemerkt, hatten nach Verstärkung gefunkt und waren jetzt im Foyer dabei, sich ein Bild von der Lage zu machen. Nachdem sie zwei blutverschmierte Gestalten (Dr. Wallmeyer und Dr. Schievelförde) herauskommen sahen, dachten sie an eine größere Katastrophe wie etwa an einen terroristischen Anschlag oder einen Flugzeugabsturz mitten in den Konzertsaal. Sie riefen, ganz nach Vorschrift, das Technische Hilfswerk und die Feuerwehr, sie riefen die Militärpolizei der amerikanischen Garnison, die hier im Ort seit Kriegsende stationiert war, und sie riefen auch die Bundeswehr, die ja seit Neuestem bei Terroranschlägen zuständig sein sollte, so hatten sie es in der Zeitung gelesen.

»Ich schicke eine Jagdstaffel mit zwölf Kampfflugzeugen«, sagte der diensthabende Offizier der Johann-Heinrich-Luttenhoffer-Kaserne.

»Was wollen Sie schicken?«, fragte Polizeiobermeister Ostler entgeistert.

»War ein Scherz. Wir sind für so was nicht zuständig. Wissen Sie überhaupt sicher, dass es ein Terrorangriff ist?«

Nein, ganz sicher war sich Ostler nicht, und so warteten er und sein Kollege, Polizeiobermeister Hölleisen, auf die Kripo.

»Wer kommt?«, fragte Hölleisen.

»Polizeihauptkommissar Jennerwein«, antwortete Ostler.

»Jennerwein?« Hölleisen rempelte Ostler verschmitzt an und stimmte leise die Melodie des bekannten Volksliedes vom beklagenswerten *Wildschütz Jennerwein* an.

»Ein stolzer Schütz in seinen schönsten Jahren –«

»– er wurde weggeputzt von dieser Erd –«, sangen und summten die beiden Polizisten vor sich hin.

5

Als der so Besungene, Polizeihauptkommissar Hubertus Jennerwein, am Tatort erschien, waren die meisten Spuren zertrampelt und verwischt, die wichtigsten Zeugen nach Hause gegangen, ohne eine Adresse hinterlassen zu haben, die beiden Opfer immer noch nicht abtransportiert, zudem hatten sich einige von den Zeitgenossen im Foyer versammelt, die unbedingt und sofort eine Zeugenaussage machen wollten, was oft ein größeres Problem darstellt als Zeugen, die man erst mühsam ausfindig machen muss.

Jennerwein stieg schwungvoll aus dem Auto. Er war mittelgroß, mittelmuskulös, mittelgut aussehend – kein Castingbüro dieser Welt hätte ihn als Kommissar der Kriminalpolizei besetzt. Trotz der wachen Augen und der sympathischen Ausstrahlung war er ein Mann, der auf der Straße kaum aufgefallen wäre, es sei denn, man hätte gezielt nach einem Menschen ohne hervorstechende Eigenschaften gesucht. Die undefinierbare Haarfarbe, irgendetwas zwischen dunkelblond und mittelbraun, ließ kein bestimmtes Alter erkennen. (Unter uns: Er war achtundvierzig.) Auch hatte er eines jener Gesichter, an die man sich auch nach einer gemeinsamen Zugfahrt quer durch ganz Deutschland schon beim Aussteigen nicht mehr erinnern kann. Aber genau das war sein Kapital. Jennerwein hatte es in sich. Die Aura der Unauffälligkeit und der Camouflage hatte ihm schon bei einigen Ermittlungen die Deckung gegeben, aus der heraus er zugepackt hatte. Er sah nicht aus wie ein Macher – er war einer. Er hätte beim Weltkongress der Hardcore-Vegetarier ein Wiener Schnitzel essen können, ohne aufzufallen, er war einer von denjenigen, die man bei einer Rettung aus dem brennenden Auto gerne übersieht, aber das Entscheidende für ihn war: Bisher hatte er alle Kriminalfälle gelöst, die er in die Hand bekommen hatte. Er war vom Erfolg verwöhnt und erwartete, dass das auch so blieb.

Er ging um sein Auto herum und klappte die Außenspiegel ein, die ihm bei solchen Einsätzen schon des Öfteren beschädigt worden waren. Er überlegte, ob er schon einmal einen Krimi gesehen hatte, in dem ein Kommissar kurz vor den Ermittlungen die Außenspiegel einklappte. Er konnte sich an keinen erinnern. Jennerwein hatte es noch nie eilig gehabt, als Erster am Tatort zu sein, so auch heute. Er fand, dass es an solchen Orten kaum etwas zu tun gab, bevor nicht die Himmlischen Heerscharen der Daktyloskopen, Fasernsammler, Leichenbeschauer, Computerspezialisten, Serologen, Ballistiker, Profiler, Physiker, Entomologen und, und, und ... ihre unspektakuläre, aber folgenreiche Arbeit getan hatten. Von Jahr zu Jahr, mit jeder technischen Neuerung und jeder wissenschaftlichen Verbesserung wurden diese Angriffe gründlicher, gemeiner und unbarmherziger für Täter und Ermittler. Vorbei waren die Zeiten, als dem Inspektor mit der Kippe im Mundwinkel beim ersten Blick auf den Tatort ein vages Gefühl aufstieg; pensioniert waren die Kriminologen, die wie Inspektor Columbo die Lösung schon von Anfang an im linken Bein spürten. Vorbei, aus, perdu. Jetzt ging es um DNA-Analyse-Ergebnisse, Fressgewohnheiten von Maden und psychologische Dunkelfeldforschungen.

Hubertus Jennerwein bedauerte dieses Verblassen der einst so schillernden detektivischen Aura. Der Beruf, den er einmal ergriffen hatte, weil er hinaus in die Welt wollte, nagelte ihn mehr und mehr am Schreibtisch fest. Dort in seinem Dienstzimmer sah er immer ein wenig aus wie ein gefangenes Tier, jetzt aber ging er mit federndem Schritt über den Vorplatz des Konzerthauses.

Auf den ersten Blick sah er, dass bei diesem Tatort etwas schiefgegangen war. Solch einen Mischmasch von hastig herbeigerufenen und sicherheitshalber bestellten Hilfsdiensten hatte er noch nie beisammen gesehen. Mehrere Löschzüge der Feuerwehr behinderten sich gegenseitig, ein Dutzend Sanitätsautos blockierten den Zugang, außerdem sah er noch einen Bundeswehrjeep, einen Leichenwagen, einen BMW mit abgedunkelten Scheiben, einen Kranwagen des THW, einen Kleinbagger des Katastrophenschutzes und einen VW-Bus mit der Aufschrift AFP, was immer das heißen mochte.

»Endlich sind Sie da, Hauptkommissar«, begrüßte ihn Polizeiobermeister Ostler in der Eingangshalle des Konzertsaals.

»Ostler? Das sagt mir was.«

Ostler war ein häufiger Name hier im Ort und auch in der ganzen Gegend, zeitweilig hatte es sieben Ostlers auf der Dienststelle gegeben, einmal sogar drei mit Namen Johann Ostler.

»Aber was ist eigentlich genau los?«, fragte Jennerwein. »Nach dem Auflauf da draußen zu urteilen, ist hier der Zweite Weltkrieg wieder aufgeflammt.«

»Ganz so schlimm ist es nicht. Aber wir dachten zuerst auch, da drinnen ist eine Riesenkatastrophe passiert.«

»Besser so als umgekehrt. Was ist wirklich passiert?«

»Es gibt eine Leiche: männlich, Ende 50, hatte keine Papiere bei sich, Identität wird noch geklärt, vermutlich ein Angestellter des Hauses. Dann gibt es einen Schwerverletzten: männlich, Mitte 20, Identität wird noch geklärt, hatte ebenfalls keine Papiere bei sich, vermutlich ein Konzertbesucher.«

»Das klingt nach einer Auseinandersetzung.«

»Es wurde keine solche beobachtet. Beide lagen urplötzlich mitten im Konzert da. Sie lagen aufeinander, der Tote über dem Schwerverletzten.«

»Urplötzlich?«

»Urplötzlich, ja. Einige Zeugen habe ich schon befragt. Die Personalien habe ich aufgenommen.«

»Wie viel Zeugen gibt es insgesamt?«

»Schätzungsweise vierhundert oder fünfhundert.«

»Na bravo.«

»Na ja, so richtig beobachtet hat bisher niemand was. Außerdem – viele sind gegangen, ohne dass wir –«

»Ja, schon gut. Waffen?«

»Haben wir keine gefunden. Beide Opfer weisen dem ersten Augenschein nach Schlagverletzungen auf. Nach Auskunft der vielen Ärzte, die im Saal waren.«

Beide gingen nun in den Saal, blieben am Eingang stehen und konnten beobachten, wie Sanitäter und Ärzte den Schwerverletzten auf einer Trage hinaustransportierten. Von der anderen Seite wurde gerade ein schwarzer Sarg in den Saal getragen, die Leiche wurde hineingehievt.

»Vergesst die Nase nicht!«

Ein Sanitäter, der noch in der Mitte der Reihe stand, hielt etwas hoch, was man vom Rand des Saals nicht genau erkennen konnte. Der Sanitäter rief es den Notfallmedizinern zu, die um die Krankenbahre von Ingo Stoffregen herumwuselten. Einer blickte auf und antwortete:

»Dem seine Nase hier ist vollkommen intakt.«

So kam es, dass der Sarg Liebschers noch einmal einen Spalt geöffnet wurde, um den Inhalt zu vervollständigen.

Jennerwein stand mit Ostler immer noch am Rand des Saals. Er stellte sich auf die Zehenspitzen und blickte auf die Unfallstelle.

Ein so blutiger Zwischenfall mitten in einem Klavierkonzert, ohne dass jemand vorher etwas bemerkt hat? Sein Blick richtete sich unwillkürlich nach oben, hoch zur Galerie. Im Geist entstand eine gestrichelte Linie zwischen einem bestimmten

Punkt auf der Brüstung und dem Fundort der beiden Männer. Er wies Ostler an, die Stellung zu halten, verließ den Saal und suchte die Treppen, die nach oben führten. Inzwischen füllte sich das Foyer mit Bereitschaftspolizei, Grenzschutz und Sanitätswesen, da und dort musste er seinen Ausweis vorzeigen, um sich zu legitimieren. Eine ältere Dame kam schnurstracks auf ihn zu:

»Herr Wachtmeister, können Sie mir helfen?«

Jennerwein nahm die Zurückstufung um acht Dienstgrade lächelnd hin.

»Natürlich, dazu bin ich da.«

»Herr Wachtmeister, meine Tochter war in dem Konzert. Und ich habe gehört, dass es Tote gegeben hat.«

Jennerwein beruhigte sie. Aber wo die Tochter jetzt sei, könne er ihr auch nicht sagen. Er notierte sich ihren Namen und den Namen der Tochter. Er schrieb die Namen, weil er nichts anderes zur Hand hatte, auf einen Fünf-Euro-Schein, steckte ihn wieder zurück in die Geldbörse und vergaß ihn dort. Jennerwein sah jetzt die ersten Spurensicherer mit ihren Köfferchen und Apparaturen hereinkommen. Eigentlich gab es für ihn jetzt hier nichts mehr zu tun, bis die bunte Truppe fertig war. Er stieg die Treppe hinauf, die zur Galerie führte.

Man konnte den ersten Rang nur durch eine Tür betreten. Die Galerie war leer, auf dem Boden lagen Handtaschen, zertretene Brillen und zerknüllte Papiertaschentücher. Er ging zur breiten Brüstung, beugte sich darüber, ohne sich aufzustützen, und blickte hinunter ins Parkett. Der Balkon reichte weit in den Saal hinein, einige Plätze befanden sich direkt unter dem Balkon. Ein paar Uniformierte verjagten die letzten Zuschauer, scheuchten sie nach draußen, dort würden ihre Personalien aufgenommen werden, hier wäre jetzt der Raum freizumachen für die Spurensicherer. Der Zuschauerraum und die Bühne waren hell erleuchtet. Auf der Bühne stand ein Flügel, der Deckel war sperrangelweit geöffnet. Der Flügel hatte eine gewisse

Ähnlichkeit mit dem Sarg, den man vorher weggetragen hatte, er glänzte nur stärker. Die Unfallstelle in der Mitte war blutverschmiert, die letzten beiden Zuschauer, die noch im Saal waren, saßen genau hinter dieser Stelle. Ostler redete geduldig auf sie ein, sie waren kaum zum Gehen zu bewegen. Auf dem Seitengang standen die drei Feuerwehrsanitäter und noch ein paar Notfallmediziner um eine fahrbare Liege, auf der Ingo Stoffregen lag. Sie pumpten und drückten, setzten Spritzen und schlugen sich Fachtermini und Milligramm- und Milliliterangaben um die Ohren.

Jennerwein konzentrierte sich wieder darauf, wie der Unfall passiert war. Ein Unfall. Wieso ein Unfall? Die im Geiste gestrichelte Linie begann vor ihm auf der Brüstung und endete dort unten. *Dort unten* war jedoch nicht direkt unter der Brüstung, sondern ein paar Meter entfernt davon. Damit war ein Unfall ausgeschlossen. Selbstmord? Jennerwein stellte sich vor, wie einer der beiden Männer auf die Brüstung gestiegen war, sich kräftig abstieß, um nach unten zu springen. Er hätte sich aber schon sehr kräftig abstoßen müssen, um an die Stelle zu gelangen. Aber macht sich ein Selbstmörder die Mühe, so weit hinauszuspringen? Ersteres müssen die Polizeiphysiker, zweiteres die Polizeipsychologen herausfinden, dachte Jennerwein. Es klopfte an der Tür. Ostler kam mit einer gestylten Frau herein, die sich, ohne ihren Namen zu nennen, als die Direktorin des Kulturzentrums vorstellte.

»Schlimme Sache. Es wäre das erste Konzert der Feyninger gewesen, das sie hier in der Gegend gegeben hätte.«

»Ja, schlimme Sache«, sagte Jennerwein.

»Auch wenn es jetzt herzlos klingt –«

»Ja?«

»Morgen habe ich eine Matinee, eine Vormittagsvorstellung –«

»Ich weiß, was eine Matinee ist. Die Hälfte aller bayrischen Polizisten hat Abitur. Ich bin einer davon.«

Die gestylte Direktorin schluckte.

»Also, ich habe morgen eine Matinee – die kann ich dann wohl absagen?«

»Sie werden wahrscheinlich alle Vorstellungen der nächsten Tage absagen müssen.«

»Wie viele Tage?«

»Wir geben Ihnen Bescheid, sobald wir mit den Untersuchungen fertig sind.«

Die gestylte Direktorin schluckte nochmals.

»Ich hätte da aber auch noch eine herzlose Frage«, sagte Jennerwein. »Ich brauche von Ihnen eine Liste mit allen Mitarbeitern, Bühnenarbeitern, Garderobieren, Roadies, wenn es so was bei einem klassischen Konzert überhaupt gibt – jedenfalls von allen, die heute Dienst gehabt haben.«

»Ja natürlich, aber, wieso, ist denn etwas –«

Die Direktorin suchte nach einem Wort.

»Sie meinen, ob etwas Kriminelles geschehen ist? Mein Job ist es, das herauszufinden, Frau –«

»Brenner. Eigentlich *von* Brenner, aber –«

»Ich weiß, die Bescheidenheit im Kulturbetrieb. Aber ich habe noch eine letzte Frage, Frau – Brenner.«

»Ich habe nichts Auffälliges bemerkt.«

»Das meine ich nicht. Haben Sie so etwas wie eine Namensliste der Besucher?«

»Darum kümmere ich mich nicht. Fragen Sie Frau Deutecke. Die macht die Reservierungen.«

Frau Deutecke war noch im Haus. Sie war erheblich freundlicher als die Direktorin. Jennerwein kam gleich zur Sache.

»Haben Sie eine Liste der heutigen Besucher?«

»Von einem Großteil, ja. Die meisten reservieren die Karten und müssen bei der Reservierung Name und Telefonnummer angeben. Ein Drittel der Karten verkaufen wir dann an der Abendkasse, von diesen Besuchern haben wir natürlich keine Adresse.«

»Sie haben aber eine Liste mit etwa dreihundert Namen und den dazugehörigen Telefonnummern?«

»In etwa, ja.«

»Können Sie mir eine Kopie machen?«

»Natürlich.«

»Dann mal los.«

»Darf ich etwas fragen? Wie geht es wohl dem jungen Mann dort unten auf der Trage?«

Beide blickten hinunter zum Seitengang. Die Aktivitäten der Notfallmediziner, die um die ambulante Liege von Ingo Stoffregen standen, waren nicht mehr so hektisch wie vorhin. Man hörte keine Kommandorufe mehr und keine Milliliterangaben. Ein Sanitäter der Feuerwehr nahm den Helm ab und zündete sich eine Zigarette an.

Das hieß leider nicht, dass der Ironman über dem Berg war. Es hieß, dass er mit dem Fährmann Charon schon auf dem Fluss Styx in Richtung Unterwelt unterwegs war. Vielleicht ruderte er selbst. Vielleicht schwamm er die Strecke aber auch.

6

»WAS HABEN SIE jetzt genau gehört? Einen *Knacks* oder einen *Knall?*«

»Einen Knacks, einen Knall – ist das wichtig?«

»Ja, das ist wichtig. Können Sie das Geräusch nicht präziser beschreiben?«

»Nein, kann ich nicht. Ich bin Konzertbesucher und kein Wortklauber.«

Na sauber, dachte Polizeiobermeister Johann Ostler, das fängt ja schon gut an. Der Zeuge hatte auf der Galerie gesessen und nichts gesehen, rein gar nichts, er hatte lediglich etwas gehört, eben einen Knacks oder einen Knall.

»Aber ein Knacks ist etwas ganz anderes als ein Knall«, sagte Ostler geduldig. »War es eher ein dumpfes Geräusch oder ein helles? Es ist wichtig für uns, versuchen Sie sich bitte zu erinnern.«

»Mit Knacks oder Knall meine ich doch nur, dass es ein kleines, kurzes Geräusch war. Seien Sie doch nicht gar so pingelig. Und Knacks und Knall sind mir eben als Erstes eingefallen.«

»Können Sie das Geräusch nachmachen?«

»Wie: nachmachen?«

»War es eher ein *krg* –«, Ostler imitierte das Geräusch eines krachenden Joghurtbechers – »oder ein *phfump?*« Der Laut klang so, als ob man mit einer Spitzhacke in einen gefüllten Kartoffelsack schlägt.

»Dann war es eher ein *phfump.*«

»Ein *phfump*. Sind Sie sicher?«
»Ja, jetzt bin ich mir ganz sicher: Es war ein *phfump*.«
»Vielen Dank, Sie haben uns wirklich sehr geholfen. Hier die Telefonnummer unserer Dienststelle. Bitte melden Sie sich, wenn Ihnen noch etwas einfällt.«

Die Dame in dem wuchtigen Abendkleid und mit klirrendem Ohrgehänge stopfte sich einen Kaugummi in den Mund. Ihr Kleid war völlig ramponiert, ihr Make-up zerlaufen, sie schien aber unverletzt. Jennerwein starrte gebannt auf die riesige Brosche, die sie auf der Brust trug und die eine Spinne darstellte.
»Mein Name ist Erika Ziegenspöcker. Ich bin Klavierlehrerin. Ich schließe bei Konzerten immer die Augen, ich habe also nichts gesehen.«
»Aber das spätere Opfer hat sich doch an Ihnen vorbeigedrängt, Sie mussten vielleicht sogar wegen ihm aufstehen, haben Sie ihn da nicht gesehen?«
»Ich habe die Augen kurz geöffnet und gleich wieder geschlossen.«
»Und dann?«
»Dann habe ich ein Rrrums! gehört.«
»Sie saßen genau neben der Unfallstelle – und haben nur ein Rrrums! gehört, sonst nichts? Das müssen Sie mir erklären.«
»Was gibt's da zu erklären? Der Mensch war endlich an mir vorbei. Dann gab es dieses scheußliche Geräusch. Was für ein Banause, dachte ich, jetzt ist ihm auch noch der Klappsitz ausgekommen!«
»Und dann?«
»Nachdem ich dieses Rrrums! gehört habe, habe ich mich instinktiv weggedreht.«
»So, so. Instinktiv.«
»Ja, instinktiv. Dann brach der Sturm los, und ich habe mich aus der Reihe gedrängt. Bloß weg von hier, dachte ich.«
»Ohne hinzusehen, was da passiert ist?«

»Was wollen Sie damit sagen? Glauben Sie, dass *ich* den Störenfried niedergeschlagen habe? Vielleicht mit meinem Programmheft?«

»Nein, das wollte ich nicht damit sagen, Frau Ziegenspöcker. Aber es gibt so etwas wie Erste Hilfe. Haben Sie nicht daran gedacht?«

»Soll das ein Witz sein? Das halbe Klinikum war da und hat Erste Hilfe geleistet. Und da soll ich als arme Klavierlehrerin –«

»Ich verstehe, Frau Ziegenspöcker. Sie haben meine Nummer. Wenn Ihnen noch etwas einfällt –«

Das Fluchttier in dem wuchtigen Abendkleid, die arme Klavierlehrerin, hatte sich schon umgedreht. Ihr Ohrgehänge klirrte, sie trug die Schuhe in der Hand und lief los. Wahrscheinlich wieder instinktiv. Der Tod hatte in ihrer unmittelbaren Nachbarschaft gewütet, das entschuldigt einiges, dachte Jennerwein. Er schaltete das Aufnahmegerät aus. Er hatte jetzt ein paar Zeugen befragt, sie konnten ihm alle nicht viel mehr erzählen, als dass sie einen Schlag oder ein Rumpeln gehört hatten, ein Quietschen oder ein Knarren, ein Kratzen oder Schleifen. Ein Rrrums! und ein Boing! Andere hatten sogar ein Splittern oder ein Platzen vernommen, einer bestand darauf, dass es ein Zzza-Wonk! gewesen war. Gesehen hatte niemand etwas.

Ärgerlich, dachte Jennerwein.

Zwei Mitglieder seines Stammteams waren schon eingetroffen, nämlich Hauptkommissar Ludwig Stengele und Kommissarin Nicole Schwattke. Jennerwein rief die Beamten kurz zusammen.

»Wir machen es folgendermaßen«, sagte er. »Hölleisen und Schwattke bleiben hier im Foyer und sammeln Adressen und Telefonnummern, die *kleinen Personalien* eben. Vergessen Sie bitte nicht die Befragung der Garderobiere. Stengele organisiert die Absperrung, und Ostler kümmert sich um die Presse, vor allen Dingen um den Fotografen, der immer noch hier herumschwirrt. Wir werden alles Bildmaterial beschlagnahmen müssen. Ich selbst sehe mal, ob die Künstlerin noch da ist.«

Alle traten jetzt einen Schritt zurück. Der Sarg mit dem kleinen Ironman wurde an ihnen vorbeigetragen. Es wurde langsam ruhiger im Foyer. Jennerwein ging wieder zurück in den Konzertsaal, in dem die weißverhüllten Spurensicherer wie chinesische Reispflücker zwischen den Sitzen auf- und abtauchten. Sie ernteten Fußspuren, Holzsplitter und Blutspritzer und sahen zufrieden aus, soweit man ihre Gesichter hinter der neuesten Mundschutzmode erkennen konnte. Er ging an ihnen vorbei in Richtung Bühne, bestieg ein kleines Treppchen und ging nach hinten in den Backstage-Bereich. Dort gab es mehrere Schilder, die den Weg zur Garderobe wiesen. Die Tür stand offen, er spähte vorsichtig hinein.

»Kommen Sie herein, ich habe Sie schon erwartet«, rief Pe Feyninger, und er betrat die Garderobe der Diva etwas scheu. Er fühlte sich hier als Beamtenspießer, der in die zerbrechliche Sphäre einer schmetterlingshaften Künstlerexistenz eindrang, noch dazu mit umgeschnallter Dienstwaffe, die er jetzt fast schmerzhaft unter der Achsel spürte. Doch seine Überraschung war groß: Pe Feyninger trug Jeans, T-Shirt und ausgetretene Schuhe, hatte ihr schwarzes, glitzerndes Abendkleid in einen schäbigen Kleidersack gepackt, der giftgrüne Hut lag auf einem Stuhl. Sie biss gerade in eine Leberkäsesemmel, aus der bräunlicher Senf auf den Boden tropfte.

»Ja, Frau Feyninger, ich wollte Sie eigentlich nur fragen, ob Ihnen irgendetwas aufgefallen ist.«

»Ich habe mich auf mein Klavierspiel konzentriert, das können Sie mir glauben. Es war ein wichtiges Konzert für mich. Ein paar interessierte Konzertveranstalter waren da, sogar internationale. Und es brodelte heute im Publikum. Es brodelte so, wie man es sich eigentlich wünscht. Ich darf Ihnen ganz ehrlich sagen: Ich war etwas pikiert, dass es nicht wegen mir brodelte.«

»Und Sie haben vom eigentlichen Vorfall nichts gesehen?«

»Nein, ich habe nichts gesehen, die Scheinwerfer sind so blendend hell, dass man von der Bühne aus im Zuschauerraum nichts erkennt.«

»Wenn Ihnen noch was einfällt, hier ist meine Karte.«

»Wissen Sie, wie lange die Ermittlungen hier –«

»Das kann ich Ihnen nicht sagen. Ein paar Tage vielleicht. Frau Feyninger, ich hoffe, wir sehen uns mal unter günstigeren Bedingungen wieder.«

Sie gaben sich die Hand.

»Vielleicht bei meinem nächsten Konzert, Herr –«

»Jennerwein.«

»So wie der Wildschütz Jennerwein? *Auf hartem Fels* –«, sang sie, »– *hat er sein Blut vergossen –?* Sind Sie verwandt mit ihm?«

»Natürlich. Ich bin der letzte Nachkomme derer von und zu Jennerwein.«

Beide lachten. Normalerweise nervten ihn die Scherze über seinen Namen und seinen Namensvetter Georg »Girgl« Jennerwein (1848–1877), aber von einer Feyninger ließ er sich das gefallen.

»Ich werde das Lied in mein Repertoire aufnehmen«, versprach sie.

»Tatsächlich? Das glaube ich nicht.«

»Versprochen: Wenn Sie mal in eines meiner Konzerte kommen, spiele ich den *Wildschütz Jennerwein* für Sie als Zugabe.«

»Dann komme ich gleich in Ihr nächstes Konzert.«

Beide wussten nicht, dass es tatsächlich zu einem Konzertbesuch Jennerweins, nicht aber zu einer Zugabe Pe Feyningers kommen würde.

7

Das Haus der Familie Grasegger lag am südlichen Rand des Kurorts, man hatte einen unverbaubaren Blick auf das wuchtige und allgegenwärtige Wettersteingebirge, dessen Steilwände an Sonnentagen blinkten wie zerknittertes Schokoladenpapier. Generationen von Bestattern waren unter diesem Eindruck aufgewachsen, seit dem Jahr 1848, als der Zimmermeister Sylvester Grasegger das Haus gebaut und die Firma gegründet hatte. Das kleine Anwesen der Familie war gleichzeitig der Firmensitz des Beerdigungsinstituts, früher war noch eine Sargschreinerei angegliedert, die war outgesourct worden in die Ukraine, dort kamen die Maßanfertigungen aus Buchen- und Eichenholz jetzt her. Das Haus lag an einem Hang, der weiter oben in den üblichen kraftvollen bayrischen Nadelholzwald überging. Dann erhob sich das Bergmassiv der Kramerspitze. Darüber herrschten nur noch Gott und der Föhn.

Als Ignaz und Ursel ihr Grundstück betraten und ihre Regenschirme ausschüttelten, hatten sie keine Ahnung von den tumultuösen Umtrieben im Kern der Gemeinde. Sie hatten zwar von irgendwoher ein Martinshorn, ein vages Tatütata gehört, aber das war ja nun nichts Außergewöhnliches im Sportparadies. Die beiden hatten vor, einen ruhigen, gemütlichen und nahrhaften Augustabend zu verbringen, lediglich die Anrufe auf dem Beantworter waren noch abzuhören – der Tod kennt keinen Sonntag. Der erste Anrufer bestellte eine besondere Buchenholztäfelung im Inneren des Sargs, der zweite hatte ausgefallene Vorstellungen von den Blumenbuketts in der Aussegnungshalle, die dritte Anruferin, eine Kusine von František Hovorčovická, beschwerte sich darüber, dass der tschechische Hatschek beim š und beim č in der Traueranzeige vergessen worden wäre. Alles, was recht ist. Der letzte Anruf auf dem Beantworter kam von Karl Swoboda, ihrem österreichischen Geschäftspartner, wenn *Partner* und *Geschäft* überhaupt die richtigen Ausdrücke sind. Und wenn *Swoboda* überhaupt sein richtiger Name war. Er kündigte an, morgen im Laufe des Abends vorbeizukommen, auf dem üblichen Weg, auf die übliche Weise. Es könne auch Nacht werden, auch Spätnacht, er hätte aber auf jeden Fall eine Überraschung dabei. Er würde sich auf die übliche Weise bemerkbar machen, Ende der Durchsage.

Ursel Grasegger streifte nun die unbequemen Schuhe ab und hängte den Lodenmantel an den Haken. Ihr Mann war schon dabei, auf der Terrasse eine deftige Brotzeit herzurichten, er klapperte mit den Holzbrettern, und sie hörte das speicheltreibende Ritschratsch eines scharfen Messers, das in knuspriges Brot fährt. Ursel schaltete das Radio ein, in der bayrischsten aller Rundfunkanstalten gab es um diese Zeit immer herzhafte, zum Brot passende, aber musikantenstadelfreie Volksmusik. Gesangsformationen wie die *Herbratzederdorfer Dirndln* oder der *Obermigginger Viergesang* jodelten sich und die Zuhörer jeden Tag in die Dämmerung. Ursel und Ignaz waren solche Zuhörer, die alte und unverfälschte Volksmusik schätzten. Von ihren Kindern wurden sie deswegen mit beißendem Spott überzogen. Ihr Sohn Philipp fragte sie oft, warum sie sich denn die allerneueste Surround-Sound-Hi-Fi-Schnick-Schnack-Anlage mit 500-Watt-Boxen gekauft hätten, wenn sie ausschließlich solche Musik hörten. Ihr Sohn hatte keine Ahnung.

»Swoboda hat angerufen«, sagte Ursel zu Ignaz. »Er kommt morgen Nacht.«

»Morgen Nacht schon?«

Im Radio hörte man jetzt drei spürbar niederbayrische Mädchen. Sie hatten kehlige, scharfe Stimmen und sangen davon, dass, wenn der Liebste zum Fensterln käme, er die Leiter – holüjo! – am richtigen Fenster anlegen solle, nicht an dem der Schwester daneben. Schlüpfrig, schlüpfrig.

»Bringt er was mit?«

»Ja, er sagt, er hat eine Überraschung dabei.«

»So, eine Überraschung.«

Sie setzten sich und aßen. Es gab Roggenbrot und Bauernbutter, dunkles Bier und Almkäse.

Die Graseggers, deren Leibesfülle stattlich geworden war in den letzten Jahren, waren gerade dabei, sich bezüglich der tierischen Fette ein wenig einzuschränken. Ignaz biss deshalb jetzt in ein Butterbrot mit einer dicken Schicht wildem Schnittlauch und einer homöopathisch dünnen Schicht Butter. Beide tranken das süßbittere dunkle Bier aus der Flasche, und im Radio sang eine weitere, diesmal oberbayrische Girlgroup davon, wie ein Bursch statt seiner Liebsten eine veritable Sau im Bett vorgefunden hätte. Deftig. Deftig.

Sylvester, der Ururgroßvater von Ignaz, hatte die für die damalige Zeit ungewöhnliche Geschäftsidee gehabt, aus dem Beruf des schlichten Totengräbers einen ehrbaren Dienstleistungsberuf zu machen. Das Institut florierte nach kurzer Zeit, es gab allerdings auch weit und breit noch keine Mitbewerber. Als aber Ignaz mit Ursel zusammen den Betrieb übernommen hatte, war eine ernstzunehmende Konkurrenz in den Ort gekommen, der Trauerriese, ein deutschlandweit operierendes Großunternehmen in Sachen Bestattung, das billiger war und mehr Extras anbieten konnte. Nach und nach liefen alteingesessene Stammkunden über. Es war noch nicht dramatisch, aber man machte sich Sorgen. Der Trauerriese hatte ihnen auch schon mehrmals angeboten, das Geschäft einfach zu kaufen und sie als Angestellte weiterleben zu lassen. Sie hatten jedes Mal abgelehnt.

Ein gemischtes Quartett sang im Radio etwas davon, dass die Dirndln im Frühjahr am *gagatzigsten* wären. Nicht einmal Ursel und Ignaz hatten diesen Ausdruck gekannt.

»Dein Vater wüsste noch, was das heißt«, sagte Ursel. »Wir sollten ihn morgen anrufen und fragen.«

»Wir sollten uns einmal Gedanken über einen neuen Firmenauftritt vor der Kundschaft machen«, sagte Ignaz. »Wenn wir uns im Netz präsentieren wollen, dann brauchen wir einen bisschen frecheren Werbeslogan.«

»Wir sind ein Unternehmen, das mit Traditionen und alten Bräuchen verknüpft ist. Wie sagt Philipp immer? Wir bieten ein *high interest product* an.«

Ihre beiden Kinder waren weit weg. Das eine, die 14-jährige Lisa, ging auf ein Elite-Internat am Starnberger See und spielte dort eine luxuriöse Variante von Hanni und Nanni nach. Das andere, der 21-jährige Philipp, studierte an der Yale University in New Haven Wirtschaftswissenschaften.

»Hätte es nicht München auch getan?«, hatte Ignaz damals beim Studienantritt gefragt.

»Nein, München tut es schon lange nicht mehr«, hatte Philipp geantwortet. »Und selbst Yale ist nicht mehr das, was es einmal war.« Beide Kinder wollten, wenn Schule und Studium beendet waren, ins Beerdigungsgeschäft einsteigen. Das versprach heftige Diadochenkämpfe, aber bis dahin war noch Zeit.

Die Familie Grasegger konnte sich solch ein Internat leisten, das beste, das es in Süddeutschland gab, und auch solch eine Universität, eine der teuersten in Amerika – und sie hätten sich solche Ausbildungen noch für weitere zwanzig Kinder leisten können. Warum machten sich die Graseggers solche Gedanken über einen neuen Werbeauftritt? Warum genossen sie nicht einfach den schönen verregneten Sommerabend auf der überdachten Terrasse? Warum verkauften sie ihr kleines, mäßig einträgliches Geschäft nicht an den Trauerriesen?

Nun, dafür gab es einen Grund. Sie brauchten dieses Geschäft, um ein anderes Geschäft am Leben zu erhalten. Ein Geschäft mit einer einfachen, aber zündenden Geschäftsidee. Ein lukratives Geschäft. Ein Geschäft, bei dem sie ganz froh waren, eine neugierige Vierzehnjährige und einen nach den Sternen greifenden Einundzwanzigjährigen aus dem Haus zu haben. Ignaz und Ursel ließen Leichen verschwinden.

8

DER MANN IST NERVÖS, dachte Jennerwein, aber er konnte sich auch täuschen. Der Schweiß rann dem Zeugen in Strömen herunter, aber das konnte auch von der allgemeinen Aufregung kommen.

»Sie sind der Hausmeister des Kulturzentrums?«

»Ja, das bin ich. Schmidinger ist mein Name, Peter Schmidinger«

Jennerwein schaltete das Aufnahmegerät wieder ein.

»Befragung Peter Schmidinger, Hausmeister, wohnhaft in –?«

»Hier im Haus. Wir haben oben eine kleine Hausmeisterwohnung. Ich, meine Frau und mein Sohn. Was ist denn eigentlich passiert?«

»Das wissen wir auch noch nicht genau, Herr Schmidinger. Allererste Frage: Ist Ihnen heute etwas aufgefallen? Etwas Besonderes? Etwas außer der Reihe?«

»Nein, es war ein ganz normales Konzert. Es ging alles seinen Gang. Ich habe im Jahr über zweihundert Konzerte, es war wie immer.«

»Über zweihundert? Respekt. Was genau ist Ihr Job während dieser Konzerte?«

»Ich kümmere mich um die Beleuchtung im ganzen Haus. Um das Bühnenlicht, um das Saallicht. Außerdem organisiere ich zusammen mit meiner Frau den Getränkeausschank im Foyer. Prosecco, Kaffee, Lachsschnittchen, Kaviarkanapees.

Manchmal Austern. Die Freunde der klassischen Musik stehen auf so was.«

»Wo waren Sie während des Unfalls?«

»Hinter der Bühne. Am Lichtpult. Ich bin während der ganzen Vorstellung am Lichtpult.«

Jennerwein achtete auf den Klang von Schmidingers Stimme. Der Mann war tatsächlich nervös. Äußerlich war er ein Fossil aus einer längst vergangenen Zeit. Der Hausmeister hatte die schulterlangen Haare hinten mit einem Bürogummi zu einem schlampigen Pferdeschwanz zusammengebunden. Unter dem obligatorischen blauen Hausmeisterkittel (daran hatte ihn Jennerwein erkannt) trug er ein verwaschenes T-Shirt, darauf war ein Button mit der reichlich historischen Aufschrift *Stoppt Strauß!* zu sehen. Aber vielleicht war ja auch Johann Strauß, der Walzerkönig, gemeint.

»Können Sie mir sagen, was eigentlich los ist?«, fragte Schmidinger mit leiser und besorgter Stimme. »Der Leichenwagen ist immerhin zweimal gekommen. Ein Unfall?«

Jennerwein machte eine vage Handbewegung und setzte ein noch unbestimmteres Gesicht auf. Er zögerte kurz, diese Information preiszugeben, dann sagte er:

»Einer der Toten ist Eugen Liebscher, das stand zumindest auf seinem Namensschild. Kennen Sie ihn?«

Der Hausmeister erschrak, und sein Erschrecken war nicht gespielt. Jennerwein glaubte ihm.

»Natürlich kenne ich Liebscher, das ist einer von unseren Hilfskräften. Bei Konzerten hat er die Aufgabe, die Türen zu schließen. Armer Teufel.«

»Armer Teufel, weil er tot ist, oder armer Teufel vorher schon?«

»Beides. Er war ein Einzelgänger, mit dem niemand so recht konnte. Er war wohl früher mal bei der Staatsoper Dresden angestellt, dann wurde er arbeitslos und hat hier eine kleine Nebentätigkeit gefunden.«

»Verwandte?«

»Nicht, dass ich wüsste.«

»Freunde?«

»Kann ich mir nicht vorstellen.«

»Ah, verstehe. Hatte er Schwierigkeiten mit jemandem im Haus? Auseinandersetzungen? Streitereien?«

»Eigentlich nicht, aber er war doch ein arger –« Schmidinger verstummte.

»Über die Toten nur Gutes, ich weiß, aber sagen Sie's trotzdem.«

»Wissen Sie, was ein *Gschaftlhuber* ist?«

»Ja, das weiß ich, ich bin in der Gegend aufgewachsen. Und Liebscher war so einer?«

»Kann man so sagen. Er hat sich um alles Mögliche gekümmert, um Dinge, die ihn nichts angingen. Aber warum liegt er plötzlich tot im Zuschauerraum? Ich habe Liebscher noch nie im Zuschauerraum gesehen, sein Platz war hier im Foyer. Was hatte er da drinnen verloren?«

»Das herauszufinden ist unser Job.«

Jennerwein verabschiedete sich mit dem üblichen Kärtchen, an der Tür drehte er sich um und columbote:

»Ach, eine Frage hätte ich noch, Herr Schmidinger.«

»Natürlich. Fragen Sie.«

»Sie sagten, Sie sind der Meister des Lichts. Haben Sie seit dem Unfall etwas am Licht verändert?«

»Ja, als ich gemerkt habe, was los ist, habe ich das Bühnenlicht ausgeschaltet und das Saallicht an. War das falsch?«

»Nein, nein, Herr Schmidinger, überhaupt nicht. Aber könnten Sie die Beleuchtung für mich noch einmal so einrichten, wie sie während des Konzerts war?«

»Natürlich.«

Der Hausmeister machte sich hinter der Bühne an einem Pult zu schaffen, Jennerwein betrat die Bühne. Das Saallicht erlosch, es wurde dunkel dort unten, die fleißigen Reisbauern waren urplötzlich verschwunden, und dann flammte eine Front von einem guten Dutzend von 1000-Watt-Scheinwerfern auf. Der Kommissar wurde fast zurückgeworfen von der Lichterflut. Reflexartig hielt er die Hand vor die Augen, so geblendet war er. Von hier aus konnte man wirklich absolut nichts im Zuschauerraum erkennen, das festzustellen war auch Sinn des Versuchs. Von unten aber hatte es ein interessantes Bild gegeben, wie Hubertus Jennerwein aus dem Dunkeln heraus ins gleißende Licht getaucht wurde. Er machte gar keine schlechte Figur, wie er dort in der Mitte der Bühne stand, eine Hand dramatisch vor den Augen, als wollte er gleich sagen *Geben Sie Gedankenfreiheit, Sire!* oder wenigstens *Herr Graf, die Pferde sind gesattelt!* Einige Witzbolde im Zuschauerraum klatschten.

»Danke, Herr Schmidinger, das genügt, Sie können die Beleuchtung wieder ausschalten.«

»Toller Auftritt, Jennerwein«, sagte ein Tütchenträger mit auffällig abstehenden Ohren, Hansjochen Becker, der begnadetste Schnüffler der Spurensicherung. »Sie könnten glatt in einem Tatort-Krimi als Hauptkommissar auftreten.«

»Danke, Becker, ich werde mich bei Gelegenheit bewerben. Vielleicht fällt für Sie ja auch noch ein Job als Kabelhelfer ab.«

Die beiden Männer begrüßten sich herzlich. Sie kannten sich von einigen Einsätzen, und jeder wusste, dass er sich auf den anderen verlassen konnte.

»Hier unten sind Sie fertig?«

»So gut wie. Genaue Ergebnisse gibt es in ein paar Stunden.«

»Und den Balkon dort oben? Nehmen Sie sich den auch vor?«

»Natürlich«, sagte Becker, »wir nehmen uns alles vor, auch den Balkon da oben.« Beide sahen hinauf zur Galerie.

»So wie Sie aussehen, Jennerwein, haben Sie schon eine Theorie.«

»Warum, wie sehe ich denn aus, Becker?«

»Nachdenklich. Alternativen ins Auge fassend. Möglichkeiten ausschließend. Flugparabeln durchrechnend.«

Jennerwein lachte. »Nein, Flugparabeln rechne ich sicher nicht durch, den Gefallen tue ich Ihnen nicht, dafür sind Sie ja zuständig. Aber Sie haben im Prinzip schon recht.« Sein Blick richtete sich auf die Stelle der Balkonbrüstung, wo er vorhin gestanden und eine gestrichelte Linie nach unten erdacht hatte. »Von dort oben kann man herunterspringen«, sagte er nachdenklich und fuhr mit dem Finger die gestrichelte Linie nach.

»Das kann man von einem Balkon immer.«

»Ich meine, man kann so herunterspringen, dass man da landet, wo das Opfer aufgefunden wurde.«

»Jetzt sind wir doch wieder bei der Flugparabel angekommen. Ypsilon im Quadrat ist gleich zwei p mal x …«

»Hören Sie auf, Becker! Das tut mir weh! Sie behindern die Ermittlungen!«

»So schlimm ist es bei Ihnen mit der Mathematik? Gut, wir haben vor, Ihre Theorie nachzuprüfen, diskret und ohne Sie mit Zahlen zu behelligen. Und dazu legen wir heute alle eine Nachtschicht ein. Morgen –«

»– erfahre ich die genauen Ergebnisse, ich weiß.« Jennerwein verließ den Saal wieder und ging ins Foyer.

Dort stand ein knallbunt gekleidetes Ehepaar mittleren Alters, er in einem petrolfarbenen Cordanzug und roter Krawatte, sie in einem violett glänzenden Kostüm, sie hatte etwas von einer zertretenen Pflaume.

»Kommen Sie, Chef«, sagte Nicole Schwattke, »die beiden wollen unbedingt Sie sprechen. Und nur Sie.«

Jennerwein ging auf die beiden zu.

»Ja bitte? Meine Kollegin hätte allerdings genauso gut –«

»Wir sind in Reihe 5, auf den Plätzen 14 und 15 gesessen«, rief die pflaumenfarbene Frau fröhlich. Sie erinnerte Jennerwein an seine alte Englischlehrerin.

»Unsere Namen sind Thomas und Heike Kübel, Oberstudienräte für Deutsch, Geschichte, Sozialkunde am hiesigen Gymnasium«, sagte der Mann eifrig.

»Und Sie sind wohl der leitende Beamte hier«, sagte Frau Oberstudienrätin Kübel.

»Ja, der bin ich.«

»Oberkommissar?«

»Hauptkommissar«, knurrte Jennerwein.

»Ich werde mir das nie merken: Der Oberkommissar ist eine Stufe unter dem Hauptkommissar, nicht wahr? Wie merken Sie sich das?«

»Ich sehe in meinem Dienstausweis nach«, sagte Jennerwein. Lange reichte seine Geduld nicht mehr. Aber Frau Kübel plauderte munter weiter.

»Wie viele Mitarbeiter haben Sie denn im Team?«

»Äh, die Fragen stelle eigentlich ich, wenn Sie erlauben. Unsere Zeit ist knapp, wir haben heute noch viel zu tun.«

»Natürlich, natürlich.«

Sie zückten jetzt beide ihre Personalausweise und wedelten damit herum. Jennerwein las die Personalien und notierte sie. »Und jetzt zu Ihrer Aussage.«

Frau Kübel flüsterte ihrem Gatten etwas ins Ohr, dann kicherten beide wie Teenager.

»Darf man mitlachen?«, fragte Jennerwein.

»Köstlich, köstlich ist das alles«, sagte Frau Kübel. »Jetzt aber im Ernst. Wir haben alles von Anfang an beobachtet. Ein junger Mann kam zu spät –«

Sie redeten durcheinander.

»Wir maßen dem noch keine Bedeutung zu.«

»Ja, wir wussten nicht, dass das wichtig wird.«

»Perfektes Timing.«

»Am Anfang des Konzertes hat das noch niemand erwartet.«

»Ja, sie kommt raus, PIRRILI PI, und schon kracht's.«

»Und dann ein Kommissar, wie man ihn sich vorstellt.«

»Ein Hauptkommissar! Was kommt eigentlich gleich nach

dem Hauptkommissar? Was ist die Stufe darüber? Vielleicht Generalhauptkommissar?«

Jennerwein schaltete das Aufnahmegerät ab. Die beiden Grellbunten standen wohl unter Schock und verhielten sich deshalb so überspannt. Er sah sich hilfesuchend nach einem Sanitäter um. Schwattke, die ihm das Ehepaar zugeführt hatte, verdrehte die Augen.

»Wir haben draußen einen Sanitätswagen«, sagte Jennerwein zu dem bunten Ehepaar. »Ich schlage vor, dass Sie sich da behandeln lassen.«

»Behandeln lassen! Köstlich! Natürlich lassen wir uns behandeln! Wo kann man sich behandeln lassen?«

Jennerwein schob Herrn Ostler und Frau Ostler in Kübel mit sanftem Druck hinaus. Sie alberten über den Vorplatz, der immer noch mit vielen Fahrzeugen verschiedener Rettungsdienste vollgestellt war. Dann klopften sie theatralisch an die Tür eines Sanitätswagens und wurden auch eingelassen.

»Schwerer Schock«, sagte Jennerwein.

»Ich habe einen anderen Verdacht«, sagte Nicole Schwattke. »Die beiden halten das hier alles für eine Inszenierung. Für einen Teil der Kunstaktion.«

»Wie bitte?«, sagte Jennerwein. »Sie halten uns für Schauspieler?«

»Ja, ich glaube schon«, sagte Schwattke.

»Aber ein Blick auf den ganzen Auflauf da draußen, mit zig Feuerwehrautos, Kränen, Rettungsfahrzeugen müsste doch genügen, um zu sehen, dass das keine Inszenierung sein kann. Wenigstens nicht für die paar Euro Eintritt.«

»Solche Aktionen sind heutzutage hoch subventioniert.«

»Vielleicht ist es ja auch eine Inszenierung«, sagte Jennerwein düster. »Und wir wissen es bloß nicht.«

Nachdem die Adressen und Aussagen aller Zeugen im Foyer aufgenommen waren, rief Jennerwein sein kleines Team zusammen. Es bestand im Moment aus Ostler und Hölleisen, Schwattke und Stengele.

»Morgen kommt noch Frau Dr. Schmalfuß dazu, unsere Polizeipsychologin vom Zentralen Psychologischen Dienst«, sagte Jennerwein.

»Die Leitstelle hat eine Wohnung für uns organisiert, ein schmuckes Häuschen im Grünen. Wer nicht zurückfahren will und hier im Ort übernachten möchte, hier ist die Adresse. Hier gibt's nichts mehr zu tun. Machen wir Schluss. Jeder von uns hat ja noch einigen Papierkram zu erledigen.«

»Morgen früh geht's wann weiter?«

»Um acht erwarte ich alle zur Besprechung.«

Peter Schmidinger, der Hausmeister mit Zopf, kam nochmals zu den Polizisten.

»Entschuldigen Sie. Die Schnittchen. Lachstatar, Kaviarmousse, nur vom Feinsten. Ich müsste alles wegwerfen.«

Am nächsten Morgen waren Tortillas, Ciabatta, Wraps und Kanapees für vierhundert Personen von einem 20-köpfigen Sondereinsatzkommando der Polizei, ohne den Dienstweg zu beschreiten, weggeputzt worden.

9

HABEN SIE RATTENGIFT zu Hause? Sind Sie Sportschütze? Kennen Sie hohe Talbrücken, die schwer einzusehen sind? Steht in Ihrer Garage ein Reservekanister mit Benzin? Wissen Sie von Gegenden, in denen Knollenblätterpilze wachsen? Kennen Sie Aussichtsplateaus ohne Geländer? Wissen Sie, wie ein Hals gedreht werden muss, um einen Genickbruch herbeizuführen? Besitzen Sie eine einzelne abschließbare Tiefgarage? Haben Sie Wasserstoffperoxyd und Trockenspiritus zu Hause? Wissen Sie, an welcher Stelle Sie in die Brust stechen müssen, um das Herz zu treffen? Haben Sie einen Haartrockner im Bad? Wissen Sie, wo das Bremskabel im Auto verläuft? Haben Sie ein Drahtstück von etwa 30 cm im Werkzeugkasten?

Wenn Sie nur eine dieser Fragen mit einem Ja beantworten können, dann haben Sie sicher auch schon einmal an das Undenkbare gedacht. Sie haben es moralisch entrüstet von sich gewiesen, dann haben Sie sich schließlich doch wieder mit der Idee befasst. Schließlich haben Sie Abstand davon genommen, weil bei allen Tötungsdelikten immer *ein* Problem bleibt: Wohin mit der Leiche?

Ignaz und Ursel Grasegger hatten es sich zur Aufgabe gemacht, genau dieses Problem zu lösen und dafür zu sorgen, dass solche problematischen Leichen verschwanden. Die Geschäftsidee war einfach, das Geschäft lukrativ, die Geschäftsabwicklung ungewöhnlich. Das angesehene Bestattungsunternehmen *Grasegger gegr. 1848* arbeitete zuverlässig, diskret und ohne irgendwelche Spuren zu hinterlassen. Das Angebot gab es seit fünfzehn Jahren, die Nachfrage war enorm.

Denn in den meisten Fällen ist es die Leiche, die zum Täter führt, die den Häschern einen Fingerzeig gibt, auch nach Jahren noch, wenn sie etwa aus verschwiegenen Sümpfen gezogen wird oder aus Betonfundamenten gemeißelt.

Es ist die Leiche, die letzten Endes auch zu den Herzchen führt, die vom perfekten Mord träumen, von Mixturen und Giften, die hundertprozentig nicht nachweisbar sein sollen und die man im mitgebrachten Nudelsalat unterbringt.

Es ist die Leiche, die immer – immer! – sagen kann, auf welche Weise, wann und wo sie zu einer solchen geworden ist, und die den Ermittler zu denen führt, die auch im Zeitalter der Röntgenfluoreszenzanalyse noch waschen, rubbeln, spülen und verbrennen, um Spuren zu beseitigen.

Es ist die Leiche, die auch im aufgelösten, eingeäscherten und atomisierten Zustand noch auf den Mörder zeigen kann, vom Grund des stillen Waldsees aus und im Schuppen der kanadischen Berghütte.

Das Institut Grasegger hielt nichts von solch unsicheren Bestattungsorten, es nahm diejenigen Leichen, die einer gerichtsmedizinischen Prüfung nicht so recht standgehalten hätten oder die ein entscheidendes Requisit in einer staatsanwaltlichen Beweiskette gewesen wären, diskret in Empfang und beerdigte sie zusammen mit einem kürzlich Verstorbenen auf dem idyllischen Friedhof am Fuße der Kramerspitze, den der italienische *Guida ai cimiteri,* der anerkannt beste Führer durch die Friedhöfe Europas, vor ein paar Jahren noch als einen der schönsten des deutschsprachigen Raums bezeichnet hatte. Dieser Friedhof war sogar mit den begehrten vier Kreuzen (††††) ausgezeichnet worden. (Nur der Père-Lachaise hatte fünf.)

»Ich gehe noch Käse holen«, sagte Ursel. »Ein Stückchen macht das Kraut nicht fett, abnehmen hin oder her.«

»Sei so gut und bring mir auch noch was mit. Das kleine Tellerchen Sülze vielleicht?«

Der Vorsatz, heute leicht und fettfrei zu essen, brach zusammen unter der Wucht des schönen Abends und unter dem Bewusstsein, dass das Leben kurz ist. Es wurde also noch Knöcherlsülze geholt, etwas Regensburger Wurstsalat, einige wenige Topfennudeln, ein paar Löffelchen von dem selbst gemachten Kartoffelsalat, ein Rest Eiergerstelsuppe und eine kleine Pfanne mit paniertem Wammerl. Die Pfanne war so klein nicht.

10

HUNDERT PROZENT, siebzig Prozent, fünfundzwanzig Prozent. Es war Nacht. Das Haus lag weit außerhalb der Ortschaft, es lag einsam inmitten der Natur und märchenhaft von Wald umgeben, und Rosa und Max hatten das so gewollt. – Dreitausendsechshundert, zweitausendfünfhundertzwanzig, sechshundertdreißig. In einem Zimmer brannte noch Licht. Der pensionierte Dachdeckermeister Max Lehner lag still da, seine Frau Rosa schloss ihm die Augen. Doch sie hatte keine Angst ganz allein in dem Haus. Ihre Sorge war vielmehr, wie es jetzt weitergehen sollte. Vor allem, wie es weitergehen sollte ohne die monatliche Rente von Max, die auch nicht eben üppig gewesen war, die aber zur Tilgung der Hypothek gerade mal so gereicht hatte. Schon in vier Monaten würde sie nur noch den kläglichen Witwenbruchteil der Rente bekommen, und die paar Euro würden nicht mehr reichen, um das Haus zu erhalten. Hätte Max nicht noch wenigstens zwei Jahre durchhalten können? Dann wäre sie fünfundvierzig geworden und hätte zumindest Anspruch auf die *große Witwenrente* gehabt. Rosa schämte sich für diesen Gedanken, aber er war ihr nun einmal gekommen, gleich nachdem sie Max leblos im Bett vorgefunden hatte. Und je mehr sie den Gedanken wegzudrängen versuchte, desto mehr tanzten ihr die Zahlen der einfachen Dachdeckerwitwenrentenrechnung vor den Augen: Zuerst die ordentlichen Einkünfte von Max, ein paar außerordentliche, außerbuchhalterische hatte er als Handwerker auch immer. Dann die verdammte

Idee, in den freiwilligen Vorruhestand zu gehen, der nur einige wenige Monate gedauert hatte. Und jetzt? Wer denkt denn in dem Alter an so was. Fünfundzwanzig Prozent von siebzig Prozent sind siebzehn Komma fünf Prozent. Rosa ging ans Fenster des Zimmers, das so viele Jahre ihr gemeinsames Schlafzimmer gewesen war, und blickte hinaus in die Nacht. Sechshundertdreißig. Nicht einmal ein Tausender Witwenrente. Und nichts mehr einfach so auf die Hand. Schwarze Gedanken jagten ihr durch den Kopf und fraßen sich immer wieder im selben Gehirnlappen fest, im Corpus melancholicus, dem Zentrum für die Erinnerung an verpasste Chancen. Siebzehn Komma fünf Prozent. Rosa rief einen uralten Freund an, den sie schon lange aus den Augen verloren hatte.

»Ja, ich weiß, wie ausgesprochen peinlich es ist«, begann sie, »sich erst nach zwanzig Jahren wieder zu melden. Aber Max ist gestorben. Kannst du mir bei den Formalitäten helfen?«

»Der Arzt war schon da?«

»Nein, ich habe schon lange keinen Arzt mehr kommen lassen.«

»Du musst einen Arzt rufen, Rosa. Einen Arzt, der den natürlichen Tod feststellt. Nur mit einem Totenschein kann man nach dem Bestattungsgesetz –«

»Komm mir jetzt nicht daher mit dem Bestattungsgesetz. Wir waren einmal sehr enge Freunde – ich, du, Ursel und Max. Ich habe euch noch nie um etwas gebeten. Jetzt bitte ich euch um was. Ich kenne keinen Arzt. Komm bitte vorbei und hilf mir.«

Er kam vorbei und half ihr. Was sie auch will, ich mache es, hatte er sich bei der Herfahrt gedacht, wir waren Freunde, wir waren sogar einmal die besten Freunde.

»Zweiundzwanzig Jahre«, sagte er, als sie ihm öffnete.

»Wie bitte?«

»Vor zweiundzwanzig Jahren haben wir uns das letzte Mal gesehen.«

»Ja, das mag richtig sein, ich habe nicht mitgezählt.«
»Ich schon. Aber wie kann ich dir jetzt helfen?«

Max lag im Bett. Sein Hirn war ein formloser Brei, eine Melange aus nutzlosen Neuronen, die einmal dies und das gedacht und gewollt hatten, jetzt sah er zufrieden aus.

»Die Witwenrente ist lächerlich«, sagte sie. »Damit kann ich die Hypothek für das Haus nicht zahlen. Wenn ich Glück habe, erlaubt mir die Bank, noch ein paar Wochen drin zu wohnen.«

Sie schwiegen lange und kamen beide auf eine ähnliche Lösung des Problems. Sie kamen auf eine Lösung, die sich von gesellschaftlichen Übereinkünften ein gutes Stück entfernte. Der daliegende Dachdeckermeister im Vorruhestand mit den geschlossenen Augen schien aber eine Art schweigender Zustimmung auszustrahlen.

»Weiß es sonst noch jemand?«, fragte Ignaz schließlich.

»Dass Max tot ist? Nein. Muss es denn überhaupt jemand wissen, dass er tot ist?«

»Nein, das muss eigentlich niemand wissen. Wer hätte etwas davon?«

Sie nickten sich zu. Er nahm den klapperdürren, zähen, schwindelfreien Freund mit, schulterte ihn und legte ihn ins Auto. Die Witwe sollte weiter eine angemessene Rente beziehen.

»Er hätte es auch so gewollt«, sagte Rosa zum Abschied. »Er hätte nichts dagegen gehabt.«

»Eines muss aber klar sein«, sagte Ignaz. »Wenn ich Max jetzt mitnehme, dann dürfen wir keinen Kontakt mehr haben. Nie mehr.«

»Natürlich«, sagte Rosa.

Rosa erfuhr nicht, wo Max lag, das gehörte zur Verabredung. Man sah sie noch ein paar Mal aus der Ferne, auf dem Vierkreuzefriedhof, eher ziellos schlendernd als zielstrebig einem Grab zueilend – sie studierte die Grabinschriften und warf auf dieses und jenes Grab eine Cattleya. Aber das machten andere auch, und so fiel es nicht weiter auf.

Das war jetzt fünfzehn Jahre her, und Ignaz Grasegger und die Witwe Rosa Lehner hatten sich seither wirklich nicht mehr gesehen. Er hatte nicht gedacht, dass es so furchtbar leicht war, eine Leiche verschwinden zu lassen. Er hatte Max damals in einem anderen, frisch ausgehobenen Grab bestattet, im Grab einer alteingesessenen Bauernfamilie – wenn *Bestattung* für diese Art von Doppelbelegung überhaupt der richtige Ausdruck ist. Aber Max' Begräbnis war zum Denkanstoß für eine zünftige Geschäftsidee geworden.

»Noch etwas Sülze?«, fragte Ursel.

»Nein, jetzt kann ich wirklich nicht mehr«, sagte Ignaz.

Im Radio war jetzt die Volksmusiksendung zu Ende, ein Oberpfälzer Duo sang von einem Vogerl, das von der Liebsten zurückkommt mit leerem Schnabel. Schade, schade.

11

Kommissar Jennerwein hatte vorgehabt, an diesem Morgen als Erster im Besprechungsraum der örtlichen Polizeidienststelle zu sein, aber als er kam, herrschte dort schon Hochbetrieb. Die Kaffeemaschine fauchte, und Kopierer surrten. Johann Ostler und Franz Hölleisen, die beiden unermüdlichen und auch unentbehrlichen Platzhirsche, stellten Flipcharts auf und prüften verschiedenfarbige Stifte auf ihre Tüchtigkeit hin. Auch Ludwig Stengele und Nicole Schwattke aus Jennerweins Kernteam waren schon da, sie sahen beide verdammt müde aus, hatten wohl bis weit nach Mitternacht Zeugenaussagen abgehört, verglichen und analysiert, denn sie hatten beschriebene Collegeblöcke und Aufnahmegeräte vor sich liegen. Dr. Maria Schmalfuß, die Polizeipsychologin, die am Morgen angereist war und das Team komplett machte, schüttete gerade drei Päckchen Zucker in ihren Kaffee und lauschte der Zeugenbefragung, die Stengele aufgenommen hatte.

»Sie haben einen Kampf gesehen?«

»Ja. Zwei Männer gingen sich an die Gurgel.«

»Sind Sie sicher, dass es Männer waren?«

»Nein, aber sie prügelten sich. Der eine holte aus und schlug zu.«

»Einmal? Mehrmals?«

»Vielleicht mehrmals, aber mindestens einmal.«

»Sie standen aber doch eng beieinander, die beiden Männer.«

»Ja, ganz eng.«

»Wie kann da einer ausholen und mehrmals zuschlagen?«

»Ich habe gesagt *vielleicht* mehrmals.«

»Vielleicht auch gar nicht?«

»Nein, *einmal* ganz bestimmt.«

»Mindestens einmal schlug er zu?«

»Er holte jedenfalls einmal aus.«

»Vielleicht schlug er auch *nicht* zu? Und holte nur aus? Sie haben gesagt, sie gingen sich an die Gurgel.«

»Nur so eine Redensart.«

Stengele schaltete das Wiedergabegerät aus.

»Ein typischer Fall von *Knallzeuge*«, sagte Dr. Maria Schmalfuß und schüttete noch einmal ein Päckchen Zucker in den Kaffee.

»Knallzeuge?«, fragte Stengele. »Weil die so durchgeknallt sind?«

»Ein Knallzeuge«, dozierte Maria und hörte dabei nicht auf, ihren Kaffee umzurühren, »ist ein Zeuge, der beispielsweise das Geräusch eines Autounfalls, also den Knall gehört hat, aber steif und fest behauptet, er hätte den Zusammenstoß gesehen. Bei der Zeugin Nr. 41/03, also bei der Dame, die wir gerade gehört haben, ist etwas Ähnliches geschehen. Sie hat einen Körper-Körper-Schlag gehört, ein Geräusch, das einem Faustschlag ähnlich ist. Die Erinnerung ist eine launige Gesellin, sie rekonstruiert die passenden optischen Wahrnehmungen um die tatsächliche Wahrnehmung herum. Diese Dame hier wird nicht mehr von ihrer Meinung abrücken, einen Kampf gesehen zu haben.«

»Und wenn es wirklich ein Kampf war?«, wollte Ostler wissen.

»Ich habe gestern vierundvierzig Zeugen befragt –«, begann Stengele.

»Respekt«, warf Jennerwein ein, »bei mir waren es nur dreizehn.«

»Ich habe also vierundvierzig Zeugen befragt, und diese Dame ist die einzige, die einen Kampf *gesehen* hat – oder vielmehr gesehen haben will.«

»Die Zeugin 41/03 ist also nicht ernst zu nehmen«, stellte Nicole Schwattke fest.

»Keine Zeugenaussage ist ganz ernst zu nehmen«, sagte Maria Schmalfuß. »Aber in diesem Fall haben wir ja Glück. Wir bekommen im Lauf der nächsten Stunden oder Tage Hunderte von Zeugenaussagen zusammen. Eine seltene Gelegenheit, um der Wahrheit statistisch näherzukommen, denke ich. Eine Beobachtung, die nur einmal auftaucht, ist *anders* zu bewerten als eine Häufung –«

»Wir werden sehen«, unterbrach Jennerwein, dem Statistiken ein Gräuel waren. »Hat denn noch jemand einen Zeugen gefunden, der einen Kampf im Parkett des Konzertsaales gesehen haben will?«

Alle schüttelten den Kopf. Die Kampf-These war damit ziemlich vom Tisch. Das reizte Dr. Maria Schmalfuß erst recht, sie aufrechtzuerhalten. Sie notierte etwas auf ihrem Collegeblock. Stengele, der neben ihr saß, lugte hin und las: *Koslowsky-Lamargue-Effekt.* Nur der Gaudi halber schrieb er sich das Wort auf.

»Damit alle auf dem gleichen Informationsstand sind«, fuhr Jennerwein fort. »Die Identität des einen Toten, des obenliegenden Opfers, ist geklärt. Es handelt sich um Eugen Liebscher, einen Mitarbeiter des Hauses. Sein Job im Konzertsaal war es, die Türen zu schließen, wenn das Konzert begonnen hatte. Unbeliebt bei den Kollegen. Keine Angehörigen. Von dem *anderen* Opfer *wissen* wir noch gar nichts. So gut wie überhaupt nichts. Er hatte keinerlei Papiere bei sich, wir haben lediglich einen Hundert-Euro-Schein und eine Konzertkarte bei ihm gefunden.«

»Nur *eine* Konzertkarte. Das ist mein Stichwort.« Damit meldete sich Nicole Schwattke zu Wort. Mit dreiundzwanzig war sie die Jüngste im Team und die einzige Nicht-Bayerin. Sie war erst letztes Jahr aus dem Westfälischen ins Voralpenland gezogen und wurde wegen dieser Herkunft von den Kollegen milde verspottet, indem ihr Name absichtlich noch preußischer ausgesprochen wurde, als er ohnehin schon klang. Sie blätterte in ihren Unterlagen.

»Einige Zuschauer haben gesehen – wollen gesehen haben –, dass das zweite Opfer, der Mann, der zu spät kam, nicht alleine in den Saal gekommen ist. Es ist, abgesehen von dem Türschließer, noch eine Frau dabei gewesen. Der Mann, der zu spät kam, ging in die Reihe, die Frau folgte ihm aber nicht. Nach verschiedenen Beschreibungen war sie auffallend klein und trug ein halblanges schwarzes Abendkleid.«

»Wenn sie wieder rausgegangen ist, müsste sie die Garderobiere doch gesehen haben«, sagte Hölleisen.

»Das hat sie auch.« Schwattke blätterte wieder in ihren Unterlagen. »Die Garderobiere, ein gewisse Anne Probst, räumt zwar ein, wegen ihres Kreuzworträtsels nicht so ganz bei der Sache gewesen zu sein, aber sie hatte die Tür gut im Blick. Erstens: Das Konzert hat begonnen, Liebscher schleicht ›wie immer‹ im Foyer rum, um Zuspätkommende zusammenzustauchen. Zweitens: Ein Pärchen kommt herein, sie trägt über dem Abendkleid eine quietschgelbe Windjacke, ›so Plastikzeug eben‹. Drittens: Die Frau gibt die Windjacke bei ihr ab, der Mann hat keine Garderobe. ›Wenn jemand keine Garderobe hat, nehme ich ihn gar nicht wahr‹, sagte sie.«

»Déformation professionnelle«, warf Dr. Schmalfuß ein.

»Viertens: Liebscher geht mit den beiden rein, Liebscher kommt wieder raus. Nach einiger Zeit kommt die Frau ebenfalls wieder raus und verlässt das Konzertgebäude.«

»Daran kann sich die Zeugin erinnern?«

»Sehen Sie, genau das habe ich die Zeugin auch gefragt. Anne Probst konnte sich deshalb daran erinnern, weil die Zuschauerin ohne ihre Windjacke rausgegangen ist. Für Garderobieren gehen keine Menschen ins Theater, sondern Windjacken, Lodenmäntel und Regenumhänge. Menschen sind für sie Mäntel mit etwas Fleisch dran.«

»Was ist dann unsere déformation professionnelle?«, fragte Stengele. »Was sind Menschen für uns?«

»Delikte mit etwas Fleisch dran«, antwortete Jennerwein und verzog keine Miene dabei.

»Darf ich zum Thema zurückkommen? Sechstens: Es folgt das allgemeine Chaos, bei dem sie noch die Stellung gehalten hat. Und jetzt kommt's.«

Schwattke machte eine dramaturgisch gut gesetzte Pause, und man hörte nur den kreisenden Löffel von Maria Schmalfuß, die immer noch ihren Kaffee umrührte.

»Siebtens: Nach Angaben unserer Garderobiere Anne Probst tauchte die kleine Dame inmitten des Trubels nochmals auf und forderte ihre Jacke zurück. Sie gibt sie ihr. Ende der Zeugenaussage. Leider keine genauere Beschreibung.«

»Diese Frau müssen wir finden«, sagte Jennerwein. »Ich bitte das bei allen künftigen Befragungen im Auge zu behalten.«

Maria Schmalfuß legte den Löffel jetzt vorsichtig auf dem Unterteller ab und riss noch ein Päckchen Zucker auf.

»Kann man denn jetzt einen Kampf mit tödlichem Ausgang definitiv ausschließen?«

»Maria, Sie haben diese Kampftheorie liebgewonnen, oder?«, sagte Jennerwein.

»Ich glaube«, sagte Stengele, »wir können ausschließen, dass unten im Parkett ein Kampf stattgefunden hat. Wie soll das gegangen sein? Der Mann, der zu spät kam, und die Frau im schwarzen Abendkleid werden von Eugen Liebscher in den Saal geführt. Die drei gehen rein, aber nur der namenlose Mann geht zu seinem Platz. Die namenlose Frau löst sich vollständig in Luft auf, der Portier Liebscher kriecht unter den Sitzen durch oder fliegt zu den leeren Plätzen, dort kommt es zu einem Kampf, bei dem der Namenlose ein Hackebeil herauszieht und Liebscher das halbe Gesicht wegschlägt. Liebscher fällt auf den Namenlosen und zerquetscht ihn, nach dem Hackebeil wird noch gesucht.«

Die These, dass es zu einem Kampf gekommen war, war arg ins Wanken geraten.

»Wollen wir draußen eine Rauchpause einlegen?«, schlug Maria vor, um von ihrer kleinen Niederlage abzulenken. Draußen an der frischen Luft stellte sich heraus, dass keiner rauchte, alle hatten schon vor Ewigkeiten aufgehört, außer Nicole, die hatte es erst vor einem Monat geschafft.

»Ein gesundes Team sind wir«, sagte Jennerwein. »Ich denke, wir bleiben aber trotzdem auf eine Zigarettenlänge draußen. Der Sommermorgen ist einfach zu schön.«

Die Tür, aus der sie herausgetreten waren, befand sich auf der Rückseite der Polizeidienststelle, und es war die Bühnentür zum Glück. Eine Wiese von einem brauereireklamesatten Grün reichte ein paar Hundert Meter bis zu einem Waldrand, der Wald selbst stieg leicht an, die Wipfel bewegten sich lyrisch und eichendorffartig im Wind, dahinter ragten schroffe Felswände hoch. Auch zwei Wasserfälle in der Ferne fehlten nicht. Nichts fehlte zum strotzend gesunden Bild einer intakten oberbayrischen Sommerfrische, auch wenn sie hinter dem Polizeirevier lag. Es fehlte nicht die würzige Luft, die von irgendwo her wehte und sentimentale Erinnerungen an Sommerferien und Freibadromanzen mit sich trug. Es fehlte nicht der unausbleibliche Duft von Heu, es fehlten nicht die bayrischen Kühe, die da und dort grasten und glockig rumorten, es fehlte nicht das Summen der Bienen und das flüchtige Spiel der Quellwolken, es war ein Kalenderblatt, das Bayern hieß. Nicole Schwattke hätte diese Landschaft am liebsten so genommen, frankiert und nach Recklinghausen geschickt. In Jennerweins zerebralem Assoziationsstüberl stiegen kindliche Erinnerungen an Wandertage und hitzefreie sechste Schulstunden auf, und selbst die logozentrischste im Team, Frau

»Doktor Kopf« Schmalfuß ließ sich erweichen, leise vor Glück zu seufzen.

»Schade, dass wir heute arbeiten müssen«, sagte Ostler.

»Jo, es is a Kreiz«, mühte sich Nicole Schwattke aus Recklinghausen.

»Fast haben Sie's getroffen«, sagte Hölleisen. »Nur das *ei* noch etwas heller, dann nehme ich Sie zum nächsten Stammtisch mit.«

»Jetzt ist aber Schluss mit der Idylle!« Jennerwein jagte die kleine Schar wieder hinein, und alle setzten sich seufzend um das runde Resopal. »Es wird nicht mehr lange dauern, bis die Presse Wind von der Sache bekommt«, sagte er. »Wir brauchen eine einheitliche Theorie. Eine Arbeitshypothese.«

»Wie lange können wir die Presse mit überhaupt keiner Information hinhalten?«, fragte Hölleisen. »Ein paar Stunden?«

»Mehr nicht«, sagte Jennerwein, »ich schlage vor, Hölleisen, Ostler und Stengele hängen sich ans Telefon und befragen heute die restlichen Zeugen. Sie, Stengele, nehmen sich speziell die Angestellten des Hauses vor. Sprechen Sie nochmals mit dem Hausmeister und vielleicht auch nochmals mit der Garderobiere. Schwattke, Sie versuchen, mehr über die Identität der beiden Opfer herauszubekommen. Die Frau Doktor und ich gehen in die Gerichtsmedizin.«

Alle brachen auf, nur Stengele blieb sitzen und tat so, als würde er in seinen Unterlagen noch etwas suchen. Als alle draußen waren, ging er zum Bücherregal und nahm den Brockhausband 3 (J bis Neu) heraus. Er blätterte und fand das Wort, das sich die Polizeipsychologin vorher notiert hatte:

Kos|low|sky-La|mar|gue-Ef|fekt, der; -[e]s, -e ›Psych.‹ (ein von den amerik. Verhaltensf. M. Koslowsky und P. Lamargue entdeckter …)

Nicole Schwattke klopfte ihm auf die Schulter.

»Immer fleißig, wie?«

Stengele wollte nicht als Streber dastehen und klappte das Buch zu.

»Sie arbeiten noch mit dem papierenen Brockhaus?«, sagte sie schnippisch. »Googeln Sie's doch! Geht schneller.« Stengele stellte den Band J bis Neu wieder zurück zu den fünf anderen Bänden der Brockhaus-Ausgabe von 1958 und fragte sich, was zum Teufel googeln ist. Hier hatte sich gerade ein kleiner Generationskonflikt angebahnt.

Draußen auf dem Gang schlurfte Kommissar Jennerwein nachdenklich hinter den anderen her. Irgendetwas rumorte in seinem Langzeitgedächtnis, und er wusste nur, dass da noch etwas war, dass er sich irgendwo irgendwas gemerkt oder aufgeschrieben hatte. Er kam nicht darauf, was.

12

Es LAGEN zwei Männer da, auf getrennten, kniehohen Tischen, und sie hätten viel zu erzählen gehabt von dem Abend gestern. Ob es ein Schlag oder ein Rrrums! gewesen war nach dem PIRRILI, wo die Frau abgeblieben ist, die draußen im Gang stehen blieb. Die beiden hätten noch so einiges gewusst. Doch sie waren tot, sie konnten nichts mehr erzählen.

Hauptkommissar Jennerwein und die Polizeipsychologin Dr. Maria Schmalfuß warteten auf den Gerichtsmediziner, der noch nirgends zu sehen war. Sie waren vielleicht auch etwas zu früh gekommen, sie starrten jetzt auf die blassen halbnackten Leichen unter dem grellen Neonlicht. Der Kopf von Eugen Liebscher war mit einem Laken bedeckt, Maria hatte sich weggedreht und hielt jetzt schon ein Taschentuch vor den Mund.

»Ist Ihnen nicht gut, Maria?«

»Es geht schon.«

»Außergewöhnlich niedrige Tische haben die hier.«

»Ich weiß nicht, wie hoch die Tische sonst sind«, sagte Maria, »ich bin das erste Mal in so einem Institut.«

»Wie bitte? Sie sind das erste Mal in der Gerichtsmedizin? Ja, hatten Sie denn keine Praktika –?«

»Ich habe mich bisher immer erfolgreich drücken können.«

Die Tische, auf denen Stoffregen und Liebscher lagen, waren tatsächlich so niedrig wie Couchtische, und jetzt erschien auch der Pathologe. Der Pathologe war eine Pathologin und saß im Rollstuhl. Jennerwein und Schmalfuß stellten sich vor und gaben ihr die Hand.

»Deshalb also«, sagte Maria.

»Ja, deshalb«, sagte die Pathologin mit einem klitzekleinen Anflug von Verärgerung.

»Dann wollen wir uns einmal dem eigentlichen Zweck unseres Daseins zuwenden«, sagte Jennerwein doppeldeutig und wies auf die Leiche von Liebscher.

»Wollen Sie das Gesicht wirklich sehen?«, fragte die Gerichtsmedizinerin, die ein leeres Namensschild trug.

»Ja, wir wissen, dass es schlimm aussieht.«

Frau Doktor Namenlos fuhr zum Tisch und zog das Tuch von Liebschers Kopf. Die beiden Beamten mussten durchatmen.

»Fassen Sie die Todesursache bitte so zusammen, dass es auch der Laie versteht«, sagte Jennerwein.

»Faciale Hämorrhagie – also kurz gesagt, die Gesichtshaut ist von unten nach oben abgetrennt, abgerissen worden, durch einen Schlag mit einem scharfen Gegenstand, durch einen Schnitt. Die Nase ist ganz abgetrennt, ich habe sie hier irgendwo – Wollen Sie sie –«

Jennerwein winkte ab.

»Enormer Blutverlust, der Mann hatte nicht mehr als einen Fingerhut davon in sich.«

»Er ist also verblutet?«

»Nein, die Kopfverletzungen sind nicht die Todesursache.«

»Das heißt, mit so einem – Gesicht kann man weiterleben.«

»Nicht sehr lange, aber der da hat es überlebt. Allerdings nicht lange. Die Todesursache ist, allgemeinverständlich, laienhaft und ganz und gar fremdwortfrei ausgedrückt, eine durch einen wuchtigen Schlag mit einem stumpfen Gegenstand hervorgerufene Quetschung des Brustkorbs und eine dadurch erfolgte Verletzung der Lunge durch nach innen spießende Rippenbrüche.«

»Ah ja: Traumatischer Pneumothorax«, sagte Jennerwein. »Decken Sie sein Gesicht bitte wieder zu.«

»Darf ich Sie mal was ganz und gar Hypothetisches fragen?«, sagte Maria und versuchte ein listiges Gesicht aufzusetzen. »Stellen Sie sich diesen Mann lebend vor. Er steht vor mir. Was müsste ich tun, um ihn so zuzurichten?«

Die Gerichtsmedizinerin überlegte. »Sie müssten ein Beil haben. Sie müssten mit diesem Beil einen sehr kräftigen Schlag von unten nach oben auf seinen Hals führen. Beim Versuch, ihm mit der Klinge von unten den Kopf zu spalten, treffen Sie nicht, rutschen ab und treffen nur die Kinnspitze. Dadurch trennen Sie die Gesichtshaut ab, die auch in diesem Bereich nur lose mit den Muskeln verbunden ist.«

Sie zeichnete den Schlag gestisch in die Luft. Dann wandte sie sich Maria zu.

»In Ihrem Fall – ich schätze Sie auf 1,70 – hätten Sie allerdings zuerst auf einen Stuhl steigen müssen, um diesen Mann da – er misst genau 1,96 – auf diese Weise zu treffen. Nachdem Sie das gemacht haben, schlagen Sie ihm mit dem stumpfen Ende des Beils in die Brust und zertrümmern seinen Brustkorb. Alles sehr unwahrscheinlich, aber durchaus möglich.«

Maria Schmalfuß zuckte die Schultern.

Die andere Leiche war wesentlich kleiner, aber kompakt und muskulös.

»Hier«, sagte die Pathologin, »ist die Todesursache ganz kurz und in einfachen Worten zu beschreiben: Bruch des dritten Halswirbels, Punkt. Ich muss allerdings hinzufügen, dass er bei richtiger Lagerung und schneller Behandlung durchaus noch hätte gerettet werden können.«

Jennerwein ging nicht auf diese Nebenbemerkung ein. Wenn die Staatsanwältin dieses kleine pikante Detail erfuhr, würde das ohnehin noch ein Nachspiel haben. Es war nicht unwahrscheinlich, dass er auch in diesem Fall der fahrlässigen Körperverletzung durch unterlassene Hilfeleistung die Ermittlungen zu führen hatte.

»Können Sie sagen, wie die Verletzung –«

»Das kann ich Ihnen sagen. Stark geführter Schlag mit einem stumpfen Gegenstand in den Nacken.«

Maria schaltete sich wieder ein. »Ist es denn möglich, dass der eine dem anderen diesen Schlag zugefügt hat?«

»Schwer zu sagen. Beide sind jeweils mit dem Blut des anderen verschmiert. Wenn ich vor Ort gewesen wäre –«

»Vor Ort sind mindestens zwei Dutzend Ärzte gewesen.«

»Das ist oft das Problem«, sagte die Pathologin. »Wollen Sie noch etwas über die Mageninhalte wissen?«

»Warum nicht«, sagte der Kommissar.

»Ja, warum eigentlich nicht!«, rief die Psychologin ärgerlich und verschwand nach draußen. Die Gerichtsmedizinerin grinste.

»Sie können ihr ja eine Zusammenfassung liefern. Also, der Kleine hier hatte den ganzen Tag über nichts oder kaum etwas gegessen. Etwas Traubenzucker zum Frühstück, etwas Tee, einen halben Apfel. Und er war unterwegs zu einem Rendezvous.«

»Oh, lieber Holmes, das müssen Sie mir erklären.«

»Er hat sich eine gute Stunde vor seinem Tod noch sauber gewaschen, der Haut nach zu urteilen lag er wahrscheinlich stundenlang in der Badewanne. Er trug frische Kleidung, seine Schuhe waren auf Hochglanz geputzt – und parfümiert war er wie ein Lavendelfeldkäfer. Achselspray, Mundspray, alles nachweisbar.«

»Nun, Holmes, ich ziehe auch frische Unterwäsche an, wenn ich zu einer Dienstbesprechung gehe«, warf der Kommissar ein. »Körperpflege allein sagt nichts.«

»Aber Watson, legen Sie zur Dienstbesprechung auch Intimspray auf? Marke *Besame mucho?*«

»Hat er das?«

»Ja. Und dann, als Kontrapunkt zu den aromatischen Düften, war der kleine Racker völlig verschwitzt, vermutlich war er ganz schön nervös.«

»Und der andere hier?«, fragte Jennerwein.

»Der Koloss? Da ist der Mageninhalt schon interessanter. Ich habe ihn genau analysiert. Die vollständige Aufstellung können Sie im Bericht nachlesen. Die Liste beginnt mit 0,01 mg Hyperizin und hört mit 2.750 µg Zink auf.«,

»Und was ergibt das?«

»Eierschecke.«

»Wie bitte?«

»Eierschecke. Eine sächsische Spezialität. Ich persönlich würde allerdings etwas weniger Zucker nehmen. Vierzig Gramm sind eindeutig zu viel.«

13

SIE WAR eine hässliche Erscheinung. Die schlecht sitzende Perücke tat noch ein Übriges, um diesen Eindruck zu verfestigen. Ihr Teint war gelblich, ihre große, knollenartige Nase gab dem Gesicht einen dümmlichen Ausdruck, die eng beieinanderliegenden Augen sahen stumpf und teilnahmslos drein. Ihre Hände, die aus den Ärmeln des altmodischen Kleides herauslugten, wirkten plump und schmutzig. Ihre Schuhe waren vor der Zeitrechnung einmal modern gewesen. Sie wippte auf der Balkonbrüstung vor und zurück, man musste den Eindruck gewinnen, dass es auch bezüglich ihrer Geisteskräfte nicht zum Besten bestellt war, ihre Bewegungen hatten viel Autistisches an sich. Das Kleid war ihr etwas verrutscht, und grobe, bläuliche Verfärbungen wurden sichtbar.

»Gisela?«

Der Mann war jetzt genau hinter ihr, sie zeigte keinerlei Regung, sie hörte aber zumindest mit ihren trotzigen Schaukelbewegungen auf.

»Gisi-Baby?«

Der Mann legte ihr die Hand an die Hüfte. Ein zweiter Mann war hinter ihr aufgetaucht, er tat das Gleiche auf der anderen Seite.

»Gisela, ich glaube, es geht los.«

Die beiden Männer hatten sterile Gummihandschuhe übergestreift, sie wollten keine Spuren hinterlassen. Beide fassten sie nun an der Hüfte und hoben sie hoch. Dann stießen sie Gisela über die Brüstung hinunter.

Gisela schrie nicht, sie fiel lautlos vom Balkon und schlug unten am Boden auf, zwischen den Stuhlreihen des Konzertsaals, genau in die Mitte der Reihe 4 fiel sie, auf die Stelle, an der man gestern das ungleiche Pärchen, den Zwerg und den Riesen aufgefunden hatte. Und das hatten die Männer auch so gewollt. Gisela lag mit verdrehten Gliedern da, die Männer um sie herum hatten kein Mitleid.

»Gut gemacht, Gisela«, sagte Hansjochen Becker, der Leiter des Referats Spurensicherung. »Wie lange dauert die Auswertung?«

»Ein paar Minuten, Chef«, sagte ein junger Computerfreak und blickte gar nicht erst von seinem Rechner auf. Andere Beamte richteten den Dummy wieder auf.

»Bringt Gisela wieder nach oben. Wir brauchen noch drei, vier Versuche, um ganz sicherzugehen.«

Inzwischen war Jennerwein mit Dr. Schmalfuß in den Saal gekommen. Die Psychologin sah immer noch sehr blass aus. Jennerwein begrüßte Hansjochen Becker.

»Na, wie sieht's aus?«

»Erstens: Es ist theoretisch durchaus möglich, dass man dort oben vom Balkon springt und an dieser Stelle landet. Um es aber gleich von vornherein klarzustellen: Dieser Eugen Liebscher kann nicht von dort oben gesprungen sein, wir haben keinerlei Spuren von ihm auf der Galerie entdeckt.«

»Das passt zu den Ergebnissen, die wir bisher erfragt haben«, sagte Jennerwein. »Die Konzertzuhörer auf der Galerie haben niemanden springen sehen. Bei aller Konzentration auf das Konzert – das müsste man doch bemerken, wenn jemand vor einem auf die Brüstung steigt, *Ade, du schöne Welt!* ruft und springt.«

»Jetzt kommt aber etwas Interessantes«, sagte Becker. »Die Beschreibung der Aufprallverletzungen, die mir die Gerichtsmedizinerin heute Morgen gemailt hat, decken sich nicht mit den Verletzungen unseres Dummys.«

»Was heißt das?«

»Gisela hat nach den Messergebnissen weniger starke Sturzverletzungen als Liebscher. Der ist mit einer größeren Wucht aufgeprallt. Liebscher kann nicht vom Balkon gesprungen sein – oder gestoßen worden sein. Das muss von einer weitaus höheren Stelle passiert sein. Wir rechnen es nochmals exakt und in Ruhe durch, dann bekommt ihr es auf den Zentimeter genau. Aber eines kann man jetzt schon sagen: Liebschers Sturz hat etwa 6 Meter weiter oben begonnen. Und er fiel kerzengerade nach unten, er hat sich nirgendwo seitlich abgestoßen.«

Jennerwein blickte zur Brüstung des Balkons hinauf, zu der Stelle, an der er gestern gestanden und eine gestrichelte Linie nach unten gezogen hatte. Er musste jetzt seine These vom Balkonsprung genauso fallenlassen wie Dr. Schmalfuß die ihre vom Parkettkampf. Es gab keinen zweiten Balkon darüber, von dem man hätte abspringen können und der die größere Fallhöhe erklärt hätte. Und es gab über der Stelle von Reihe 4 Platz 12 keine anderen Absprunggelegenheiten. Jennerwein zog eine andere gestrichelte Linie. Es gab ein Scheinwerfergerüst, das weiter vorn befestigt war, in der Höhe zwischen der ersten Reihe und der Bühnenrampe. Maria und Hansjochen waren Jennerweins suchenden Blicken gefolgt.

»Was meint ihr: Kann Liebscher auf dieses Gerüst geklettert sein, kopfüber, wie ein Affe, bis zur Mitte des Saals?«, fragte er.

»Wenn er eine Mischung aus einem Turnweltmeister und einem Freeclimber ist, dann ja«, sagte Becker.

Alle drei waren jetzt bis zur Unfallstelle gegangen und blickten direkt nach oben.

»Dann müsste er aber noch sieben oder acht Meter in diese Richtung weggesprungen sein«, sagte Becker. »Nur zur Information: Der Weltrekord im Weitsprung steht zurzeit bei 8,95 Meter.«

»Mit Anlauf«, fügte Maria hinzu. »Und den hatte Liebscher nicht.«

Liebscher musste von der Decke gefallen sein. Als Eugen Liebscher eines Morgens aus unruhigen Träumen erwachte, fand er sich in seinem Bett zu einem ungeheuren Ungeziefer verwandelt. Er war nach allzu üppigem Verzehr von genmanipulierter Eierschecke zu einer Fliege geworden. Diese Fliege lief über die Decke und fiel dann, müde vom Herumkrabbeln und von allzu einschläfernder Musik, herunter. Jennerwein schüttelte den Kopf, ließ sich einen Handscheinwerfer geben und leuchtete die Decke ab. Er schätzte, dass der Raum 12 bis 14 Meter hoch war. Die Decke war mit quadratischen Holzplatten verkleidet. Er glitt mit dem Scheinwerfer von Quadrat zu Quadrat. Und dann blieb er an einer Stelle hängen, bei der das Quadrat etwas verschoben war. Die Stelle lag genau über Reihe 4 Platz 12.

Er rief den Hausmeister an. Peter Schmidinger kam sofort. »Was ist dort oben?«

»Wo oben?«

»Na da oben.«

»Da oben? Nix.«

»Nix? Gibt es einen Raum über dem Saal?«

»Den Speicher meinen Sie? Ja, aber der wird nicht genutzt. Die Decke ist eigentlich bloß eine Zierdecke.«

»Man kann den Raum oben nicht begehen?«

»Wie man's nimmt. Man kann an den Dachbalken entlangkriechen. Ich hab es allerdings noch nie gemacht, ich bin nicht schwindelfrei.«

»Dann wollen wir mal«, sagte Jennerwein.

14

Wrouum! Und gleich nochmal Wrouum! Auf dem Seitenstreifen der Autobahn, im nördlichsten Norditalien, irgendwo zwischen Sterzing und Gossensaß, stand ein drahtiger Mann Mitte dreißig, seine Augen irrten scheinbar ziellos von Punkt zu Punkt, sein Blick hatte etwas Vagabundenhaftes und Unzuverlässiges, ein Ersteindruck, der durch ein kühn vorspringendes Kinn und linkische Kopfbewegungen verstärkt wurde. Die dünnen Haare waren entgegen allen Moden streng in die Fünfzigerjahre zurückfrisiert, seine Gesichtshaut war fleckig und seine Ohren spitz und abstehend. Das markante Kinn war von einem dünnen Geißbart bedeckt, der aufgeklebt wirkte. Er war aufgeklebt.

Karl Swoboda fluchte leise, er fluchte auf Italienisch und auf Österreichisch und noch in ein paar anderen Sprachen, die er beherrschte. Er hatte einige unglaublich obszöne slowenische Flüche auf der Pfanne, sogar ein paar gotteslästerliche auf Hebräisch und einen unappetitlichen auf Suaheli. Er stand nun schon einige Stunden auf dem Seitenstreifen, er und sein Auto mit der sensiblen Fracht, er konnte mit solch einer illegalen Ladung schlecht den ADAC rufen, das Risiko einer Entdeckung war zu groß. Also hatte er Ignaz Grasegger angerufen, damit der ihn abhole. Eigentlich hatte Swoboda ja vorgehabt, heute Abend langsam im Bestattungsinstitut einzutrudeln, im Schutz der Dunkelheit konnte er sein brenzliges Päckchen abladen, durch die Autopanne waren alle Pläne über den Haufen geworfen. Er trat wütend gegen die Reifen, der Fluch ging in einem erneuten Wrouum! unter. Schuld war nur die moderne Elektronik. Früher bekam man ein havariertes Auto in den meisten Fällen selber wieder flott, notfalls stahl man ein Ersatzteil und baute es ein. Doch hier bei diesem modernen Schlitten, der vollgepackt war mit Bits und Bites und was sonst nicht noch allem, hatte man keine Chance. Swoboda musste am staubigen Straßenrand warten, bis Ignaz ihn erlöste. Er hasste es zu warten. Er setzte sich wieder ins Auto und wischte aus Langeweile und in alter Gewohnheit die Fingerabdrücke vom Lenkrad ab, er säuberte das Armaturenbrett, das Handschuhfach, die Türgriffe, die Innenseite der Frontscheibe. Wrouum! Wrouum! Den Schaltknüppel, die Lichtknöpfe und Kippschalter, das Display des Autoradios. Wrouum! Er wunderte sich, dass in den ganzen Stunden seit der Morgendämmerung noch keine italienische Polizeistreife auf ihn aufmerksam geworden war, und gerade, als er sich darüber zu wundern aufhörte, tauchte ein Auto der *Polizia Stradale* auf. Sakra, dachte Swoboda und befühlte vorsichtshalber seine leichte Glock 17, die er im Oberschenkelholster trug. Der Lauf war noch warm. Er hatte vorher damit ein Kaninchen geschossen und am Straßenrand gebraten, denn die Qualität der Autobahnraststätten behagte ihm ganz und gar nicht.

Das Polizeiauto wurde langsamer und fuhr hinter ihm auf den Seitenstreifen. Zwei Beamte stiegen aus, allerlei Handschellen und Schlagstöcke hingen ihnen an der Lederkluft, so, als hätten sie gerade im Sadomaso-Shop eingekauft.

»Ehi avete un guasto, signore?«

Dumme Frage, natürlich hatte er eine Panne. Swoboda radebrechte absichtlich in einem stotterigen Touristen-Italienisch herum, um das Bild des trotteligen, aber harmlosen Österreichers abzurunden. Für alle Fälle, um ganz sicher zu gehen.

Denn seine Identität war so wenig echt wie das Gesicht von Michael Jackson. Swobodas Bart war falsch, seine Nase und sein Kinn waren aus Theaterplastik, das Auto war geklaut, die Haare künstlich, der Pass, den er jetzt vorzeigte, war gefälscht – seine Second-Life-Existenz rundete er noch durch schlechtes Italienisch ab. Der trottelige Österreicher war perfekt. Er hatte gute Erfahrungen mit dieser Rolle gemacht.

»Mio amici ... subito ... venga ... prenda ...«

Die beiden Polizisten ließen sich nicht abhalten, einen Abschleppwagen zu rufen. Er hatte es mit der k.u.k.-Trotteligkeit vielleicht doch übertrieben. Swoboda fluchte nochmals und griff zum Mobiltelefon.

»Wo seid ihr denn?«

Die beiden Beamten schienen kein Wort zu verstehen. Ursel lenkte den Wagen, Ignaz brüllte ins Telefon:

»Ich verstehe dich ganz schlecht. Wir sind jetzt südlich von Innsbruck, irgendwo zwischen Mutters und Patsch –«

»Und wann seid ihr an der Grenze? Ich werde gerade abgeschleppt.«

Ignaz versprach, innerhalb der nächsten halben Stunde da zu sein.

Ein grosser Vorteil des Voralpenlandes ist der, dass es nur ein Katzensprung bis nach Italien ist, das wiegt den Föhn halbwegs auf. In der Zeitspanne, die ein Münchner oder Kölner braucht, um vom Zentrum bis zum Stadtrand zu kommen, prescht der Voralpenländler nach Süden, weit ins Italienische hinein, ins Lombardische etwa, bis zu einer jener kleinen, sensationell guten Trattorias in der Nähe von Weißgottwo, die unvergleichlich typisch sind und die man nie wiederfindet.

Ignaz und Ursel Grasegger waren ganz früh in der Dämmerung losgefahren, um die wertvolle Fracht abzuholen, die auf der italienischen Seite des Brennerpasses liegen geblieben war.

Sie hatten mit Swoboda vereinbart, auf der österreichischen Seite zu warten – Italien war für sie aus einem ganz bestimmten Grund tabu. Die Gefahr, mit einem Leichenwagen aufgehalten zu werden, ist praktisch null, so entschieden sie sich für dieses ungewöhnliche Gefährt. Sie hatten beim Losfahren eine CD mit den Gesängen der Geschwister Rottmannsrieder eingelegt, deswegen bekamen sie nichts mit von den Nachrichten des Regionalsenders, die sich um die Ereignisse im Kurort drehten. Sie wären sonst nicht so ruhig dahin gefahren. Vor Innsbruck klagten die Geschwister Rottmannsrieder mehrstimmig davon, dass die Liebste beim Tanzen nach anderen Burschen Ausschau hielte. Dann kamen Lieder vom Gämsenschießen, Wildern und Abstürzen, das schien den beiden die rechte Musikbegleitung für die Fahrt über den Brennerpass zu sein. Bis nach Innsbruck war die Strecke noch halbwegs frei, doch dann begann schon der Stau. Ursel drehte die Geschwister Rottmannsrieder weg, um die Verkehrsnachrichten zu hören. Radio Oberland brachte gerade ein Interview mit einem gewissen Kommissar Jennerwein.

»Sie sind der leitende Ermittlungsbeamte in diesem Fall?«

»Ja.«

»Wie viele Opfer gibt es?«

»Zwei.«

»Können Sie Details zu dem Unglück liefern.«

»Nein.«

»In der Nähe ist eine US-Garnison stationiert. Können Sie einen terroristischen Anschlag ausschließen?«

»Nein.«

»Kriminalhauptkommissar Jennerwein, wir danken Ihnen für das Gespräch.«

Mit dem Leichenwagen im Stau zu stehen ist kein besonderes Vergnügen, man wird angestarrt, manche Witzbolde fotografieren oder filmen sogar, die Graseggers wollten aber vermeiden, auf irgendeinem Dokument zu erscheinen. Sie wollten nicht auffallen.

»Wir fahren runter von der Autobahn, auf die alte Brennerstraße. Bis dahin, wo Swoboda steht, sind es nur noch ein paar Kilometer.«

Auf der Landstraße verfuhren sie sich erst mal aussichtslos.

»Ein Navigationsgerät wäre halt was gewesen«, sagte Ursel. »Alter Geizkragen.«

Karl Swoboda beschaffte die Leichen, die das Institut Grasegger zur letzten Ruhe bettete, hauptsächlich aus den unruhigen Gegenden Neapels, Barlettas und, wen wundert es, Palermos. Er hatte als Kunden auch reiche griechische Reeder und spanische Baumilliardäre. Aber sein Haupteinzugsgebiet war der süditalienische Raum, sein Italienisch war hervorragend, darum verstand er auch die Unterhaltung, die die beiden Beamten führten, genau. Diese wackeren Polizisten waren wild entschlossen, sein Auto mit der kostbaren Fracht abzuschleppen. Er musste sie abwimmeln, sonst saß er in der Klemme.

»Jetzt links«, sagte Ursel zwischen den Dörfern Mützens und Pfons. »Das erinnert mich jetzt daran, wie wir uns in Italien einmal verfahren haben. Colino oder so ähnlich hieß der Ort.«

»Colino?«

»Nein, nicht Colino. So ähnlich wie Colino. Es war da, wo wir Richtung Arezzo fahren wollten, aber dann in Acquapendente rausgekommen sind. Der Ort geht mit S an.«

»Solino?«

»Nein, es war ein zweisilbiger Ortsname, so was wie Miesbach, aber italienisch.«

Ignaz und Ursel hatten Karl Swoboda damals auf dem Gipfel eines Berges kennengelernt. Er war ihnen als zünftiger Bergwanderer begegnet, mit derben Nagelschuhen und knallroten Wollstrümpfen. In sechzehnhundert Meter Höhe hatte er sie schon erwartet, neben dem Gipfelkreuz saß er und betrachtete mit dem Fernglas gegenüberliegende Bergriesen. Er hatte sich wahrlich ein abhörsicheres Fleckchen Erde ausgesucht und kam ohne Umschweife zur Sache. Er hätte gehört, begann er, dass das Beerdigungsinstitut Grasegger einen ungewöhnlichen Sonderservice im Angebot hätte.

»Hast du eine Ahnung, was der Österreicher da meint?«, schnaufte Ignaz seiner Frau zu.

»Nein«, gab Ursel schwer atmend zurück. »Ich weiß auch nicht, was er meint. Woher der wohl solche Sachen gehört haben mag, unglaublich.«

»Kanäle, Kanäle«, sagte Swoboda, ohne das Fernglas abzusetzen.

WÄHREND die zwei Verkehrspolizisten, die nicht wussten, dass sie eigentlich einen dicken Fisch an der Angel hatten, nach einem Abschleppdienst telefonierten, dachte Swoboda daran, wie er die beiden bayrischen Wanderer damals dort droben auf dem Gipfel und anschließend beim Abstieg vom Nutzen einer künftigen Zusammenarbeit überzeugt hatte. Sie waren leichte Beute gewesen. Sie hatten bisher drei, vier Leichen verschwinden lassen, in lokalem Rahmen, gefälligkeitshalber, dem einen oder anderen Großonkel zuliebe – er aber wollte sie zu Größerem und Lukrativerem überreden. Swoboda war zum Angriff übergegangen.

»Ich weiß von euren bisherigen Aktionen.«

»Was für Aktionen?«

»Ich kann euch sogar die Grabplätze nennen. Nur ein Beispiel: Grabstelle IV/1291/28. Jänner letzten Jahres: Doppelbelegung.«

Er nannte noch einige Nummern. Das Ehepaar erbleichte.

»Und du, was bietest du uns?«

Auf dem Berg duzt man sich. Gespräche auf dem Berg schweißen zusammen. Geschäfte auf dem Berg sind Erfolg versprechend. Antworten auf dem Berg sind wahrhaftig und grundlegend. Entscheidungen auf dem Berg sind weitreichend.

»Ich biete euch Sicherheit und –«

Er rieb Daumen und Zeigefinger aneinander. Dann zeigte er

mit einer eleganten Bewegung nach Süden, über die Po-Ebene hinweg, Richtung Sizilien.

»Ich habe gute Kunden dort unten. Ihr wisst nichts von denen und ihren Leichen. Die wollen nichts wissen von euch und eurem Alpenfriedhof. Die Transportwege sind nicht nachvollziehbar, für niemanden. Und euer Haus liegt günstig. Günstiger geht es gar nicht mehr.«

Das war wohl richtig. Er hatte lange nach so einer Location gesucht. Zum Grundstück des Instituts Grasegger konnte man ungesehen gelangen. Es lag am Berg. Man fuhr mit dem Auto eine stillgelegte Forststraße hoch, bis man zu einem Waldstück kam, in dem man das Auto verstecken konnte. Ein- oder zweihundert Meter darunter lag das Grundstück. Durch das unwirtliche Waldstück dorthin führte nicht einmal ein Trampelpfad. Ein idealer Ort, um Dinge unauffällig an- und abzutransportieren.

»Also, was ist?«

Natürlich waren Ursel und Ignaz ehrlich empört über so einen unehrenhaften Antrag. Aber während des Abstiegs vom Sechzehnhunderter nannte Swoboda eine Summe. Die Summe, die es pro Transport geben sollte. Und beide gewannen wieder an Farbe, die sie vorher verloren hatten. Beide mussten sich eine Weile setzen. Seitdem war Swoboda mit dem Institut Grasegger gegr. 1848 im Geschäft. Und dieses Geschäft lief ausgezeichnet.

»Ein zweisilbiger Ortsname?«, sagte Ignaz zerstreut und studierte weiter die uralte Landkarte von Tirol. »So was wie Miesbach, bloß italienisch?«

»Ja«, antwortete Ursel. »Es war irgendwo in der Nähe von Acquapendente.«

»Acquapendente! Das liegt doch ganz woanders! Und das ist auch eine ganz andere Geschichte. Das war die Geschichte, wo wir auf dem Weg nach Orvieto vom Weg abgekommen und aus Versehen in Montefiascone gelandet sind.«

Ursel bog scharf rechts ab.

Endlich hatten die beiden Verkehrspolizisten einen Abschleppdienst erreicht und bedeuteten Swoboda, zu warten. Sie stiegen wieder in ihr Auto und verschwanden. Endlich. Er griff zum Telefon.

»Wo seid ihr denn jetzt?«

»Wir fahren gerade an St. Jodok vorbei.«

»Das ist gut, das ist ganz in der Nähe. Fahrt weiter und haltet in der Parkbucht, die nach St. Jodok kommt. Ich verschwinde hier und komme dort hin. Die Polizisten sind weg, aber der Abschleppwagen kommt gleich, langsam wird's mir zu riskant mit dem gestohlenen Auto. Ich bin bald bei euch, in einem halben Stünderl vielleicht.«

Swoboda warf noch einen letzten Blick auf das Auto, schulterte seinen Rucksack und machte sich aus dem Staub.

»Montefiascone, das verwechselst du jetzt. Montefiascone liegt nochmal ganz woanders«, sagte Ursel nach einer Weile. Sie waren nach der Anweisung von Swoboda in die kleine Parkbucht gefahren und konnten jetzt nichts anderes tun als warten.

»Mit fällt einfach der Ortsname nicht ein«, sagte sie nach einer Viertelstunde. »Ich komm dauernd auf Canino, aber Canino war's nicht.«

»Canino ist ja auch dreisilbig.«

»Wenn ich jetzt am Lago di Bolsena stehen würde und aus Capodimonte Richtung Süden rausfahren würde, dann wüsste ich's. Da fährt man noch eine halbe Stunde –«

Sie schraken plötzlich zusammen. Die hintere Tür war aufgerissen worden, und ein wildfremder Mann war eingestiegen. Er schlug die Tür von innen zu.

»Fahrt's weiter«, sagte der Mann mit dem Rucksack. »Des woa knapp.«

15

DRAUSSEN KLATSCHTE der Regen geräuschvoll auf das Dach, stolperte über die Klosterpfannenziegel, sammelte sich in den Kupferrinnen und ergoss sich von dort aus energisch plätschernd auf das Kopfsteinpflaster. Drinnen in dem stickigen Raum wimmelte es von großen, gelblichweißen Maden, die sich langsam und scheinbar ziellos durcheinanderbewegten. Eine von ihnen schob ihr eierschalenfarbenes Köpfchen nach vorne, wie um einen Gegenstand etwas genauer betrachten zu können, eine andere fuchtelte aufgeregt mit ihren kurzen Ärmchen herum und schien auf dies und das zu zeigen, eine dritte schlängelte sich langsam auf dem staubigen Boden dahin und war gerade dabei, unter einem dicken Dachbalken durchzuschlüpfen, als Kommissar Jennerwein den Raum betrat. Vorsichtig machte er ein paar Schritte und versuchte dabei, auf keine der Maden zu treten.

Die meisten, die sich hier im Raum befanden, kannte er ohnehin. Von der, die gerade unter dem Dachbalken hindurchschlüpfte, wusste er sogar den Vornamen. Sie hieß Hansjochen, war Leiter der Abteilung Spurensicherung und scheuchte gerade die Mitarbeiter der Arbeitsgruppe Fasern/Haare/Boden durch den Raum. Da Hansjochen Becker den Kommissar nicht bemerkt hatte, strampelte er weiter mit den Beinen, wie um ihn zu begrüßen. In Wirklichkeit war er vermutlich gerade damit beschäftigt, eines seiner zahlreichen Messgeräte dort unten anzubringen. Doch nicht nur Hansjochen Becker, sondern auch die anderen Maden arbeiteten konzentriert weiter, anscheinend unbehindert durch die eierschalenweißen Plastikoveralls, Kapuzen, Mundschutzmasken und Gummihandschuhe, die ihnen diesen liebevollen tierischen Spitznamen eingebracht hatten. Sie nahmen von Jennerwein weiter keine Notiz, lediglich zwei oder drei nickten beiläufig zu ihm hin. Ab und zu wurden sperrige Fachausdrücke wie *fluoreszenzmikroskopisch verwertbar* oder *postmortale Daktyloskopie* in ein Diktiergerät geflüstert, dann aber beschäftigten sich die Maden wieder mit den Dingen, die Maden ebenso zu tun pflegen: Sammeln, Bewahren, Speichern, Dokumentieren.

Besonders skurril wirkte eine Gestalt, die mit einem Hämmerchen an die Holzbalken klopfte und den Klängen mit vorgerecktem Kopf lauschte, wie um die anderen mit einer schrägen Xylophonmusik zu unterhalten, einem schleppenden Dachkammer-Blues vielleicht oder einem hölzernen Speicher-Tango. Dem Stethoskop bestückten Klopfer schien aber das, was er da hörte, nicht besonders gut zu gefallen, manchmal seufzte er nach einem Schlag und stöhnte etwas von *schweren baulichen Mängeln* oder *katastrophalen Aufhängungen,* bevor er die Ergebnisse kopfschüttelnd und traurig in ein kleines Büchlein notierte. Jennerwein hörte ihm beunruhigt zu. Nach dem Ausdruck *Materialermüdungstoleranzüberschreitung* hielt er sich unwillkürlich an einem der Querbalken fest.

Der Raum war langgezogen, wirkte aber durch die vielen Quer- und Stützbalken beengt und provisorisch, wie die Rückseite eines Bühnenbilds. Der Raum wirkte nicht nur provisorisch, er war es auch. Hausmeister Schmidinger hatte zu Protokoll gegeben, dass der Dachstuhl ursprünglich freigelegen hatte und vom Zuschauerraum einsehbar war. Erst nach den Klagen einiger Musiker über die schlechte, schallschluckende Akustik des Gebälks dort oben war eine Abhängung eingezogen worden, vorläufig, und durchaus nicht zur Begehung gedacht. Das war jetzt zwei Jahre her. Es gibt nichts Dauerhafteres als ein Provisorium. Was hatte Liebscher hier oben getrieben? Und was hatte eigentlich er, Jennerwein, hier oben verloren?

Langsam schien der Sicherungsangriff beendet zu sein, die Spurenleser zogen sich zurück und verließen die unwirtliche Dachkammer. Schließlich blieb nur Hansjochen Becker übrig, er lag so unbeweglich auf den Brettern, dass man ihn bei flüchtiger Betrachtung für das eigentliche Mordopfer hätte halten können. Trübes Außenlicht fiel durch ein paar kleine Dachfenster, und jetzt bewegte sich etwas: Becker war von den Toten auferstanden, er richtete sich auf und beugte sich über eine Öffnung im Boden.

»Na, was gibt's denn da unten Schönes zu sehen?«, fragte Jennerwein und ging quer durch den Speicher auf die Öffnung zu, an der sich Becker zu schaffen machte.

»Vorsicht, Jennerwein«, rief Becker. »Achten Sie auf die Löcher im Boden.«

Die Dielen ächzten unter Jennerweins Schritten. Jedes Mal gaben sie eine Handbreit nach, beim Zurückfedern hörte man ein hässliches, quietschendes Geräusch, er versuchte jetzt, sich zusätzlich an den Dachsparren und Querstreben festzuhalten. Der Boden des Speichers war mit ungehobelten Bohlen belegt, an einigen Stellen aber waren sie herausgerissen und einfach liegen gelassen worden. Aus vielen Brettern lugten sogar rostige Nägel hervor, der Ort hier oben wurde mit jedem Schritt ungemütlicher. Durch die schadhaften Stellen hindurch hatte man aber nicht sofort einen freien Blick in den Zuschauerraum. Der Blick wurde versperrt durch die quadratischen Platten, die von unten an die meterdicken Dachsparren genagelt worden waren und im Saal die sichtbare Decke des Konzertsaals bildeten. Jennerwein leuchtete mit der Taschenlampe in eine Lücke, die durch ein paar herausgerissene Bretter entstanden war. Die Zierplatten waren nicht aus Holz, sondern aus holzgemasertem Plastik. Es war eine gruselige Vorstellung, in diesen Hohlraum hinunterzusteigen und nur durch ein paar kleine Ziernägel, mit denen eine Plastikplatte von unten befestigt war, am Leben gehalten zu werden.

»Sagen Sie mal, Becker, das steht doch wohl alles nicht so ganz in Übereinstimmung mit baulichen Vorschriften in öffentlichen Gebäuden?«

»Ja, das meine ich auch. Aber das ist momentan nicht unser Problem.«

»Solange wir selbst nicht durchbrechen, nein.«

»Das nächste Mal, wenn ich hier heraufkomme, habe ich ein Seil dabei, das können Sie mir glauben.«

Jennerwein kam vorsichtig näher und blickte ihm über die Schulter. Dort klaffte ein Loch im Boden. Eine der Plastikplatten hatte sich ein wenig gelöst und war nach unten gebogen, man konnte durch den entstandenen Schlitz die Stuhlreihen unten im Konzertsaal erkennen.

»Da ist Liebscher also runtergefallen.«

»Da ist er durchgebrochen, ja. Und dann genau zwölf Meter tief gefallen.«

Der Unfallhergang schien jetzt offensichtlich: Der übergewichtige Liebscher hatte sich auf das kaum zentimeterdicke Quadrat der linoleumähnlichen Platte gestellt, eine Ecke hatte unter seinen hundertzwanzig Kilo nachgegeben und war nach unten weggeklappt. Jennerwein wies auf ein Balkenstück in der Nähe der durchgebrochenen Stelle.

»Ist das da Blut?«

»Ja, unter anderem. Blut, Hautfetzen, Haarbüschel und andere Reste humanoider Existenz. Wir haben schon alles abgekratzt. Es dürfte das fehlende Gesicht von Eugen Liebscher sein.«

Becker richtete sich auf und stellte sich zu Jennerwein auf den Balken. Die beiden Männer blickten jetzt gemeinsam durch die Öffnung auf den Platz 12 der Reihe 4.

»Aber warum ist er da runtergestiegen? Und warum ist er nicht auf die festen Dachsparren, sondern auf eine Platte getreten? Das sieht man doch auf den ersten Blick, dass die nicht ordentlich angenagelt sind«, murmelte Jennerwein.

»Vielleicht hat er das alles gar nicht getan, sondern ist runtergesprungen.«

»Von hier, wo wir gerade stehen?«

»Ja, das werden uns die Untersuchungen zur Absprunghöhe zeigen. Die Daten werden unten gerade ausgewertet.«

»Gisela musste also schon wieder ran?«

»Ja, vor einer halben Stunde.«

»Geht es ihr gut?«

»Es geht ihr prächtig. Sie ist schon unterwegs zu einem neuen Einsatz.«

»So fleißig ist Gisela?«

»Sie macht bis zu fünf Jobs am Tag.«

»Nur so ins Blaue hineingesprochen«, sagte Jennerwein. »Eugen Liebscher, Beruf Türschließer. Ist einen Meter sechsundneunzig groß, wiegt hundertzwanzig Kilo. Steht hier auf diesem Balken, rutscht aus, stolpert oder was auch immer. Kracht auf den Boden, die morschen Bretter splittern, er bricht durch. Er fällt auf den Zierboden, auf diese komische Plastikabdeckung. Die Befestigungen –«

»– ein paar dünne Nägelchen –«

»– lösen sich, er rutscht durch. Dabei zieht er sich an der scharfgeschliffenen Holzkante erhebliche Schürfwunden zu.«

»Das liegt im Rahmen des Möglichen«, sagte Becker und schlüpfte aus seinem gelblichweißen Kokon, was aber noch keinen Schmetterling aus ihm machte.

»Was hatte aber Liebscher hier oben zu suchen?«

»Das wiederum ist nicht mein Bier.« Die Stimme Beckers klang außerordentlich befriedigt.

»Ich will mal einen genaueren Blick riskieren«, sagte der Kommissar und war schon dabei, kopfüber in die Lücke zu kriechen.

»Ist das Ihr Ernst? Ohne Sicherungsseil?«

»Sie sind die Sicherung, Becker. Halten Sie meine Beine fest. Nur für den Notfall.«

»Toll. Ihr Leben liegt in meiner Hand. Wenn der Chef uns so sieht, wird er nicht begeistert sein.«

»Nein«, sagte Jennerwein und hangelte sich abwärts. Er umschloss mit einer Hand eine metallene Querstrebe, mit der anderen hielt er sich an einem Holzbalken fest. Becker sicherte ihn von oben, nicht gerade nach den klassischen Regeln der Alpinistik, aber er sicherte ihn, indem er ihn an beiden Hosenbeinen packte. Becker schwitzte. Jennerwein steckte nun seinen Kopf durch das freie Eckchen Plastik und bekam als Belohnung ein fürstliches Panorama über den ganzen Konzertsaal zu sehen.

»Da müssen wir der Theatermanagerin, Frau von Brenner, einen Tipp geben«, rief Jennerwein nach oben.

»Was für einen Tipp?«

»Dass sie die Plätze hier oben auch verkaufen kann. In einem Alpenkurort, der mit *luftiger Höhe* wirbt, müsste das doch möglich sein.«

»Das mag ja alles sein, Jennerwein«, rief Becker nach unten, »aber es wäre mir wohler, wenn Sie wieder raufkämen.«

Jennerwein stemmte sich wieder nach oben. Die Dachbalken seufzten, Becker reichte ihm die helfende Hand.

»Und hat das nun den Stand der Ermittlungen wesentlich vorangebracht?«, spottete Becker und packte seine Geräte zusammen.

»Das wiederum ist ebenfalls nicht Ihr Bier«, antwortete Jennerwein zerstreut. Ein kleiner, vager, noch völlig unausgereifter Gedanke formte sich in seinem zerebralen Zentrum für vage, noch völlig unausgereifte Gedanken. Ein vollbesetzter Saal. Ein Mann verlässt den Saal und steigt auf den Speicher. Durch einen Schlitz kann er nach unten in den Saal sehen. Er tut das aus einem bestimmten Grund. Aus welchem? Ist er

Voyeur? Oder sucht er nach einer gewissen Person? Will er sie beobachten? Hat er noch andere Dinge mit ihr vor, als sie zu beobachten?

»Ich muss mir das aus dieser Perspektive nochmals ansehen«, sagte Jennerwein, »und zwar mit der Originalbeleuchtung im Saal und auf der Bühne.«

»Dann aber bitte auch mit Seil und Karabiner. Sie sind nicht Gisela.«

»Ja, da haben Sie recht, Becker. So hässlich bin ich nicht.«

»Gisela ist nicht hässlich. Ihr Beruf hat sie so hässlich gemacht.«

Als Jennerwein wieder auf dem sicheren Dachsparren stand, klopfte er sich den Staub von der Kleidung.

»Ich will mich noch ein wenig umsehen.«

»Wenn's sein muss.«

Jennerwein prüfte bei jedem Schritt, ob die Dielenbretter seine eineinhalb Zentner aushielten. Nachdem er das Loch gesehen hatte, kam ihm der provisorisch eingezogene Boden noch wackeliger und provisorischer vor. Richtig aufrecht stehen konnte er nur an wenigen Stellen, meistens musste er sich tief bücken. Da und dort legte er sich auf den Boden und kroch unter einem staubigen Balken hindurch. Er zog sich Gummihandschuhe über und betastete einen dicken Holzträger auf der Oberseite. Dann stellte er sich auf die Zehenspitzen, sprang sogar ein wenig hoch, doch als er wieder aufkam, gab das Brett splitternd nach, und er sank mit dem Schuh bis zu den Knöcheln ein. Er ließ das Hochspringen sein.

Die Spurensicherer hatten sicherlich schon jeden Winkel abgegrast und alles aufgenommen, was es aufzunehmen gab. Trotzdem machte er noch einmal einen gebückten, aber vorsichtigeren Streifzug durch den provisorisch zusammengeschusterten Speicher. Er wollte sich nicht ausschließlich auf Zahlen und Messergebnisse verlassen, er wollte alles noch einmal beschnuppern, befingern und beäugen. Er befühlte die Schrägen der auf- und abstrebenden Balken. Er tastete die Wände ab. Er suchte auf dem Boden nach Gegenständen. Sein Mobiltelefon klingelte, er nahm keine Notiz davon. Er leuchtete herausstehende Flügelschrauben mit der Taschenlampe ab und klopfte auf Holz. Er wusste selbst nicht, nach was er suchte. Er suchte nach irgendwelchen Hinweisen, irgendwo hier auf diesem Speicher. Dann öffnete er eines der Dachfenster, stemmte sich hoch und lugte hinaus. Der Platzregen hatte ein wenig nachgelassen. Trotzdem wölbte sich noch eine blickdichte Dunstglocke über dem Tal. Bei solch einem Wetter hörten alpenländische Kurorte kurzfristig einfach auf zu existieren, er hätte jetzt irgendwo auf der Welt aus einem Dachfenster hinauslugen können, in Castrop-Rauxel etwa oder in der New Yorker Bronx.

Unten auf der Straße sah er einen amerikanischen Straßenkreuzer dahinrollen, einen 64er Chevrolet Malibu Cabrio oder ein 59er Buick LeSabre, Jennerwein war nicht der Mann, der so etwas wusste. Sein Blick blieb lediglich an dem fremdländischen Farbtupfer hängen, denn der pinkfarbene Chevrolet war mit dem *star-spangled banner* geschmückt. Am Steuer saß ein dunkelhäutiger Offizier der US-Streitkräfte, ein Lieutenant Commander aufwärts, so viel konnte er durch das Seitenfenster erkennen. Er wusste, dass sich hier im Ort seit Kriegsende eine amerikanische Militärbasis befand, auch das umstrittene George-Marshall-Center für Strategische Studien war hier stationiert, sogar der alte Rumsfeld war zu Besuch gewesen und hatte dem Bürgermeister den Nacken massiert. Nein, hatte er nicht, aber man konnte es sich vorstellen. Der bunte Schlitten unten auf der Straße hielt jetzt an, eine dunkelhäutige Frau kam gelaufen, sie war ebenfalls uniformiert, ein Captain aufwärts. Sie öffnete die Beifahrertür und rief etwas ins Innere des Wagens, sehr aufgeregt und mit südstaatlichem Temperament. Jennerwein stemmte sich noch ein Stück weiter nach oben, um die Szene besser verfolgen zu können, er ragte jetzt bis zur Hüfte aus dem Dachfenster. Und dadurch fiel sein Blick auf etwas anderes. Schräg vor sich, unten an der Dachrinne sah er etwas kleben oder schweben – es schaukelte leicht im Regenwind, ein tropfnasser kleiner Beutel, ein wettergeplagtes Futteral, ein dem Regen preisgegebenes Säckchen. Es hing an einer straff gespannten Angelschnur, die wiederum an der Unterseite des benachbarten Dachfensters befestigt war. Es sah so aus, als hätte jemand seine Turnsachen zum Lüften aus dem Fenster gehängt. Jennerwein schwang sich wieder vom Dachfenster herunter, versuchte, nicht allzu fest auf dem Bretterboden aufzukommen und verließ den Speicher. Auf dem Gang vor der Tür stand Becker und rauchte verbotenerweise eine Zigarette. Jennerwein erzählte ihm von dem Säckchen draußen auf dem Dach.

»Hat wahrscheinlich nichts mit dem Fall zu tun«, sagte er, »aber untersuchen Sie es bitte trotzdem.«

»Wir untersuchen alles«, sagte Becker mit einer Messerspitze Überheblichkeit. Jennerwein störte dieser Ton, und er musste kontern.

»Das Dach haben Sie aber nicht untersucht.«

»Das machen wir nur mit Sicherungsseilen, die sind schon unterwegs.«

»Ach so, Sie hatten also ganz sicher vor, als Nächstes das Dach zu untersuchen?«

»Natürlich hätten wir als Nächstes das Dach untersucht! *Wir* hätten dabei allerdings zuerst eine Folie auf den Dachfensterrahmen gelegt, bevor wir uns dort aufgestützt hätten.«

»Herrgott! Ich hatte Gummihandschuhe an!«

»Und Ihre Schweißabsonderungen, Ihre Jackettfasern, Ihre Haarschuppen –«

»Hören Sie schon auf, Becker! Ich habe für gestern, 20 Uhr, ein todsicheres Alibi. Ich habe den Portier nicht da hinuntergestoßen.«

»– einige Speichelspuren, Hautfetzen, winzige Kratzer von Ihrer Gürtelschnalle –«

»Wenigstens habe *ich* keine Zigarettenasche am Tatort hinterlassen, Becker.«

Ein gemeinsames Erlebnis in luftiger Höhe schweißt doch nicht so zusammen, wie man gemeinhin annimmt, dachte Jennerwein. Er schwieg trotzig, Becker ebenfalls.

»Ach, ist das hier die Raucherecke?« Maria Schmalfuß war mit einem Stapel Zeugenaussagen im Arm die Treppe heraufgestapft, sie hielt sie nun Jennerwein zur Unterschrift hin. Ihre Augen gingen zwischen den beiden hin und her, die dicke Luft war sogar für das Kopftier Maria spürbar, und sie sagte, nur um irgendetwas zu sagen:

»Chef, wir haben vorhin Ihr Interview im Radio gehört.«

»Toll, nicht?«

»Wenn ich was sagen darf: Es war etwas knapp. Könnten Sie das nächste Mal nicht versuchen, mehr als nur mit Ja und Nein zu antworten?«

»Dafür ist ja eine redegewandte Psychologin da, um ein ausführliches, elegantes und bürgernahes Interview zu geben«, knurrte Jennerwein. Die dicke Luft war jetzt schon halbwegs verzogen.

»Wenn diese redegewandte Psychologin aber doch in Arbeit erstickt, was dann?«

»Ich melde mich zu einem Kurs Medienschulung an, dann werde ich Polizeipressesprecher und gebe nur noch Interviews, das ist schon seit Langem mein größter Traum. Bis dahin versuche ich, Fälle zu lösen.« Jennerwein warf einen gemäßigt vernichtenden Blick zu Becker. »Und dabei möglichst wenig Spuren zu hinterlassen. Hautfetzen, Schweißabsonderung. Ist ja lächerlich.«

Becker nickte angriffslustig. Er wollte etwas sagen, doch Maria, Kursteilnehmerin des Proseminars *Strategien der Konfliktlösung,* legte Becker den Arm um die Schultern und ging mit ihm die Treppe hinunter.

JENNERWEIN SCHLOSS die Augen, um sich besser konzentrieren zu können: Eugen Liebscher, Beruf Türschließer, steht auf einem Dachbalken, rutscht aus, stolpert, wird gestoßen, wie auch immer, fällt, kracht auf den Boden, die morschen Bretter splittern unter seinem Gewicht, er bricht durch. Er fällt auf eine dünne Plastikplatte, sie hält ihn nicht aus. Jennerwein spreizte Daumen und Mittelfinger und massierte seine Schläfen mit einer Hand, um sich besser konzentrieren zu können. Er versuchte die Geräusche mit dem Verlauf des Unfalls zu verbinden. Die meisten Zeugen hatten zwei Geräusche kurz hintereinander beschrieben, zwei Geräusche mit einer kleinen Pause dazwischen. Kein Zzza-Wonk!, sondern eher ein Zzza – *einundzwanzig, zweiundzwanzig* – Wonk! Diese Beobachtungen schienen jetzt plausibel zu sein. Die Zuhörer hatten vielleicht zuerst das Geräusch der nachgebenden Plastikplatte oben gehört, dann den Aufschlag Liebschers auf dem bedauernswerten Winzling. Warum aber hatte niemand von den Zeugen den Fall selbst gesehen? Er und sein Team mussten sich unbedingt noch einmal in den Saal setzen, den Hausmeister Schmidinger die Originalbeleuchtung einschalten lassen, konzentriert auf die Bühne starren und beobachten, ob so ein Sturz von der Decke wirklich unbemerkt bleiben kann. Arme Gisela, du kommst nicht los von uns, dachte Jennerwein. Viel wichtiger aber schien ihm die Frage, was denn Eugen Liebscher dort oben im Speicher zu suchen gehabt hatte. War es ein routinemäßiger Kontrollgang? Kaum vorstellbar bei dem wackligen Boden. Wollte er dort oben ein Nickerchen machen? Da gab es gemütlichere Plätze. Wollte er die angekündigte Strip-Einlage von Pe Feyninger aus luftiger Höhe betrachten? Jennerwein massierte jetzt seine Schläfen stärker. Ein Türschließer lässt zwei Konzertbesucher in den Saal, geht dann aus irgendeinem Grund auf den Dachboden und strauchelt ausgerechnet an einer Stelle, wo der Boden so morsch ist, dass er durchbricht. Erster Zufall. Und er fällt ausgerechnet auf einen der Besucher, die er vorher in den Saal geführt hat. Zweiter Zufall. Kann man bei zwei Zufällen schon von zu vielen Zufällen sprechen? Er massierte seine Schläfen jetzt mit beiden Händen. Er konnte jedoch die Zufälle nicht herausmassieren.

Der Kommissar stapfte die Treppe hinunter ins Foyer, er wollte von dort aus nochmals zurück in den Speicher gehen und so den letzten Weg Liebschers verfolgen. Als er unten an der rotsamtenen Saaltür angelangt war, sah er auf seine Armbanduhr. Zunächst durchquerte er das Foyer in normalem Schritttempo. Liebscher musste an der Garderobiere vorbeigekommen sein, das hatte diese auch schon bestätigt. Dann zu der breiten Treppe, die zur Galerie führte. Er war die Treppe hinaufgestiegen, im ersten Stock kam er an den beiden Toilettentüren vorbei, dann führte eine kleinere Treppe in den zweiten Stock. Von dem Raum dort oben, der augenscheinlich nicht für den Publikumsverkehr bestimmt war, gingen vier Türen ab. Auf der ersten stand *Requisiten,* auf dem Klingelschild der zweiten war *Fam. Schmidinger* zu lesen, das war wohl die Hausmeisterwohnung. Die dritte Tür war die der zusätzlichen Damentoilette, die kleinste, die unscheinbarste vierte Tür führte zum Speicher. Es war eine in der Farbe der Wand gestrichene Stahltür, die erst einen halben Meter über dem Boden begann. Jetzt stand die Tür natürlich offen, aber laut Schmidinger war sie stets verschlossen gewesen, in Übereinstimmung mit den Brandschutzvorschriften. Nur er selbst hätte einen Schlüssel gehabt, hatte er Ostler gegenüber angegeben.

»Da, sehen Sie her, Herr Inspektor, der Schlüssel hängt immer noch am Schlüsselbrett.«

»Wann haben Sie ihn das letzte Mal benutzt?«

»Das muss Jahre her sein.«

»Tatsächlich?«

»Ach so, ja. Heute habe ich ihn natürlich abgenommen. Um Ihnen aufzusperren.«

Jennerwein besah sich jetzt das Türschloss genauer: Es war

ein Vierkantschloss, den Schlüssel dazu konnte man in jedem Baumarkt kaufen. Irgendwo auf dem Grunde einer der vielen erfrischend kühlen Bergseen rund um den Kurort lag jetzt wohl ein Baumarkt-Vierkantschlüssel, und Jennerwein war sich nun sogar ziemlich sicher, dass man beim Tod Liebschers von einer Fremdeinwirkung ausgehen musste. Das war kein Unfall! Jetzt war die Tür angelehnt, Jennerwein öffnete sie, stieg hinein und ging zum klaffenden Loch. Er sah auf die Uhr, es waren zwei Minuten vergangen, er war allerdings gemütlich heraufgestapft. Er wollte es nochmals in schnellerem Tempo versuchen.

Jennerwein stieg die Treppe wieder hinunter, doch nach den ersten paar Stufen brach ihm der kalte Schweiß aus. Er hielt sich am Geländer fest, verlangsamte seine Schritte und blieb schließlich stehen. Plötzlich und unvermittelt fühlte er sich so miserabel, dass er sich setzen musste. Alles um ihn herum drehte sich, und er schloss die Augen, was aber nichts an den beklemmenden Schwindelgefühlen änderte. Er schüttelte den Kopf wie ein Tier, das eine Fliege verscheuchen will. Dann öffnete er die Augen wieder, fixierte einen Punkt auf dem Boden und versuchte, ruhig zu atmen. Er hatte wieder einen von diesen verdammten Anfällen. Er hatte eigentlich gehofft, dass es damit vorbei war. Dass er nie mehr so hilflos dasitzen würde. Die Anfälle traten schubweise, sporadisch, dann aber sehr heftig auf. Er hatte innerhalb der vergangenen sechs Monate vier solcher Anfälle gehabt und – war noch nicht zum Arzt gegangen deswegen. Jennerwein, der Hüter von Recht und Gesetz, das unscheinbare, aber starke Bollwerk gegen das Verbrechen, hatte eine verletzliche Stelle. Niemand wusste von dieser Achillesferse, und während der Ermittlungen durfte auch niemand davon erfahren. Die Beschwerden waren in den paar Monaten seit seinem Unfall nicht sehr häufig aufgetreten, aber jedes Mal hatte er befürchtet, dass sie dauerhaft waren und ihm bis an sein Lebensende blieben. Der böse Spuk war immer wieder nach ein paar Minuten verschwunden, und genau darauf wartete er jetzt auf der Treppe. Niemand durfte wissen, wie schlecht es ihm ging. Er hoffte, dass ihn jetzt keiner ansprach, er versuchte seine verkrampfte Haltung mit einer Art konzentrierter Denkerpose zu kaschieren.

Doch Ludwig Stengele hatte ihn schon gesehen und sprang jetzt die paar Stufen der Treppe hinauf.

»Hallo, Chef. Alles in Ordnung?«

Jennerwein riss sich zusammen. Das konnte er, das hatte er gelernt. Disziplin war seine Stärke, die Bündelung auf das Wesentliche, das Ausblenden von Störendem. Er musste so tun, als ob er schwerwiegende Entscheidungen in seinem Kopf hin und her bewegte. Er musste versuchen, so normal wie möglich zu wirken. Er musste sich still verhalten. Das würde Stengele hoffentlich als konzentrierte Geistesabwesenheit deuten und wieder verschwinden. Stengele jedoch wartete höflich auf eine Antwort.

»Ja, alles in Ordnung. Ich habe nur schlecht geschlafen.«

»Soll ich Ihnen ein Glas Wasser holen, Herr Hauptkommissar?«

»Nein danke, es geht schon wieder. Mir ist da gerade eine Idee gekommen, Stengele.«

Die Flucht nach vorn.

»Ja, ich höre.«

»Die Pianistin. Wir bräuchten sie nochmals.«

»Pe Feyninger? Ich werde sie anrufen.«

»Wenn möglich, soll sie sofort vorbeikommen. Und dann brauchen wir noch diejenigen von den Zeugen, die uns sagen können, bei welcher Stelle des Klavierkonzerts die drei Störenfriede hereingekommen sind. Am besten alle, die in der Reihe 4 gesessen sind. Wenn Sie die Garderobiere, diese Frau Probst, auftreiben, wäre das auch nicht schlecht. Und der Hausmeister muss uns bei den Lichtstimmungen helfen.«

Stengele verzog sein Gesicht zu einem verschwörerischen Grinsen.

»Ich glaube, ich weiß, was Sie vorhaben.«

Stengele wandte sich zum Gehen. Er war abgelenkt worden, und Jennerwein war in der Not eine gute Idee gekommen. Er war sogar ein wenig stolz auf sich. Er gewann wieder die Kontrolle über seinen Wahrnehmungssinn, es war ein kurzer Anfall gewesen. Jennerwein stand auf und ging, immer noch etwas wacklig, die Treppe hinunter. Er musste sich wieder am Geländer festhalten.

»Der Hauptkommissar will den Unfall nochmal nachstellen«, sagte Stengele zu Nicole Schwattke, die ihm im Foyer entgegengekommen war.

Jennerwein beobachtete die beiden von oben. Niemand durfte von seinem Zustand erfahren. Niemand. Bis er diesen Fall gelöst hatte.

16

»Canino, Canino! Meint ihr, mir würde jetzt der Ortsname einfallen!«, rief Ursel verzweifelt.

»Canino?«, fragte Ignaz unkonzentriert.

»Nein, Canino war's eben nicht, da bin ich mir ganz sicher.«

»Könnt ihr vielleicht einmal damit aufhören«, raunzte Swoboda von hinten und löste seinen aufgeklebten Bart vorsichtig ab. »Das ist ja nicht zum Aushalten. Hat das was mit dem Föhn zu, den ihr dauernd in euerm komischen kleinen Talkessel habt? Oder wird man so blöde, wenn man so lange verheiratet ist?«

Sie fuhren die Brennerautobahn jetzt wieder hinunter. Ursel saß immer noch am Steuer des Leichenwagens, Ignaz auf dem Beifahrersitz, Karl Swoboda hatte es sich hinten im Fond bequem gemacht, dort, wo normalerweise die frisch Verschiedenen transportiert werden. Er hatte sich neben den leeren Buchenholzsarg gesetzt, einer gehobenen letzten Ruhestätte der Klasse *Pappel mit Messinggriffen* – kurz vor dem Protz, aber gerade noch so, dass man nicht als neureich galt. Swoboda warf einen Blick auf die reichhaltigen Intarsien und verzierten Griffe, die in der Sonne zu gegebener Zeit sicherlich so vorteilhaft blitzten, dass die Trauergemeinde sah, dass hier kein Armer begraben wurde. Es war ein Pappel-Messing-Sarg für den Seniorchef eines alteingesessenen Baugeschäftes, dessen Nachkommen zeigen wollten, dass die Geschäfte weiterhin gut liefen.

»So ein Sarg ist was Herrliches«, sagte Swoboda und riss sich eine falsche Augenbraue aus, »was kann man nicht alles damit schmuggeln! Welche Polizeistreife wagt es, einen Pappel-Messing-Sarg zu öffnen?«

»Verlassen würde ich mich nicht darauf«, erwiderte Ignaz. »Auf die Idee mit dem Sarg sind sicherlich schon andere gekommen.«

»Da hast du ausnahmsweise einmal recht«, pflichtete ihm Ursel bei. »Wenn ich jetzt Zöllner wäre, Rauschgiftfahnder oder Terroristenjäger, würde ich den Sarg zuerst kontrollieren.«

»Oder eben nicht«, widersprach Ignaz. »Ein Zöllner, Terroristenjäger oder Rauschgiftfahnder weiß ja, dass der Schmuggler, Terrorist oder Dealer niemals etwas in Särgen versteckt, weil da angeblich zuallererst kontrolliert wird. Deshalb kontrolliert er dort nie, weil er sowieso nichts finden würde. Und weil der schmugglerische Terroristendealer wiederum weiß, dass da nie kontrolliert wird, kann er in einem Sarg seine Schmuggelware, seine Waffen oder sein Rauschgift gefahrlos verstecken.«

Ursel nickte lachend. »Und weil der Zöllner, Terroristenjäger und Rauschgiftfahnder das wiederum auch weiß –«

»– und so weiter, und so weiter«, unterbrach Swoboda und nahm die Perücke ab.

Rechter Hand flogen jetzt Oberellbögen und Innerellbögen vorbei, und das Stubaital breitete sich vor ihnen aus. Swoboda war froh darüber, wieder in Österreich zu sein. So wie es den Deutschen seit jeher aus unerfindlichen Gründen nach Italien zieht, grenzt sich der Österreicher von seinem südlichen Nachbarn gern ab. Er orientiert sich, wenn schon, eher hin zu seinen östlichen Nachbarn: Mit einem wackeren -krycyk oder -tések kann er eher als mit einem noch so eleganten -ini oder -aggi. Beim Piefke ist es genau umgekehrt: Ein -zcikowsky riecht ihm nach Kohlenpott und Schwielenhänden, ein -onola flüstert ihm etwas von den Ausbuchtungen der Adria ins Ohr. Swoboda polierte seine Vollglatze, die er unter allen Perücken trug und die sozusagen seine private Existenz widerspiegelte. Durch die verdammte Autopanne war er in eine gefährliche Situation geraten. Aber es war alles gutgegangen, wie eigentlich meistens, wenn man die Nerven behielt. Er hatte Glück gehabt und gleich einen Fahrer gefunden, der ihn bis zum Brennerpass mitnahm. Nachdem Swoboda in dessen Auto eingestiegen war, hatte er im Seitenspiegel noch den Abschleppwagen gesehen, der gekommen war, um das aufgegebene Gefährt an den Haken zu nehmen. Jetzt, ein halbes Stündchen danach, war die italienweite Fahndung sicher schon in vollem Gang, in jeder *stazione di polizia* wurde zur Freude von Swoboda nach einem Mann mit markantem Kinn und dünnem Geißbart gesucht, der ein Auto zurückgelassen hatte, in dem sich Fingerabdrücke des italienischen Außenministers und ein Haschpfeifchen befanden. Auf diese Art, falsche Spuren zu legen, war Swoboda besonders stolz. Denn diese Art von Politikerspuren führte in den meisten Fällen dazu, dass sich der jeweilige Staatsschutz einschaltete, der daraufhin der normalen, meist wesentlich besser geschulten Kriminalpolizei des Landes den Fall entzog. Durch die entstehende Informationssperre erfuhr man zwar weniger über den Stand der Ermittlungen, man konnte aber sicher sein, dass sich diese Ermittlungen in eine völlig falsche Richtung bewegten: weg von Swoboda, hin zu den Untiefen der großen, meist auch noch internationalen Politik. Die Fingerabdrücke eines Ministers für dies und das in Kombination mit einem Haschpfeifchen oder einem Viertelpfünder Koks ergaben zwangsläufig helle politische Aufregung, die ihn selbst aus der Schusslinie brachten und ihm genug Zeit gaben, die eigentlichen Spuren zu verwischen, die Verkleidung grundlegend zu verändern und spurlos zu verschwinden.

»Wie kommt man denn jetzt aber an die Fingerabdrücke des italienischen Außenministers?«, fragte Ursel.

»Das willst du jetzt sicher gern wissen, gell!«, antwortete Swoboda aus dem Fond des Wagens.

Swoboda würde die Geschichte irgendwann einmal erzählen, aber nicht jetzt. Die Graseggers hatten im Lauf der Bekanntschaft mit ihm gelernt, nicht weiter nachzufragen.

»Die Überraschung für uns, was wohl aus der geworden ist?«, sagte Ignaz. »Hast du die irgendwo vergraben? Zwischen Sant' Anna d'Alfaedo und Seggio, wo der Wein so unvergleichlich gut ist?«

»Seggio oder Soggio, ja, so kann die Ortschaft auch geheißen haben. Aber eher Solino«, murmelte Ursel.

Swoboda klopfte auf seinen Rucksack, den er neben sich gestellt hatte. »Diese Überraschung meint ihr? Nein, die hab ich dabei. Hier im Sackerl.«

»Wie bitte?«, rief Ignaz. »Du hast doch nicht etwa –«

»Kein Geschrei, Herrschaften. Es ist keine Leiche. Ich hab doch gesagt, ich hab eine Überraschung.«

»Keine Leiche? Da bin ich aber gespannt.«

Ursel hasste es, sich im fahrenden Auto zu unterhalten. Sie hörte auf einem Ohr schlecht, seit sie sich von Ignaz dazu überreden hatte lassen, in einem einsamen Waldstück Spreng- und Schießübungen zu machen. Sie konnte seit der Zeit mit automatischen Waffen und Rohrbomben umgehen, hörte aber schlecht. Man kann nicht alles haben. So schaltete sie wieder die CD mit den Geschwistern Rottmannsrieder an. Swoboda seufzte. Er verabscheute bayrische Volksmusik. Also entfernte er schicksalsergeben seine Theaternase, schminkte sich ab, wechselte seine Kleidung, und als Ignaz einmal nach hinten sah, erschrak er fast, obwohl er darauf hätte vorbereitet sein müssen, wie sich Swoboda verwandelt hatte. Er war ein völlig neuer Mensch geworden, und nur an den scheinbar ziellos von Punkt zu Punkt springenden Augen erkannte er seinen Österreicher wieder.

Man durchschnitt nun die Wälder von Biberwier und Ehrwald, in denen es die besten Schwammerlplätze des Alpenlandes gab, und die Geschwister Rottmannsrieder sangen, ganz philosophisch, von den Launen des Wetters, die so unbeständig schienen wie die Wünsche der Menschen. Als Bestattungsunternehmer kannte sich Ignaz genau aus in dem Geschäft, Leichen verschwinden zu lassen. Doch er hatte, nachdem er damals das Angebot von Swoboda angenommen hatte, zusammenzuarbeiten, nicht gedacht, dass es so leicht war, Leichen unter Umgehung der Gesetze und Vorschriften verschwinden zu lassen, unwiederbringlich und auf immer und ewig. Der Vorgang war immer derselbe: Ein ahnungsloser Arzt stellt den natürlichen Tod einer Person fest, die ahnungslosen Angestellten holen die Leiche von zu Hause ab und legen sie in den Sarg. Inzwischen bringt Swoboda auf dem Schleichweg die Grabbeigabe. Dass jetzt kurz vor der endgültigen Schließung und Versenkung des Sarges noch jemand oder etwas dazugelegt wird, bekommen die ahnungslosen Mitglieder der Trauergemeinde nicht mit. Auch die moderne Technik hilft mit: Die Versenkung ins Grab geschieht maschinell, kein Friedhofsangestellter bemerkt das doppelte Gewicht. Es ist ein Stafettenlauf durch die Ahnungslosigkeit. Ignaz hätte auch nicht gedacht, wie viele Menschen daran interessiert waren, eine Leiche verschwinden zu lassen – und eine Menge dafür bezahlten.

»Auf'm Heubod'n! Auf'm Heubod'n!«, sangen die Rottmannsrieders. Swoboda schrie sich durch den Hackbrettlärm und die Motorengeräusche:

»Jetzt schaltet endlich das Gejodel ab! Das ist ja wirklich nicht mehr zum Aushalten.«

»Auf'm Heubod'n! Auf'm Heubod'n!«, stimmten die Graseggers trotzig mit ein, und die Geschwister Rottmannsrieder besangen weiter diesen verschwiegenen bäuerlichen Ort, der, abgesehen von seiner rein landwirtschaftlichen Bestimmung, auch noch ganz anders genutzt werden konnte, sei es als treffliches Liebeslager, oder, in der dritten Strophe, als idealer Platz, um ein Streichholz zu entzünden und anschließend *warm umzuziehen,* wie es im Volksmund so schön heißt.

Nicht dass es immer glattgelaufen wäre. Einmal wäre es fast schiefgegangen. Charly Kemeter war ein schwerreicher Lebemann und Schwerenöter gewesen, er hatte ein paar erwachsene Kinder hinterlassen, die sich um die umfangreiche Erbschaft stritten. Als der Kuchen verteilt war, tauchte eine knapp der Minderjährigkeit entwachsene Feng-Shui-Beraterin auf, die behauptete, ein Kind von Kemeter zu erwarten. Das Kind würde ebenfalls einen Anspruch auf ein Kuchenstück haben. Das Beerdigungsinstitut Grasegger wurde sogar hochoffiziell darüber informiert, dass das Grab wieder geöffnet werden musste, um die DNA-Probe von dem verblichenen Bonvivant zu entnehmen. Diese Nachricht brachte Ursel und Ignaz dann doch ordentlich ins Schwitzen. Sie saßen die ganze Nacht und überlegten, was zu tun wäre. Auf den Friedhof schleichen, das Grab selbst öffnen, um die Beigabe wieder zu entfernen? Die Exhumierung geschehen lassen und darauf hoffen, dass der Gerichtsmediziner den darunterliegenden und nur durch ein Tuch verdeckten Polizeioberst Sergei Wassiljewitsch Gawrilow, der der russischen Mafia ein Dorn im Auge war, nicht bemerken würde? Schon einmal alle Sachen packen und für den Fall der Fälle ein Flugzeug startbereit machen lassen? Keine dieser Möglichkeiten kam jedoch auf den Prüfstand – die Exhumierung Kemeters wurde in letzter Sekunde abgeblasen, die legitimen Kinder von Charly Kemeter gaben dem Anspruch der Feng-Shui-Beraterin nach und zahlten. Die Graseggers zündeten hundert Kerzen in der Kirche an.

»Mitten unter dem Jahr?«, fragte der Pfarrer.

»Man kann auch einmal ohne jeden Anlass dankbar sein«, antwortete Ursel. Lügen konnte sie, wie ihre Mutter selig, die ihrem Gatten fünfzig Ehejahre lang weisgemacht hatte, sie wäre Nichtraucherin.

Sie fuhren jetzt an der Loisach entlang und waren bald an der deutschen Grenze. Ursel fuhr in eine Parkbucht, alle drei stiegen aus und vertraten sich die Beine. Ein Beobachter, der in einiger Entfernung auf einem Hochstand gesessen wäre, hätte eine interessante Szene beobachten können: Ein Leichenwagen fährt von der Straße, hält, die Fahrerin, schwarz gekleidet, mit einer Dienstmütze in der Hand, auf der Brust das Emblem eines Beerdigungsinstitutes, steigt aus und geht ein paar Schritte in den Wald, um sich dort zu erleichtern. Nach einiger Zeit öffnet sich die Beifahrertür, der zweite Angestellte des Beerdigungsinstituts entsteigt und geht ebenfalls in den Wald. Der Wagen steht allein. Naja, denkt der alte Oberförster dort oben auf dem Hochstand: Auch die müssen mal. Doch dann öffnet sich die Heckklappe des Wagens. Armer alter Oberförster, der seiner Enkelin heute Abend noch etwas aus dem Märchenbuch vorlesen wollte. Daraus wird wohl nichts. Das Gewehr entgleitet seinen Händen, er sinkt vornüber …

»Also, was ist das jetzt für eine Überraschung?«, fragte Ursel, als sie aus dem Wald zurückkam. Swoboda blickte sich um. Es war weit und breit kein Mensch zu sehen. Ganz in der Ferne wuchs ein alter, morscher Hochstand aus dem Waldrand.

»Da ist niemand drauf«, sagte Ignaz, der ebenfalls aus dem Wald zurückgekommen war. Swoboda nickte und nahm seinen Rucksack aus dem Auto. Man konnte sehen, dass der Inhalt des Rucksacks schwer war, zu schwer für Geldscheine oder belastende Dokumente, die er ihnen letztes Jahr statt einer angemessenen Belohnung andrehen wollte.

»Wenn das jetzt irgendein Scherz ist, dann mach den Rucksack gar nicht erst auf«, sagte Ursel.

»Ich bin ein durch und durch humorloser Mensch, ich mache keine Scherze.«

Swoboda stellt den Rucksack auf einen abgesägten Baumstamm und sah sich noch einmal um. Dann öffnete er den Rucksack und holte ein kuchenformgroßes Kästchen heraus, das in Zeitungspapier eingeschlagen war, in den *Corriere della Sera,* auf einer Ecke konnte man sogar das Erscheinungsdatum lesen.

»Die werden es nie lernen, die Katzelmacher!« Swoboda riss das Zeitungspapier herunter, um es in die große Plastiktüte zu stopfen, in der auch die Reste seiner vorigen Verkleidung der Vernichtung harrten. »Noch mehr Spuren kann man ja wirklich nicht hinterlassen!«

Ursel und Ignaz entkamen indessen einige Ahs und Ohs, und Ignaz fragte überflüssigerweise:

»Was ist denn das?«

»Was wird das sein? Ein Briefbeschwerer wird das sein! Habt ihr noch nie so was gesehen?«

Ignaz hob den mattglänzenden Quader in die Höhe und betrachtete ihn von allen Seiten. An der Unterseite konnte er eine Prägung erkennen. *Banca di …* dann brach die Schrift ab, der Rest der Prägung war abgefeilt worden. Ursel schluckte.

»Ist das reines Gold?«

»Reiner geht's gar nicht mehr. 24 Karat.«

»Und was ist das gute Stück wert?«

Ursel und Ignaz befühlten den Barren, wogen ihn in der Hand, legten ihn an die Wange und liebkosten ihn. Sie hatten die Welt um sich herum vergessen, aber Swobodas herumirrende Äugelchen hatten die Umgebung schon im Blick. Swoboda achtete auf seine Geschäftspartner, er war ihr Schutzengel.

»Was das gute Stück wert ist? Das kommt drauf an, wie der Goldpreis grade steht. Eine Feinunze Gold – das sind 31 Gramm – kostet zwischen 400 und 1200 Dollar. So ein Barren wiegt 400 Unzen, das sind 12,44 Kilogramm. Zurzeit steht der Goldpreis auf 600 Dollar, also ist der Barren so etwa 240 000 Dollar wert.«

Der Barren ging ein paar Mal zwischen Ursel und Ignaz hin und her. Eine viertel Million Dollar, eingebacken in einem nicht einmal schuhkistchengroßen Stück Metall. Eine viertel Million Dollar, nicht einmal so schwer wie ein halber Träger Bier und unendlich berauschender als das bayrische Grundnahrungsmittel. Eine viertel Million Dollar, das entsprach dem Jahresumsatz eines kleinen mittelständischen Betriebes. Eine viertel Million Dollar, dafür hätte sein Vater noch ein Leben lang schuften müssen. Und sein Großvater zehn und sein Urgroßvater hundert Leben lang. König Ludwig II. (wir erheben uns alle kurz) hätte damit schlagartig seine maroden Staatsfinanzen sanieren, ein mittelalterlicher Kurfürst die Zahl seiner Soldaten verhundertfachen können. Und Hannibal hätte mit so einem Betrag nach der siegreichen Schlacht bei Cannae seine Herrschaft in Süditalien so festigen können, dass die Geschichte einen ganz anderen Verlauf –

»Wir sollten langsam wieder einsteigen«, mahnte Swoboda, der wusste, wie derjenige betört ist, der das erste Mal einen veritablen Goldbarren in Händen hält und sogar sein Eigen nennen kann.

»Das ist der Vorschuss«, sagte er. »Die Geschäfte laufen gut, mit jeder EU-Erweiterung laufen sie noch besser. Es wird in der nächsten Zeit noch ein gutes Dutzend Lieferungen geben. Und für jede der Lieferungen gibt es so ein Batzerl.«

Ursel und Ignaz stiegen schweigend ein. Sie fuhren wie betäubt dahin. Swoboda sorgte für die seinen, das mussten sie schon zugeben. Aber die Latte war höher gehängt worden, und sie wollten den Erwartungen gerecht werden. Doch dann, nach dem Grenzort Griesen, schaltete Ursel den Lokalsender ein, und da hatten sie die Bescherung. Dort wurde berichtet, dass ein Unfall im Kulturzentrum passiert war. Dass ein gewisser Kriminalhauptkommissar Jennerwein die Ermittlungen nur schleppend voranbrächte. Dass der Konzertsaal bis auf Weiteres gesperrt sei.

»Das hat uns gerade noch gefehlt«, rief Ursel. »Da wird es jetzt von Polizei nur so wimmeln.«

»Was kümmert uns das? Am sichersten ist es in einem frischen Bombenkrater. Außerdem haben die was anderes zu tun als harmlose Leichenbestatter wie euch zu belästigen.«

Die Stimme, die sich jetzt im Auto in die entstandene Pause hineinwagte, klang kleinmütig und verzagt.

»Und was ist mit dem USB-Stick, den wir dort oben im Speicher versteckt haben?«

Alle drei grummelten missmutig. Der Weg zu diesem Stick war ihnen vorerst gründlich versperrt.

17

NACH DEM MITTAGESSEN setzte sich Frau Dr. Maria Schmalfuß auf den Balkon der Galerie. Die Sitze dort oben waren kuschelig und weich, viel weicher und bequemer als die harten Sitze im Parkett. Sie schloss die Augen. Ihre Gedanken schweiften da und dort hin, landeten jedoch immer wieder bei dem aktuellen Fall. *Lose Platten, jäher Sturz, Fremdeinwirkung.* Sie liebte es, frei zu assoziieren, Möglichkeiten durchzuspielen, die eine Variante auszuschließen und hinter eine andere ein dickes Rufzeichen zu setzen. *Gravierende Baumängel, fehlende Nasen, verschwundene Begleiterinnen.* Tatsachen und Spekulationen wechselten sich jetzt ab, tanzten einen wilden, ungeordneten Reigen um sie herum. Aber was war das für ein Lärm? Konnte man denn nicht einfach dalümmeln und ein wenig verschnaufen? Vermutlich kam der Krach von Becker und seinen Technikern, die ihre Experimente und Untersuchungen im Speicher fortführten. Ja, es waren die Spurensicherer, und wenn man genau hinsah, schwankte die Decke unter ihren Schritten. Die Schritte und Zurufe wurden lauter, sie hörte jetzt auch Beckers Stimme heraus. Becker wies seine Leute in befehlsgewohntem Ton an, sich anzugurten. Die Zuschauer unten im Parkett wiederum sahen nicht nach oben zu der leicht zitternden und schwingenden Decke, sie starrten angestrengt nach vorn, auf die Bühne. Dort trat die Pianistin ins gleißend helle Scheinwerferlicht, sie verbeugte sich jedoch nicht, sie ging sofort zum Flügel und begann zu spielen.

Trotzdem hörte das Gestampfe und Gejohle oben nicht auf, es schien fast, dass dort im Hohlraum im Takt mitgestampft wurde. Das Poltern war nicht synchron, der Rhythmus oben überholte den Rhythmus unten. Die Decke hob und senkte sich jetzt sichtbar. Die Scheinwerfer auf der Schiene, die unter der Decke quer durch den Saal lief, hüpften und drehten sich, manche fielen aus, andere ließen ihren Strahl quer durch den Raum streunen. Die Decke schwang jetzt einen Meter auf und ab. Was hatten die da oben vor? Waren die wahnsinnig geworden? Dann geschah es. Die großen stählernen Schienen, die die ganze Deckenkonstruktion hielten, rissen aus der Wand, meterlange Stahlschrauben knickten und stachen in die Luft, Kaskaden von Putz und weißem Staub wirbelten in den Raum. Die halterlose Decke neigte sich schräg zu einer der Wände hin, zu der, an der die Eisenhalterungen zuerst gerissen waren, und grub sich dort so in den Putz, dass die Stäbe des Eisenbetons sichtbar wurden. Dann jedoch verhakte sich diese lose Seite und die andere Seite rutschte hinab, bis schließlich die ganze Decke splitternd und heulend nach unten fiel, um dort mit einem ohrenbetäubenden Knall aufzuschlagen. Einige Zuschauer hatten das Herannahen der Katastrophe noch gesehen und waren aus den Reihen gestürzt, viele schafften es aber nicht zum Ausgang. Mit bösen Geräuschen wackelte und waberte der ganze Speicherboden noch einige Zeit auf den Stuhlreihen, Staub stob auf, Gips, Zement, Mörtel. Metallteile und Holzsplitter flogen umher. Sie öffnete den Mund, unfähig zu schreien. Das durfte doch nicht wahr sein! Als sie nach oben schaute, sah sie, dass der Dachstuhl jetzt offen dalag. An den Gabelungen und Kreuzungen der Dachsparren hatten Beckers Helfer ihre Sicherungsseile befestigt, waren ein Stück weit ins Leere gefallen und baumelten jetzt, frei hängend, mit vor Schreck aufgerissenen Augen, manche lautlos schreiend und johlend, keiner brachte einen Ton heraus. Becker selbst hing in der Mitte, die Spurensicherer um ihn herum zappelten wie

Marionetten, die einen morbiden Totentanz zur Musik der Pianistin auf der Bühne tanzten. Doch die Pianistin wagte es nicht, ihren Blick von den Tasten zu heben. Sie spielte weiter, als ob nichts geschehen wäre, sie spielte ein paar Schlager aus den Siebzigern, ein paar Schlager aus den Achtzigern, sie spielte klassische Stücke, romantische Stücke, ohne nach rechts und links zu schauen, sie spielte Musik von Ludwig van Beethoven, von Frédéric Chopin, PIRRILIPI und RATONK spielte sie, sie spielte weiter, um das grausige Bild nicht sehen zu müssen, sie war selbst zur Marionette geworden, die zappelte und zuckte und klimperte. Und auch Becker tanzte zu dieser Musik, und der Klopfer mit seinem Hämmerchen tanzte dazu und Schwattke hing auch dort oben und tanzte und schrie etwas dazu. Warum hing Schwattke dort oben und schrie etwas? Was hatte Nicole Schwattke dort oben verloren? Schwattkes Stimme wurde lauter, Schwattkes Stimme war ganz nah, Schwattke zupfte sie am Arm, drückte dann ihren Arm fester.

»Entschuldigung, aber wir wären dann unten so weit, Frau Schmalfuß.«

Maria hasste es, beim autogenen Training einzunicken.

Sie ging mit Nicole Schwattke nach unten.

»Habe ich geschnarcht?«, fragte Maria.

»Ein bisschen«, sagte Nicole.

Unten im Foyer hatte sich das Team versammelt und wartete auf die beiden Frauen, die jetzt die Treppe herunterkamen. Ostler und Hölleisen, Stengele und Jennerwein sahen ihnen dabei zu, und Maria hoffte, dass sie nicht die ganze Zeit so still dagestanden und ihr Schnarchen oben gehört hatten. Jennerwein ergriff jetzt das Wort.

»Wie gesagt: Wir brauchen weitere Aufschlüsse über das Aussehen und die Identität der unbekannten jungen Frau, der Begleiterin des unbekannten jungen Mannes. Ich habe das Gefühl, dass sie der Schlüssel zu dem Fall ist. Warum ist sie verschwunden? Gehen Sie bitte alle noch einmal Ihre Zeugenaussagen bezüglich der Frau durch. Der kleine Mann und die kleine Frau – wie wollen wir die beiden nennen?«

»Der Kürze halber vielleicht Hänsel und Gretel?«, schlug Maria vor. Jetzt meldete sich Stengeles Mobiltelefon mit einem besonders ordinären Klingelton, es waren die Anfangstakte des Tölzer Schützenmarsches, die durch das ganze Foyer dröhnten. Alle schwiegen schmunzelnd über das TÄTÄRÄ, das so gar nicht zu den samtbeschlagenen Türen und den Marmorfliesen passen wollte.

»Hat mir mein Neffe heruntergeladen«, entschuldigte sich Stengele, bevor er den Anruf annahm.

»Ja?«

Stengele machte den anderen ein Handzeichen, dass der Anruf wichtig war.

»Ja. – Ja. – Ja. – Ja.«

Stengele war Allgäuer, das hörte man jetzt ganz deutlich. Das A in den Jas war hell und schneidend, wie man es nur im Südwesten Deutschlands hört. Dieses kreischende a, das eher dem Schrei eines Raben gleicht als einem menschlichen Laut, konnte man an den vielen Jas von Stengele studieren, sodass Schwattke nach dieser Einlage vermutlich schon wieder ein weiteres süddeutsches Wort perfekt aussprechen konnte. Endlich legte Stengele auf. Er hatte sich einige Stichwörter auf einem Zettel notiert.

Becker trat mit einigen Technikern aus dem Konzertsaal ins Foyer. Er kam mit einem Blatt Papier auf Jennerwein zu und tippte mit dem Finger darauf.

»Die Ergebnisse des Experiments –«, sagte er.

»Einen Augenblick noch«, unterbrach ihn Jennerwein. »Stengele zuerst.«

»Ja, entschuldigen Sie«, sagte Stengele, »aber ich habe hier eine wichtige Information für uns alle. Die Frau Pathologin aus der Gerichtsmedizin hat angerufen. Die Identität des zweiten

Toten ist jetzt geklärt. Ein Arztkollege hat die Leiche in der gerichtsmedizinischen Abteilung zufällig gesehen und in ihm einen Sportkollegen erkannt. Sie waren im selben Verein. Die Sportart heißt – äh – Canyoneering, was immer das auch heißt.«

»Weiß jemand hier, was Canyoneering heißt?«, fragte Jennerwein.

»Schluchteln«, sagte ausgerechnet der Klopfer, das dünne spillerige Männchen, das vorher so versponnen am Holz herumgehämmert hatte. »Canyoneering heißt auf Deutsch Schluchteln.«

»So, so! Ausgerechnet unser Spezialist für Statik und Festkörpermechanik weiß über Extremsportarten Bescheid«, sagte Becker anerkennend.

Der Klopfer meckerte. Jennerwein erinnerte mit Schaudern an sein Wort *Materialermüdungstoleranzüberschreitung*. Stengele fuhr fort.

»Der Name dieses zweiten Opfers ist Ingo Stoffregen. Sechsundzwanzig Jahre alt, alleinstehend, selbstständig. Er ist Fitnesstrainer von Beruf, hier im Ort geboren, da wohnte er auch.«

»Ingo Stoffregen. Der kleine Hänsel«, sagte Jennerwein. »Ich bin froh, dass wir jetzt endlich einen richtigen Namen für ihn haben.«

»*Hänsel* fand ich passender«, sagte Nicole Schwattke. »Ich nenne ihn weiter so.«

»Stengele«, fuhr der Kommissar fort, »ich möchte, dass Sie alles über diesen Mann herausfinden, was es herauszufinden gibt. Ich denke, dass wir dann das Geheimnis von Gretel auch bald lüften werden.«

Hansjochen Becker tippte nochmals auf das Blatt Papier, mit dem er vorhin gewedelt hatte. »Darf ich jetzt?«

»Natürlich, Becker. Schießen Sie los.«

»Wir haben im Saal den Ablauf von gestern Abend nochmals nachgestellt, wir haben ihn ein paar Mal durchlaufen lassen, von einigen Spielarten den Mittelwert genommen, wir haben alles gefilmt, gestoppt, berechnet, gemittelt. Sie wollen aber sicher nur das Ergebnis haben.«

»Das können Sie laut sagen.«

»Das Ergebnis ist, laut gesagt, dass Liebscher etwa vier Minuten gebraucht hat, um von der Tür über die Treppe nach oben und dann auf dem Luftweg wieder nach unten zu kommen.«

»Vier Minuten«, sagte Jennerwein nachdenklich. »Ich bin die Strecke vorhin abgegangen und habe bei gemächlichem Tempo nur zwei Minuten gebraucht.«

»Liebscher kann ebenfalls so gemächlich hinaufgeschlendert sein«, sagte Stengele. »Er wollte vielleicht einen Rundgang durchs Haus machen und kontrollieren, ob alles in Ordnung ist. Da schlendert man, bleibt ab und zu stehen –«

»Das glaube ich nicht«, unterbrach ihn Ostler. »Das gehört nicht zu seinem Aufgabenbereich, das ist eher Sache des Hausmeisters. Außerdem hat Frau Probst, unsere Garderobiere, ausgesagt, dass er es ziemlich eilig hatte. Er wäre fluchend aus der Tür gestürzt und die Treppe hinaufgestolpert. So schnell habe sie ihn noch nie rennen sehen.«

»Vielleicht musste er auf die Toilette?«

»Läuft man da, auch wenn's wirklich pressiert, fluchend und schimpfend hin?«

»Ist es eigentlich möglich für Sie, nachzuprüfen, ob er –«

»Ja, das ist theoretisch möglich«, sagte Becker. »Aber eines will ich den sehr verehrten Damen und Herren Kombinationsfuzzis gleich sagen: Der Aufwand ist gigantisch. Sie sollten sich schon gut überlegen, ob das wirklich nötig ist.«

Stengele formte mit den Fingern eine Zeile.

»*Kripo wühlt in Kanalisation.* Das sehe ich schon als Aufmacher. *Gemeiner Speichermörder immer noch frei.*«

Hölleisen unterbrach die Gedankenspiele des Allgäuers.

»Die wahrscheinlichste Möglichkeit ist also die, dass er schnell raufgegangen ist und oben auf dem Speicher nach etwas gesucht hat. Vielleicht nach der schadhaften Stelle, die er von unten gesehen hat.«

»Und da geht er ausgerechnet zu dieser Stelle hin, stellt sich drauf und bricht durch? Wenn er von unten etwas Auffälliges gesehen hat, dann passt er doch erst recht auf.«

Jennerwein schaltete sich ein.

»Wie sieht es mit Selbstmord aus? Wollen wir Selbstmord ganz ausschließen? Die Frage geht an Sie, Maria.«

Diese antwortete nicht gleich. Sie wollte vorsichtiger sein und nach der aufgegebenen Kampftheorie, die sie so zäh verteidigt hatte, nicht gleich eine neue These in den Raum stellen.

»Einsamer, unbeliebter Mensch«, begann sie zögerlich, »fasst spontan den Entschluss, einen erweiterten, spektakulären Selbstmord zu begehen? Und dadurch sozusagen Teil des Konzertes zu werden? Das würde zwar zu Liebscher passen, aber ich weiß trotzdem nicht so recht. Außerdem hat die Garderobiere doch gesagt, dass er fluchend raufging. Das passt auch nicht zu einem Selbstmord. Vielleicht sollte auch nur der Eindruck erweckt werden.«

»Von wem?«

»Von einem Dritten. Beziehungsweise einem Zweiten. Und dann die Höhe.«

»Die Höhe?«

»Eine Höhe von zwölf Metern garantiert keinen tödlichen Ausgang«, sagte Maria. »Ein verzweifelter einsamer Wolf scheut so etwas. Er will absolute Sicherheit, wie auch immer. Ein Suizid erscheint mir ausgesprochen unwahrscheinlich.«

Jennerwein brummelte zustimmend und wandte sich an Hölleisen.

»Sie sagten doch vorher, die wahrscheinlichste Möglichkeit wäre die, dass er schnell raufgegangen ist und oben auf dem Speicher nach etwas gesucht hat.«

»Vielleicht hat er sich sogar mit jemandem getroffen.«

»Natürlich«, mischte sich Schwattke ein, »er hat sich oben

mit jemandem verabredet, nach Beginn der Vorstellung. Er kann nicht pünktlich kommen, weil er Hänsel und Gretel noch zu ihren Plätzen führen muss. Deswegen verlässt er den Saal fluchend und stürzt nach oben. Er erwartet ein angenehmes Gespräch, eine angenehme Nachricht, eine angenehme Überraschung, wie auch immer. Doch oben erwartet ihn sein Mörder, der die Absturzstelle schon präpariert hat. Wir aber sollen einen Selbstmord vermuten.«

»Klingt plausibel, Schwattke, eichenlaubverdächtig.« Er wandte sich an Becker. »Wann ist mit Ergebnissen der neuen Spuren zu rechnen?«

»Bis zur Abendbesprechung habe ich alles.«

»Gut. Maria, machen Sie bitte ein Profil von Liebscher, um die Möglichkeit eines Suizids ganz auszuschließen.«

Jennerwein schlug vor, alles Weitere auf der Dienststelle zu besprechen. Als sie das Foyer des Konzertsaals verlassen wollten, sahen sie schon von Weitem, dass sich da draußen vor der hohen Glastür die Pressemeute drängte. Einige Fotografen blitzten durch die Scheibe hindurch, sogar ein Fernsehteam hatte sich aufgebaut und ließ eine große Kameralinse hereinglotzten.

»Wozu der Aufwand?«, fragte Schwattke. »Wegen eines ungeklärten Unfalls?«

»Bad Reichenhall«, sagte Ostler. »An die eingestürzte Eissporthalle kann sich jeder noch erinnern. Das ist gar nicht so weit weg, zeitlich und räumlich. Und die wittern hier ein Muster. Bauliche Unregelmäßigkeiten sind ein ausgesprochen sendefähiges Thema.«

Der schluchtelnde Klopfer meldete sich zu Wort.

»Mit baulichen Unregelmäßigkeiten liegen die da draußen gar nicht so falsch. Regressansprüche, Dienstaufsichtsbeschwerden, politische Konsequenzen. Das ist wirklich lauter sendefähiges Material.«

Jennerwein nickte. »Ja, und genau deswegen halten wir uns

da zurück. Bevor wir nicht ganz genau Bescheid wissen, wie der Unfall zustande gekommen ist, sollten wir uns nicht in Spekulationen verlieren.«

»Wie verhalten wir uns aber? Ewig können wir nicht schweigen.«

»Was ist der Öffentlichkeit ohnehin schon bekannt?«

»Dass es zwei Tote gibt. Dann die Identität von Liebscher. Dass der eine auf den anderen gefallen ist. Mehr nicht.«

»Dann geben wir auf der Pressekonferenz die Identität von Stoffregen bekannt, das ist doch schon mal ein Ergebnis«, sagte Jennerwein. »Maria, Sie sind die Verbindlichste von uns. Gehen Sie hin zu den Vertretern der Presse und sagen Sie ihnen, dass es um 19 Uhr eine Pressekonferenz gibt.«

»Wo?«

»Auf der Dienststelle.«

Maria winkte dem Hausmeister, ihr aufzusperren, der Rest des Teams war dabei, die andere Richtung einzuschlagen, um das Gebäude durch die Tiefgarage zu verlassen, als ein Mann vor die Polizisten trat und ihnen den Weg versperrte, was angesichts seiner Zierlichkeit und des Aufgebots von einem halben Dutzend Polizisten mit Heckler-&-Koch-Beulen in der Jacke etwas ungleichgewichtig wirkte.

»Ich will meinen Fotoapparat und meine Aufnahmen zurück.«

»Wer sind Sie?«

»Ich bin der Pressefotograf, der gestern Abend die Aufnahmen geschossen hat.« Er zeigte mit dem Finger auf Ostler. »Der da hat meinen Apparat beschlagnahmt.« Sein Finger wanderte in Richtung Hölleisen. »Oder der da. Sie sehen ja alle gleich aus. Jedenfalls will ich meinen Apparat jetzt wieder zurück.«

»Wir haben die Fotos noch nicht ausgewertet.«

»Wie bitte? Noch nicht ausgewertet? Das sind Digitalfotos, die kann man sofort anschauen und überspielen, dann kann man die Kamera zurückgeben. Und die haben Sie noch nicht ausgewertet! Das ist ja schon wieder eine Provinzposse.«

»Morgen bekommen Sie den Apparat zurück.«

»Okay, ich komme morgen aufs Revier. Einen schönen Tag noch.«

Der Pressefotograf verschwand so schnell, wie er gekommen war. Das Wort *Provinzposse* stand unangenehm im Raum, und es roch säuerlich.

»Der hat aber schnell nachgegeben«, sagte Stengele. »Normalerweise fallen doch noch die Begriffe Pressefreiheit, unabhängige Berichterstattung und Recht der Öffentlichkeit auf Information.«

»Ja, der hat mir schon gestern zu schnell nachgegeben, als ich ihm die Kamera abgenommen habe«, sagte Ostler. »Der hält uns alle für urzeitliche Trottel. Kann es sein, dass der sich die Bilder auf einen kleinen unauffälligen Datenträger kopiert hat? Ich habe natürlich keine Leibesvisitation bei ihm –«

»Das kann sein. Wir werden uns morgen die Lokalzeitung kaufen. Da wird sich's herausstellen.«

»Und was heißt denn jetzt Schluchteln?«, fragte eine Polizeioberwachtmeisterin von der Spurensuche ihre Kollegin beim Hinausgehen.

»Irgendeine Mehlspeise wahrscheinlich«, sagte Schwattke. »Aber ich bin auch nicht von hier.«

18

»Der Russ' war's!«

Der Wirtshausstammtisch ist ein Wurmloch in die Vergangenheit, auf jeden Fall in die Fünfzigerjahre, und der Stammtisch im Wirtshaus *Zur roten Katz* bildete da keine Ausnahme. Der Hacklberger Balthasar, der die Worte ausgesprochen hatte, war fast ein wenig erschrocken über deren unheilvoll dröhnende Wirkung, er griff rasch zu seiner Halbe Bier und trank sie wie ein Verdurstender aus. Der Russ' war immer noch zum Fürchten gut, der Russ' mit dem gewetzten Messer, der Russ', für den jetzt in den Wirtshäusern schon Speisekarten in kyrillischer Schrift gedruckt wurden. Der unerschütterliche Antislawismus, der im mittleren Mitteleuropa vermutlich nie ganz ausgerottet werden kann, muss in den bayrischen Landstrichen allerdings verwundern, ist doch die ganze Bagage vor ein paar Tausend Jahren einmal von dort gekommen. Wie man hört, ist die Gesellschaft von der Wolga und vom Dnjepr aus aufgebrochen und hat sich dann in dem damals noch menschenleeren Landstrich zwischen Spessart und Karwendel niedergelassen. Das halbe Tröpfchen Tatarenblut, das also auch dem Hacklberger Balthasar in den Adern floss, hinderte ihn nicht, die Worte noch einmal zu wiederholen, sogar mit einem unheilvoll-endgültigen Unterton. Und alle in der Wirtsstube graunzten und grunzten sich zu mit vorbabylonischen Urlauten, die wohl nachdenkliche Zustimmung bedeuten sollten.

Der sogenannte Dämmerschoppen in der *Roten Katz* begann traditionell weit vor der Dämmerung, aber heute war die Stube sogar schon seit dem frühen Nachmittag prall gefüllt mit Zirbelholzsexuellen in speckigen Lederhosen und Gamsbarthüten mit fortgeschrittenem Vereinsabzeichen-Befall. Doch an Wirtshausstammtischen dämmert es immer ein wenig, auch wenn es draußen taghell ist, und in der *Roten Katz* machten die verschmierten und mit Krimskrams vollgehängten Fensterscheiben das Sonnenlicht noch zusätzlich diffus und zweifelhaft. Die Informationen über die gestrigen Vorfälle waren bröckerlweise hereingekommen, manche der Stammtischbrüder waren sogar dabei gewesen, vor Ort und hautnah, wussten aber auch nichts Genaues, sie hatten ja schließlich alle Hände voll zu tun gehabt mit Helfen und Retten und Schlimmeres-Verhüten. Die meisten hielten ihre Gläser fest umklammert, einige sogar mit beiden Händen. Sie wollten es auf diese Weise wärmen, denn einige hatten es am Magen oder an der Niere, und sie hatten gehört, dass warmes Bier da besser täte als kaltes. Der Halbenthaler Kasimir, ein rüstiger Neunziger, ließ sich sein Bier sogar leicht aufkochen. Er war im Krieg in Frankreich stationiert gewesen und rief deshalb immer *Marie! Une chaud-froid!,* was ihm den Spitznamen Schofroa eingebracht hatte. Der Schofroa Kasi also ließ sich das Bier erhitzen, weil er so gut wie keinen Magen mehr hatte und nur noch eine Niere, aber er war ein lebhafter Gesprächsteilnehmer. Und so wunderte es keinen, dass auch er zustimmend nickte.

»Genau. Der Russ'.«

In diesen erlauchten Kreis von Ureinheimischen drang niemand ein, seit Jahrtausenden schon nicht mehr. Klar saßen an den Nebentischen auch einmal Amerikaner und Japaner, sogar Preußen, und, manchmal, selten, Bewohner benachbarter, kleinerer Ortschaften, die aus irgendwelchen Gründen hier hängengeblieben waren und ihren Durst stillen wollten.

Aber der Stammtisch selbst war tabu für alle möglichen Neuerungen. In der *Roten Katz* kannte jeder jeden, und das seit weißgottwielange. Die kleine Rotte von zwanzig oder dreißig trachtigen Männern schauten alle zum Harrigl Toni hin, der als Einziger aufgestanden war. Er redete gerne im Stehen. Er war Gemeinderat und kam ab und zu bei seinem alten Stammtisch vorbei, um Argumente zu testen. Und gerade hat der Harrigl seine unglaubliche Geschichte erzählt, und alle hatten aufgestampft, auf den Tisch geschlagen und *Naa, so was!* oder *Geh zua!* gesagt.

Aber was hatte der Harrigl Toni erzählt? Ganz einfach: Dass der Stoffregen Ingo am Samstag bei ihm im Laden gewesen wäre und sich ein Paar neue Bergschuhe Größe 40 gekauft hätte. Da wäre ihm eingefallen, dass er in seiner Eigenschaft als Gemeinderat Freikarten bekommen hatte für das Konzert am nächsten Tag. Jeder Gemeinderat und Bürgermeister bekommt zwei Karten für alles, drum sieht man auch manchmal welche in Konzerten und Ausstellungen und wundert sich. Beim Anprobieren der Bergschuhe hätte er ein bisserl geratscht mit dem kleinen Ingo, und da wären ihm die Karten eingefallen, die er unbedingt noch verschenken wollte. Denn wie würde das ausschauen, wenn die Plätze leer blieben? Dann hieße es ja, der Harrigl Toni wäre ein Kunstbanause. Bekäme Karten und ginge nicht hin. Wenn er sie aber verschenkte und jemand anders dort säße, redeten die Leute erfahrungsgemäß nicht so. Der Stoffregen hätte dann die Karten überraschenderweise genommen, überraschenderweise deshalb, weil er ja eher an Sport interessiert gewesen sei als an Kultur. Überraschenderweise hätte er auch alle zwei Karten genommen, das erstaunte jetzt wieder deshalb, weil der Stoffregen ja ein großer Einzelgänger gewesen sei. Keine Freundin und nix, nur das Laufen, da denkt man sich ja auch seinen Teil. Gut, er hätte ihm also die Karten geschenkt und die Sache vergessen.

»Aber wie ich dann erfahren hab, dass der Ingo Stoffregen

umgekommen ist bei dem Unfall im Kulturzentrum, dann hab ich's g'wusst.«

Es gab jetzt eine Pause am Stammtisch, eine bedeutende Pause. Ganz lautlos sind solche Pausen natürlich auch nicht. Irgendjemand grunzte und röchelte jetzt: Der alte Bichlberger Loisl hatte sich verschluckt, er vertrug nach seiner Dialyse auch nicht mehr so viel wie früher als Junger. Aber sonst war es ruhig in der Wirtsstube, bis es der Hacklberger Balthasar nicht mehr aushielt.

»Was hast g'wusst?«

»Dass das ein Mordanschlag war!«

Die anderen hatten jetzt auch schon in so eine Richtung gedacht.

»Ein politischer Mordanschlag, der eigentlich mir gegolten hat, und ich bin grade noch ausgekommen.«

Lokalpolitiker entgeht Mordanschlag titelten die Stammtischbrüder im Kopf und nahmen einen Schluck aus dem Bierseidel. Der Harrigl Toni gab eine Runde Schnaps aus, die keiner mehr vertrug, aber doch jeder freudig annahm. Die Tatsache, dass man hier mit einem leibhaftigen Überlebenden am Tisch saß, erfüllte alle mit dem wohligen Gefühl, dass man bei etwas dabei war, was man noch lange erzählen konnte.

»Ein Anschlag auf uns ist das. Auf uns, die echten Bayern!«

»Und wisst ihr, wer da dahinterstecken könnt'?«

Alle nickten. Alle wussten, wer da dahinterstecken könnte. Und der Hacklberger Balthasar sprach es dann eben aus. Der Russ'. Der Russ' könnte dahinterstecken.

19

»UND NUN zur Aufgabenverteilung heute Nachmittag«, sagte Kommissar Jennerwein, als die bunte Polizistentruppe endlich vor dem Konzertsaal stand und Journalisten, Fotografen und Schaulustige abgewimmelt hatte. »Becker, Sie werten die Ergebnisse der Spurensuche oben im Speicher aus. Der Inhalt des Turnbeutels würde mich zum Beispiel brennend interessieren. Schwattke und Stengele, von Ihnen will ich genauere Informationen zu den beiden Opfern. Sehen Sie sich die Wohnungen von Stoffregen und Liebscher an, vielleicht mit Ostler zusammen. Maria, Sie würde ich bitten, die Pressekonferenz vorzubereiten. Formulieren Sie auch den Aufruf an Gretel, sich zu melden.«

Ostler und Hölleisen wurden noch angewiesen, einige Telefonate zu erledigen und ein paar Nachbefragungen durchzuführen, dann schwärmte die Gruppe aus.

DAS KLEINE KERNTEAM der Mordkommission IV ging die kurze Strecke vom Kulturzentrum zum Polizeirevier zu Fuß. Jennerwein ließ sich etwas zurückfallen, um außer Sichtweite zu kommen, er machte sogar einen kleinen Umweg – er wollte erst vollständige Gewissheit haben, dass der Anfall von vorhin vorüber war und nicht wieder aufflackerte. Mit Schrecken dachte er daran, dass genau das schon einmal mitten in einer Dienstbesprechung geschehen war. Mit Mühe und Not hatte er sich aus der Affäre ziehen können. Er blieb jetzt stehen, machte einige Verrenkungen und Schüttelungen, legte einen kurzen Spurt ein, versuchte es mit ein paar Wechselschrittkombinationen und weiteren Dehn- und Streckübungen pseudoakrobatischer Art, ließ zu der Krabi-Krabong-Geste *Sieben Nashörner greifen einen Tiger an* einen halligen Tschaka!-Schrei in den wolkenlosen Himmel fahren – alles ohne spürbare negative Auswirkungen. Nachdem er sich sicher war, dass kein Rückfall mehr drohte, erschien ihm die Szene vorhin auf der Konzertsaaltreppe eher wie eine kleine Anfechtung, eine behebbare Unpässlichkeit, wegen der man nicht gleich zum Arzt rennen und den Dienst am Staat unterbrechen muss.

Kriminalhauptkommissar Hubertus Jennerwein, ausgezeichnet mit allen möglichen Ehrungen und Belobigungen, geschätzt von Kollegen und Vorgesetzten für seine bisher hundertprozentige Aufklärungsquote, gefürchtet von den Missetätern, geliebt von den Gesetzestreuen, hatte ein schweres gesundheitliches Problem, das auch die frische Luft des voralpenländischen Kurorts nicht lindern konnte. Er litt unter Bewegungsblindheit. Er hatte damals vor einem halben Jahr, gleich nach dem ersten Anfall, im Netz gesucht und war fündig geworden. Die medizinisch genaue Bezeichnung für diese seltene Wahrnehmungsstörung lautete *Akinetopsie durch Läsion im Areal V5*, damit wurde die Unfähigkeit oder zumindest eingeschränkte Fähigkeit bezeichnet, Bewegungen zu erkennen. Jennerwein sah die Welt nicht mehr als dahinfließenden Film, sondern in fotografisch starren, aufeinanderfolgenden Bildern. Die Behinderung trat sporadisch, in größeren Zeitabständen auf, in den letzten sechs Monaten hatte er vier solcher Zustände von Bewegungsblindheit gehabt, sie waren allerdings nicht stärker geworden. Noch wusste niemand von der Sache, dem zurückhaltenden Eigenbrötler Jennerwein wäre auch keine Person eingefallen, der er sich hätte anvertrauen können. Die Ursache des Übels lag ein halbes Jahr zurück, da hatte er einen kleinen Unfall gehabt, eher ein Missgeschick, wie es einem alle paar

Tage zustößt. Es war beim Ballspielen passiert. Und wenn es da wenigstens eine heroische Fußballverletzung gewesen wäre, die er sich etwa beim Dienstsport zugezogen hätte, nach einem waghalsigen Angriff über Linksaußen, beim gemeinsamen und schier aussichtslosen Köpfeln mit irgendeinem Zweimeterzwanzig-Hünen vom BKA!

Aber nein, er hatte mit dem Kind der Nachbarin gespielt, hinter dem Haus, er hatte einen Plastikball nicht geschickt genug gefangen, sodass dieser unter den Tisch gerollt war. Er war dann unter den Tisch gekrochen und hatte sich den Kopf an der Tischplatte gestoßen, gar nicht einmal so heftig und auch kaum schmerzhaft. Beim Umdrehen und dem anschließenden Blick in den Garten hatte er das erste Mal eine jener unfassbaren Szenen gesehen, die sich ihm bei seinen künftigen Anfällen immer wieder bieten sollten. Tatsache war, dass das Kind auf dem Rasen herumlief, kreuz und quer, im Kreis, auf und ab. Es quiekte und schrie, er *hörte* es auch herumlaufen. Es bewegte sich. So weit, so gut. Er *sah* es jedoch anders: Für ihn tauchte das Kind einmal rechts, einmal links auf, aber immer als erstarrtes, regloses Bild, als undeutliche Schablone, die man in die Gartenlandschaft gestellt hatte – kurz darauf war das unscharfe Bild verschwunden und erschien ruckartig an anderer Stelle. Plötzlich hing das Kind ganz klein hinten in der Landschaft, es war wohl vorher hochgesprungen, sein Schatten schwebte jetzt über dem grünen Rasen. Für Jennerwein war die Welt zu einer Art Comicstrip geworden, nur die Sprechblasen fehlten noch. Sprechblasen wären aber nützlich gewesen, denn er hörte Geräusche, die nicht zu dem passten, was er sah. Er kniete immer noch unter dem Tisch, und schließlich hatte sich vor ihm ein monströser Schatten eines Kindes aufgebaut. Er hörte, dass das Kind etwas sagte, er hörte es ganz laut und deutlich, aber er konnte keine Mundbewegungen erkennen. Er streckte die Hand aus, um den Körper, den er direkt vor sich sah, zu befühlen. Er griff ins Leere.

»Was hast du, Herr Hubsi?«

Die Stimme war von der Seite gekommen.

»Gar nichts, ich bin nur müde vom Spielen.«

»Du bist aber heute schnell müde, Herr Hubsi.«

»Mir ist schwindlig, ich muss mich ausruhen.«

Er drehte den Kopf. Plötzlich war die Mutter des Kindes, seine Nachbarin, im Bild.

»Grüß Gott, Frau Nachbarin«, sagte er zu der Schablone. Die Schablone antwortete nicht, die Stimme, die zu der Schablone passte, kam aus einer anderen Richtung:

»Grüß Sie, Herr Jennerwein. Geht es Ihnen gut?«

»Wir spielen hier Verstecken.«

Und mit dieser Ausflucht war für ihn die letzte Möglichkeit, einfach einen Krankenwagen rufen zu lassen und sich der Fürsorge des Gesundheitswesens zu überlassen, verstrichen.

»Dem Herrn Hubsi ist schwindlig«, sagte das Kind von irgendwoher, von irgendwoher kam auch die Stimme der Mutter:

»Schwindlig ist Ihnen, Herr Jennerwein?«

Er bewegte den Kopf in diese Richtung, dort war die Nachbarin auch, Gott sei Dank. Trotzdem hatte er das Bedürfnis, aufzuspringen und davonzulaufen. Die Frau bewegte sich jetzt, ruckelig zwar, wie in einem Film, der nicht glatt läuft, aber sie bewegte sich immerhin. In dieses Bild schob sich noch ein zweites Bild, das Bild eines neugierigen Kindes, wie in einer filmischen Überblendung, nur ohne Musik. Das normale Sehen gewann wieder Oberhand.

»Soll ich Ihnen ein Glas Wasser holen?«

Ja, ein Glas Wasser vom anderen Ende der Stadt bitte, dachte Jennerwein. Was für eine Katastrophe, dachte er, hier hilflos unter einem Gartentisch zu liegen und keinerlei Orientierung mehr zu haben. Er befühlte seinen Hinterkopf und rieb die Stelle, die nicht einmal schmerzte. Er konnte sich keinen Reim auf das machen, was ihm gerade geschehen war.

JETZT BOG ER in eine Straße mit glattgeschnittenen Thujen- und Buchenhecken ein. Ein braver Staatsbürger bin ich, dachte Jennerwein, ich fahre nicht mit dem Auto, gehe zu Fuß zur Dienststelle, gefährde keine anderen, falle dem Steuerzahler nicht zur Last, lasse mich nicht dienstuntauglich schreiben. Mache meinen Dienst weiter, solange es eben geht. Warte darauf, dass die klitzekleinen Störungen, die alle paar Monate kommen, von selbst wieder verschwinden. Jennerwein beschleunigte seine Schritte, er konzentrierte sich wieder auf den aktuellen Fall und ging die bisherigen Ergebnisse durch, die dürftig genug waren. Ein Sturz aus zwölf Metern Höhe. Ein nicht begehbarer Speicher, der trotzdem begangen worden war. Ein Turnbeutelchen. Ein zerquetschter Ironman. Und dann Liebscher. Immer wieder der Türschließer Liebscher. Aber wie jetzt: Liebscher, der unglückliche Tollpatsch, der einen Unfall hatte? Liebscher, der verzweifelte Einzelgänger, der seinem Leben ein Ende setzte? Oder Liebscher, der vom Phantom im Konzertsaal gemeuchelte Portier, der einem kompliziert ausgeklügelten Mordkomplott zum Opfer gefallen war? Jennerwein hörte plötzlich Schritte hinter sich, die sich schnell und bedrohlich näherten. Angst stieg in ihm auf, ein Gefühl, das er in dieser Heftigkeit noch nicht kannte: Die Angst, einem bevorstehenden Angriff hilflos ausgeliefert zu sein. Er blickte sich um, die Straße war menschenleer. Er blieb stehen. Niemand. Waren die Schritte nur in seinem Kopf gewesen? Spielten nicht nur seine Augen, sondern auch seine Ohren verrückt? Jennerwein hatte das Gefühl, gleich durchzudrehen. Panisch starrte er auf den Weg, den er gerade zurückgelegt hatte. Vorsichtig ging er ein paar Schritte zurück. Die kleine Asphaltstraße, die nach irgendeinem der Berge hieß, war eine besenrein gesäuberte Promenade im Würgegriff von blankpolierten Häuschen. Die Vorgärten waren uni, zwischen den Zäunen und dem Rasen, der so aussah, als würde er zu jeder vollen Stunde geschnitten werden, gab es Standardgebüsch, Thujen- und Buchensträucher eben, und Jennerwein stand jetzt an der Stelle, an der er die Schritte zu hören geglaubt hatte. Er betrachtete die Hecke genauer, durch eine Lücke konnte er in den Garten sehen. Hier musste sich vor Kurzem jemand durchs Gebüsch geschlagen haben. Der Zaun war nicht hoch, er nahm etwas Schwung, flankte und kam auf der anderen Seite auf weicher, schwarzer Humuserde auf. Er kniete nieder, hob einige Zweige an und untersuchte sie. Er sah sie sofort, die frischen Fußspuren, die von Turnschuhen stammten. Sein Gehör hatte ihn nicht getäuscht. Aber wer sollte ihn hier verfolgen und dann davonlaufen? Wahrscheinlich war es ein Dummejungenstreich, dachte er und versuchte, Hände und Hose zu säubern.

Nach dem Bayerischen Beamtengesetz, Dienstvorschrift Artikel 56 Absatz 1 (Dienstunfähigkeit und Ruhestand) war Jennerwein eigentlich dienstunfähig und hätte seinen Zustand auch melden müssen, aber war er wirklich der Mann, der Dienstwaffe und Ausweis auf den Tisch des Chefs legt, und das nur wegen eines Hirnlappenkratzers? Die Bewegungsblindheit trat zudem episodenhaft und selten auf, auch deshalb glaubte er fest daran, die Behinderung ohne fremde Hilfe in den Griff zu bekommen. Bei seinen Recherchen im Netz war er auf wesentlich schlimmere Fälle der Krankheit gestoßen. All diese Patienten litten an einer wesentlich dauerhafteren Form der Akinetopsie, sie mussten das Handicap Tag und Nacht, ihr ganzes Leben lang ertragen, Heilmöglichkeiten waren nicht bekannt und auch nicht in Sicht. Eine Patientin etwa konnte sich nicht einmal ein Glas Wasser einschenken, da sie nicht fähig war, den steigenden Pegel zu sehen: Das Wasser und die Einschenksäule erstarrten, als Nächstes sah sie erst wieder das Bild einer großen Pfütze auf Tisch und Boden. Am Straßenverkehr teilzunehmen, war ihr gänzlich unmöglich, Autos waren urplötzlich da – und genauso plötzlich wieder verschwunden. In all diesen schwereren Fällen der Bewegungsagnosie musste der Gehörsinn die Hauptlast der Wahrnehmung übernehmen, waren doch die akustischen Signale nach wie vor fließend, weich und ohne Unterlass, sie gaben die orientierende Umrahmung um das bruchstückhafte Fotoalbum, das die Patienten in ihrer Krankheit vorgesetzt bekamen.

Jennerwein kniete immer noch in der weichen Erde, und das Gefühl der Bedrohung, das ihn vorher so plötzlich überkommen hatte, wich langsam einem Gefühl der Erleichterung. Er fühlte sich sicher hier unten, unsichtbar inmitten der Buchenhecke. Direkt vor seiner Nase hing ein abgeknickter Ast, und der Geruch von frischem Harz stieg ihm in die Nase. Man brauchte wirklich kein Spurensucher zu sein, um zu folgern, dass hier jemand in Richtung Garten unter den Büschen durchgekrochen war, es genügte hier die Erinnerung an Karl May:

> *Winnetou hielt seine Nase dicht an die Zedernzweige. »Scharlih«, sagte er zu mir, »das ist Harz, das Blut der Bäume. Das Bleichgesicht, das hier durchgekommen ist, trägt es überall an der Kleidung.« Wir ritten weiter. Als wir am Abend in den Saloon von Oak Town eintraten, schlug uns von einem Tisch ganz hinten im Raum der Geruch von Harz entgegen. Winnetou flüsterte mir ins Ohr: »Scharlih, der Barkeeper dort, das ist der Mann, den wir suchen.«*

Jennerwein drehte sich um, warf einen Blick durch die Lücken des Jägerzauns hinüber und hoch auf die Häuserfronten der anderen Straßenseite. Er wollte sich vergewissern, dass ihn niemand beobachtet hatte. Mindestens drei verschiedene Gardinen bewegten sich. Am helllichten Tag in ein Grundstück einzudringen war wohl keine so gute Idee gewesen. Er beschloss, die Flucht nach vorn anzutreten. Er stand auf, winkte den aufmerksamen Nachbarn drüben zu und schwenkte seinen Ausweis. Dabei fiel ihm die Geschichte ein, in der ein frischgebackener Polizeimeister bei solch einer Gelegenheit einmal, weil er seinen Ausweis vergessen hatte und sich trotzdem legitimieren wollte, seine Dienstwaffe gezeigt hatte, zwar vorsichtig, mit zwei Fingern, sodass sie umgekehrt am Abzug baumelte, aber doch nicht vorsichtig genug, denn er war von einem aufmerksamen, aber kurzsichtigen Förster, der im Haus gegenüber wohnte, beschossen worden. Jennerwein zwängte sich jetzt durch die Hecke, schritt langsam über den Rasen, ging zur Haustür und klingelte. Langsam fühlte er sich besser. Er klingelte ein paar Mal. Nichts. Er ging um das Haus herum und klopfte an allen Fenstern. Er klingelte nochmals. Nichts.

»Zweitwohnung!«, schrie ein bärtiger Kauz vom ersten Stock der gegenüberliegenden Straßenseite herüber. Jennerwein blickte hoch. Der alte Kauz stand am Fenster und schaute durch die schmiedeeisernen Gitter, mit denen alle Fenster dieses Hauses bestückt waren.

»In der ganzen Straße nur Zweitwohnungen. Alle leer. Sparen Sie sich die Mühe, Herr Jennerwein.«

»Sie kennen mich?«

»Ich lese Zeitungen.«

Aus der Liste der Wunschberufe konnte Jennerwein den des verdeckten Ermittlers streichen.

»Dann einen schönen Tag noch!«, schrie er über die Straße.

»Ich frage Sie, was an dem Tag schön sein soll!«, rief der grantige Kauz zurück und warf das Fenster krachend zu. Der Föhn hatte ihm wohl noch die letzten Anflüge von Höflichkeit aus dem Gemüt geblasen. Jennerwein prägte sich die Hausnummer des vergitterten Hauses ein, verließ das Grundstück, ohne mit der abgebrochenen Spurensuche fortzufahren, und schlug den Weg Richtung Polizeidienststelle ein. Er fühlte sich frisch und klar. Nach Anfällen war er immer besonders frisch und klar im Kopf. Er hatte auch noch nicht herausbekommen, durch was die Anfälle ausgelöst wurden. Er hatte schon einige Selbstversuche gemacht – ohne Ergebnis. Er schloss daraus, dass sie in bestimmten zeitlichen Abständen kamen, wie das Wetter.

Jennerwein war als Letzter vom Kulturzentrum losgegangen, sein gesamtes Team war vor ihm ausgeschwärmt, jetzt aber sah er da vorn auf dem Gehweg der Straße Maria Schmalfuß stehen, die offensichtlich auf ihn wartete. Ihr, der Psychologin, könnte er sich anvertrauen, fuhr ihm durch den Kopf, ihr könnte er die Geschichte erzählen. Später, bei Gelegenheit, nicht jetzt. Außerdem brächte er sie jetzt in Zugzwang, nach der Dienstvorschrift des BayBG Artikel 58 (Versetzung in den Ruhestand gegen den Willen des Beamten) könnte sie ihn melden, und das wollte er nicht riskieren, mitten in einer Ermittlung. Nein, warum eigentlich nicht jetzt? Er wusste, dass er es immer weiter hinausschieben würde, vielleicht war dieser Moment jetzt gekommen. Jennerwein ging auf Maria zu und formulierte in Gedanken den Satz in verschiedenen Varianten. Darf ich Sie einmal kurz sprechen, in einer ganz anderen Sache, darf ich Sie einmal um Ihren psychologischen Rat bitten, kennen Sie sich mit Wahrnehmungsstörungen aus, ich habe von einem Fall gehört, was würden Sie sagen, wenn …

Maria Schmalfuß beobachtete Jennerwein, wie er näher kam, und sie sah, dass etwas in ihm arbeitete, etwas Außerdienstliches. Immer dasselbe mit den Kerlen, dachte sie. Kein Mut, keine Chuzpe, keine Traute. Der überlegt doch jetzt bloß, mit welchen originellen Worten er mich zum Essen einladen kann. Wie das Hierarchiegefälle möglichst ausgespart werden kann. Jetzt kam der Kerl näher. Sollte sie ihn einladen? Zu einer Bergwanderung? Dazu hatte sie große Lust. Andererseits: Hatte sie es nötig, ältere Männer anzumachen?

Jennerwein hatte jetzt den guten, den beruhigenden Einstieg gefunden. *Maria, Sie sind die Einfühlsamste im Team, deshalb –*

Vielleicht noch eine Prise Ironie: *Frau Doktor, Sie sind die Einfühlsamste* – Oder eher *Sensibelste?* Der Kommissar fand bei jeder Besprechung, bei jedem Verhör die richtigen Worte, aber hier? *Frau Schmalfuß, mal was ganz anderes. Sie sind die Zugänglichste* – Er war nur noch ein paar Schritte von ihr entfernt. Seine Krankheit war vergessen, der Verfolger war vergessen, selbst der Fall war vergessen, er konzentrierte sich voll auf die ersten Worte. *Liebe Kollegin* –

Warum nicht? Mit einer Einladung zu einer Bergtour vergab sie sich nichts, aber wie beginnen? Chef, bei uns hat's gefunkt? Wehren Sie sich nicht gegen Ihre Gefühle, haben Sie am Wochenende schon was vor?, ich habe in Ihrem Auto die Zeitschrift *alpinwelt* gesehen, sind Sie eigentlich liiert, warum sehen Sie mich bei den Besprechungen immer so an …

Jennerwein war jetzt vor ihr stehen geblieben, er hatte sich für den Satz *Maria, ich muss mal mit Ihnen reden* entschieden, sie wollte als Einstieg fragen, ob er wüsste, wo man hier Bergschuhe kaufen kann. Als Jennerwein Luft holte, sagte Maria:

»Ach Sie sind's, Hauptkommissar. Haben Sie den Fotografen auch gesehen? Der schleicht Ihnen schon die ganze Zeit nach. Der findet es wahrscheinlich irrsinnig spannend, die Polizei heimlich beim Ermitteln zu verfolgen. Haben Sie ihn nicht gesehen?«

»Ach so? Äh – Ja, klar«, sagte Jennerwein.

20

»So, meine Herrschaften, jetzt bitte recht freundlich!«, sagte Karl Swoboda und drückte auf den Auslöser der Kamera. »Das wird sicher ein schönes Foto.«

Ignaz und Ursel verabschiedeten sich von dem Kioskbesitzer, und die drei stiegen wieder in den Bestattungswagen, um endlich nach Hause zu fahren. Sie hatten im Kurort eigentlich mehr Polizeiaufgebot erwartet: unüberwindliche Straßensperren, pulsierende Blaulichter, Passkontrollen, Kfz-Kennzeichen-Vergleiche, ausufernde Leibesvisitationen, links und rechts an Hausmauern gelehnte Verdächtige in Unterhosen, denen man ihre Rechte vorlas. Nichts von alledem war zu sehen. Der Ort lag friedlich in seinem Kessel, die Luft war gereinigt durch einen Platzregen, die Abendsonne schoss durch eine Kerbe im Kesselrand und erwärmte die Schüssel so nachhaltig, dass es die ganze Nacht reichen würde. Die drei fuhren jetzt in die geräumige Garage des Bestattungsinstituts, die einen direkten und nicht einsehbaren Zugang in das Haus ermöglichte. Ignaz selbst hatte den Mauerdurchbruch durchgeführt, er wollte keine noch so verschwiegenen Architekten oder Maurer als Mitwisser haben. Drinnen angekommen, legte Ursel den Goldbarren auf die Kommode und betrachtete ihn bewundernd. Ignaz feixte.

»Super Blickfang, oder?«

Swoboda spülte in der Dusche die Reste seiner vorigen und nur für italienische Carabinieri brauchbaren Austro-Trottel-Erscheinung in den Abfluss, Ignaz hatte angekündigt, eine leichte und abendbekömmliche Brotzeit herzurichten, und Ursel ging derweilen in den Vorgarten, um Abendspaziergänger abzufangen, die mehr wussten, als man im Radio gehört hatte. Sie gab vor, die Zweige an einem Hortensienstrauch hochzubinden. Es vergingen keine fünf Minuten, da tauchte am hügeligen Horizont auch schon eine der größten Ratschkathln des Ortes auf.

»Ursel, hast du schon gehört?«, schrie sie schon von Weitem, »das ist doch unglaublich, oder?«

Ursel kannte die Frau gut. Ihre Mutter war erst vor zwei Jahren vom Institut Grasegger zur letzten Ruhe gebettet worden. Im Grab der Ratschkathl sen. lag, nebenbei gesagt, ein Bauunternehmer aus dem Mezzogiorno, der seine Abgaben nicht bezahlt hatte, der Bauunternehmer stammte entweder aus Palermo oder Messina, Ursel wusste es nicht auswendig, sie hätte in der Liste nachsehen müssen, man kann nicht alles im Kopf haben.

»Was gehört? Was ist denn geschehen? Wir waren jetzt einen Tag geschäftlich unterwegs, Auslandsüberführung, du weißt schon. Eine kleine Reise nach Tirol, aber leider nicht zum Urlaubmachen. Wir haben uns schon gewundert – die Straßen wie ausgestorben – im Radio war von einem Polizeieinsatz die Rede –«

Die Ratschkathl band ihren Hund an den Gartenzaun, um besser gestikulieren zu können. Sie wusste alles aus mehreren Quellen, sogar aus todsicheren Quellen, und sie kannte fast jeden Einzelnen der vier- oder fünfhundert Konzertbesucher von gestern Abend persönlich, mit den meisten war sie sogar verwandt.

»– und man muss froh sein, dass man nicht selbst dort war im Konzertsaal.«

»Weiß man, wie es passiert ist?«

»Einer ist auf den anderen draufgesprungen, und jetzt kommt's.«

Jetzt kam's.

»Der Harrigl Toni, du weißt schon, der Gemeinderat, der war das eigentliche Ziel des Anschlags. Das hat er jetzt von seinen Sprüchen, von seinen fremdenfeindlichen. *Bayern den Bayern,* so ein Schmarrn. Und dann auch noch gegen den Islam reden. In der heutigen Zeit! Und gegen die Russen.«

»Wie jetzt? Der Harrigl gegen die Russen?«

»Ja. Erst bringen sie das Geld her, die Russen, kaufen unser ganzes verrottetes Glump, und dann schimpft so ein Depp über sie. Also, der Harrigl geht auf seinen Sitzplatz, das Konzert geht an, und ein sächsischer Selbstmordattentäter springt auf ihn drauf.«

»Ein sächsischer Selbstmordattentäter?«

»Einer, der sich infiltriert hat, wahrscheinlich gleich nach der Maueröffnung. Jahrelang ist der Mann Türschließer in einem öffentlichen Gebäude gewesen, das muss man sich einmal vorstellen! Und dann kommt der sächsische Schläfer, der sächsische, und schlägt zu. Aber da hat er die Rechnung ohne den Harrigl Toni gemacht. Der Harrigl Toni war nämlich gar nicht im Konzert. Er hat die Karten verschenkt, und einen anderen hat's erwischt. Man kann sich ja nicht mehr sicher sein hier im Ort.«

»Und von wo ist der Attentäter weggesprungen?«

»Vom Balkon. Vom Balkon ist er runtergesprungen. Mehrere Zeugen sollen gehört haben, dass er im Fliegen etwas Ausländisches gerufen hat, *Allah ist groß* oder so was. Andere sagen, dass es was Russisches gewesen ist. Wieder andere –«

»Und die Polizei?«

»Sucht wahrscheinlich nach den Hintermännern von dem sächsischen Selbstmordattentäter –«

Ursel hatte genug gehört. Sie wimmelte die Frau ab und ging wieder hinein. Der frischgeduschte Swoboda und der hungrige Ignaz sahen sie erwartungsvoll an.

»Ich denke, wir brauchen uns keine Sorgen zu machen«, sagte sie.

»Noch nicht.«

»Überhaupt nicht. Überhaupt keine Sorgen brauchen wir uns zu machen. Nie. Selbst wenn sie die Liste finden, sie können überhaupt nichts damit anfangen.«

»Sie?«

»Die Polizei.«

»Unsere Polizei, die von hier im Ort? Polizeiobermeister Ostler?«

Alle drei brachen in schallendes Gelächter aus.

»Nein, nein«, sagte Ursel, »nach den Informationen unserer Oberratschkathl sind noch welche von auswärts dazugekommen, eine richtige SOKO. Mit einem gewissen Kommissar Jennerwein als Leiter.«

»Schöner Name.«

Ursel und Swoboda summten das Lied vom *Wildschütz Jennerwein,* inzwischen ging Ignaz in die Küche und holte die kleine Brotzeitplatte. Er musste mehrmals gehen.

»War das überhaupt eine gute Idee, den USB-Stick da oben zu verstecken?«

»Ja, das war eine gute Idee. Auch wenn sie den Speicher untersuchen – was ich nicht glaube –, werden sie den Stick nicht finden. Wenn dann der Konzertsaal für die Öffentlichkeit freigegeben ist, holen wir ihn uns wieder.«

Von Anfang an hatten Ignaz und Ursel eine Liste über die Doppelbelegungen geführt, eine Liste, die darüber Auskunft gab, von wem welche Leichen wann kamen und in welches Grab sie gelegt wurden. Zunächst geschah das ganz offen und unverschlüsselt: *Rosa Lehner – Max Lehner – G 11/3/16/07, Kreszentia Holzapfel,* das war der erste Eintrag auf dem kleinen Zettel. Die Liste wurde zunächst nur geführt, um Mehrfachbelegungen zu vermeiden. Sie lag, furchtbar einfallslos, im Wäscheschrank zwischen den Feinrippunterhemden von Ignaz. Doch als die Delikte von der kleinen Gesetzesübertretung eindeutig in den Bereich der höheren und gehobenen Kriminalität hinübergewechselt waren, wollte man sich ein besseres Versteck suchen.

»Aber wo soll das sein?«

»Im Haus hier sollten wir die Liste nicht lassen, das ist zu gefährlich.«

»Wir vergraben sie im Garten.«

»Das ist noch gefährlicher. Wir wollen sie doch immer wieder aktualisieren, dadurch würden alle paar Monate frischgegrabene Löcher entstehen. Das ist für einen Polizeihund im mittleren Dienst kein Problem.«

»Im Ausland?«

»Nein. Wir müssen jederzeit schnell darauf zugreifen können.«

»Am Körper?«

»So schnell auch wieder nicht.«

Swoboda war der Mann, der aus dem Hintergrund heraus mit der ganz einfachen Lösung aufwartete.

»Freunde, es sind ja nur Informationen, die wir verstecken wollen. Es sind keine Waffen und keine Leichen und keine Drogen und nichts. Es sind nur Informationen. Die Informationen können ganz offen daliegen, man darf nur nicht draufkommen, dass es wichtige Informationen sind.«

So kam es, dass sich im Nähzimmer von Ursel die Jahrgänge der *Altbayerischen Heimatpost* über die Dekaden hin stapelten, in der wahrscheinlich harmlosesten aller Zeitschriften hatten die Graseggers anonyme Kontaktanzeigen aufgegeben, in denen sie Informationen kryptografisch meisterhaft versteckt hatten:

Suche Holz-Madonna des ital. Meisters Garibaldo Cominotti für priv., nicht über 2100,–, nur mit Expertise von L. Paci. Angebote unter Chiffre K. Huelsenbeck.

So einfach war das. Es gab allerdings eine gefährliche

Schwachstelle im famosen Geschäft der internationalen Speditionsfirma Grasegger-Swoboda.

»Was für eine Schwachstelle?«

»Was, wenn jemand irgendwann einmal auf die Idee kommt, uns die Morde selbst anzuhängen? Für diesen Fall müssen wir einen Plan B haben.«

»Wenn wieder so was wie bei Kemeter passiert?«

»Genau. Eine unvorhergesehene Graböffnung könnte uns das Kreuz brechen. Wenn dabei zum Beispiel ein Mafioso zum Vorschein kommt, dem das Messer sozusagen noch im Rücken steckt, ist das ein kleines bisschen mehr als ein Verstoß gegen die Bestattungsordnung der Gemeinde.«

»Wir hatten schon seit zehn Jahren keine Graböffnung mehr.«

»Trotzdem ist mir das zu gefährlich.«

Auch hier hatte Swoboda geholfen. Als er wieder einmal eine neue Lieferung glücklich den Hang herunter ins Haus getragen und im Lager untergebracht hatte, legte er ein Kuvert auf den Tisch.

»Was soll das sein, ein Lieferschein?«

»Etwas in der Art. Eine Lebensversicherung.«

Im Kuvert steckten drei Fotos. Das erste Foto zeigte einen älteren Mann beim Angeln.

»Das ist der Auftraggeber, Luigi Zannantonio«, sagte Swoboda, »mit einem Teleobjektiv aufgenommen. Name und Adresse stehen hinten drauf.«

Das zweite Bild war ein Zeitungsausriss, es zeigte einen jüngeren Mann, der laut Bildunterschrift seit zehn Jahren verschwunden wäre und nach dem fieberhaft gesucht würde. Wer ihn zuletzt gesehen hätte, wer etwas über ihn wüsste, das Übliche eben.

»Das ist aber ausnahmsweise einmal keine Mafia-Geschichte«, sagte Swoboda, »sondern ein Eifersuchtsdrama. Und hier habe ich das Ende des Eifersuchtsdramas.«

Mit diesen Worten legte er das dritte Bild auf den Tisch, das Foto vom Tatort, von dem toten Mann, ganz im Hintergrund das Meer, leicht zu identifizieren als die Meerenge von Messina. Die Leiche war aus einer Perspektive aufgenommen, die den Glockenturm einer historischen Kirche zeigte, auch das Zifferblatt war gut zu erkennen. Zusammen mit einer aktuellen Tageszeitung, die der tote Mann in der Hand hielt, zeigte das Foto das Wie, das Wann und das Wo.

»Dieses dritte Bild kostet natürlich eine Kleinigkeit. Aber ich denke, die Geschäfte laufen gut, und wir sollten in Sicherheit investieren. Ich schlage vor, wir machen das bei jedem neuen Fall.«

»Und das ist todsicher?«

»Todsicher. Ihr müsst jetzt nachweisen, dass ihr an dem Tag nicht in Italien wart. Wie weist man das nach? Jetzt könnt ihr euer Gehirnschmalz auch einmal ein bisserl anstrengen.«

Ignaz und Ursel setzten sich auf die Terrasse und überlegten. Schließlich fanden sie es heraus, und sie waren sehr stolz drauf. Sie machten jeden Abend ein Foto von sich (oft ließen sie es von Touristen knipsen), das sie vor einem Kiosk in der Nähe der Kirche zeigte. Die Tageszeitungen waren deutlich im Bild, im Hintergrund war die Kirchturmuhr zu sehen, ganz hinten türmte sich die Bergkulisse auf. Das konnte irgendwann einmal beweisen, dass die Familie Grasegger nichts mit dem unnatürlichen Ableben der Leichen zu tun hatte. Swoboda hatte recht. Das war der Plan B. Flöge die Sache eines Tages auf, konnten sie belegen, dass sie Leichen nur entsorgt, nicht aber für deren Dasein verantwortlich waren, wenn man in diesem Zusammenhang von Dasein reden kann. Der kleine Haken an der Geschichte war, dass man solche Fotos natürlich nicht in der *Altbayerischen Heimatpost* veröffentlichen konnte. Man konnte sie aber auf kleinen, handlichen USB-Sticks speichern. Und man konnte sie so verschlüsseln, dass sie unkenntlich und für den Außenstehenden vollkommen unbrauchbar waren.

Solch einen USB-Stick legt man wiederum nicht in den Wäscheschrank zwischen die Feinrippunterhemden. Man vergräbt ihn auch nicht auf dem Grundstück. Man versteckt ihn an einem öffentlichen Ort, der leicht zugänglich ist. Zum Beispiel auf dem Speicher eines Konzertsaals, den niemand benützt.

»Passieren darf halt nichts in dem Konzertsaal«, hatte Ursel an jenem Abend auf der Terrasse gesagt.

21

Auf dem Revier warteten alle auf Jennerwein und Maria Schmalfuß.

»Inzwischen muss ich Ihnen unbedingt noch etwas zeigen. Kommen Sie bitte mit nach draußen.«

Hölleisen öffnete die Terrassentür des Besprechungsraumes und führte das Team hinaus ins Grüne. Hier waren sie heute früh schon gestanden, um eine rauchlose Rauchpause einzulegen, jetzt zeigte Hölleisen auf einige kleine, unebene Stellen in der Hauswand.

»Wir haben frisch gestrichen, aber einige der Einschusslöcher sieht man noch. Sie sind absichtlich nicht zugegipst worden, der Erinnerung halber. Na, was sagen Sie? Das hätten Sie nicht gedacht, dass es so etwas in unserem idyllischen Ort gibt.«

Alle fuhren jetzt mit den Fingern über die Unebenheiten.

»Einschusslöcher? Was ist denn hier passiert?«, fragte Schwattke.

»Vor längerer Zeit mussten wir in dieser Dienststelle einen Häftling unterbringen. Seine Komplizen sind ihm bis hierher gefolgt und wollten ihn befreien.«

»*Wir?* Sie waren dabei, Hölleisen?«

»Genetisch ja. Das Ganze ist schon über vierzig Jahre her, mein Vater war dabei, er war Polizist, so wie ich einer geworden bin. Damals hieß das allerdings noch *Gendarm*. Ich finde, das klingt wesentlich eleganter.«

»Und was ist da passiert?«

»Die österreichische Grenze ist sehr nah. Sehen Sie, da drüben.« Hölleisen deutete in östliche Richtung, hoch zu einem furchterregend schroffen Bergkamm. »Das ist ein Grat, der auf beiden Seiten fast senkrecht abfällt, auf der einen Seite nach Bayern, auf der anderen nach Österreich.«

»Kann man den begehen?«

»Wenn man Seiltänzer ist, schon. Es gibt allerdings Grenzverläufe, die komfortabler zu überschreiten sind. Damals, als die Grenzen noch nicht geöffnet waren, hatten wir einige Probleme mit Schmugglerbanden. In den Sechzigerjahren lohnten sich Wilderei und Schmuggel noch.«

»Vielleicht hat der historische Georg Jennerwein hier auch gewildert?«, fragte Nicole Schwattke und verzichtete diesmal darauf, bayrisch zu sprechen und *gwuidat* zu sagen.

»Möglich, aber unwahrscheinlich. Der historische Wildschütz Jennerwein, der ›Girgl‹, war mehr im Schlierseer und Tegernseer Raum tätig. *Man fand ihn erst am neunten Tage – bei Tegernsee am Peißenberg* – Sie kennen das Lied ja. Wobei mit Peißenberg übrigens nicht das Hügelchen hier in der Nähe gemeint ist, sondern der Peißenberg am Tegernsee. Aber ausschließen kann man's natürlich nicht, dass der Girgl auch hier war.«

»Und wie ging die Geschichte mit Ihrem Vater aus?«, fragte Schwattke.

»Ein Schmuggler aus Hall bei Innsbruck, Kopf einer Tiroler Alkoholschieberbande, wurde von meinem Vater irgendwo dort droben im Karwendelgebirge gestellt und verhaftet. Mein Vater musste den verhafteten Tiroler hier sozusagen zwischenlagern, am nächsten Morgen sollte er abgeholt und nach München in die JVA Stadelheim gebracht werden. In der Nacht kamen jedoch seine Kameraden und versuchten ihn zu befreien. Sie beschossen das Polizeirevier von dort droben –«

Hölleisen wies in eine Richtung, und alle blickten zum leicht erhöht liegenden Waldrand hoch. Alle stellten sie sich jetzt vor, die wilden Gesellen, wie sie herausstürmten aus dem Wald, unrasiert, ungewaschen, ihre trompetenförmigen Vorderlader und Musketen schwenkend, *Hurra die Gams!* oder *Freiheit für Tirol!* rufend: Andreas Hofer, Robin Hood, Franz Moor, Che Guevara, der Räuber Hotzenplotz und wie sie alle sonst noch hießen.

»Es war schon dunkel, mein Vater war allein hier in der Dienststelle, er hatte Nachtschicht«, fuhr Hölleisen fort. »Er versuchte erst telefonisch Hilfe zu holen, das klappte nicht, ein Gewitter hatte die Leitungen unterbrochen – das war in den Sechzigerjahren an der Tagesordnung. Deshalb kettete er den Oberschmuggler an die Heizung, griff zum Stutzen und verteidigte das Revier, bis die Kollegen von der Frühschicht kamen und die anderen Schmuggler zurückdrängten. Sie sind in den Wald zurückgewichen und wurden nie mehr gesehen. Der Gefangene und mein Vater aber –«

Plötzlich waren Hubertus Jennerwein und Maria Schmalfuß aus der Wiese gewachsen, sie waren nicht etwa durch die Räume des Polizeireviers gekommen, von wo man die Nachzügler erwartet hätte, sie waren vielmehr um das Gebäude herumgegangen, und da standen sie nun, in von oben bis unten verschmutzten Kleidern, die Gesichter schwarz verschmiert und selbst über mehrere Meter hinweg deutlich übelriechend.

Das Auftauchen von Maria und Hubertus in ihren abgerissenen Erscheinungsbildern hatte sich so gut zu der Wilderergeschichte von Hölleisen gefügt, dass alle zunächst an einen Scherz dachten und zu einem Lachen ansetzten. Doch die übellaunigen Gesichter dieser Schmutzfinken sprachen eine andere Sprache.

»Sie sehen ja schrecklich aus«, sagte Schwattke. »Nun reden Sie schon: Was ist denn passiert?«

»Wir hatten eine kleine Verfolgungsjagd quer durch den

Ort«, grunzte Jennerwein, der eher einem Schlammcatcher als einem stolzen Schützen glich. Beide zogen ihre Jacken aus und versuchten ihre Kleidung oberflächlich zu reinigen.

»Wir waren auf dem Weg hierher«, begann Maria und pulte dabei eine undefinierbare, klebrige und zähtropfende Masse aus der Innentasche ihres Jacketts, »da fiel mir ein, dass ich mein Mobiltelefon im Konzertsaal vergessen hatte. Ich hatte es auf einen Sitz oben auf der Galerie gelegt und wollte noch einmal zurück, um es zu holen.«

Jennerwein zog Schuhe und Strümpfe aus, die ebenfalls mit dieser ekelhaft aussehenden, klumpenden Flüssigkeit beschmiert waren. Langsam ahnten alle, mit welcher ländlichen Substanz diese beiden Bekanntschaft gemacht hatten.

»Ich bot Maria an, sie zu begleiten, und wir gingen zurück. Als wir auf den Parkplatz hinter dem Konzertsaal kamen, sahen wir oben auf dem Dach eine Gestalt, die gerade aus einem der Dachfenster kletterte. Verlangen Sie jetzt bitte keine Personenbeschreibung von mir. Wir haben nur eine Silhouette gesehen, denn wir hatten die Sonne gegen uns, die hinter dem Dach des Konzertsaals unterging. Geschlecht, Alter, Größe, Kleidung der Person – alles unbestimmbar.«

»Ja, es ist meine Schuld, ich hab's versaut«, sagte Maria kleinlaut. »Ich habe ihn verjagt. *Was machen Sie dort oben!,* habe ich gerufen, ganz spontan und ohne die Konsequenzen zu bedenken.«

»Wer weiß, wofür es gut ist«, versuchte Jennerwein sie zu trösten, doch auch er wusste: Sie hatte es versaut. Sie hatten es beide versaut.

Es war alles ganz schnell gegangen. Kaum hatte Maria der schemenhaften Figur dort oben den fatalen Satz zugerufen, hielt der Klettermaxe mitten in der Bewegung inne. Er war gerade dabei gewesen, sich abwärts, Richtung Dachrinne, zu hangeln, jetzt drehte er sich um und sah nach unten auf die

Straße. Dabei verlor er den Halt und krachte auf die steilen Dachziegel. Rudernd und strampelnd wie ein Käfer schlidderte er auf dem Hintern nach unten, konnte sich aber dann schließlich an der Dachrinne mit den Füßen aufstützen und kam dort zum Stehen. Die Dachrinne wölbte sich gefährlich unter seinem Gewicht, eine Halterung riss sogar, und eine große Blechschelle fiel nach unten. Maria klammerte sich an Jennerweins Arm. Beide wussten, dass sie momentan nichts für den aus dem Tritt geratenen Schattenriss dort oben tun konnten. Der drehte sich aber jetzt um und kraxelte schon wieder nach oben, Richtung Dachfenster, das halb offen stand und durch das er wohl gekommen war. Seine Technik, an dem glatten, steilen Schräg hochzuklettern, zeigte Einfallsreichtum und Erfindergeist: Da er sich nirgends festhalten konnte, schlug er Dachziegel ein und griff beherzt in die entstandenen Lücken. So bekam er den unteren Querbalken des Dachfensters zu fassen, zog sich schnell hoch und steckte schon bald mit dem Oberkörper im Fenster.

»Bleiben Sie hier stehen und behalten Sie den Hintereingang im Auge«, rief Jennerwein und sprang auch schon über eine sorgsam angelegte Blumenrabatte des Parkplatzes. Er war schnell am Vordereingang, rüttelte dort an den Glastüren, alle sechs waren verschlossen, bis auf eine, natürlich war es – Hallo Mr. Murphy! – die letzte. Er stürzte ins Foyer. Außer einer Putzfrau war es menschenleer, niemand hatte daran gedacht, eine Wache abzustellen. Schlamperei, dachte Jennerwein und lief weiter. Er hörte ein Schmatzen und Schlabbern hinter sich – Angriff der Kampfhunde? Nein, die Frau im geblümten Kittel wrang einen Putzlappen aus, ihre riesigen Kopfhörer deuteten darauf hin, dass sie nichts um sich herum wahrnahm. Vermutlich war sie es gewesen, die eine der Glastüren aufgesperrt hatte, sonst wäre er ja gar nicht hereingekommen. Und der schattenhafte Kletterer dort oben auf dem Dach? Wie war der hereingekommen? Jennerwein spurtete durch das Foyer, übersprang eine feuchte, geputzte Bodenstelle und lief die Treppe hinauf.

Dr. Maria Schmalfuß war natürlich nicht legitimiert, in die exekutive polizeiliche Arbeit einzugreifen, sie war nicht einmal berechtigt, eine Waffe zu führen, sie war lediglich in beratender Funktion im Team. Trotzdem wollte sie jetzt im Moment nicht untätig herumstehen. Sie lief zur Tür des Hinterausgangs und fand sie verschlossen. Dann war es also gar nicht nötig, sie zu bewachen. Und wenn – was hätte sie schon tun können, wenn im nächsten Augenblick ein wild um sich schießender Tunichtgut herausgestürmt käme? Ihn zur Vernunft mahnen? Ihm ein Bein stellen? Sie hatte ja ihre makellose intellektuelle Daseinsform nicht einmal mit einem Selbstverteidigungskurs befleckt. So ging sie wie Jennerwein um den Konzertsaal herum und betrat ihn durch den Vordereingang.

Jennerwein riss inzwischen die Türen im ersten Stock auf, eine nach der anderen, ein kurzer Blick auf den Balkon der Galerie: nichts. In den Toiletten, in allen Nischen: nichts. Er stürmte die zweite Treppe hoch und stand nun im Vorraum, in einigem Abstand zur Speichertür. Er hielt kurz inne: Telefon anschalten und Verstärkung rufen? Dienstwaffe zücken? Einfach warten? Die Alternativen gingen ihm durch den Kopf, dadurch war er abgelenkt, nur einen winzigen Moment, nur ein kleines bisschen war er unaufmerksam. Und darum wurde er zur Seite geschleudert, als eine Tür plötzlich mit großem Schwung aufgestoßen wurde. Es war nicht die Speichertür, es war die Tür zur Requisitenkammer. Das hatte er nicht erwartet. Er strauchelte und fiel auf den Rücken, rappelte sich sofort wieder auf, sah aber, dass die Gestalt schon an ihm vorbeigeflitzt war und die Treppe nach unten rannte. Sofort setzte er nach, trotz der kleinen Panne fühlte er sich als Jäger, er fühlte sich frisch, er war in Form, er war noch nicht einmal groß außer Atem. Er war guter Dinge. In der Fußgängerzone des Kurorts würde der Flüchtige nicht weit kommen.

Maria Schmalfuß fand es am sinnvollsten, ihr Mobiltelefon zu suchen, das oben auf irgendeinem der Galeriesitze lag, und damit Verstärkung anzufordern. Sie ging an der Putzfrau vorbei, die jetzt sogar im Takt mitwippte und mit den Lippen so etwas wie OH BABY! formte, sie kam an der Garderobe vorbei und sah dort einen vergessenen, aber zum wehrhaften Gebrauch geeigneten Schirm, den sie sich leihweise aneignete, für alle Fälle. Sie schlich die Treppe hinauf, öffnete die Tür zur Galerie, erschrak furchtbar, als wie aus heiterem Himmel ein Telefon schrillte. Es war ihr eigenes, das auf einem Galeriesitz vor ihr lag, auf dem Display las sie die Nummer ihrer Mutter. Jetzt hörte sie draußen im Foyer Schritte, erst unbekannte, klobige, gehetzte, dann bekannte, beherzte, kämpferische, es waren die von Jennerwein. Sie packte ihr Schwert mit beiden Händen, stieß die Tür damit auf und highlanderte hinaus. Dr. Maria Schmalfuß – es kann nur eine geben.

Sie sah den beiden nach, dem Unbekannten und dem Bekannten. Ersterer schien in der Disziplin des Treppehinunterrennens geübter zu sein, er machte riesenhafte, gämsengleiche, antilopenähnliche Sprünge und holte so einen ordentlichen Vorsprung heraus. Den Vorsprung büßte er allerdings wieder ein, als er beim Ausgang alle sechs Glastüren durchprobieren musste, bevor er durch die sechste hinausstürmte. Maria schloss daraus, dass er nicht durch den Haupteingang hereingekommen war – oder ein vergesslicher Eindringling war. Draußen auf dem Vorplatz des Konzertsaals spurteten er und Jennerwein jetzt in Richtung Fußgängerzone davon, in einem Abstand von zwanzig oder dreißig Metern.

Jennerwein nahm Fahrt auf, er hatte jetzt ein wenig Zeit, sich auf das Äußerliche des Unbekannten zu konzentrieren. Es bestätigte sich jetzt, was er vorher nur schemenhaft wahrgenommen hatte: Das geschlechts- und alterslose Wesen, das da vor ihm lief, war ein Trachtler, ein echter Werdenfelser in kurzer Lederhose, grünweißen Wadelstrümpfen und Haferlschuhen, in denen man anscheinend gar nicht so schlecht lief. Auf dem Kopf trug er einen Berghut mit einer wilden Feder. Jetzt, in vollem Lauf, hatte er die alplerische Sturmhaube wohl so fest ins Gesicht gezogen, dass sie auch beim Laufen auf dem Kopf blieb. Der Kerl, wenn es ein Kerl war, rannte, was das Zeug hielt, und Jennerwein kam langsam doch ein wenig außer Atem, er war nicht mehr zwanzig. Das Gesicht des Dachkletterers hatte Jennerwein immer noch nicht gesehen. Jetzt bog das Spitzenduo in die Hauptstraße ein, und schon bildete sich erstes Publikum. Spaziergänger waren stehen geblieben und säumten die Straße. Einige fluchten darüber, dass sie ausgerechnet jetzt keine Kamera dabeihätten. Warum man von solchen Läufen vorher immer nichts wüsste! Jennerwein schaute sich jetzt kurz um, dort hinten, in zwanzig Meter Entfernung, sah er Maria in vollem Lauf herankommen. Wenn er selbst schlappmachte, konnte sie immer noch übernehmen. Warum sie aber bei einer Verfolgungsjagd einen Regenschirm trug, konnte er sich nicht erklären.

Sie liefen jetzt durch die Fußgängerzone der Gemeinde, rechts und links flogen die Andenkenläden und Schnickschnackbuden vorbei, dazwischen standen einige Cafétischchen auf der Straße. Den Cappuccino schlürfenden Müßiggängern bot sich nun das Bild eines äußerst seltsamen Stadtmarathons: An der Spitze lief ein Trachtler, halb Geißenpeter, halb Meineidbauer, vielleicht auch der Schatzmeister des Fingerhakler- oder Goaßlschnalzerclubs, der gerade mit der Kasse durchbrannte. Einige klatschten. Gut, dass das Fremdenverkehrsamt sich immer wieder etwas Neues einfallen ließ, die Reichen und Schönen hierherzulocken. Bravo, bravo! Da wurde etwas getan für die Kurtaxe! Dann aber, in zehn Metern Abstand, der Verfolger, ein unscheinbarer Beamtentyp, dem man so einen strammen Lauf gar nicht zugetraut hätte in seinem Alter, in einem Alter allerdings, in dem man keinem jungen Burschen mehr nachläuft oder vielleicht grade wieder. Halt, den kenne ich doch aus der Zeitung, sagte eine Tortenschauflerin zur anderen, das ist doch der Kommissar, dieser Kommissar Jennerwein, der dem Hugh Grant so ähnlich sieht. Aber überhaupt nicht, protestierte die andere. Überhaupt nicht! Und dann die dritte Läuferin, eine zähe Verfolgerin, ein schlaksiges Gestell mit einer großen, farbigen Elton-John-Brille, nicht einmal so schlecht zu Fuß mit ihren dünnen Spinnenbeinen, aber mit einem Regenschirm um sich fuchtelnd und schlagend.

»Vielleicht ist das beim Extremsport der Damen jetzt so vorgeschrieben«, sagte eine Golden-Ager-Fregatte mit einer Endlichverwitwet-Frisur zu ihrer Freundin.

Als Maria an der Terrasse des Cafés *Alpenblick* allzu knapp vorbeiraste, hechteten einige unter den Tisch, um dort Deckung zu suchen. Die meisten aber sprangen auf, feuerten die Läufer mit Hopp! Hopp! an und reichten sogar Getränke. Niemand kam auf die Idee, darin etwas anderes als eine Sportveranstaltung zu sehen und einzugreifen. Keiner hemmte den Trachtler in seinem Lauf, so unsinnig war der Gedanke, dass ein bayrischer Trachtler etwas Böses getan haben könnte.

Dieser bog nun, so viel Öffentlichkeit wohl nicht gewohnt, von der Fußgängerzone in eine kleinere Seitenstraße ab. Wie in den meisten Fremdenverkehrsorten sank der Komfort, wenn man die Hauptschlagader nur eine Handbreit verließ, schlagartig ab, hier lief man also auf Kopfsteinpflaster, es wurde ländlicher und bäuerlicher. In der menschenleeren Seitenstraße wurden alle drei Läufer langsamer, sie keuchten stärker, wie wenn es sich jetzt, ohne Kulisse, nicht mehr gar so lohnen würde, alles zu geben. Jennerwein fand es an der Zeit, dem Verfolgten ein faires Angebot zu machen und –

»Halt, bleiben Sie stehen!«

– zu rufen, was ein bisschen verloren klang und auch den Angerufenen nicht zum Stillstand brachte.

»Halt, bleiben Sie stehen! Polizei«, präzisierte Maria noch, doch der trachtlerische Springinsfeld nahm keine Notiz davon, er sah sich nicht einmal um, er bog jetzt nochmals ab und sprang über einen Zaun, in einen Garten, den man wohl als gut gepflegt bezeichnen konnte. Die Polizisten flankten nach, der Verfolgte riss einen Pfingstrosenstrauch nieder, mühsam gezüchtet von der Herrin des Hauses, Jennerwein zertrampelte ein Storchenschnabel-Feld, knickte zwei blühende Sonnenröschenzweige und verhedderte sich in einem Arrangement aus Akeleien und Tränenden Herzen, die schwierig, äußerst schwierig über den Winter zu bringen sind. Dr. Maria Schmalfuß machte den Rest nieder. Dem Freistaat Bayern blühte da eine saftige Rechnung, denn es gab eine Zeugin, die alte Austragsbäuerin, die oben vom Balkon des Bauernhauses allerlei gerichtsverwertbare Fäkalsottisen herunterrief und auch schon begann, mit Geschirr zu werfen, ganz in der jahrhundertelangen Tradition bedrängter Landfrauen. Sei es Suppenschüssel, sei es Potschamperl, neben Jennerwein kamen die Einschläge aus Porzellan und Steingut näher.

Der Bösewicht sprang über einen weiteren Zaun, hinein in gackernde Hühner, die kreischend beiseite stoben.

»Halt! Polizei! Stehen bleiben oder ich schieße!«, rief Maria wenig glaubhaft. Auch Jennerwein hatte keine Möglichkeit, einen Warnschuss abzugeben, denn er hatte seine Dienstwaffe nicht geladen, das war sein einziges Eingeständnis an die Krankheit. So peitschte also kein ohrenbetäubender Schuss durch den Garten, der Verfolgte blieb nicht mit erhobenen Händen stehen, er erhöhte vielmehr das Tempo, hatte wohl auch vor, eine drei Meter hohe Brandmauer zu überwinden. Er kletterte auf den Misthaufen, der sich vor der Mauer türmte, nahm die Gabel und schwang sich mit ihr hoch. Er kam glücklich auf der Mauerkante zu stehen und drehte sich jetzt das erste Mal so, dass man sein Gesicht hätte sehen können, auch sein Geschlecht, sein Alter, sein ganzes identifizierbares Wesen. Doch die Sonne ging hinter ihm unter, schon zum zweiten Mal half sie ihm in die Unkenntlichkeit, sie war schon halb in die Mauer des Bauernhofes eingetaucht, sodass man wieder bloß den güldenen Silhouettentrachtler, den gesichtslosen Glühteufel sah.

Der Trachtler lachte und sprang mit einem Jodler, mit einem Juchzer, mit so etwas wie *Dripdieiho!* über das Gemäuer und war verschwunden. Maria und Jennerwein hielten kurz im Lauf inne.

»Auf geht's!«, keuchte Maria, und Jennerwein nahm das als Aufforderung, die Verfolgung wieder aufzunehmen. Er atmete schwer, nahm aber jetzt seine letzte Kraft zusammen und sprang auf den Misthaufen, um nach der zurückgelassenen Gabel zu greifen. Doch Jennerwein sprang nicht so hoch wie der jodelnde Bursch vor ihm, er kam in der Mitte des Misthaufens auf, er glitt ab und rutschte nach unten, wurde zum großen Hindernis für Maria Schmalfuß, die ebenfalls Anlauf genommen hatte, jetzt über ihn strauchelte und auf ihn fiel. Die herzliche schlammige Umarmung der beiden war das Ende der Verfolgungsjagd.

»Mist«, sagte Jennerwein.

»Ja, da haben Sie recht«, erwiderte Maria.

»Und jetzt würden wir uns gern zum Dinner umziehen«, sagte Jennerwein. »Bevor wir aber selbst in eines der Modegeschäfte gehen –«

Ostler half.

»Ich hätte, neben einer Dusche, ein paar Dienstklamotten, in jeder Größe. Es sind natürlich Uniformen aus dem mittleren Dienst, aber wenn es Ihnen nichts ausmacht –?«

»Ich würde jetzt jede Uniform anziehen, wenn sie nur sauber ist«, sagte Maria und verschwand mit Jennerwein im Inneren der Polizeidienststelle.

»Jede Uniform auch nicht. Aber fast jede«, hörte man Jennerweins Stimme auf dem Gang.

22

In Paolos Strandcafé gab es das beste Pfefferminzeis von ganz Mittelitalien, angeblich fuhren Eisliebhaber Hunderte von Kilometern, nur um sich dort zwei Kugeln Eis zu besorgen. Der Andrang war entsprechend groß, die Nachfrage enorm, Sitzplätze gab es keine, alle löffelten und leckten stehend, aus Bechern und Schalen, von Waffeln und Hölzchen, fortgeschrittene Gelatophile bekamen ihre Kugeln sogar in die hohle Hand gedrückt – und diese unmittelbare Art, sich innerlich abzukühlen, war die archaischste, italienischste, etruskischste: Bacchus selbst musste sein Eis so genossen haben. Das Meer war in Rufweite, die Stimmung war prächtig, nur eine schmächtige Gestalt in einem T-Shirt mit dem Aufdruck *K.* wirkte ein wenig verloren, sie stand inmitten all dieser bunten Badegäste und Zuckerbäuche, lachte und scherzte aber nicht mit den anderen, machte keine Pläne, wie der Tag heute auf angenehme Weise totzuschlagen wäre, wartete wohl auf jemanden, stach durch ihre Blässe aus der Meute der Sonnengebräunten heraus und war wohl eben erst frisch in Italien angekommen.

Die Anreise war strapaziös für K. gewesen. Erst war es mit dem Zug nach Mailand gegangen, dann mit dem Flieger von Mailand nach Wien, dann mit dem Zug nach Rom und mit dem Bus hierher, eine Haltestelle vorher aussteigen, den Rest zu Fuß gehen. *Chemische Reinigung* hatten sie es genannt: Alle

Rolltreppen mehrfach hinauf- und hinunterfahren, die Kleidung mindestens einmal vollständig wechseln, sich an keinem Ort länger als nötig aufhalten, sich auf kein Gespräch einlassen, auf belebten Straßen und Plätzen öfters die Richtung wechseln, mehrfach Kaufhäuser durch einen Eingang betreten und durch einen anderen verlassen. Paolos Eisbude war K. als Treffpunkt genannt worden, ein Zeitfenster von einer Stunde sollte es geben, die Stunde war jetzt fast vorüber. Er sollte seinen unbekannten Kontaktmann daran erkennen, dass dieser einen Becher mit fünf Kugeln Pfefferminzeis kaufen würde.

»Gelato alla menta! Gelato alla menta!«, schrien die Gören jetzt aber seit einer Stunde, dieses Pfefferminzeis war heute wieder einmal der Hit des Tages, K. hatte Angst, dass es bald ausverkauft sein würde, dass sein Kontaktmann dadurch kein Erkennungszeichen mehr hätte, sodass er auf verschlungenen Wegen wieder heimfahren und auf einen erneuten Anruf warten müsste.

Die Stunde war fast abgelaufen, als ein grober, eckiger Klotz erschien. Er trug purpurfarbene Badesandalen und kaufte sich schließlich die sehnlich erwarteten fünf Kugeln. Den Mann hatte sich K. ganz anders vorgestellt. Nicht gerade in dunklem Anzug und mit Sonnenbrille, aber doch fast so. Dieser Mann sah jedoch aus wie jeder andere Tourist hier auch: kurze Hose, Buschhemd, Frotteemütze. Auch hatte er sich einen großen Fotoapparat umgehängt, das fand K. einen Tick zu übertrieben, aber gleich sollte sich herausstellen, dass gerade dieser Fotoapparat durchaus seinen Sinn hatte.

»Gehen wir hinunter zum Strand«, sagte der Mann in K.s Sprache, die er fast akzentfrei sprach. Er schwieg, bis sie auf dem schmalen Streifen zwischen züngelnden Wellen und der vordersten Front der Sonnenhungrigen angekommen waren.

»Nennen Sie mich Antonio«, sagte der Mann, und so gingen sie nun am Strand entlang.

»Wie funktioniert es?«, fragte K. nach einiger Zeit.

»Es funktioniert so, dass Sie die vereinbarte Summe am vereinbarten Ort deponieren. Wenn wir das Bargeld überprüft haben, schalten wir die Zielperson aus und lassen sie verschwinden.«

»Und das ist eben meine Frage«, sagte K. »Verschwindet sie auch hundertprozentig?«

»Sie verschwindet hundertprozentig, das können Sie mir glauben.«

Eine Sandburg vor ihnen wurde überschwemmt und dadurch vollkommen zerstört. Der Mann mit den purpurfarbenen Badesandalen lächelte nicht. Vielleicht, weil er nie lächelte, vielleicht auch deshalb, weil er eine überschwemmte Sandburg überhaupt nicht amüsant fand.

»Kann man da mehr drüber erfahren?«, fragte K.

Schweigen. Kinderkreischen.

»Gibt es Details, wie Sie die Operation durchführen? So, dass sie hundertprozentig wird?«

Schweigen. Radiogedudel: *Marina! Marina! Marina!* –

»Ja, solche Details kann ich Ihnen nennen.«

Schweigen. – *Ti voglio al più presto sposar!*

»Und wie lauten sie dann, die Details?«

»Irgendwo in Europa gibt es einen Friedhof, einen idyllischen Friedhof. Stellen Sie sich den hoch oben vor, mit einem schönen Blick auf einen norwegischen Fjord. Nur als Beispiel. Oder stellen Sie sich den Friedhof in der Provence vor, inmitten von Lavendelfeldern. Oder in einem kleinen Schweizer Bergdorf, oben im Tessin, zwischen grasenden Kühen, wie auch immer.«

K. dachte, es käme noch etwas. Es kam aber nichts mehr. Antonio kratzte seinen Eisbecher sorgfältig aus, suchte dann einen Strandpapierkorb, fand einen, ging hin und entsorgte den Eisbecher. Er zog ein blütenweißes Taschentuch aus der Hosentasche und säuberte seine befleckten Finger. Allein das dauerte gefühlte zwei Stunden, und K. hatte inzwischen Muße, sich das alles vorzustellen. Den norwegischen Fjord, das Lavendelfeld in der Provence, das Bergdorf im Tessin. Als Antonio vom Strandpapierkorb zurückkam, sagte er:

»Sind nur Beispiele.«

»Wo dieser idyllische Friedhof liegt – kann man das erfahren?«

Antonio schwieg lange. Dann sagte er: »Zehntausend.«

»Was, nochmal zehntausend? Nur, um die Adresse eines Friedhofs zu erfahren?«

»Sie können's auch lassen«, sagte Antonio und fummelte jetzt an seiner umgehängten Kamera herum.

Sie gingen lange am Strand entlang, zwei Urlauber, in schweigender Übereinstimmung. Vielleicht zwei Freunde, bisher erbitterte Gegner im Kampf um eine Frau, jetzt versöhnt nach einem langen Gespräch über die Sinnlosigkeit allen menschlichen Strebens.

»Ich mache es«, sagte K. schließlich.

»Sobald wir das Geld haben, bekommen Sie die Adresse des Friedhofs. Dann die Beschreibung des Grabplatzes, an dem die Zielperson liegt. Erkundigen Sie sich in dem Ort nicht nach dem Friedhof, bei niemandem. Wenn Sie auf dem Friedhof sind, fragen Sie nicht nach dem Grab. Verhalten Sie sich am Grab ruhig und unauffällig. Gehen Sie nicht an kirchlichen Feiertagen auf den Friedhof. Gehen Sie am Grab vorbei, wenn Sie dort Leute stehen sehen. Gehen Sie möglichst selten auf diesen Friedhof. Am besten nur einmal. Wenn Sie ganz sicher gehen wollen, gar nicht.«

»Für zehntausend Flocken werde ich mir das Grab meiner Tante doch wenigstens einmal ansehen dürfen.«

»Machen Sie, was Sie wollen, aber übertreiben Sie es nicht«, sagte Antonio, und, nach einer Pause: »Wenn Sie Mist bauen –«

Er machte eine Geste, die K. noch nie gesehen hatte und die, aus dem Zusammenhang gerissen, ohne jede Bedeutung gewesen wäre – in dieser Situation war sie eindeutig.

»Ich bin nicht nur wegen Ihnen hier«, sagte Antonio. »Wenn Sie unsere Arbeitsweise kennenlernen wollen, haben Sie jetzt gleich Gelegenheit dazu. Sehen Sie den Mann da vorn, der gerade aus dem Meer kommt? Dunkelblaue Badehose, etwa Mitte sechzig, schwarzgefärbtes Haar, Sonnenbrille.«

Genau ein solcher Mann stieg jetzt aus dem Wasser, Antonio ging etwas zur Seite, landeinwärts, und verschwand fast hinter einem Sonnenschirm. Er hantierte an seiner Kamera, nur K. bemerkte, dass er den Mann in der dunkelblauen Badehose fotografierte, bevor dieser zu seinem Strandstuhl ging und sich setzte. Antonio kam wieder zurück.

»Hervorragend«, sagte er. »Gehen wir langsam weiter. Ein Urlaubsfoto. Ein Mann in einer dunkelblauen Badehose kommt aus dem Wasser. Das beweist, dass er noch lebt, oder? Ein toter Mann kann nicht aus dem Wasser steigen.«

Auch dabei lächelte Antonio nicht.

»Nein«, sagte K., »das ist unmöglich.«

Beide blieben stehen. Antonio zeigte auf eine kleine Kapelle, die auf eine kleine felsige Anhöhe gebaut war. Beide schlenderten wieder zurück. Sie kamen erneut zu dem Mann in der dunkelblauen Badehose, er saß jetzt in seiner Strandliege, lag eher, eine Zeitung bedeckte seine Brust. Auf den ersten Blick schlief er, doch in diesem Fall hätte sich sein Brustkorb langsam gehoben und gesenkt. Der Brustkorb hob und senkte sich nicht mehr. Den herumtollenden Badegästen fiel das nicht auf. Die Zeitung auf seiner Brust war die *La Stampa* des heutigen Tages. Antonio hob die Kamera und tat nun so, als ob er die kleine Kapelle dort oben fotografieren wollte, und zwar ausschließlich die Kapelle, aber K. wusste, dass er den Mann auch mit auf dem Bild haben wollte, den Mann mit der Zeitung auf der Brust, die an einer Stelle etwas zerfetzt war.

»Hervorragend«, sagte Antonio. »Präzisionsarbeit.«

Er zog die Zeitung leicht herunter, und K. sah ein kleines rotes Loch unterhalb der linken Brust des Mannes, aus dem ein kleines Rinnsal Blut quoll. K. wunderte sich kurz darüber, dass er nicht erschrak, dass ihm nicht einmal ein kleiner Schauder über den Rücken lief. Doch die Umgebung ließ diesen Schauder nicht zu: Das Wetter war göttlich, die Menschen lachten und kreischten, der Mann mit der blauen Badehose hatte einen schmerzlosen Tod gehabt. K. war endgültig überzeugt von der Firma, an die er sich gewandt hatte.

»Und jetzt?«, fragte K.

Antonio sagte nichts und deutete mit dem Kopf hoch zur Straße, auf der ein blinkendes Sanitätsfahrzeug angefahren kam. Es stoppte, zwei Sanitäter sprangen heraus, kamen über den Strand gelaufen, beugten sich über den Körper und unterhielten sich lautstark. Die italienischen Wörter für *Ohnmacht* und *Kreislaufschwäche* fielen, so laut und deutlich, dass sie jeder verstehen konnte. Sie hoben den Toten auf die mitgebrachte Bahre und trugen ihn quer über den Strand ins Auto. Die Badegäste waren durch diesen Zwischenfall ordentlich aufgewühlt, standen jetzt in diskutierenden Grüppchen beieinander. Da sieht man es mal wieder, sagte einer, das kommt davon, pass auf, dass dir das nicht auch passiert. Antonio schoss nochmals ein Bild.

»Perfekt, wirklich perfekt«, sagte er.

»Und der ganze Trubel stört nicht?«

»Im Gegenteil. Die Leute haben so viel Ehrfurcht vor einem Sanitätswagen, da wird spekuliert und gequatscht, und in einer Stunde haben es schon alle vergessen.«

Oben war der Mann mit der dunkelblauen Badehose ins Auto geladen worden, er wurde jetzt mit Blaulicht und Sirene davongefahren, aber sicherlich nicht ins Krankenhaus. Das Fahrzeug hatte K. vorher auf der anderen Seite stehen sehen.

»Das sind die … dieselben, die –«

»Ja. Multitalente.«

»Und sie fahren jetzt zum idyllischen Friedhof?«

»Sie fahren zu denen, die zu denen fahren, die dort hinfahren.«

»Grenzen?«

»Was für Grenzen?«

»Wann ist es in meinem Fall soweit?«

»Morgen.«

Der Liegestuhl des Mannes stand noch da, Antonio klappte ihn zu, faltete die *La Stampa* zusammen und steckte sie in die Tasche. Der Sand an dem Platz, an dem der Mann mit der blauen Badehose gesessen hatte, war etwas aufgewühlt. Antonio strich den Sand mit dem Fuß glatt. Ein Kleinkind, das nackt in einer Windel steckte, kam herangewackelt und beobachtete ihn dabei. Jetzt lächelte er das erste Mal. Das Kleinkind lief schreiend davon.

23

»Ja – ich würde sagen – wir beginnen dann mit der Besprechung.«

Jennerwein tat sein Möglichstes, aber so ganz ernsthaft war niemand bei der Sache, denn das Bild, das die beiden frischgeduschten und neu eingekleideten Gestalten jetzt boten, war noch einen Zacken komischer als das Bild der Mistkäfer vorhin. Jennerwein trug die grüne Uniform des Landpolizisten, den man aus vielen Filmen und Fernsehserien als tumben Tollpatsch kennt, der ins Bild tritt, um sofort etwas ausgesucht Geistloses von sich zu geben. Maria trug die Uniform einer fleißigen Politesse des ruhenden Verkehrs, was gut zu ihr passte, befand Schwattke. Das Gelächter war groß, als die Jäger der Lederhose derart degradiert auftraten.

»So, jetzt aber ernsthaft«, sagte Jennerwein. »In einer Dreiviertelstunde ist Pressekonferenz, wir sollten nun dringend mit der Besprechung beginnen.«

»Ja, dann wollen wir Sie mal alleine lassen«, sagte Hölleisen und machte zusammen mit Ostler Anstalten, sich zu erheben und den Raum zu verlassen.

»Nein«, sagte Jennerwein, »ich will Sie beide dabeihaben. Sie sind ortskundig, sie kennen die Mentalität der Einwohner, aus denen mancher von uns nicht schlau wird. Außerdem haben Sie beide bisher gute Arbeit geleistet. Und ich vermute, Sie haben viel dazu beigetragen, dass das Chaos dort im Kulturzentrum nicht noch größer wurde.«

Ostler und Hölleisen schwollen an vor Stolz.

»Sie können die Besprechung als Überstunden aufschreiben«, sagte Jennerwein.

»Wirklich?«

»War natürlich ein Witz.«

Ostler und Hölleisen schwollen wieder ab.

»Zunächst zu unserem Trachtlerfreund«, begann Jennerwein. »Es besteht freilich die Möglichkeit, dass er überhaupt nichts mit unserem Fall zu tun hat und sozusagen ein Trittbrett-Trachtler ist. Aber ich denke, dass er etwas Bestimmtes dort oben gesucht hat. Wenn wir Pech haben, hat er es schon gefunden. Wenn wir Glück haben, hat es Becker vor ihm gefunden.«

Alle nickten zustimmend.

»Der Trachtler bestärkt mich in meiner Idee, dass da oben im Speicher mehr los ist, als wir denken. Gerade deswegen sollten wir das Gebäude bewachen –«

»Ist schon organisiert«, unterbrach Hölleisen. »Während Sie beide sich umgezogen haben, habe ich Verstärkung angefordert. Wir haben einen engen Ring um das Gebäude gezogen. Es kommt niemand mehr rein und raus, ohne dass wir es wissen.«

»Gut, Hölleisen.« Jennerwein blickte in die Runde. »Dann erwarte ich jetzt Ihre Berichte.«

»Dann will ich mich gleich mal vordrängeln«, begann Ostler. »Auf der Dienststelle hat sich Toni Harrigl gemeldet, Inhaber –«

»Wie bitte? Höre ich richtig?«, rief Nicole Schwattke dazwischen, »Sie meinen doch nicht etwa Toni Harrigl vom Sportgeschäft Harrigl?«

»Ja, den meine ich. Warum?«

»Über den habe ich auch etwas herausgefunden. Aber ich habe Sie unterbrochen, entschuldigen Sie bitte.«

»Also Toni Harrigl, Gemeinderatsmitglied –«

»Partei?«, fragte jemand.

»Ja«, antwortete Ostler, »aber nicht, was Sie jetzt alle denken. Die bayrischen Unvermeidlichen sind dem Harrigl zu wenig erdig. Zu wenig bayrisch. Zu weit links. Er ist in eine kernigere Partei eingetreten, in eine mit markigen Parolen wie *Stoppt die Überfremdung.*«

»Stoppt die Überfremdung – ausgerechnet in einem Fremdenverkehrsort?«

»Jedenfalls hat Harrigl zu Protokoll gegeben«, fuhr Ostler fort, »dass ursprünglich er die Karten für die Plätze 12 und 13 besessen hätte. Er hätte sie dann weiterverschenkt, an Ingo Stoffregen. Und jetzt kann man sich denken, was sich Harrigl da zusammengesponnen hat.«

»Er geht von einem versuchten Mordanschlag auf ihn aus?«

»Ja, das trompetet er jedenfalls überall herum. Findet sich so wichtig, dass er glaubt, man hätte einen Selbstmordattentäter auf ihn angesetzt. Er zieht große Bögen, sehr große Bögen, vom Sachsen Eugen Liebscher über die untergegangene Union der Sozialistischen Sowjetrepubliken bis hin zu sudanesischen Ausbildungslagern für Selbstmordattentäter.«

»Das ist ja verrückt«, sagte Jennerwein und wandte sich zu Nicole Schwattke. »Jetzt würde mich aber doch interessieren, was Sie herausbekommen haben.«

»Sie werden lachen, aber Toni Harrigl und Eugen Liebscher kannten sich.«

Alle blickten Nicole Schwattke erstaunt an. Jennerwein pfiff durch die Zähne.

»Und Liebscher hatte einen Grund, einen Kamikaze-Angriff auf Harrigl zu starten?«

Nicole tippte mit den Fingern auf ihre Aufzeichnungen und las.

»Eugen Maria Liebscher, 59, geboren in Wurgwitz bei Dresden, aufgewachsen dort. Keinen Schulabschluss, alle möglichen Ausbildungen abgebrochen, Gelegenheitsjobs. Keine Verwandten mehr, ledig. Kam vor ein paar Jahren hierher, bekam einige kurzfristige Anstellungen, ist überall wieder rausgeflogen.«

»Weswegen?«

»Wegen permanenter Unzuverlässigkeit. Hat sich um Dinge gekümmert, die ihn nichts angehen. Hat andererseits die Aufgaben, die ihm aufgetragen wurden, nicht ordentlich erledigt. War unter anderem Küchenhilfe in verschiedenen Hotels, Kartenabzwicker im Kino, Seilbahnschaffner bei der Wankbahn, und schließlich Lagerist – im Sportgeschäft Harrigl.«

Ostler schüttelte ungläubig den Kopf.

»Harrigl hat ihn rausgeworfen, und deswegen bringt ihn Liebscher um? Gibt's so was?«

»Es gibt alles«, sagte Stengele, »aber ich denke, Liebscher war ein kleiner Wichtigtuer, er hatte nicht das Profil für einen Mörder.«

»Es gibt kein Profil für einen Mörder«, dozierte Maria. »Sie wissen doch, in jedem von uns steckt auch ein kleiner Hannibal Lecter –«

»Weiter mit Liebscher.«

»Viel gibt's da nicht mehr zu sagen. Landete schließlich hier im Kulturzentrum. Da wurde er als Türschließer, Türöffner, Kartenkontrolleur und Platzanweiser angestellt. Begann sofort eine Dauerfehde mit dem Hausmeister Schmidinger. Mischte sich in dessen Tätigkeitsbereiche ein. Kritisierte dies und das, vernachlässigte aber darüber seine Pflichten. Frau von Brenner erzählte mir, dass er schon ein paar Abmahnungen bekommen hat. Er sei kurz vor dem Rausschmiss gestanden.«

»Und dann seine Wohnung«, sagte Hölleisen, »die war der Höhepunkt dieser traurigen Recherche. Wir waren dort: ein Loch. Eine Pritsche und ein Kleiderschrank. Keine persönlichen Dinge, kein Bild an der Wand, kein Brief, kein Foto, nichts. Eine bemitleidenswerte Existenz.«

»Gar nichts? Das ist ja eigentlich auch schon wieder verdächtig. Denken Sie an all die Topterroristen im Stand-by-

Modus. Die Schläfer. In deren Wohnungen wurden auch keine gemütlichen Sitzecken mit Stapeln von Modezeitschriften gefunden.«

Jennerwein blickte in die Runde. »Aber Liebscher als Selbstmordattentäter? Ich weiß nicht so recht. Da hätte sich das Opfer zum Beispiel genau dort hinsetzen müssen, wo der Selbstmordattentäter dann bequem draufspringen kann.«

»Naja, ich halte die These von einem Selbstmordattentat auch für verrückt, aber ganz so schnell kann man sie nicht abtun«, warf Maria ein. »Der Dachboden oben ist übersät mit Löchern im Boden und losen Stellen in der Abdeckung. Wo sich das ›Opfer‹ auch unten im Parkett hingesetzt hätte, es hätte oben immer eine Stelle gegeben, wo er –«

»Denkfehler! Denkfehler!«, lärmte Nicole Schwattke frech dazwischen. »Einen Zehner in die Denkfehlerkasse! Auf der Dienststelle in Recklinghausen hatten wir für schwere Denkfehler eine eigene Kasse. Gerade Liebscher wusste doch, dass nicht Harrigl nebst Gemahlin, sondern »Hänsel« Stoffregen mit Begleiterin Gretel auf diesen Plätzen sitzt beziehungsweise sitzen wird.«

»Vielleicht«, sagte Stengele, »kannte er Harrigl nicht vom Angesicht her, sondern hatte nur den Auftrag, den, der sich auf den Platz 4, 12 setzt –«

»– zu ermorden? Jetzt wird's aber selbst einem einfachen Streifenpolizisten zu bunt!«, rief Jennerwein in komischer Verzweiflung. »Warum dann nicht gleich so was: Der bibelfeste Fanatiker Eugen Liebscher stürzt sich auf den Platz 4, 12 und ruft im Fallen noch den passenden Propheten dazu. Wir brauchen bloß noch nachzuschlagen, was im Buch Jesaja, Kapitel 4, Vers 12 steht?«

»Das weiß doch wirklich jeder«, grinste Schwattke.

»Vielleicht sogar etwas über den Fremdenverkehr in alpennahen Kurorten?«, sagte Maria mit mildem Spott. »Wer aber dem Fremdenverkehre frönt, der ist dem Herrn ein Gräuel!«

»Bitte jetzt!« Jennerwein rief wieder zum Ernst. »Es ist für mich äußerst unwahrscheinlich, dass Liebscher Harrigl töten wollte, aber stattdessen Stoffregen erwischt hat. Aber könnte es nicht so sein, dass Liebscher dort oben etwas vorbereitet hat für seinen früheren Arbeitgeber, eine kleine tödliche Überraschung, irgendetwas, das herunterfällt und ihn trifft, ich habe auch keine Ahnung, was –«

»Vielleicht nicht einmal etwas Tödliches, sondern etwas Peinliches für Harrigl«, warf Hölleisen ein. »Angenommen, er hat dort oben –«

»– einen Kübel Jauche hingestellt. Sprechen Sie es ruhig aus, ich bin da nicht so empfindlich. Nach all dem, was ich vorhin erlebt habe, nicht. Sei es, wie es sei: Nachdem Liebscher mitbekommen hat, dass nicht sein eigentliches Opfer dort sitzt, sondern ein Fremder, will er die Höllenmaschine dort oben wieder ausschalten, das Damoklesschwert zurückziehen, den Jauchekübel wegstellen, wie auch immer. Er geht rauf, irgendetwas geht schief, und er fällt runter.«

»Dann hätten wir aber diese Höllenmaschine, dieses Damoklesschwert, diesen Jauchekübel finden müssen – oder irgendetwas anderes, das geeignet ist zu töten oder zu beschmutzen.«

Es entstand eine Pause. Alle ließen ihre Gedanken streunen. Das Thema *Unfall ohne Fremdeinwirkung* war vom Tisch. Ein Täter war da. Von dem Täter wollte sich jedoch kein rechtes Bild einstellen. Jennerwein massierte seine Schläfenlappen mit Daumen und Zeigefinger.

»An dieser Stelle kommen wir momentan nicht weiter«, sagte er, »Wie sieht es mit Ingo Stoffregens Profil aus?«

In Stengeles Notizzettel kam jetzt raschelndes Leben.

»Ich war in seiner Wohnung, und die sagt alles über ihn aus. Es gab nur ein Thema für ihn: Sport, Sport und nochmals Sport. Der hat sonst nichts im Kopf gehabt. Nur Plakate und Bilder von Langlaufgrößen an der Wand. Nurmi, Zatopek und viele, die ich nicht kenne. Aber immer dieselben Bilder:

Erschöpfte Menschen im Zieleinlauf, dahinter Massen von Zuschauern in Olympiastadien, das war wohl sein Traum. Ich hatte den Eindruck, dass es in Stoffregens Wohnung nichts gab, was nicht mit Laufen oder Rennen zu tun hatte. Bücher und Landkarten von Laufstrecken, Pokale und Wimpel von Laufwettbewerben, Sportbekleidung und, und, und …«

»Verwandte, Freunde?«

»Dasselbe wie bei Liebscher, nichts. Seine Eltern sind vor ein paar Jahren gestorben. Er hatte eher oberflächliche Kontakte zu ein paar Sportkameraden.«

»Ein typisches Opfer?«

»Ich weiß nicht, ob es typische Opfer gibt. Nach Angaben seiner Sportskameraden hatte er auch keine Freundin, diese Gretel war dann wohl eine erstmalige Verabredung. Ich sage Ihnen: Wir müssen diese Gretel finden, dann wissen wir mehr.«

Maria nickte.

»Ich habe schon einen Presseaufruf formuliert. *Frau in gelber Windjacke gesucht* und so weiter.«

»Die Frau ist getürmt und hat sich bisher nicht gemeldet«, überlegte Stengele. »Was meinen Sie, Frau Doktor. Warum flieht eine Frau?«

»Nur so ins Unreine gesprochen«, entgegnete Maria. »Stoffregen hat ein Rendezvous mit ihr. Sie aber ist verheiratet. Als sie in den Saal kommt, sieht sie, dass ihr Mann da sitzt. Stoffregen ist aber schon in die Reihe gegangen, ihm Zeichen zu machen, würde erst recht auffallen, so verdrückt sie sich einfach. Natürlich nur eine Spekulation.«

»Oder«, sagte Schwattke mit kaum verhohlener Ironie, »sie will ihren Mann mit Stoffregen betrügen, will sich vorher mit klassischer Klaviermusik aufheizen, geht in den Konzertsaal, bekommt aber dann eine SMS: *Schatz, das Essen ist fertig, es gibt Spinatnudeln – Dein Hugo,* das rührt sie so, dass sie das Rendezvous abbricht.«

»Bleiben Sie bitte sachlich«, raunzte Jennerwein.

»Ich will damit nur sagen«, glättete Schwattke, »dass wir hier keine großen psychologischen Verrenkungen zu machen brauchen. Die Frau hat den Sturz Liebschers gesehen, ist erschrocken, ist getürmt und war bisher einfach zu feige, sich zu melden.«

»Dann hat die Frau also als Einzige den Fall gesehen«, sagte Stengele, »und die anderen vierhundert Zuschauer nicht. Das verstehe ich nicht. Viele haben etwas gehört, aber niemand hat etwas gesehen.«

»Wenn sich ein Kopfmensch mit einer Vorlesung in Wahrnehmungspsychologie da einmischen darf«, sagte Schmalfuß und hob ihren Stift in die Höhe, um ihre Ausführungen auch optisch zu demonstrieren. »Dringt ein wahrzunehmendes Objekt langsam in mein Gesichtsfeld ein, dann fällt mir das Objekt sofort auf, dann schau ich hin. Rauscht etwas schnell durch mein Gesichtsfeld, vielleicht auch noch in einer Situation, in der ich das Objekt nicht erwarte, vielleicht auch noch *aus* einer Richtung und *in* eine Richtung, die ich überhaupt nicht erwarte, dann nehme ich es nicht wahr. Und habe ich es zufällig trotzdem wahrgenommen, tilge ich es wieder aus der Erinnerung, wenn kurz darauf ein größerer Sinneseindruck auf mich einwirkt.«

»Zum Beispiel eine Katastrophe. Eine Panik.«

»Etwas in der Art, ja. Es gibt einen Versuch von Doktor – ach pfeif drauf, ich erzähl die Geschichte so, wie sie wirklich passiert ist. Wir haben in der Studentenbude im vierten Stock gewohnt. Wir haben aus Jux mit Wasser gefüllte Luftballons auf den Bürgersteig geworfen, immer knapp vor die Fußgänger. Nicht einer von denen hat nach oben gesehen, jeder ist vor dem entstandenen Fleck am Boden zurückgewichen, so, als ob von diesem Fleck noch irgendeine Gefahr ausgehen könnte. Wir haben es dann im Selbstversuch getestet. Selbst als wir wussten, dass da gleich etwas von oben geflogen kommt, hatten wir nach dem Wurf den Eindruck, dass etwas aus dem Pflasterstein herausgewachsen ist.«

»Sie meinen also, in unserem Fall sitzen alle Konzertgänger brav da und erwarten etwas Spektakuläres vorn auf der Bühne, nicht im Zuschauerraum und schon gar nicht oben an der Decke.«

»Einwand: Es gab unter diesen vierhundert sicher Leute, die versonnen nach oben geblickt haben. Was ist mit denen?«

»Haben Sie den Saalscheinwerfer gesehen, der ein paar Meter vor der Absturzstelle angebracht ist? Er strahlt nach unten in den Zuschauerraum, nicht stark und zentriert, aber doch so, dass er den Zuschauerraum leicht beleuchtet. Schmidinger sagte mir, dass dieser Scheinwerfer bei Konzerten angeschaltet wird, da soll es im Saal ein bisschen hell sein, damit man den Programmzettel lesen kann. Bei Theaterstücken brennt dieser Scheinwerfer nicht, da ist es unten stockdunkel. So schwach der Scheinwerfer auch brennt, es ist keineswegs angenehm, dort raufzuschauen. Und wenn ich eine Lichtquelle habe, die auf mich strahlt, sehe ich das Objekt, das sich daneben befindet, nicht.«

»Ja«, sagte Jennerwein. »Das könnte der ganze Grund sein, warum niemand den Sturz gesehen hat. So kurz wie der war –«

»Wie lange hat der Sturz eigentlich gedauert?«

»Äh, das ist doch leicht auszurechnen.«

»Erdbeschleunigung g mal –«

Jeder der Ermittler versuchte nun, die gut vergrabenen Schätze des Schulwissens freizulegen. Bei einigen flogen die Stifte schon übers Papier, andere kniffen die Augen zu und rechneten freihändig.

»Ich bekomme eineinhalb Stunden Fallzeit heraus«, sagte Schwattke.

»Ja, das dürfte so ungefähr hinkommen«, lachte Jennerwein.

Becker war inzwischen mit einem Stapel Papier eingetreten, mit dem er fröhlich herumwedelte.

»Geht's um die Fallzeit?«, fragte er. »Das ist die Wurzel aus dem doppelten Fallweg geteilt durch die Erdbeschleunigung.«

»Und das wäre?«

»Ein bisschen mehr als eineinhalb Sekunden«, sagte Becker, »das entspricht einem Atemzug.«

»Da bin ich ja mit meinen anderthalb Stunden gar nicht so falsch gelegen«, sagte Schwattke.

»Lassen Sie *mich* so etwas in Zukunft ausrechnen«, sagte Becker grinsend, »das spart Steuergelder.«

Jennerwein winkte ungeduldig ab. »Was haben Sie an Fakten dabei, Becker?«

»Richtig fundierte und genaue Ergebnisse gibt's erst morgen, aber eines kann ich jetzt schon sagen: Die Spuren, die wir dort oben gefunden haben, deuten auf größere Aktivitäten hin, als uns der Hausmeister weismachen wollte. Von wegen: Auf dem Speicher ist nie was los. Da hat uns Schmidi Schmidinger ganz schön hinters Licht geführt.«

»Oder er hat nichts von den Aktivitäten gewusst.«

»Können Sie uns die Aktivitäten so ungefähr andeuten?«

»Fußspuren und Fingerabdrücke von mindestens einem Dutzend Personen – sämtliche Fingerabdrücke sind allerdings nicht polizeibekannt. Dann Reste von chemischen Substanzen, die ich da oben nicht erwartet hätte.«

»Nämlich?«

»Neben Scheuermilch und Möbelpolitur zum Beispiel eine Flasche Entkalker, Bleichmittel – und sogar ein Päckchen Trockenspiritus.«

Ein Raunen ging durch den Raum, nur Maria blickte die anderen fragend an.

»Kann auch Zufall sein«, fuhr Becker fort, »die Mittel hat jeder zweite Haushalt im Regal, wir werden weiterforschen.«

»Wenn Sie mich fragen«, sagte Stengele, »ist dieser Speicher ein idealer Platz für Treffen, Übergaben, Lagerungen, tote Briefkästen, wilde Sexpartys.«

»Die wilden Sexpartys können wir mal weglassen. Dazu ist der Boden zu wacklig«, entgegnete Becker.

»Ehrlich gesagt – das mit den Putzmitteln habe ich nicht verstanden«, sagte Maria. »Was ist damit?«

»Dann geben Sie mal die Suchbegriffe ›Bleichmittel‹, ›Entkalker‹ und ›Trockenspiritus‹ in Ihren Computer ein.«

Maria tippte, an erster Stelle der Suchergebnisse erschien der Eintrag www.smashy.de/boomboom.html. Maria ging auf die Homepage und las:

Hexamethylentriperoxiddiamin
Explosionswärme: 3369 kJ/kg
Bleiblockausbauchung: 250-340 cm^3
Verpuffungspunkt: 200°C
Detonationsgeschwindigkeit: 4500-5500 m/s

Zutaten
105 g Wasserstoffperoxid (zehnprozentige Lösung), in Apotheken erhältliches Bleichmittel
40 g Zitronensäure (kristallin), Mittel zum Entfernen von Kalk- und Rostschichten, gibt es als Entkalker und auch als Backzutat in jedem Supermarkt
20 g Hexamin (gepulvert), erhältlich als Trockenspiritus in Spielzeugläden oder Campinggeschäften

Herstellung
Glasgefäß in eine Schale mit Eiswürfeln stellen. Wasserstoffperoxid in das Glasgefäß füllen, abkühlen lassen. Hexamin dazugeben, umrühren, bis es sich gelöst hat. Die Mischung ins Eisfach stellen, auf 2 Grad abkühlen lassen. Zitronensäure vorsichtig in die Lösung einrühren, wieder für eine halbe Stunde ins Eisfach stellen. Danach das Glasgefäß aus den Eiswürfeln lösen und 24 Stunden mit geschlossenem Deckel stehen lassen. Die schaumartige Schicht, die sich an der Oberfläche gebildet hat, mit einem Papierfilter abfiltern. Den Filterinhalt durch Übergießen mit klarem Wasser reinigen. Die entstandenen Kristalle trocknen lassen und kühlstellen.

Vorsicht! Herstellung auf eigene Gefahr! Hohe Empfindlichkeit gegen Funken! Darf nicht mit Metallen in Berührung kommen! Besonders schlagempfindlich! Auch schon beim Öffnen des Schraubverschlusses kann ein in das Gewinde gelangtes Kristall zur Explosion führen. Viel Spaß!

24

Fühlen Sie sich sicher? Vertrauen Sie auf die allgegenwärtige Staatsmacht? Verlassen Sie sich darauf, dass unter der Nummer 110 jederzeit jemand erreichbar ist? Dass nicht ausgerechnet *Sie,* wenn schon ein Mordfall, dann ein ungeklärter werden? Denken Sie, dass die Guten und die Bösen in etwa mit den gleichen technischen und personellen Möglichkeiten ausgestattet sind? Die Guten vielleicht sogar ein klitzekleines bisschen besser? Im Großen und Ganzen haben Sie da sogar recht, der Gendarm ist dem Räuber meistens einen kleinen Schritt voraus – in manchen Fällen allerdings einen riesigen hinterher. Einer dieser archaischen Zustände ist die vorzeitliche Unangebundenheit ans Netz, die mittelalterliche Computerlosigkeit, die sich durch alle Kommissariate und Dienststellen zieht. Klar, die Polizei darf nicht angreifbar sein, Spähern und Hackern muss das Polizeinetz verwehrt bleiben – aber dass es den Beamten nur unter besonderen Umständen erlaubt ist, einen vernetzten Rechner benützen zu dürfen, ist doch weithin unbekannt. Es stehen zwar Computer auf den Schreibtischen, die sind aber nur ans Intranet *(Kegelfreunde gesucht! Wer hat Interesse an einem gemischten Polizeichor? Toupet verloren!)* angeschlossen. Der Polizist muss vielmehr, wenn er eine verdächtige Internetadresse bekommt, mit einem Zettel, auf dem *http://www.smashy.de/boomboom.html/crime.13/&search&/fortin_bras//~1256/sprengstoffe/illegal‹%=?›6746?/k_archive.pl?noframes;read=937854«-*

backzutaten/?// steht, durch die langen Gänge des Dienstgebäudes in den dafür vorgesehenen Raum gehen, sich dort unter Namensangabe ins Internet klicken und recherchieren, wobei »die Seiten, auf die der Beamte / auf die die Beamtin zugreift, zu protokollieren sind«.

So war die Einzige, die schnell ins Netz gelangen konnte, Maria, die unverbeamtete Psychologin, die jetzt die Homepages des Hobby-Sprengmeisters aufgeschlagen hatte.

»Und die Zutaten sind wirklich überall erhältlich?«, fragte sie.

»Ja«, sagte Becker, »das haben unsere Spezialisten der Abteilung Sprengstoff bestätigt, die Zutaten kauft man sich in einer halben Stunde zusammen, zur Verarbeitung braucht man lediglich eine Tiefkühltruhe. Das ist so kinderleicht, es wundert mich, dass da nicht mehr Unfug getrieben wird.«

»Vielleicht deswegen, weil die Eigengefährdung so groß ist«, sagte Jennerwein. »Man muss sich verdammt gut auskennen mit dem Zeug, wenn man nicht sein eigenes Opfer werden will. Eine Softwaffe oder ein Springmesser kann sich jeder Depp im Münchner Bahnhofsviertel kaufen. Beim Umgang mit Sprengstoffen muss man in Chemie gut aufgepasst haben.«

»Bayern hätte da sogar eine eigene regionale Spezialität anzubieten«, warf Hölleisen ein, »das sogenannte *Waggerl-Puifa*, erfunden von einem gewissen Korbinian Waggerl aus Mittenwald um das Jahr 1100, weit vor dem Konstanzer Berthold Schwarz. Man verwendet es heute noch zum Sprengen von Lawinenanrissen, es besteht, ähnlich wie das Schwarzpulver, aus einem Gemenge von Salpeter, Holzkohle und Schwefel.«

»Gab es denn hier im Umkreis jemals Probleme in dieser Richtung?«, fragte Jennerwein. »Die Wälder und Berge wären ja einsam genug.«

»Die Bergwacht berichtete uns immer wieder mal von ganz

besonders heißen Pulverspuren im Schnee. Es sind abgelegenere Bergtäler, in denen Schießübungen und Sprengversuche stattgefunden haben müssen. Bis wir hingekommen sind, war der Spuk natürlich schon längst vorbei. In den Siebzigerjahren hatten wir ein paar Fälle, da wurde sofort ein Zusammenhang mit der RAF hergestellt. Und wie es immer so ist: Dann kommt das LKA, das BKA, der MAD – spätestens dann wurden uns die Fälle völlig aus der Hand genommen.«

»Ist in letzter Zeit etwas geschehen?«

»Letztes Jahr, ja. Eine Rohrbombe und Schießübungen mit automatischen Waffen. Ob es etwas Politisches ist, etwas Kriminelles oder nur ein dummer Streich – wir wissen es nicht.«

Es klopfte an der Tür, und der Kopf eines diensthabenden Revierpolizisten erschien.

»Entschuldigen Sie die Störung, aber wir haben vorne in der Dienststelle einen Mann, der sich als Zeuge gemeldet hat. Er will diesen Trachtler gesehen haben und behauptet, einige wichtige Beobachtungen gemacht zu haben. Will jemand von Ihnen die Befragung –«

»Moment mal«, sagte Jennerwein. »Den Trachtler? Wieso kommt der Zeuge hierher? Wir haben doch noch gar keine Fahndung rausgegeben, und das Ganze ist keine zwei Stunden her.«

Der Diensthabende schmunzelte. »Die Sache hat sich schon herumgesprochen im Ort. Wir hatten schon viele Anrufe wegen der Verfolgungsjagd, die meisten haben sich erkundigt, ob das der gemeine Doppelmörder wäre, ob man Haus und Hof verbarrikadieren sollte, ob das Waffenbesitzrecht etwas gelockert würde – grade eben erst hat auch noch der Bürgermeister angerufen. Er macht sich große Sorgen wegen des Fremdenverkehrs.«

»Also gut«, sagte Jennerwein zu Nicole Schwattke. »Befragen Sie diesen Mann. So ein Trubel hat uns gerade noch gefehlt. Bürgermeister! Fremdenverkehr!«

Die Kommissarin verließ den Raum, Jennerwein fuhr fort.

»Zurück zu unserem Speicher. Da haben Sie jedenfalls drei Substanzen gefunden, aus denen man etwas zusammenmischen könnte.«

»Ja, aber wenn es Liebscher gewesen wäre, der vorgehabt hätte, damit in irgendeiner Weise explosiv in das Konzert einzugreifen, hätten wir ja sprengfertiges HMTD da oben finden müssen.«

»Haben wir aber nicht«, sagte Jennerwein. »Ich glaube, Liebscher steht uns beim Denken ein bisschen im Weg. Ich sehe Liebscher weder als heimtückischen Sprengmeister noch als todesverachtenden Selbstmordattentäter, ich sehe Liebscher als kleines, bedauernswertes Lichtchen, das in irgendetwas reingeraten ist. Lassen wir ihn mal beiseite. Für mich ist der Speicher dort oben ein idealer Platz, um etwas Gesetzwidriges zu machen. Der Platz ist aus drei Gründen ideal. Erstens liegt er zentral, mitten im Ort. Zweitens ist er trotz seiner Mittigkeit öde und uninteressant. Also kommt niemand auf die Idee, dass dort etwas zu holen und zu suchen ist. Drittens ist er unauffällig begehbar.«

»Unauffällig begehbar?«, fragte Ostler.

»Das Problem bei geheimen Treffen an konspirativen Orten ist immer, dass die Wege dorthin einsehbar, nachvollziehbar, überwachbar sind.«

»Ich verstehe«, sagte Ostler. »Dieses Problem kann ich lösen, wenn ich einen ganz und gar öffentlichen Ort finde, dem ein ganz und gar verschwiegener Ort angegliedert ist.«

»Richtig. Nur mal so ins Blaue hineingesprochen, als Arbeitshypothese. Unser Konzertsaal ist öffentlich und jedem zugänglich. Vor der Vorstellung, in der Pause und nach der Vorstellung tummeln sich Hunderte von Menschen im Foyer, auf dem Vorplatz und auf den Treppen. Da fällt es doch überhaupt nicht auf, wenn sich einer, der vielleicht auch gar keine Karte gekauft hat, unter diese Menschen mischt, die beiden Treppen hinaufgeht, die zu der zusätzlichen Damentoilette führen, nachsieht, ob die Luft rein ist, und dann durch die kleine Tür im Speicher verschwindet, um dort etwas zu tun, was man der Öffentlichkeit besser vorenthält.«

»Wenn man also jetzt die wilden Sexpartys wegen des schwankenden Bodens ausschließt, kann man oben *was* machen?«

»Man kann Informationen ablegen, sich Informationen holen, Drogen konsumieren, Drogen lagern, Sprengstoffe mischen, Waffen zusammenbauen, Computerviren abschicken, Spams versenden, sich ins Intranet des amerikanischen Verteidigungsministeriums hacken, den internationalen Organhandel ankurbeln und alles Mögliche tun, was man im deutschen StGB oder bei John Grisham bisher nur gelesen hat.«

Alle Ermittler hatten gierig angebissen und nahmen die Arbeitshypothese Jennerweins nun ins Kreuzfeuer.

»Erste dumme Frage, Chef: Die Tür zum Speicher ist immer verschlossen, nur Schmidinger hat einen Schlüssel. Leihe ich mir jedes Mal, wenn ich ins Computersystem des Pentagon eindringen will, den Schlüssel beim Hausmeister aus?«

»Ich habe es mir genau angesehen: Die Tür hat ein Vierkantschloss, den passenden Schlüssel dazu kann ich in jedem Baumarkt kaufen.« Jennerwein gluckste. »Vielleicht gleich zusammen mit dem Wasserstoffperoxyd. Nächste dumme Frage.«

»Die Tür zur Hausmeisterwohnung ist gleich neben der Speichertür. Ist mir das nicht zu riskant?«

»Hausmeister Schmidinger ist während der Konzerte unten mit seinen Lichteinstellungen beschäftigt.«

»Die Frau des Hausmeisters?«

»– ist unten mit der Organisation der Kanapees beschäftigt.«

»Besteht keine Gefahr, oben von einer aus der Damentoilette kommenden Besucherin gestört zu werden?«

»Die Gefahr besteht durchaus. Besser ist es, wenn ich selbst eine Dame bin und mich auf diese Weise *in loco* versichern kann, ob die Luft rein ist.«

»Muss es nicht *in locus* heißen?«, fragte Ostler.

»Nein«, sagte Jennerwein, »die Frage *Wo?* zieht immer den Dativ nach sich.«

»Was tue ich, wenn ich keine Dame bin?«, fragte Maria und kostete die Zweideutigkeit voll aus.

»Dann bin ich ein Herr«, fuhr Jennerwein fort, »und tue im Vorraum so, als warte ich auf meine Gemahlin. Ich habe der Tarnung halber vielleicht sogar noch ein modisches Handtäschchen dabei, in dem ich gleich mein Fläschchen Salpetersäure unterbringen kann.«

»Salpetersäure?«

»Hat hohes kriminelles Potenzial. Der Finsterling unter den Säuren. Ist zum Beispiel eine wichtige Zutat vieler Sprengstoffe. Löst organische Verbindungen vollständig auf. Ist ein idealer Brandbeschleuniger. Löst sogar manche Edelmetalle auf.«

»Ich bin also eine Dame, habe ein Fläschchen Salpetersäure oder den Zünder für einen Atomsprengkopf im Handtäschchen, vielleicht auch eine Spenderniere. Ich will das eine oder andere oben im Speicher deponieren, damit es ein Kunde später abholen kann. Die Beziehung zwischen mir und dem Kunden ist verwischt. Aber droht mir ohne gültige Eintrittskarte nicht, dass ich von dem Wichtigtuer Liebscher kontrolliert und des Hauses verwiesen werde?«

»Womit wir schon wieder bei Liebscher wären. Entweder ist Liebscher in die Sache eingeweiht, das wollen wir aber jetzt einmal ausschließen. Besser ist es aber, ich bin eine ganz normale, stadtbekannte, bestens beleumundete Konzertbesucherin, die eine Karte hat und sich auf diese Weise frei im Haus bewegen kann. Ich entschuldige mich in der Pause bei meinen ahnungslosen Freunden, mit denen ich gekommen bin, gehe rauf in den Speicher, tue dort mein teuflisches, aber einträgliches Werk, gehe wieder runter und höre weiter Frédéric Chopin.«

»Dann suchen wir nach einem braven Bürger mit Konzertabonnement, der sich mit dem Notebook in den Speicher schleicht und weltweit Spams verschickt. Kurz bevor die Vorstellung weitergeht, kommt er zurück und verwendet das Notebook als Sitzkissen.«

»Bürgerin wäre besser. Sie kann die Damentoilette besuchen, ist auch rein statistisch leichtgewichtiger als ein Bürger und kann sich so im Speicher besser bewegen.«

Jetzt entstand eine Pause der Denker und Denkerinnen, es schien nach einiger Zeit so, als wären alle zu dem gleichen Ergebnis gekommen, wer diese leichtgewichtige Bürgerin sein könnte: Gretel.

25

»ALSO, ich fasse noch einmal zusammen, ob ich Sie auch richtig verstanden habe: Der Trachtler springt über die Mauer des Bauernhofes, schlendert dann gemütlich durch ein Rapsfeld, kommt auf Sie zu, setzt sich im Biergarten des Riesserseestüberls direkt an den Tisch neben Sie, telefoniert – und Sie können mir überhaupt keine Beschreibung liefern?«

»Von ihm direkt nicht. Aber er trug eine Werdenfelser Tracht, der Hut hat allerdings überhaupt nicht dazu gepasst. Zur kurzen Lederhose mit Pfosen gehört entweder ein flacher Hut mit Adlerflaum –«

»Pfosen?«

»Wadlstrümpf'.«

»Das Gesicht haben Sie nicht gesehen?«

»Da habe ich nicht drauf geachtet.«

»Auf das Gesicht schaut man doch als Erstes.«

»Ich nicht.«

»Worauf haben Sie dann als Erstes geschaut?«

»Auf die Messingknöpfe. Die haben nämlich nicht gestimmt. Die Hosentürlknöpfe an einer solchen Lederhose müssen aus Hirschhorn sein, vielleicht gerade noch aus Rinderhorn, aber nie und nimmer aus Messing. Messingknöpfe gehören zum Beispiel an einen Strickjanker –«

»Beschreiben Sie jetzt doch bitte endlich den Burschen.«

»Das tu ich doch gerade. Die falschen Hosentürlknöpfe sagen viel über den Burschen aus. Eigentlich alles.«

»Ach so?«

»Das war kein Einheimischer. Ein Einheimischer würde eher gar keine Lederhose anziehen als eine mit falschen Hosentürlknöpfen. Er würde in so eine Hose gar nicht hineinschlüpfen, nicht einmal im Fasching.«

»Also war es ein Preuß'?«

»Ganz sicher nicht! Die Preußen, die sind noch genauer und akkurater als die Einheimischen, die sind oft so militant trachtlerisch, da muss beim Säcklermeister ein Heimatpfleger und ein promovierter Volkskundler mit dabei sein, so genau wollen sie es haben.«

»Säcklermeister?«

»Lederhosenherstellungsmeister.«

»Verstehe. Woher ist dann unser Trachtler wohl gekommen?«

»Wahrscheinlich vom Jackelebauer seinem Hof. Da ist innen ein Misthaufen, von dem aus muss er auf die Mauer gesprungen sein.«

»Ja schon, ich meine, aus welchem Land er gekommen ist.«

»Das weiß ich nicht, er hat ja nichts gesagt.«

»Aber er hat doch telefoniert?«

»Ja, er ist auf mich zugekommen, dann hat das Telefon geklingelt. Er hat abgenommen, dann hat er nur *Hm?* und *Mhm!* gesagt, sonst nichts.«

»Und hat das *Hm?* und *Mhm!* eher wie – sagen wir – russisch oder eher wie italienisch geklungen?«

»Ein *Hm?* oder *Mhm!* klingt doch nicht russisch oder italienisch, das klingt doch überall gleich.«

»Finden Sie? Also gut, dann weiter. Was geschah dann?«

»Nach dem Telefonat hat er aufgelegt und hat sich neben mich auf den Stuhl gesetzt. Er war ziemlich außer Atem, nach dem Sprung über die Mauer. Und nach Schafmist hat er gestunken!«

»Wieso Schafmist?«

»Weil der Jackelebauer keine Kühe hat, sondern nur Schafe. Schon seit Jahren hat der keine Kühe mehr. Und darum ist der Misthaufen, von dem sie weggesprungen ist, ein Schafmisthaufen –«

»Sie?«

»Wie: Sie.«

»Sie haben grade *sie* gesagt.«

»Das ist mir jetzt gar nicht aufgefallen.«

»Sie haben grade gesagt: der Misthaufen, von dem *sie* weggesprungen ist.«

»Hab ich das? Dann hab ich mich halt versprochen.«

»Man verspricht sich nicht zufällig.«

»Ich schon.«

»Könnte es denn auch eine Frau gewesen sein?«

»Das weiß ich nicht. Ich habe ja wie gesagt nicht aufs Gesicht geschaut.«

»Aber eine Frau erkennt man doch auch so, ohne dass man ihr Gesicht sieht.«

»Ich nicht. Außerdem, wenn jemand eine Lederhose anhat, dann ist es meistens keine Frau. Das ist so ein Erfahrungswert.«

»Na schön. Sie können mir also nichts weiter sagen.«

»Nein, ich hab mein Weißbier getrunken und bin gleich da her aufs Revier gegangen, um das zu melden.«

»Das wievielte Weißbier war das denn?«

»Wartens. Das sechste.«

»Sie kommen stockbesoffen hierher, um eine Zeugenaussage zu machen?«

»Sechs Weißbier sind doch nur ein alkoholischer Mückenstich.«

»Ein alkoholischer Mückenstich, so. Wenn Sie die Zeugenaussage im Gerichtssaal wiederholen müssen, dann trinken Sie vorher auch sechs Weißbier?«

»In den Gerichtssaal werde ich kaum kommen, ich habe ja nichts gesehen. Ich bin als Zeuge wahrscheinlich unbrauchbar.«

»Das können Sie laut sagen. Trotzdem vielen Dank.«
»Wie sieht es eigentlich mit einem Zeugengeld aus?«
»Das gibt es bei der Polizei nicht. Das gibt es nur im Gericht.«
»Schad.«

26

DER NAME LAG allen auf der Zunge, Maria sprach ihn als Erste aus.

»Gretel ist die Frau, die wir suchen.« Sie hatte wieder eine neue Theorie und lehnte sich befriedigt zurück.

»Gretel hatte was Kriminelles im Kurort vor. *Dealen, wo andere Urlaub machen.* Gretel lacht sich dazu einen Typen an, der ihr Karten für ein Konzert besorgt. Sie hat vor, in der Pause raufzugehen, angeblich auf die Damentoilette, in Wirklichkeit auf den Speicher, wie wir wissen. Schon von Anfang an läuft aber etwas schief. Ingo Stoffregen, ihr Türöffner, verspätet sich, sie kommt dadurch nicht so unauffällig rein, wie sie das vorhatte, sie lässt ihn in die Reihe gehen und türmt, weil ihr das Ganze zu unsicher wird.«

Jetzt stand Maria im Kreuzfeuer der Gegenargumente. Stengele begann, und er konnte sich einen ironischen Unterton nicht verkneifen.

»A-ha. Das erklärt jetzt aber den Sturz von Liebscher überhaupt nicht, finden Sie nicht?«

»Ja, gut. Gretel geht mit Stoffregen in den Konzertsaal, verdrückt sich dann und schleicht rauf. Sie rechnet jedoch nicht damit, dass Liebscher ihr nachspioniert und sie oben zur Rede stellt. Es kommt zu einer Rauferei –«

»– einer lautlosen Rauferei, die von den vierhundert Zuhörern nicht bemerkt wird –«

»– und Liebscher stürzt nach unten. Gretel kann das Gebäude wegen der Tumulte nicht gleich verlassen, also wartet sie ab, bis der Weg frei ist, holt sich ihre Windjacke und verschwindet.«

»Warum holt sie sich die Windjacke?«

»Weil da etwas Wichtiges drin ist.«

»Und obwohl da was Wichtiges drin ist, gibt sie die vorher brav an der Garderobe ab?«

»Ich habe noch ein weiteres Gegenargument«, sagte Stengele. »Unsere Gretel kann doch gar nicht wissen, dass Stoffregen Karten für das Konzert bekommt – bekommen hat oder bekommen wird. Sie hat Ingo meinetwegen ein paar Tage vorher kennengelernt. Wie kann sie sicher sein, dass sie durch ihn in den Konzertsaal kommt? Wie soll das gehen: Drängt sie ihn, zu Toni Harrigl zu gehen, um sich dort noch zwei Karten für die längst ausverkaufte Vorstellung schenken zu lassen? Sehr unwahrscheinlich. Da wäre es doch geschickter, sie angelt sich einen, der regelmäßig ins Konzert geht, vielleicht sogar einen Abonnenten?«

»Oder vielleicht – noch besser – einen Angestellten des Hauses?«, warf Ostler ein. »Vielleicht haben Gretel und Liebscher mehr miteinander zu tun, als wir denken.«

Doch Maria wollte ihre Position nicht aufgeben. »Gretel und Liebscher? Nein! Eher arbeiten Gretel und Stoffregen zusammen. Stoffregen soll unten als ganz normaler Besucher fungieren, sie will inzwischen raufgehen –«

»Und da verhalten die sich so auffällig? Kommen zu spät, lassen einen der begehrten Plätze frei, legen Spuren ohne Ende? Nein, nein, da macht ein bodenständiges und schnörkelloses Allgäuer Gehirn nicht mit.«

»Ich kapituliere. Schade, das Pärchen Gretel und Stoffregen als Bonnie und Clyde hätte mir gefallen.«

»Sei's drum«, sagte Jennerwein. »Diese Frau muss auf alle Fälle her, ob als Zeugin, Täterin oder was weiß ich. Wenn der Zeitungsaufruf nichts bringt, werden wir nach ihr fahnden lassen.«

Nicole Schwattke kam wieder herein.

»Und? Hat die Befragung was gebracht? Gibt's was Neues über unseren Trachtler?«, fragte Jennerwein. »Sie werden verstehen, dass ich ein ganz persönliches Interesse daran habe.«

Nicole Schwattke verdrehte die Augen. »Das kann man jetzt nicht gerade sagen, dass diese Befragung was gebracht hätte.«

Sie erzählte von dem sonderbaren Gespräch mit dem Weißbiertrinker. »Und dann hat er, vermutlich auch noch mit voller Absicht, so stark Dialekt geredet, dass ich Mühe hatte, ihm zu folgen.«

»So schlimm?«

»Es war auch weniger der Dialekt, es waren die Gedankengänge selbst.«

Ostler und Hölleisen nickten wissend.

»Das nächste Mal schicken Sie einen einheimischen Cop zu so einer Befragung.«

»Soviel ich weiß, ist Ihr Ehemann doch ein Bayer«, sagte Jennerwein, »hat Ihnen der nie etwas in der Richtung beigebracht?«

»Wie sollte er«, sagte Schwattke, »wir sehen uns ja kaum.«

»Verschiedene Schichtdienste?«, fragte Ostler.

»Verschiedene Bundesländer«, antwortete Schwattke.

»Das verstehe ich jetzt nicht. Ich dachte, ihr Mann ist Bayer?«

»Sogar ein Bayer, wie er im Buch der Klischees steht. Er schnupft Schmalzler, pflegt seinen meterlangen Schnauzbart, kann einen Radi in Spiralen schneiden und so weiter. Ich habe ihn bei einem Tausch kennengelernt. Ich war Polizeimeisteranwärterin in Recklinghausen, wollte da weg, nach Bayern eben. Sie wissen ja, wie das so geht bei unserem föderalen Polizeiwesen. Wenn man das Bundesland wechseln will, braucht man einen Tauschpartner. Den habe ich dann gefunden. Einen Typen, dem das Radi-in-Spiralen-Schneiden auf den Keks gegangen ist und der nach Westfalen wollte. Gut, wir haben dann getauscht, haben uns kennengelernt, da hat's *g'schnagglt*, wie es hier heißt –«

»*Gefunkt* hätten wir auch verstanden«, spottete Hölleisen.

»Wie auch immer. Wir sind jetzt zwei aufstrebende Kommissare, die viel zu viel Dienst schieben, in ihren jeweiligen anderen Heimaten festsitzen und sich kaum sehen.«

»Bei mir«, sagte Stengele, »war's genau umgekehrt –«

»Diese Problematik«, unterbrach ihn Jennerwein schroff, »sollten wir heute Abend durchaus bei ein paar Bierchen vertiefen. Bevor wir aber jetzt ins Geschichtenerzählen kommen, wollen wir die Ermittlungen weitertreiben. Wir wissen immer noch nicht, wer dieser Trachtler ist, dem wir hinterhergerannt sind. Wir sind vermutlich einem großen Verbrechen auf der Spur, einem größeren, als wir uns das vorstellen können. Eine Frage an Sie, Becker: Was ist eigentlich aus dem Turnbeutel geworden? Der Turnbeutel, der oben am Dach an der Schnur hing.«

»Turnbeutel? Turnbeutel?« Becker blätterte in seinen Papieren. »Wo hab ich ihn denn, den Turnbeutel? Hier ist er ja.« Er hielt ein engbeschriebenes Blatt Papier hoch, einen Ausdruck mit vielen Zahlen, chemischen Symbolen und Lageskizzen. Er las das Blatt nochmals schweigend durch, strich da und dort noch etwas an und schüttelte dabei den Kopf. Dann blickte er in die Runde, von einem zum anderen und nickte jedes Mal vielsagend. Er warf das Blatt auf den Tisch, faltete die Hände über den Bauch und schnalzte mit der Zunge.

»Herrgott Becker, jetzt machen Sie's nicht gar so spannend«, fuhr ihn Jennerwein an. »Was ist mit dem Turnbeutel? Reden Sie schon.«

Becker zögerte kurz, fuhr aber dann doch zügig fort.

»Der Turnbeutel hing schon ziemlich lange da draußen an der Schnur. Mehrere Monate, vielleicht sogar ein Jahr.«

»Und warum ist das niemandem aufgefallen?«

»Von unten kann man nicht richtig aufs Dach sehen. Und

die umliegenden Gebäude sind nicht so viel höher, dass man von oben draufschauen könnte. Außerdem versperrt eine stolze Edelkastanie den Blick. Aber jetzt halten Sie sich fest: Was meinen Sie, was ich in dem Turnbeutel gefunden habe?«

Becker setzte eine wohldosierte Pause. Eine gewisse schaurige Spannung breitete sich aus. Maria bekam einen kleinen Schweißausbruch und schüttelte sich.

»Na?«

»Turnschuhe. Ein Paar abgelatschter Turnschuhe steckten in dem Turnbeutel.« Becker grinste. »Turnschuhe der Größe 40.«

»Nur Turnschuhe?«

»Nur Turnschuhe. Keine drinsteckenden abgehackten Füße, keine Glückskekse mit einer Nachricht von der chinesischen Mafia, nicht einmal die passenden Socken dazu.«

»Becker, mit Verlaub, Sie sind ein Idiot.« Maria tupfte sich den Schweiß von der Stirn.

»Aber jetzt kommt's«, fuhr Becker fort. »Jetzt kommt das wirklich Besondere und Außergewöhnliche daran: Es sind nicht irgendwelche Nullachtfünfzehn-Latschen, die man sich im Kaufhaus kaufen kann, es sind schweineteure Designerschuhe von einer italienischen Firma namens – äh – Gucki, Guschi, ich kann kein Italienisch.«

Alle mussten grinsen, Becker war wohl in der Modewelt nicht so zu Hause wie in der Welt der Schrammen, Kerben und Fusselchen.

»Gucci.«

»Ja, meinetwegen. Meine Leute haben schon bei der Firma in Mailand angerufen, solche Treter kosten über dreihundert Euro, das müssen Sie sich mal vorstellen, da kaufe *ich* zwanzig Paar Schuhe davon. Sie werden in Deutschland in speziellen Schuhgeschäften verkauft. Wenn es wichtig ist, können wir die Schuhgeschäfte auch noch kontaktieren.«

»Vielleicht wird es noch wichtig«, sagte Jennerwein. »Wir befinden uns hier in einem halbwegs luxuriösen Fremdenverkehrsort. Es ist nicht grade St. Moritz oder Kitzbühel, aber auch nicht Hinterpfuideifl. Ich kann mir schon vorstellen, dass es hier im Ort Leute gibt, die sich Turnschuhe von Gucci kaufen. Aber wer hängt sie dann aufs Dach?«

»Derjenige, der sie rausgehängt hat, und derjenige, dem sie gehören, ist übrigens nicht derselbe«, sagte Becker.

»Weil die Schnur eine ganz billige Schnur ist, die man in jedem Laden kaufen kann?«, folgerte Hölleisen und setzte ein zufriedenes Gesicht auf.

»Nein«, widersprach ihm Becker. »Jemand, der bei Gutschi einkauft, kann ja trotzdem eine billige Schnur dazu kaufen. Nein, die DNA-Profile im Beutel und an der Schnur sind völlig verschieden.«

»Also gilt für den Turnbeutel dasselbe, was für den Trachtler gilt: Vielleicht hat er etwas mit dem Fall zu tun, vielleicht auch nicht. Tolles Ergebnis!«

»Vielleicht hat der Trachtler etwas mit dem Turnbeutel zu tun. Ersterer hat sich oben auf dem Dach herumgetrieben, genau an der Stelle, an der der Beutel hing. Kann aber auch Zufall sein.«

»Sonst noch was zu den Schuhen?«

»Wir haben die Fingerabdrücke und die DNA überprüft«, sagte Becker. »Keiner von denen, die im Kursaal zu tun haben, hat diesen Turnbeutel in der Hand gehabt.«

Jennerwein spreizte Daumen und Zeigefinger, betrachtete sie nachdenklich und rieb sich dann damit beide Schläfen.

Von allen Angestellten und Mitarbeitern des Hauses, von der Leiterin bis hin zu Garderobiere, aber auch von Pe Feyninger und ein paar anderen Künstlern waren Fingerabdrücke und DNA-Proben genommen worden, routinemäßig und auf freiwilliger Basis. Es hatte sich herausgestellt, dass niemand von diesem Personenkreis oben im Speicher gewesen war, auch nicht Hausmeister Schmidinger.

»Da bringen mich keine zehn Pferde rein«, hatte Schmidinger bei der Befragung gesagt.

»Sonderbar ist das aber schon, finden Sie nicht?«, hatte Jennerwein nachgebohrt, und sofort war in Schmidingers Augen wieder ein nervöses Flackern gekommen. »Ausgerechnet Sie als Hausmeister, der doch für alle Räume des Gebäudes verantwortlich ist, will diesen einen Raum in seiner ganzen Dienstzeit noch nie betreten haben?«

Dann hatte ihm Schmidinger erzählt, was dort oben gleich zu Beginn seiner Dienstzeit geschehen war, was er mitten im Speicher gesehen hatte – und Jennerwein hatte es akzeptiert.

»Ich weiß nicht«, sagte Stengele, »ob wir den Besitzer von diesem stinkigen Turnsäckele nicht auch suchen sollen. Vielleicht zunächst einmal mit einer Zeitungsnotiz –«

»Jessas, die Zeitung!«, rief Jennerwein. »Schauen Sie mal auf die Uhr. Es ist fünf nach sieben. Wir haben ja eine Pressekonferenz!«

Alle sprangen jetzt auf. Sie hatten sich in den letzten Minuten in herrlichen Assoziationen verstiegen, die Luft war dick und verbraucht von vagen Mutmaßungen und unhaltbaren Spekulationen.

»Also auf zur Pressekonferenz«, sagte Jennerwein. »Da wir keine brauchbare Theorie haben, würde ich vorschlagen, dass wir alles, was mit dem Hohlraum dort oben zu tun hat, zunächst mal außen vor lassen. Ab zwölf Meter Höhe beginnen die Spekulationen – bleiben wir auf dem Parkett der Tatsachen. Irgendein Bauchgefühl sagt mir, dass wir da etwas ganz Grundlegendes noch nicht wissen. Und bevor wir das nicht herausbekommen haben, lassen wir auch die Öffentlichkeit nicht mehr rumspekulieren als wirklich nötig –«

»Find ich auch«, nickte Stengele zustimmend. »Bevor wir nicht ganz genau wissen, was da oben geschehen ist, sprechen wir lieber davon, dass – ja, von was sprechen wir denn dann eigentlich?«

»Wir bieten gar keine Theorie an«, sagte Jennerwein kurz und bündig und öffnete die Tür des Besprechungszimmers. »Ich habe lieber morgen die Schlagzeile *Polizei tappt im Dunkeln,* als nächste Woche die Schlagzeile *Polizei war gewaltig auf dem Holzweg.* Wir bestätigen nur unbestreitbare Fakten.«

»An Fakten haben wir eigentlich bloß die Identität der beiden Opfer und dass einer auf den anderen draufgesprungen ist. Das ist wenig«, wandte Maria ein.

»Es gab Fälle, da hatte ich noch weniger. Da hatte ich gar nichts. Und die halbe Stunde ist trotzdem rumgegangen.«

Da die Journalisten keine Spekulationen bekamen, spekulierten sie selbst. Am Morgen des nächsten Tages wurden die ersten Zeitungen in die Vorgärten geworfen. *Knapp an der Katastrophe vorbei* wurde da getitelt, und, natürlich, *Polizei tappt im Dunkeln.* Jennerwein, der die Lokalzeitung bei seinem frühen Frühstück in einem Stehcafé las, musste lächeln, obwohl er als Morgenmuffel zu einer solch frühen Stunde nie lächelte. Er schnitt eine Semmel entzwei. Ein einsamer alter Mann hätte mit seinem Sprung vom Balkon *einem jungen Leben und einem schönen Konzert ein frühzeitiges Ende bereitet,* die Polizei, inkompetent und bockig, wie sie nun mal wäre, hätte zu den drängenden Fragen keine Antworten gewusst. Das Konzert würde wohl am kommenden Sonntag wiederholt werden.

Auf der ersten Seite war ein Foto abgedruckt, das der Fotograf, der gestern seinen Apparat wiederhaben wollte, gemacht hatte. Es war ein reißerischer Hingucker. Ein Mann war dort im Vordergrund zu sehen, ein junger Mann mit einem schwarzen Balken über den Augen, das Gesicht war dadurch unkenntlich gemacht worden, aber das gehörte wohl zur Komposition des Bildes, das Gesicht war nicht das Wichtigste. Die blutbeschmierten Hände waren das Wichtigste. Der Mann hielt die Hände so hoch, als wolle er dem Schicksal danken, dass er entkommen war. So lautete auch die Bildunterschrift:

ENTKOMMEN! Eines der Opfer wird soeben von Angehörigen der örtlichen Sanitätskolonne versorgt. Niemand an den zahlreichen Frühstückstischen des Kurortes kannte den Mann, nur irgendwo, auf der Dachterrasse einer Villa in Chefarztlage, murmelte eine leicht verwirrte Dame in einer Yves-Saint-Laurent-Hose etwas von *Schievelförde.* Eines musste aber auch Jennerwein zugeben: Dieses Bild war ein guter, künstlerisch wertvoller Schnappschuss. Jennerwein biss in seine Semmel und schlug die Zeitung zu. Er hatte genug gesehen, dachte er. Er hatte aber nicht genug gesehen. Er hatte eine kleine Frau ganz hinten im Bild übersehen. Sie stand vor der Garderobe und streckte ihre Arme aus. Jennerwein war sie nicht weiter aufgefallen, weil sie *keine* gelbe Windjacke trug.

27

KARL SWOBODA KAM als Erster in die Küche. Er war, wie viele Menschen mit außergesetzlichem Hintergrund, ein begeisterter Frühaufsteher (Fritz Haarmann stand nie nach sechs auf, Butch Cassidy ritt gerne nach Mitternacht noch zu manchem Raubüberfall weg, René Cardillac erstach seine Opfer vorzugsweise im Morgengrauen). Swoboda braute sich eine Kanne Kaffee, goss sich eine Tasse ein, setzte sich an den Küchentisch und trank einen kleinen, flüchtigen Schluck. Er stand wieder auf, streifte sich vorsichtig Küchenhandschuhe über und wischte den Tisch mit einem feuchten Tuch ab. Dann spülte er das Kaffeegeschirr, reinigte die Spülmittelflasche und wischte den Ausguss der Spüle sorgfältig mit einem Lappen aus. Zusätzlich säuberte er die Herdplatte, auf die er den Kaffeekocher gestellt hatte, und putzte alle Knöpfe, die er berührt hatte.

»Sakra, sakra!«, fluchte er.

Er kniete sich hin und wischte den Küchenboden mit einem in Essig getränkten Papiertuch auf. Ursel war im Morgenmantel heruntergekommen und beobachtete ihn.

»Guten Morgen, Swoboda. Sag mal, was machst denn du da?«

Er hielt inne und blickte zu ihr hoch.

»Guten Morgen, Ursel. Schau her, ich könnte jetzt den ganzen Vormittag wischen und putzen, es gäbe immer noch eine Spur, die zu mir führt.«

»Warum machst du es dann?«

»Es ist eine Konzentrationsübung. Sowas wie das Tai-Chi

der Gesetzlosen.« Er breitete den Putzlappen vorsichtig vor sich aus, faltete die Hände und verneigte sich. »Beseitige alle Spuren deines Tuns und erkenne, dass immer etwas bleiben wird, das zu dir führt. Sisyphos, Buch 8, Vers 9«, predigte Swoboda in seinem österreichischen Singsang.

Ignaz kam in die Küche und gähnte.

»Sisyphos, ist das der mit der Leber?«, fragte er.

»Dass du immer ans Essen denken musst. Nein, das ist nicht der mit der Leber. Das ist der mit dem Stein. Den er immer wieder hochrollen muss.«

»Warum eigentlich?«

»Als Strafe der Götter dafür, dass der Sisyphos den Thanatos, also den Tod, so gefesselt hat, dass niemand mehr sterben konnte.«

»Das wäre wirklich nicht gut für unser Kerngeschäft«, sagte Ursel. »Aber kannst du jetzt bitte mit der Wischerei aufhören!«

Ignaz setzte sich an den Küchentisch.

»Bist du schon wieder zurück von deinem Ausflug?«, sagte er leichthin zu Swoboda. »Wo warst du denn gestern?«

Ignaz und Ursel erwarteten keine Antwort auf diese Frage, Swoboda kam und ging, wie es ihm passte, er hatte immer noch Geschäfte nebenbei laufen, oder er verkleidete sich, um in Übung zu bleiben, wie er sagte. Oft machte er sich nebenbei auch bloß einen Spaß, wie es schien. Die drängendere Frage war aber eine ganz andere: Was stand heute in der Tageszeitung? Ignaz warf das Blatt auf den Küchentisch. Alle drei lasen abwechselnd den Lokalteil, aufgeregt wie Operndivas, die sich am Morgen nach der Premiere aufs Feuilleton stürzen. Nur dass Ursel, Ignaz und Swoboda im Gegensatz zu diesen darauf hofften, nichts von sich und ihren Aktivitäten zu lesen.

Es war etwas passiert im Konzertsaal, und dort am Küchentisch arbeiteten sechs Nebennieren auf Hochtouren, um die berauschendste aller Drogen zu produzieren: Adrenalin.

»Der Nervenkitzel ist unbezahlbar«, sagte Swoboda oft. »Wenn du die Verbrechen nur wegen des Geldes machst, brauchst du gar nicht erst anzufangen.«

»Da schaut her«, sagte Ignaz und deutete auf einen Zeitungsartikel, »die schreiben, dass es nur ein Sprung vom Balkon war. Wir hätten uns gar nicht so verrückt zu machen brauchen.«

»Trotzdem muss jemand den Stick holen. Sie haben den Stick noch nicht erwähnt, sie haben ihn also noch nicht gefunden. Aber ich kenne sie, die Kieberer. Sie werden die Suche ausdehnen. Sie geben keine Ruhe, bis nicht alle Formblätter verbraucht und Dienstvorschriften abgehakt sind.«

»Erstens wird er nicht entdeckt werden –«

»Bist du sicher? Die stellen doch das ganze Gebäude auf den Kopf.«

»Das glaub ich nicht. Was wollen die im Speicher, wenn da einer vom Balkon gesprungen ist?«

»Und selbst wenn der Stick entdeckt wird, können sie nichts damit anfangen.«

»Und zurzeit können wir den Stick ohnehin nicht rausholen. Da kommt ja niemand rein und niemand raus, solang die Polizei da ist. Es ist alles abgesperrt. Wir müssen warten, bis wieder Publikumsbetrieb ist.«

Ignaz Grasegger war stolz darauf, das Versteck als solches entdeckt zu haben. Das war vor ein paar Jahren, als sich der alte Schoirer Sepp im Speicher aufgehängt hatte. Der offene Dachstuhl des Konzertsaals war damals erst kurz vorher in den provisorischen Speicher verwandelt worden. Vom Vorraum im zweiten Stock konnte man durch ein Fenster hinunter in den Zuschauerraum sehen. Als der Dachstuhl abgehängt worden war, konnte man durch das Fenster immer noch in den Speicher sehen, und da war der Schoirer Sepp hineingestiegen mit seinem Strick und hatte sein Vorhaben ausgeführt. Wenn es so weit ist, kann man die Menschen in drei Gruppen aufteilen: Keller, Speicher, Weiterleben – und der Schoirer Sepp war eben ein Speichertyp. Es war herausgekommen, dass er entgegen früherer Behauptungen doch dabei gewesen war, als Mitglied der 1. Gebirgsdivision, anno 43, in Griechenland, bei Kephallonia, wo keine Gefangenen gemacht wurden. Das hatte ein pensionierter Geschichtslehrer und eifriger Heimatforscher, der ein bisschen herumstocherte in den ausgesprochen dunklen Jahren des Kurorts, herausgefunden, und kurz darauf war der Schoirer Sepp verschwunden. Der Hausmeister Peter Schmidinger hatte ihn damals gefunden, sauber aufgeknüpft mit einem Bergseil, das zu einem dreifachen Überhandknoten geknüpft war, dem sogenannten *Cappilini-Lahonte-Knoten*, nach dem gleichnamigen kanadischen Alpinistenduo. Es war das erste und letzte Mal, dass der Hausmeister Schmidinger dort oben im Speicher war.

Die Schoirer'schen Verwandten hatten vorher diskret herumgefragt, ob er denn irgendwo gesehen worden wäre, der lebensmüde ehemalige Gebirgsjäger. Sie waren auch schon einmal zum Beerdigungsinstitut Grasegger gegangen, hatten angedeutet, dass vielleicht ein jäher Bergtod zu erwarten wäre bei dem verachtenswerten Nazi, eine gewisse Herausforderung ans Institut, da solche Herabgefallenen dann trotzdem so aufzubahren waren, dass ein oberflächlicher, tränenvernebelter Betrachter an nichts Unnatürliches dachte. (So war der Oberstleutnant Kaschinger, dem damals der Fallschirm nicht aufgegangen ist, so liebevoll restauriert worden, dass man hätte meinen können, er macht nur ein Nickerchen. Mehr noch: Bei einem Wettbewerb des Bundes Bayrischer Bestatter und Bestatterinnen hatten die Graseggers damit einen zweiten Platz belegt.) Der alte Schoirer wurde also auf dem Speicher gefunden, in der Jackentasche steckte ein Zettel mit einigen Beschimpfungen und politisch nicht mehr tragbaren Behauptungen. Das Institut hatte hier seine übliche und überlieferte

Pflicht zu tun, der Sepp musste abgenommen, thanatopraktisch behandelt und aufgebahrt werden, aber dieser Speicher hatte das ganze Interesse von Ignaz erregt. Und so gingen Ursel und Ignaz das erste Mal in ihrem Leben ins Konzert.

»Ja, grüß Sie, Frau Grasegger, sind Sie auch da? Eine schöne Musik, finden Sie nicht! Man spürt förmlich, dass er lang hier im Ort gelebt hat. Die Zugspitze schwebt doch ein bisserl über allem.«

Es war ein Richard-Strauss-Abend, in den sie da geraten waren. Dieser Komponist hatte tatsächlich seine letzten Jahre hier verbracht, war 1949 hier gestorben, und man hatte den Eindruck, dass alle Zuhörer den Meister noch persönlich gekannt hatten. Der Altersdurchschnitt bei solchen Konzerten war deutlich höher als bei anderen Veranstaltungen, der Gesichtskreis der Besucher war durch diverse Zipperlein eingeschränkt, was wollte man mehr! Die meisten waren mit ihrer Alters-Myopie, Alters-Hypakusis und Abendunterzuckerung genug beschäftigt. Für irgendeine Art von Zeugenaussagen standen sie vermutlich kaum zur Verfügung.

»Jetzt komm einmal rauf und schau dir das an«, sagte Ignaz zu Ursel und löste sie aus einer Gruppe später Mädchen. Als sie dann oben im Vorraum waren, ahnte Ursel schon, worauf es hinauslief. Inzwischen war statt des nutzlos gewordenen Fensters eine Tür eingelassen worden, und Ignaz hatte sich gleich nach dem Einbau einen Vierkantschlüssel besorgt, den er jetzt aus der Tasche zog. In dieses obere Foyer verirrten sich keine blasenschwachen Besucher, zwei Stockwerke machten die Golden-Ager-Knochen nicht mehr mit. Ursel ging nochmals in die Damentoilette, um sich zu versichern, dass sich auch dort keine Störerinnen befanden. Dann öffnete Ignaz die Speichertür vorsichtig mit dem Vierkantschlüssel, und beide spähten hinein. Ein Rest von Dämmerlicht erhellte die Szenerie. Sie sahen auf den ersten Blick, dass hier nichts gelagert wurde, dass der Boden so staubig und unberührt war wie die Sierra Nevada. Und sie erkannten, dass sie wohl keinen idealeren Platz mehr finden würden. Dann hörten sie Schritte die Treppe heraufkommen. Sie schlossen die Tür wieder und taten so, als wären sie damit beschäftigt, noch ein wenig in der Handtasche herumzukramen.

»Hast du jetzt den Hausschlüssel eingesteckt?«

»Ich hab doch gesagt, tu ihn in die Handtasche.«

»Grüß Gott, Herr Grasegger. Grüß Gott, Frau Grasegger.« Das war der Sohn des Hausmeisterehepaares.

»Grüß dich, Pauli. Hörst du dir auch Richard Strauss an?«

»Tut mir leid, aber das ist nicht so ganz mein Geschmack.«

Pauli Schmidinger schnitt eine Grimasse und verschwand in der Wohnung.

28

IM MONDKALENDER STAND heute (neben Huf, Horn- und Klauenpflege, Schädlingsbekämpfung, viel trinken) *Guter Tag, den Partner zu verwöhnen,* und so verließ Frau Silbermiller das Haus, um frische Semmeln für sich und Herrn Silbermiller zu holen. Als sie durch den Vorgarten ging und zurückschaute, erhoben sich gerade zwei Täubchen vom Dach und flogen weg. Die Täubchen hießen Glück und Zufriedenheit. Gleichzeitig begann sich eine Schar Krähen auf dem Dach niederzulassen. Die Krähen hießen Zwietracht, Neid, Eifersucht, Hass, Mordlust, Zorn, Wut, Verzweiflung, Missgunst, Enttäuschung, Schmerz, Depression, Neid, Abscheu, Ekel, Angst, Trauer, Leere, Schrecken, Entsetzen, Gram, Furcht, Gier, Abschied – und wie sie sonst noch hießen. Am Himmel zeigte sich kein Wölkchen, ein paar Bergzacken blitzten und funkelten zu einer halbherzigen und vorläufigen Morgenröte. Frau Silbermiller hatte kein Auge dafür. Sie war aufgewacht, und die Sorge hatte sie sofort umgeben wie klebriger Brei. Herr Silbermiller hatte noch etwas gemurmelt, etwas wie *mittelbare Täterschaft! Wir plädieren auf mittelbare Täterschaft!,* dann hatte sie das warme Bett verlassen, war schnell in ein paar Sportklamotten geschlüpft und hinausgegangen.

Sie verfiel jetzt in einen leichten Trab und lief das Loisachtal entlang. Wenn man den Prospekten des Fremdenverkehrsamtes glauben wollte, war hier Hannibal mit seinen Elefanten durchgekommen, um zu seiner Alpenüberquerung anzusetzen. Dann hatte Hannibal Rast gemacht und neue Kräfte geschöpft, sozusagen als erster Kurgast. *(Der ganze Wank war übersät mit Dickhäutern* hieß es in einer Broschüre stolz.) Als es jedoch galt, weiterzuziehen, sei ein kleiner Teil seines Heeres einfach dageblieben, hätte sich hier angesiedelt, und einige der Einwohner des Kurortes bildeten sich wegen dieser Geschichte ein, auf karthagische, nubische oder abessinische Wurzeln zurückgreifen zu können. War sie, die bekümmerte Semmelholerin, etwa die Nachfahrin einer punischen Prinzessin? Der Gedanke daran beschwingte ihre Schritte, und so verließ sie die Bäckerei und eilte heimwärts, mit einer Zeitung und vier warmen Jogging-Semmeln, wie sie Herr Silbermiller so sehr mochte.

Als sie wieder im Vorgarten war, hatte sich eine besonders fette Krähe mit dem Namen Scheidung aufs Dach gesetzt.

»Kscht! Kscht!«, machte Frau Silbermiller, und die Krähe suchte vorerst das Weite. Als sie ins Frühstückszimmer trat, saß Herr Silbermiller schon am Tisch. *Guter Tag, den Partner zu verwöhnen* hatte im Mondkalender gestanden, darum hatte Herr Silbermiller, der noch drahtig zu nennen war, inzwischen Eier gekocht, solche, die genau zwei Minuten und zwanzig Sekunden im sprudelnden Wasser zu liegen hatten. Er hatte darüber hinaus draußen im Garten ein paar Blumen ausgerupft und in eine Vase gestopft. Er hatte auch die Zeitung aus dem Briefschlitz genommen und sie nach flüchtigem Durchblättern in den Zeitungsständer geworfen, er hatte keine Zeit, sie zu lesen. Zwei Tote im Konzertsaal, schlimm, schlimm, aber das wollte er sich dann abends genauer ansehen, wenn er von den gut laufenden Geschäften wieder zurückkam. Heute musste er ins Amtsgericht, um diesem Richter einiges entgegenzuschleudern. Und darum ging Herr RA Silbermiller jetzt zur Arbeit, mochte im Mondkalender stehen, was wollte, er konnte doch die gut laufende Rechtsanwaltspraxis, die überlaufenste im Ort, nicht vernachlässigen.

»Mittelbare Täterschaft!«, rief Herr Silbermiller, als er durch den Vorgarten schritt, schon einmal übungshalber, und seine Gestik war weit ausladend und überhaupt großartig.

Frau Silbermiller hatte die Zeitung beim Rückweg von der Bäckerei schon überflogen, sie hatte sich dort eine gekauft. Zitternd hatte sie den Lokalteil aufgeschlagen, ihre Wangen hatten sich gerötet, doch nach und nach, mit jedem Absatz war ihr Atem ruhiger geworden. Jetzt las sie die Zeitung nochmals Zeile für Zeile. Die wussten gar nichts. Aber rein gar nichts. Die lagen mit ihren Vermutungen vollkommen daneben! Der Aufruf an sie, sich zu melden, zeigte ja gerade, dass sie vollkommen sicher war. Sie weinte vor Erleichterung. Doch dann sah sie sich das Foto nochmals an, das Foto, das einen jungen Mann mit blutigen Händen zeigte. Als sie die Figur im Hintergrund genauer betrachtete, standen ihr die Haare zu Berge.

29

SWOBODA RISS ein Blatt des Mondkalenders ab.

»So ein Schmarrn, da horchts her: *Guter Tag, den Partner zu verwöhnen.* Wann gibt es denn endlich den Mondkalender für Outlaws und andere randständige Persönlichkeiten?«

»Und was soll dann da drinstehen in so einem randständigen Mondkalender?«

»Guter Tag, die Beute zu teilen. Pläne für Banküberfälle machen. Im abnehmenden Mond Waffen reinigen. Ungünstig: Hehlerei und Geldwäsche. Und als Spruch des Tages: Auch verwischte Spuren sind Spuren.«

Das Trio saß immer noch um den Küchentisch, auf dem einige zerfledderte Zeitungsteile lagen.

»Vielleicht«, sagte Ursel nachdenklich, »wäre es doch besser gewesen, wenn wir uns den *Felsenkrokodilen* angeschlossen hätten. Dann kämen wir jetzt ungehindert in den Konzertsaal.«

Damals, nachdem Ignaz den passenden Vierkantschlüssel erworben hatte, wurde ganz ernsthaft erwogen, sich dieser örtlichen Laientheatertruppe anzuschließen, die ab und zu auf der Bühne des Konzertsaals spielte. Das Vorhaben scheiterte zum einen an der mangelhaften schauspielerischen Begabung der beiden, auch wäre eine solche öffentliche Präsenz hinderlich gewesen – denn der Bestatter gleich welchen Legalitätsgrades, lebt von der Aura der Zurückhaltung, die ihn umgibt. Schließlich wurde die unauffälligste Variante gewählt, nämlich die, zwei Abonnements zu erwerben und alle paar Monate eine Vorstellung, ein Konzert oder einen Vortrag zu besuchen, um so die Datenträger diskret aktualisieren zu können. Die Daten waren natürlich verschlüsselt, und zur Verschlüsselung waren weitere Mitglieder der Familie Grasegger herangezogen worden.

Die vierzehnjährige Lisa und der einundzwanzigjährige Philipp hatten eines gemeinsam: Sie waren Computerfreaks reinsten Wassers. Immer, wenn die Sprösslinge Sommerferien hatten, radelte man zuerst einmal hinauf zum Riessersee, um dort, bestückt mit etwa zweitausend belegten Broten, zu baden. Es war ein Familienausflug, der vier Generationen zurückverfolgt werden konnte. Schon Korbinian Grasegger (1840-1899), der Urgroßvater von Ignaz, hatte –

»Sag einmal, Lisa«, fragte Ursel, »ich hätte da mal eine Computerfrage.«

»Auweia!«, schrien die beiden und wälzten sich am Boden.

»Undankbare Bagage!«, rief Ursel.

»Auweia! Die Altvorderen haben eine Computerfrage! Da müssen wir ja gaaanz von vorn anfangen. Da müssen wir ja bei Adam und Eva anfangen. Also gut, dann schießt mal los.«

»Nur mal angenommen: Wir haben ein Foto, ein digitales Foto, das wir irgendwo abgespeichert haben und das wir jetzt verschlüsseln wollen. Geht das?«

»So, dass es für einen anderen nicht mehr rekonstruierbar ist?«

»Genau so.«

»Nichts leichter als das«, sagte Philipp, holte seine Badelektüre *»Java Foundation Classes in a Nutshell«*, die Bibel der Entwickler von David Flanagan, aus der Tasche und zeichnete auf die Umschlagseite ein paar Zahlenreihen, die nur aus zwei Ziffern bestanden:

1100 1001 1110 1011 1001 1010 1101 0001 0100 1011 1101
1010 1111 1001 1010 0101 0001 1010 1011 1101 1110 0101

0101 0110 1001 0001 1110 1011 1101 1110 1001 0001 1110
1001 0001 1110 1111 1001 1010 0101 0001 0110 1111 1001

»Ja, hör auf, wir haben schon verstanden: Das ist ein binärer Code«, sagte Ignaz.

»Genau, und da alles, was im Inneren des Rechners abläuft, auf diese beiden Zeichen zu reduzieren ist, ist auch ein Foto durch Heerscharen solcher Nibbles darstellbar.«

»Ja«, stimmte Lisa ein. »0 bedeutet hell, 1 bedeutet dunkel. Das ist allerdings jetzt etwas vereinfacht ausgedrückt –«

»Aber für prädigitale Eltern muss es genügen«, ergänzte Philipp.

»Wenn ich aber jetzt aus den Millionen von Einsen und Nullen nur ein paar herausnehme und woanders wieder einsetze, ist das ganze Foto Matsch. Dann kannst du nichts mehr erkennen, du hast überhaupt keine Chance, es wiederherzustellen. Du weißt nicht einmal, dass es ein Foto ist.«

»Ihr nehmt«, fuhr Lisa fort, »zum Beispiel auf Position 170359 (das ist Vaters Geburtstag) zehn Ziffern weg und setzt den ganzen Ziffernblock auf Position 181263 (das ist Mutters Geburtstag), danach kann kein Rechenprogramm der Welt, kein noch so guter Hacker dieses Foto rekonstruieren – außer vielleicht, wenn er weiß, dass die Daten von euch stammen.«

Das war genau das, was Ursel und Ignaz wollten. Sie bekamen an diesem Tag (und die ganze Nacht über) noch einen Grundkurs in Informatik und Kryptologie, im Morgengrauen hatten sie sogar *Kerckhoffs' Prinzip* der narrensicheren Datenverwandlung verstanden. Am Ende des Grundkurses beherrschten sie die Kunst, noch so schöne Bilder in öde Zahlenreihen zu verwandeln und umgekehrt.

»Dafür sagt ihr uns jetzt, für welchen abgrundtief geheimnisvollen Zweck ihr ausgerechnet die Verschlüsselung von Fotos braucht.«

»Reines Interesse.«

»Ha, ha!«

Lisa und Philipp wälzten sich wieder auf dem Boden. Die Eltern lenkten den Verdacht auf Nacktfotos, Swingerpartys und abartige Sexualpraktiken (wie das urtümliche und nur im Werdenfelser Land nachgewiesene *gagatzen*), Lisa und Philipp glaubten ihnen nicht so recht.

DA DATENTRÄGER immer kleiner, unauffälliger und unzerstörbarer geworden waren, hatten sie Eingang in das kriminelle Tagesgeschäft gefunden. Am Anfang der Geschichte der Informationsträger, vor undenklichen Zeiten, vor zwanzig Jahren, als draußen noch Dinosaurier vorbeitrabten und der Archaeopteryx sich in die Lüfte erhob, gab es noch die Floppy Disk, die pizzaschachtelgroße 8-Zoll-Scheibe – jetzt hielten die Graseggers und Swoboda einen daumengroßen USB-Stick in der Hand.

»Und wo soll der jetzt hin?«

»Es gibt vier große Dachquerstreben, deren Oberseite sich ein bisschen über Griffhöhe befindet. Wenn man sich auf die Zehenspitzen stellt, kann man was ablegen. Also: In die Oberkante des Balkens eine Vertiefung schneiden, den Datenträger versenken und das Ganze mit einem Holzstückchen wieder abschließen.«

»Kann man beim Kinderfasching machen, ja«, sagte Swoboda zum Vorschlag von Ignaz. »Beim ersten Entlangstreichen oben würde man die Unregelmäßigkeiten schon spüren. Und ein guter Materialklopfer, ein Auskultator, der mit Messinghammer und Stethoskop bewaffnet ist, hört schnell raus, dass da oben ein Hohlraum ist.«

»Solche Klopfer gibt es?«

»Ich war selber einmal einer«, sagte Karl Swoboda und grinste.

Ursel machte den nächsten Vorschlag.

»Zwischen dem Boden und der Decke des Konzertsaals gibt es einen Hohlraum. Da könnte man doch was reinkleben oder reinhängen.«

»Ja, das wäre schon ein besseres Versteck. Aber hier müsste man ein Brett abheben und danach wieder annageln. Das ist aufwändig und auffällig.«

»Wie sieht es außerhalb des Speichers aus, auf dem Dach?«

»Da wird man halt gesehen, wenn man rausklettert. Deshalb haben wir ja den Speicher genommen, um nicht gesehen zu werden.«

»Ein Sackerl raushängen? Das Sackerl an einem Strick rauslassen?«

»Auch das ist mir zu naheliegend.«

»Apropos naheliegend: Den Stick einfach in eine Ecke legen? So ganz und gar offensichtlich, sozusagen als Edgar Allan Poe'sche Variante? Außer uns geht ja da niemand rein.«

»Darauf würde ich mich nicht verlassen.«

»Ja, was denn nun?«

»Mir schwebt da etwas anderes vor«, hatte Swoboda damals listig gesagt. »Aber etwas ganz anderes.«

30

»An der Längswand des Speichers ist in Kniehöhe ein kleiner Mauerdurchbruch zu finden. Er fällt deswegen nicht auf, auch auf den zweiten Blick nicht, weil er eben *nicht* nachträglich vorgenommen wurde. Das Loch ist mit einer Plastikkappe verschlossen, darauf steht *Elektroverteiler IV/7*. Kein Mensch kommt auf die Idee, da weiter nachzuforschen, außer vielleicht ein Elektriker, aber dem müsste schon sehr langweilig sein. Ein kurzer Blick in den Elektroplan des Konzerthauses genügt allerdings, um zu sehen, dass hier überhaupt keine Leitungen verlegt worden sind. Wenn man den Deckel abnimmt, sieht man, dass ein kleiner Schacht nach außen läuft. Der Schacht war für die Installation einer Dachrinnenheizung vorgesehen, die ist aber schon woanders installiert worden. So läuft der Schacht ohne Kabelfüllung nach außen, draußen gibt es eine kleine Mulde, eine Ablage, unter der Dachrinne, völlig im Freien, aber regengeschützt, und genau dort haben wir einen USB-Stick gefunden.«

Hansjochen Becker deutete mit dem Stift auf die Skizze, die er gezeichnet hatte, und sah sich in der Runde um. Die anwesenden Beamten deuteten ein respektvolles Beifallsklatschen an.

»Sauber gearbeitet, Herr Becker!«, sagte Hölleisen. »Aber wo ist der Stick jetzt?«

»Der Stick, genauer gesagt der Inhalt des Sticks ist schon in Wiesbaden. Dort filzen ihn die Kollegen von der Abteilung

Bits/Bites/Cheeseburgers gerade«, sagte Becker. »Aber ich muss schon sagen: Dieses Versteck ist wirklich eines der raffiniertesten, das ich je ausgehoben habe. Wir hätten es um ein Haar übersehen. Ich tippe auf einen Profi.«

Becker verneigte sich vor einem unbekannten Gegner. »Er steht zwar auf der anderen Seite, aber trotzdem: Chapeau!«

»Macht das so einem Datenträger nichts aus, wenn er draußen im Freien liegt?«, fragte Stengele, der Archaeopteryx im Team.

»Nein«, sagte Becker. »Diese Daten rosten nicht, wenn Sie das meinen. Die Firma, die den Stick herstellt, garantiert, dass man ihn ohne Schaden ins Kaminfeuer oder ins Aquarium werfen kann. Das Versteck da draußen hat auch noch den großen Vorteil, dass viele Spuren von der Witterung davongetragen werden. Ich hätte ehrlich gesagt auch nicht mit einem USB-Stick gerechnet, ich hätte eher darauf getippt, dass wir da Drogen finden. Ein Polizeihund hätte keine Chance, die von innen zu erschnüffeln. Und aufs Dach geht er nicht. Da bräuchten wir dann eher eine Drogenkatze.«

Jennerwein rieb sich die Schläfen. Wenn er das tat, wurde er noch unauffälliger und blasser als sonst.

»Ich bin mir eigentlich ziemlich sicher«, sagte er, »dass der Stick uns darüber aufklären wird, was hier oben los war.«

Jennerwein kam damit der Wahrheit ganz nahe. Es war allerdings eine andere Wahrheit, als er dachte.

Beckers Telefon klingelte. Nachdem er aufgelegt hatte, machte er es wieder unglaublich spannend. Er ließ eine halbe Minute verstreichen, lehnte sich zurück, zupfte am Knoten seiner Krawatte, ordnete seine Papiere und machte Anstalten, seine Lesebrille zu reinigen.

»Und?«

»Ach so, ja. Wir wissen jetzt, was auf dem Stick drauf ist.«

»Ja?«

»Nichts.«

»Nichts?«

»Vielleicht sogar noch schlimmer als nichts: Schrott, Müll, Schwampf, ein bedeutungsloser Zeichensalat. Ein Schuttberg aus Einsen und Nullen.«

»Und man kann nicht einmal sagen, was es ist?«

»Es kann alles sein. Texte, Bilder, Audiodateien, Videos.«

»Aber können Ihre Spezialisten nicht –«

»Das tun sie gerade. Aber ich kann Ihnen hier nicht viel Hoffnungen machen. Dieser Zeichensalat ist höchstwahrscheinlich nicht entschlüsselbar. Haben Sie schon etwas vom *Kerckhoffs'schen Prinzip* gehört? Ich fasse es kurz zusammen. Ich habe eine verschlüsselte Datenmenge. Wenn man nun den Schlüssel inmitten der Datenmenge versteckt, kann man ihn über kurz oder lang wieder herausfischen. Nimmt aber jemand den Schlüssel sozusagen mit, müssen wir denjenigen finden, der den Schlüssel hat. So betrüblich es klingen mag: Der USB-Stick ist ohne seinen Besitzer vermutlich wertlos. Und ich glaube nicht, dass der Besitzer es riskieren wird, in den Speicher zu spazieren und ihn zu holen. Nach all dem, was geschehen ist.«

»Und es gibt keine Chance?«

»Eine Chance gibt es immer, aber in diesem Fall ist sie ausgesprochen klein.«

»Könnte der Datenmüll selbst die Nachricht sein?«, fragte Nicole.

»Ja, daran habe ich auch schon gedacht«, sagte Jennerwein. »Das wäre dann eine Nachricht für uns, eine Nachricht mit der Botschaft: Seht her, mehr an Informationen werdet ihr nicht von uns bekommen – stellt eure Ermittlungen ein, wechselt eure Berufe, macht eine Hardrockband auf, aber forscht hier nicht weiter nach!«

Eine nutzlose Datenmenge. Drei Fläschchen Haushaltsmittel. Ein verwitterter Turnbeutel, eine schadhafte Deckenkonstruktion und ein launiger Trachtler, der vermutlich gar nichts mit dem Fall zu tun hatte. Nicht zu vergessen die beiden Toten, denen das Leben keine Hauptrollen zugewiesen hatte. Nichts passte zusammen, und der unbrauchbare Datenträger schien geradezu ein Symbol für ihre bisherigen Bemühungen zu sein, die ins Leere gegangen waren. Jennerwein hatte das Gefühl, am Ende der Fahnenstange angekommen zu sein. Und dann war da auch noch die Zeugin, die sich wohl nicht mehr melden würde. Hier sollte sich Jennerwein allerdings irren, sie war gerade auf dem Weg zu ihm.

Sein Team erwartete trotzdem eine klare Ansage von Jennerwein.

»Wie lange«, fragte er Becker, »werden die Kryptologen brauchen, um ganz sicher zu sein, dass dem USB-Stick keine Geheimnisse mehr zu entlocken sind?«

»Moment, da muss ich Joe fragen.«

Becker führte den Systemanalytiker herein, und an dessen äußerem Erscheinungsbild fehlte nun wirklich kein Klischee, das man sich von einem Computerfreak gemeinhin macht. Joe war übergewichtig, pickelig, hatte schlechte Zähne und ausgetretene Turnschuhe, auf seinen Jeans waren die Reste des heutigen Frühstücks zu sehen, in seiner hinteren Gesäßtasche steckte eine zusammengerollte Computerzeitschrift. Seine Backen wölbten sich nach vorn, er hatte sich draußen wohl noch schnell eine der lipophilen Köstlichkeiten der Fastfood-Kultur in den Mund gesteckt.

»Joe, wie lange brauchen die Wiesbadener noch?«

»Etwa drei Stunden.«

Jennerwein sah auf die Uhr.

»Meine Herrschaften, dann machen Sie bitte in dieser Zeit Ihre Berichte und den anderen Schreibkram fertig, ich selbst fahre ins Präsidium – zum Chef und zur zuständigen Staatsanwältin. Ach, jetzt fällt's mir ein, das habe ich ganz vergessen: Beide lassen Sie alle schön grüßen. Sie entschuldigen sich, dass sie nicht persönlich vorbeigekommen sind, aber sie stecken alle beide so in Arbeit –«

– dass es wohl nicht lohnt, sich wegen eines kleinen, unbedeutenden Vorfalls in die Provinz zu bemühen, ergänzte der eine oder andere am Tisch im Kopf. Niemand sprach es jedoch aus.

»Unter fünf Toten machen's die Münchner nicht«, flüsterte Hölleisen Ostler zu.

»Und wieso gerade eine Hardrockband?«, murmelte irgendwer, mehr für sich.

»Dann würde ich sagen, wir treffen uns hier wieder gegen 13 Uhr.«

»Soll ich Sie fahren?«, fragte Maria. »Ich habe meinen Papierkram schon erledigt.«

»Danke, aber ich nehme den Zug. Ich will nachdenken.«

Im Münchner Präsidium stellte er seinen beiden Weisungsbefugten den Fall kurz vor.

»Ja, der Bürgermeister hat mich auch schon angerufen«, sagte sein Chef, Polizeioberrat Dr. Rosenberger. »Er versucht ein wenig Druck zu machen. Das Ganze ist natürlich für einen Fremdenverkehrsort keine Werbung, wenn im Kongresszentrum solche Dinge geschehen. Er drängt auf rasche Aufklärung und will, dass der Kursaal so schnell wie möglich wieder geöffnet wird.«

»Sind Sie überzeugt davon, dass ein Fremdverschulden im Spiel ist?«, fragte die Staatsanwältin.

»Ja«, antwortete Jennerwein, »ich rieche ein Gewaltdelikt. Ich weiß bloß noch nicht, woher der Geruch kommt.«

»Ewig können Sie diesen Schnupperkurs nicht fortsetzen, Jennerwein. Wir haben zurzeit eine Riesenliste mit unaufgeklärten Gewaltdelikten –«

»Ja, ich verstehe. Ich tue, was ich kann.«

»Machen Sie Druck.«

Jennerwein kramte den Stapel mit den bisherigen Berichten aus der Tasche und überreichte ihn der Staatsanwältin.

»Für Sie, Frau Staatsanwältin, fallen noch einige pikante baurechtliche Details ab. Die entnehmen Sie den Akten.«

»Das befürchte ich auch. Das wird dem Bürgermeister gar nicht gefallen. Ist es nötig, das ganze Gebäude sperren zu lassen?«

»Nein, die Decke wird schon nicht herunterbrechen. Es sollte halt niemand rauf auf den Speicher gehen.«

»Dann stellen Sie eine Wache dort oben ab. Veranlassen Sie das bitte.«

31

ALS JENNERWEIN WIEDER in den Zug stieg, um ins Südliche zu fahren, ging auf der Dienststelle im Werdenfelser Land ein Anruf ein.

»Kriminalpolizeistation Münchner Straße, Franz Hölleisen.«

»Ich habe eine Zeugenaussage zu machen.«

»Dann darf ich um Ihren Namen bitten.«

Die Dame am anderen Ende der Leitung atmete, wie es Hölleisen schien, unschlüssig. Dann sagte sie:

»Ich will den leitenden Kommissar sprechen.«

»Ich brauche trotzdem zuerst Ihren Namen.«

Sie seufzte und buchstabierte den Namen, und sie buchstabierte die Straße, in der sie wohnte. Sie erklärte Hölleisen, dass die waagerechte Schlangenlinie über dem a von Conceição eine sogenannte Tilde sei, die auf einer deutschen Tastatur nicht zu finden sei. Er könne das ã aber unter Einfügen – Sonderzeichen finden.

»Wie, Einfügen – Sonderzeichen?«

»Oben in der Menüleiste.«

»Fräulein, ich habe hier eine uralte mechanische Büroschreibmaschine vor mir, bei der zu allem Überfluss auch noch das kleine ö im Eimer ist. Und ich heiße nebenbei gesagt Hölleisen. Also kommen Sie mir nicht noch einmal mit der Menüleiste.«

»Kann ich jetzt den leitenden Kommissar sprechen?«

»In welcher Sache?«

»In der Sache, die vergangenen Sonntag im Konzertsaal passiert ist.«

»Der Herr Hauptkommissar Jennerwein ist momentan nicht im Haus.«

»Können Sie mir seine Mobilfunknummer –?«

»Die kann ich Ihnen leider nicht geben.«

»Wann wird er wieder da sein?«

»Moment, sein Zug kommt um 12.05 Uhr hier an – hören Sie mich? – Er wird ab halb ein Uhr wieder hier in der Dienststelle sein. Hallo? Hallo Fräulein!«

Doch die Dame am anderen Ende der Leitung hatte schon aufgelegt. So etwas kam mehrmals am Tag vor, und Hölleisen dachte sich nichts weiter dabei.

Als Jennerwein dann um 12.05 Uhr aus dem Zug stieg, wartete schon eine kleine, kompakte Dame auf ihn. Und sie hieß alles andere als Conceição. Er beachtete sie nicht weiter und machte sich auf den Weg in Richtung Dienststelle. Da er nicht gewohnt war, dass ihn jemand verfolgte, hatte er auch nicht das berühmte und oft beschriebene *unbestimmte Gefühl, dass ihn jemand verfolgte.* Er hatte gar kein Gefühl – wenn es so etwas überhaupt gibt. Als er dann in eine Seitenstraße einbog, erschrak er heftig, als er eine Stimme hinter sich hörte.

»Bitte, Herr Jennerwein, drehen Sie sich nicht um.«

Sein erster Impuls war, sich umzudrehen, er ließ es dann doch. Seine Hand zuckte kurz in Richtung seines Schulterholsters, auch hier hielt er inne, seine Dienstwaffe war ohnehin nicht geladen, schon seit einem halben Jahr nicht mehr. Die Stimme der Frau klang aufgeregt. Das war nicht die coole Stimme einer international gesuchten Top-Terroristin. So blieb er einfach auf der Straße stehen.

»Warum soll ich mich nicht umdrehen? Sind Sie bewaffnet?«

»Bewaffnet? Wieso? – Äh, ja, vielleicht.«

»Wissen Sie, dass Sie mit dem *Äh, ja vielleicht* schon ein paar

Jährchen Knast riskieren, wenn der Staatsanwalt wenig Humor hat? Sie bedrohen damit einen Staatsbeamten –«

»Ich bedrohe Sie ja gar nicht.«

»Aber Sie sind – *Äh, ja vielleicht* – bewaffnet. Die Tatsache, dass Sie das vor einem Polizisten erwähnen, entspricht dem Tatbestand des Widerstandes gegen Vollstreckungsbeamte.«

Bayrisches Polizeiaufgabengesetz, Abschnitt Zwang, Artikel 66, hätte er fast hinzugefügt.

»Ich bin nicht bewaffnet«, sagte die Stimme hinter ihm.

»Dann kann ich mich ja umdrehen.«

»Nein, bitte, drehen Sie sich nicht um, sonst sage ich gar nichts mehr.«

Sie standen hintereinander da und schwiegen eine Weile, der große Unauffällige und die kleine Kompakte.

»Wir beide bieten sicher ein ausgesprochen lächerliches Bild, wenn man uns so sieht. Machen wir es kurz. Sagen Sie mir bitte, was Sie wollen.«

»Ich möchte eine Aussage machen. Eine Aussage zum Vorfall im Konzerthaus. Ich möchte aber anonym bleiben.«

»Sie wissen vielleicht aus Film, Funk und Fernsehen, dass das nicht möglich ist. Für eine Zeugenaussage brauche ich einen leibhaftigen Zeugen, mit Namen, Adresse und allem, was dazugehört. Am liebsten hätte ich auch noch ein Gesicht von dem Zeugen und deshalb –«

»Halt! Drehen Sie sich nicht um. Ich habe hier in der Hand –«

Jennerwein drehte sich um, die Frau hatte nichts in der Hand. Es war eine kleine, kompakte Frau mit Stupsnase und Sommersprossen. Ihre Stimme hatte gefährlicher geklungen. Er trat einen Schritt zurück. Er stellte sie sich mit ins Gesicht gezogenem Berghut und in Tracht vor. Die Größe kam ungefähr hin.

»Wissen Sie was, wir setzen uns jetzt auf diese Bank, und dann erzählen Sie mir Ihre Geschichte. Wenn es nichts von Bedeutung ist, vergessen wir die Dienstvorschriften, und unsere Wege trennen sich, namenlos und ohne Folgen.«

»Gut, einverstanden.«

»Und Sie versprechen mir auch, dass Sie so etwas nicht mehr machen. Ich kenne Kollegen, die greifen da zur Waffe.«

»Ich habe mich auch schon gewundert, dass Sie mich nicht erschossen haben.«

Die Frau wirkte jetzt ruhiger und entspannter. Er wies auf eine der vielen Parkbänke. Sie setzten sich. Sie hatte Vertrauen zu ihm gefasst und kam gleich zur Sache.

»Ich war in dem Konzert am Sonntag. Ich bin die Begleiterin, die Sie suchen.«

»Gretel!«, entfuhr es Jennerwein.

»Wie bitte?«

»Gretel. Wir mussten Ihnen ja irgendeinen Namen geben.«

»Sie haben mich Gretel genannt? Wie scheußlich!«

»In der Eile haben wir nichts Besseres gefunden. Jetzt aber zur Sache. Warum haben Sie sich nicht früher gemeldet?«

»Hören Sie, ich habe nichts verbrochen. Ich will nur anonym bleiben.«

»Sie kennen das Spielchen sicherlich: Wenn Sie nichts verbrochen haben, dann können Sie doch auch –«

»Ich bin – ähem – verheiratet, ziemlich gut verheiratet. Und günstig verheiratet. Sie verstehen, was ich meine.«

»Nein, das verstehe ich nicht«, sagte Jennerwein schroffer, als er es gewollt hatte. »Ich bin nämlich *nicht* verheiratet. Und zwar genau deswegen, um solche Vorfälle zu vermeiden.«

»Ja, schön für Sie. Ich aber bin halt nun mal verheiratet und mit Ingo ausgegangen. So was kommt vor, davon haben Sie doch sicher schon gehört, obwohl Sie nicht –«

»Ihr Mann wusste also nichts davon«, unterbrach Jennerwein, »dass Sie mit Ingo Stoffregen ins Konzert gegangen sind.«

»So ist es.« Jetzt schwieg sie lange.

»Wären wir doch nur um den Eibsee gelaufen, wie er es vorgeschlagen hatte! Das hatten wir ursprünglich vor. Aber dann habe ich ihn gedrängt, ins Konzert zu gehen. Er würde jetzt noch leben, wenn wir um den Eibsee gelaufen wären.«

»Vermutlich, ja.«

»Bin ich aber jetzt schuld an seinem Tod? Bin ich doch nicht, oder? Er ist doch selbst schuld. Er würde noch leben, wenn er zum Beispiel gewartet hätte.«

Würde, würde, würde. Jennerwein missfielen Zeugen, die philosophierten.

»Weiter.«

»Das Konzert hatte jedenfalls schon begonnen. Der Türschließer ließ uns in den Saal, wir standen eine Weile blöd im Gang rum. Er stand genau hinter mir. Die Pianistin hatte schon begonnen. Der Türschließer sagte plötzlich etwas wie *Nein! Nicht schon wieder! Verflixt nochmal!* oder so ähnlich, ganz genau hab ich es nicht verstanden, es war allertiefster sächsischer Dialekt. Ich blickte nach hinten, der Türschließer verließ kopfschüttelnd und leise fluchend den Saal. An der Tür aber drehte er sich nochmals um und schaute über mich drüber, gut, da gehört nicht viel dazu, aber er schüttelte dazu den Kopf und machte ein Geräusch wie *Tz tz* oder so ähnlich.«

»Dann ging er aus dem Saal?«

»Ja. Ich wollte natürlich wissen, was er da oben gesehen hatte. Ich schaute rauf. Da oben ragte eine lose Stange aus der Decke, die sich langsam drehte. Zuerst dachte ich, das wäre irgendein schwenkbarer Beleuchtungsarm, der sich gelockert hat und den der Türschließer wieder festschrauben will. Aber dann schaute ich genauer hin. Es war ein Gewehr.«

Jennerwein verschlug es die Sprache.

»Habe ich Sie richtig verstanden? Sie haben da oben ein Gewehr gesehen?«

»Ja, eine richtige Knarre, ein Maschinengewehr, dessen Lauf über den ganzen Saal schwenkte. Am Abzug konnte ich eine Hand sehen. Zuerst war ich sprachlos, dann wollte ich

Ingo anstupsen und darauf hinweisen, aber Ingo war schon dabei, die Leute aufzusprengen und in die Reihe zu gehen.«

»Das darf doch nicht wahr sein! Sie sehen oben ein Gewehr, das nach unten zielt und geben keinen Mucks von sich? Das glaube ich Ihnen einfach nicht.«

»Das müssen Sie aber. So komisch es klingen mag: Das Verhalten des Türschließers hatte die Situation – wie soll ich sagen – verharmlost und ungefährlich gemacht. Der Türschließer ist nicht etwa erschrocken über das, was er gesehen hatte, er wirkte vielmehr stocksauer. Und jetzt frage ich Sie: Ist das die Reaktion auf etwas Gefährliches? Reagiert man bei wirklicher Gefahr sauer? Erschrickt man da nicht eher? Und dann dachte ich auch, dass die Feyninger irgendeinen Gag vorbereitet hat, dass dieser Gag vielleicht schiefgegangen ist. Ich wollte mich nicht vor ein paar Hundert Leuten blamieren, indem ich Alarm wegen eines misslungenen Gags schlage.«

»Na schön. Weiter. Was geschah dann?«

»Als Ingo schon ein Stück weit in der Reihe war, sah ich, dass sich das Gewehr auf ihn richtete und ihn verfolgte. Jetzt war ich starr vor Entsetzen. So wie im Traum. Ich wollte schreien, brachte aber keinen Ton heraus. Und dann habe ich da oben ein Gesicht gesehen, hinter dem Gewehr.«

»Sie haben das Gesicht dieses – Schützen gesehen?«

»Ganz kurz, ja.«

»Beschreiben können Sie das Gesicht wohl nicht.«

»Nein. Wenn ich es wiedersehen würde, vielleicht.«

»Aber Sie sind sich sicher, dass es nicht das Gesicht des Türschließers war?«

»Nein, das Gesicht des Türschließers war es auf keinen Fall. Vielleicht war es ja auch eine Frau. Man hört doch so viel von Selbstmordattentäterinnen.«

»Spekulieren Sie bitte nicht.«

»Glauben Sie mir, ich wollte etwas unternehmen. Aber

dann ging alles so schnell. Das Gesicht verschwand. Das Gewehr verschwand. Die Pianistin spielte was Dramatisches. Ingo hatte sich endlich durchgekämpft, er war in der Mitte angekommen. Er schaute noch einmal zu mir her. Und dann fiel jemand von oben runter. Ein Mann mit einem blutigen Gesicht. Der Türschließer. Er fiel auf Ingo drauf. Und dann rasteten die Leute aus, Panik entstand, innerhalb weniger Sekunden. Da bin ich rausgelaufen, ich gebe es zu. Ich bin Hals über Kopf geflohen. Später habe ich noch meine Jacke geholt. Da war meine Adresse drin.«

»Sie haben gesehen, dass es der Türschließer war, der heruntergefallen ist?«

»Nein, das ging viel zu schnell. Aber es stand ja dann in der Zeitung, dass er der Türschließer war. Aber ansonsten war in der Zeitung eigentlich alles völlig falsch dargestellt.«

»Sie sind mir vielleicht ein Herzchen! Entschuldigen Sie, aber wenn Sie Ihre Zeugenaussage früher gemacht hätten –«

»Ja, ich weiß. Tut mir leid. Und dann hab ich mein Foto in der Zeitung gesehen.«

»Ihr Foto?«

»Ja freilich. Haben Sie das Riesenfoto auf der heutigen Titelseite nicht gesehen? Ein Mann mit blutigen Händen, und ganz hinten: ich!«

Jennerwein verschwieg ihr, dass er sie auf dem Zeitungsfoto nicht erkannt hatte. Dass sie niemand erkannt hatte. Und dass man sie vermutlich nie gefunden hätte, wenn sie sich jetzt nicht gemeldet hätte. Sie hatte etwas gut bei ihm.

»Das Gesicht können Sie also nicht beschreiben. Wie sieht es mit dem Gewehr aus. Können Sie das beschreiben?«

»Es war ein sonderbares Gewehr. Mit so einem komischen Knubbel vorn.«

»Wenn ich Ihnen ein paar Gewehre zeige – würden Sie es dann erkennen?«

»Ich gehe aber nicht mit aufs Revier, ich habe genug getan.«

Die Frau hatte ein sonderbares Verständnis von Bürgerpflichten. Jennerwein rief Nicole Schwattke an.

»Hallo, Nicole. Könnten Sie mir einen Gefallen tun? Ich sitze hier in einem kleinen Park – warten Sie – Ecke Oberkogelkopf- und Blacherspitzhornstraße. Lassen Sie sich von Ostler herfahren und bringen Sie ein Notebook mit Internetzugang mit. Ja, nehmen Sie das von Maria. Fragen Sie jetzt nicht, es eilt, machen Sie also schnell.«

Nach fünf Minuten stand die verdutzte Schwattke da. Jennerwein machte ein beschwichtigendes Ich-erklär-alles-später-Zeichen und bedeutete ihr, im Auto zu warten. Er klickte sich ins Intranet des Bayrischen LKA ein und drehte Gretel den Sichtschirm hin. Jennerwein blätterte die Seiten *Gewehre aus aller Welt* durch. Es dauerte nicht lange, da deutete sie auf ein Maschinengewehr.

»Das da war es.«

»Sind Sie sicher?«

»Da bin ich mir ganz sicher. Der komische Knubbel da vorn und der eigenartige Holzgriff sind mir aufgefallen.«

Das Gewehr, auf das Gretel gedeutet hatte, war eine russische Kalaschnikow AK-47, das legendäre Sturmgewehr der ehemaligen Sowjetunion. Da war er wieder: der Russ'.

32

JENNERWEINS neuronale Netze legten eine Sonderschicht ein. Sie mussten sich erst auf diese neue Situation einstellen. Bisher, bis zu Gaby Silbermillers Auftauchen, hatte der Fall immer mehr wie ein amerikanischer Spionagethriller ausgesehen:

Der Schritt ins Verderben
Der tamaridische Geheimagent Abd-al-dschamal mit dem Decknamen Eugen Liebscher geht auf den Speicher, um dort einen USB-Stick mit brisantem Inhalt, den er gerade von einem Kontaktmann (geheimnisvoll: Kiefer Sutherland) erhalten hat, zu verstecken – oder ihn von dort aus dem Versteck zu holen und ihm einem Kontaktmann zu übergeben. In beiden Fällen stürzt Liebscher (furios: Richard Gere) durch den schadhaften Boden nach unten in den Saal. Oder wird er gar von dem Kontaktmann hinuntergestoßen? Die wahnsinnig gut aussehende junge Staatsanwältin (Paris Hilton) und der frisch geschiedene Chief Inspector (Johnny Depp) ermitteln …

Dann jetzt, nach dem Geständnis der späten Zeugin, verwandelte sich der Tathergang gerade in einen alpenländischen Lokalschwank:

Der neugierige Sachs'
Das hätt' sich der Eugen aus dem schönen Wurgwitz auch anders vorgestellt: Im ganzen Ort findet er keinen Anschluss, sogar die

g'schiagla'te Rosner Resl weist ihn beim Fensterln ab. Aber dann sieht er an der Decke des Konzertsaals ein Gewehr. Anstatt aber so etwas dem stämmigen Sägewerksbesitzer Ägidius Kreuzpaintner, dem Verlobten von der Rosner Resl, zu überlassen, geht er selbst hinauf, um den vermeintlichen Schützen zu stellen. Nach einem kunstvollen Gerangel (Zitherbegleitung: Melchior Muchenhansel jun.) stürzt der sächsische Gschaftlhuber durch die schadhafte Decke nach unten in den Saal, auf einen Besucher, der gerade an seinem freien Platz angekommen ist …

Als Jennerwein wieder in die Dienststelle kam, erfuhr er von Hölleisen, dass eine Dame nach ihm gefragt hätte.

»Die Dame heißt Senhora Curacao oder so ähnlich. Nein, warten Sie, hier hab ich's aufgeschrieben. Conceição hieß die Dame, Conceição Maria Eça de Queiroz, mit einer sogenannten Tilde über dem a. Ich weiß aber nicht, wie ich das ins Protokoll tippen soll.«

»Das können Sie ohnehin vergessen. Das ist nicht der richtige Name der Dame.«

»Ein so komplizierter falscher Name ist mir aber auch noch nie untergekommen.«

»Lieschen Müller wäre Ihnen sicherlich aufgefallen. Außerdem habe ich die Dame inzwischen schon gesprochen.«

»Nein, sagen Sie bloß –!«

Hölleisen schlug sich mit der Hand an die Stirn.

»Das war doch nicht etwa –«

»Genau die.«

Sie hatten einen kleinen Deal vereinbart, Gretelgaby und Jennerwein. Auf der trauerweidenumkränzten Parkbank, fernab des städtischen Regelwerks, umging man die kalte Logik, die in den Straßenschluchten der Sepplmetropole herrschte. Der Deal bestand darin, dass Gaby Silbermiller (darum also das y und nicht noch ein weiteres, quiekendes i) mit ihren aufschlussreichen Beobachtungen noch einige Zeit hinter dem Berg hielt, dass sie insbesondere über die an der Decke kreisende Kalaschnikow Stillschweigen bewahrte. Im Gegenzug wollte Jennerwein zunächst darauf verzichten, sie als offizielle Zeugin zu benennen, wenigstens so lange, bis sie ihre Angelegenheiten in der Sache Silbermiller / Silbermiller geordnet hatte. Gaby rückte daraufhin bereitwillig ihre Mobilfunknummer und ihre Adresse heraus, er versprach Diskretion. Die beiden erhoben sich, um in verschiedene Richtungen zu gehen, Jennerwein zum Polizeiauto, in dem Schwattke und Ostler auf ihn warteten, Senhora Conceição ins Grüne.

Jennerwein schloss die Tür des Dienstzimmers und berichtete seinem atemlos lauschenden Team von der neuesten Entwicklung im *Fall Edelweiß* – in München hatte er erfahren, dass der Fall nun so hieß.

»Warum nicht gleich *Fall Gipfelglück* oder *Fall Alpenglühen?*«, fragte Ostler kopfschüttelnd. »Die in München meinen wohl, bei uns dreht sich alles ums Bergsteigen.«

»Ist ja auch ein bisschen so«, sagte Nicole.

»Mir hennt amall an Fall kett, der wo *Kasus Kässpätzle* koissa hät«, allgäuerte Stengele.

»Sie haben aber den Dialekt noch gut drauf«, sagte Hölleisen.

»Ja, aber damit kann man sich ja hier nicht hören lassen. Ich habe gestern in einer Wirtschaft etwas bestellt, da hat mir die Kellnerin auf Französisch geantwortet.«

»Also eine Kalaschnikow«, sagte Maria.

»Ja, zuerst hatte ich auch Zweifel, aber Gretelgaby hat die Besonderheiten der Waffe so gut beschrieben, und das, bevor ich ihr die Bilder gezeigt habe, dass ich keinen Zweifel an ihrer Aussage habe. Und was hätte sie davon, uns bei diesem Detail anzulügen? Mir scheint sie glaubwürdig.«

»Der geheimnisvolle Besucher dort oben muss also etwas mit dem USB-Stick zu tun haben, nicht Liebscher«, stellte Schwattke fest.

Jennerwein massierte sich kurz die Schläfen.

»Ja, meine Herrschaften, ich habe jetzt einen Plan. Und zu diesem Plan brauche ich Ihr Einverständnis. Denn der Dienstweg ist das nicht, den wir hier beschreiten, das sage ich Ihnen gleich. Also. Erstens. Ich gehe davon aus, dass der Eigentümer des USB-Sticks versuchen wird, ihn wieder zurückzubekommen. Der Riesenaufwand, ihn zu verstecken, spricht nicht dafür, dass es eine Ätsch-Botschaft an die Polizei oder an jemand anderen ist. Zweitens. Zum jetzigen Zeitpunkt weiß der Stickbesitzer noch nicht, dass wir seinen Datenträger gefunden haben. Wie wäre es denn nun –«

»– sich scheinbar zurückzuziehen, den Fall pro forma mit großem Getöse abzuschließen«, fuhr Maria listig fort, »und dann abzuwarten, wer da kommt und ihn sich schnappt.«

»Ja, so habe ich mir das ungefähr vorgestellt«, nickte Jennerwein. »Wir schlagen die Aktendeckel mit einem großen Knall zu: die Polizei mit ihrer Personalknappheit, die Polizei, die wie üblich im Dunkeln gestochert hat, der unbewegliche Beamtenapparat, und so weiter. Andererseits hat die renommierte Polizeipsychologin und Expertin für autoaggressives Verhalten, Frau Dr. Schmalfuß ...«, Maria errötete unbescheiden, »... ein Gutachten erstellt, und wir wissen inzwischen, dass Eugen Liebscher, ein durch und durch suizidaler Typ, vom Balkon gesprungen ist.«

»Da müssen wir eine Menge Ermittlungsergebnisse zurückhalten«, wandte Becker ein.

»Das müssten wir, ja, für zwei, drei Tage, länger nicht. Haben Sie für einen solchen Fall Ihr Team hinter sich, Becker?«

»Das will ich meinen. Aber wieso nur zwei, drei Tage? Ich bin davon ausgegangen, dass wir uns jetzt ein halbes Jahr auf die Lauer legen müssen.«

»So lange wird es nicht dauern. Morgen und übermorgen sind Geschäftskongresse im Konzertsaal, zwei Tagungen mit geladenen Gästen, bei so einem Business Event wird unser Freund vermutlich noch nicht zuschlagen. Wir richten trotzdem einen Wachdienst ein, sicherheitshalber. Aber am Sonntag wiederholen wir den Konzertabend der Pianistin Pe Feyninger, und diesen Trubel nützt er aus, da bin ich mir ganz sicher.«

»Kann das so schnell noch organisiert werden?«

»Diese Managerin, Frau von Berger, ruft mich jeden Tag zweimal an«, sagte Hölleisen, »und fragt, wann endlich geöffnet wird. Ein Wink von uns genügt, und die stellt eine gigantische Werbemaschinerie auf die Beine.«

»Die Businessveranstaltungen morgen und übermorgen, sind die nicht längst schon abgesagt?«

»Die sind ins benachbarte Österreich verlegt worden, nach Seefeld und Scharnitz. Die werben ja praktisch dafür, dass hier auf der deutschen Seite nichts klappt. Die Gäste sind aber in einheimischen Hotels untergebracht, es wäre ihnen lieber, die Kongresse würden hier stattfinden.«

»Warum ein Wachdienst und keine Videoüberwachung?«, fragte Hölleisen.

»Zu unsicher«, antwortete Jennerwein. »Unser Mann ist sehr clever, er würde das merken.«

»Wenn *ich* die Kameras installiere, nicht«, murrte Becker.

»Wenn ich Sie richtig verstanden habe, Chef«, sagte Ostler, »wird unser Mann den Trubel am Sonntag ausnützen. Es könnte ja sogar sein, dass er ganz offiziell unter den Zuschauern ist.«

»Davon gehe ich ohnehin aus. Er muss sich absolut sicher fühlen, dann klappt der Plan. Der Informationsfluss in diesem Ort ist sehr stark, überall wird geredet und getratscht, das müssen wir ausnützen. Wir müssen unseren Rückzug also laut und deutlich durchführen. Ostler und Hölleisen, Sie wissen, wie und wo man etwas durchsickern lassen kann?«

»Das wissen wir«, nickten beide und grinsten sich spitzbübisch zu. »Da brauchen wir nur zur Bäckerei zu gehen.«

»Gut. Maria, Sie basteln an der Selbstmordthese weiter und bereiten eine ausführliche Begründung für die Presse vor.«

»Ist schon so gut wie erledigt.«

»Becker, Sie waren großartig bei der vergangenen Pressekonferenz – Sie hätten Politiker werden sollen.«

»Wegen meines blendenden Aussehens?«

»Wegen Ihrer Unverbindlichkeit, Becker! Ich bitte Sie, bei der nächsten PK wieder teilzunehmen. Dann Ihre Hauptaufgabe: Geben Sie den Stick wieder dorthin zurück, wo er war, und verwischen Sie die Spuren der Spurensuche.«

»Es wird so aussehen, als wäre noch nie jemand droben gewesen.«

»Schwattke, wenn Becker damit fertig ist, informieren Sie die Leitung des Hauses, dass das Gebäude freigegeben ist und wieder benutzt werden kann. Stengele, Sie organisieren den Wachdienst.«

»Wie wollen wir es da genau machen?«

»Wir halten die nächsten drei Tage Wache, natürlich ohne Uniform, unsichtbar, von Mitternacht bis Mitternacht. Brotzeit und Zahnbürste sind mitzubringen. Nicht einmal der Hausmeister darf davon erfahren. Die erste Wache von heute bis morgen hält wer?«

Ostler meldete sich.

»Und wer macht es morgen? Da tagt unten im Saal der Berufsverband der Augenärzte. Das ist sicher interessant zum Zuhören.«

Nicole und Stengele meldeten sich.

»Zu zweit? Gut.«

»Wie steht es mit Funkverkehr?«

»Zu auffällig, wir stehen in SMS-Kontakt.«

»Und wer liegt wohl am Sonntag beim Konzert Wache?«

»Na wer wohl? Der große Alphajäger und Fallensteller, der Kämpfer gegen das Böse: Hu-ber-tus –«

»Jennerwein!«, schrien alle wie im Fußballstadion.

»Und jetzt gehen wir wandern«, sagte der Hauptkommissar.

»Wie bitte?«

»Also ich für meinen Teil mache jetzt eine kleine Bergtour. Wer mitmachen will, macht mit. Niemand? Na gut, dann gehe ich halt alleine.«

33

Eine der stereotypen Vorstellungen, die man sich von der Welt des Verbrechens macht, ist die, dass der Tunichtgut seine Übeltaten nachts, zumindest aber im Zwielicht der Dämmerungen begeht. Das mag in vielen Fällen auch der Wahrheit entsprechen, doch diejenigen unter den Gesetzesbrechern, die mit Leib und Seele dabei sind, hegen eine große Vorliebe für einen bestimmten Zeitpunkt am Nachmittag, dem Zeitpunkt um fünfzehn Uhr herum. Kriminalstatistiken zeigen, dass sich die Coups zu dieser Uhrzeit gewaltig häufen, der Trend geht ganz eindeutig dahin – in der Spanne zwischen Kaffeeklatsch und Abendbrot wird dementsprechend eingebrochen und gefälscht, entwendet und veruntreut, geraubt und erpresst, was das Zeug hält. Denn *drei Uhr nachmittags* (wie betulich das schon klingt!) – das ist klassischerweise die Zeit des bürgerlichen Wohlbehagens und der matten Schläfrigkeit, der biedere Gutmensch traut dem Bösen nicht zu, dass er gerade in dieser unbesungenen Niemandszeit sein verfolgenswertes Werk vollbringt – und genau damit rechnet der Homo criminalis.

So fand auch die Übergabe der neuen Lieferung immer am Nachmittag statt. Punkt fünfzehn Uhr stapfte der Sizilianer den pfadlosen Berghang hinunter. Er ging langsam und vorsichtig, und er musste seine sperrige Last auf dem Rücken immer wieder neu aufschultern. Der Sizilianer war den Berghang schon oft heruntergestiegen, an diese Adresse lieferte er gern, denn die würzige Luft, die wuchtigen Berge und die fröhlichen Leute dort unten im Tal gefielen ihm. Vor Jahren hatte er die Lieferungen noch nachts heruntergetragen, man war jedoch schließlich übereingekommen, es tagsüber zu machen. Drei Uhr Nachmittag war eine gute Zeit, Leichen zu transportieren, da streiften noch keine Liebespaare durch das unwegsame, steile Stück Wald, da keuchten keine Extremsportler dem Kreislaufkollaps entgegen, da kam kein Spaziergänger vom gepflegten Kramerplateauweg ab. Auch die Forstbeamten und Waldarbeiter stellten keine große Gefahr dar, sie hatten die Angewohnheit, lauthals lachend und schreiend umherzuziehen und dröhnende Lärmfanfaren von Motorsägen vorauszuschicken. Die Schwammerlsucher hatten sich unter einen Baum gesetzt und machten Brotzeit – und den guten alten, die stillen Wälder durchstreifenden Wilhelm-Busch-Förster mit dem klugen Ludwig-Ganghofer-Hund gab es wohl gar nicht mehr. Ungestörte Einsamkeit im Farngrün! Waldeslust! Unberührter Garten Eden mit Nadelgehölz! Der Sizilianer kam wirklich gerne hierher. Er wischte sich den Schweiß von der Stirn, heiß war es heute, selbst in dem schattigen, halbverwilderten Tannenforst. Der Sizilianer hörte bergabwärts Zweige knacken.

Swoboda kam dem Sizilianer wie immer auf halbem Weg entgegen, nachdem er die Nachricht von einer neuen Lieferung per SMS bekommen hatte. Er nahm den in mehrere dicke Teichfolien eingewickelten Körper in Empfang und legte ihn in die Karre, die in der Mitte des Hanges bereitstand. Die Luft stieg würzig aus dem Boden, von irgendwoher wehte ein Hauch von frischen Beeren – waren es Vogelbeeren?, war es die Tollkirsche? Manchmal kam der Sizilianer noch mit, auf ein Schnäpschen, auf ein Weißbier, auf einen Radi. Heute lehnte er ab.

»Habe noch andere Lieferung, versteh'?«

»Verstehe. Die Daten von dieser Lieferung?«

»67 Jahre, 72 Kilo, einen Meter siebzig groß, männlich, vollständiger Körper, keine Beigaben, Barzahlung.«

Swoboda notierte alles in ein Büchlein. Der Sizilianer gab ihm einen prallgefüllten Umschlag, Nachzählen war nicht nötig, die beiden kannten sich.

»Hab mir aber tausend rausgenommen. Hund braucht neu Halsband.«

Swoboda zog die Augenbrauen hoch.

»Witz.«

»Ach so.«

Sie verabschiedeten sich herzlich, und Swoboda fuhr den unbekannten Herrn den Rest des Hangs hinunter. Ein befestigter Serpentinenweg endete an der Hintertür des Bestattungsinstituts, diese führte als Erstes in eine geräumige Kühlhalle, dahinter lag ein Raum mit mehreren Gefrierschränken, die für den Fall gedacht waren, dass einmal nicht gleich ein passendes Grab im Viersternefriedhof gefunden werden konnte.

»Ja um Gotteswillen, wie schaut denn der aus?«

Ignaz war hereingekommen, Swoboda hatte den Körper ausgewickelt, und so lag er nun da, Signore Anonimo, nur mit einer dunkelblauen Badehose bekleidet, immer noch gut gebräunt, eine Strähne des schwarz gefärbten Haares war ihm ins Gesicht gefallen, auch die Sonnenbrille fehlte nicht.

»Haben wir in den nächsten Tagen ein Termin für ihn?«

»Das weiß ich jetzt nicht auswendig«, sagte Ignaz, »da müsste ich meine verehrte Gattin fragen.«

Swoboda beugte sich über das kleine Einschussloch in der Brust des Toten. »Saubere Arbeit«, sagte er bewundernd. »Präzisionsgewehr. Sie haben darauf geachtet, dass es ein Steckschuss bleibt. Kein Austrittskanal, keine Spuren. Oder sagen wir einmal: wenig Spuren. Bravo.«

»Jessas«, rief Ursel, die hereingekommen war, »haben wir jetzt auch noch Badegäste?«

»Gibt es in den nächsten Tagen einen Beerdigungstermin?«, fragte Ignaz.

»Nein, frier ihn vorsichtshalber einmal ein. Übrigens: Ich war in der Stadt und hab mich ein bisserl umgehört. Man hört da interessante Sachen.«

Ignaz schob den Signore Anonimo ins Kühlfach, man ging hinauf und setzte sich auf der Terrasse um den Esstisch. Einige *Ohs!* und *Da-schau-her-s!* waren zu hören, Ignaz spielte den Bescheidenen.

»Ich habe mir erlaubt, eine kleine Brotzeit vorzubereiten.«

Auf dem Holztisch stand eine handgehämmerte Pfanne, die wohl aus dem Paläozoikum stammte. Wenn man sie schüttelte, schienen Millionen perlender und glitzernder Kügelchen hin- und herzuwogen, der legendären Ursuppe gleich, aus der sich einst die Evolution entwickelt hat.

»Was ist das?«, fragte Swoboda, als er den Mund schon voll hatte.

»Das ist Hoba«, antwortete Ignaz. »Eine Spezialität, die es nur hier im Werdenfelser Land gibt.«

»Schmeckt bombastisch«, sagte Swoboda. »Eine Kartoffelspeise?«

»Ja«, sagte Ignaz. »Aber bevor du frägst: Das Rezept ist geheim.«

»Ich störe den gemütlichen Plausch ja ganz ungern«, sagte Ursel, ganz die ernsthafte Geschäftsfrau, »aber es gibt verschiedene Neuigkeiten, die von gewissem Interesse für uns sind.«

»Na gut, dann schieß mal los.«

»Ich war auf der Post, in der Metzgerei – bei den größten Ratschkathln im Ort, die wissen alle auch noch nichts Neues. Aber dann! Dann war ich in der Bäckerei. Und da habe ich erfahren, dass die Kripo die Ermittlungen eingestellt hat.«

Die Männer pfiffen überrascht durch die Zähne.

»Es liegt wohl kein Fremdverschulden vor, und so wird sich die Sonderkommission schnell wieder nach München verziehen. Morgen soll der Konzertsaal wieder geöffnet werden – und am Sonntagabend findet schon das erste Konzert statt. Da spielt diese Skandalpianistin, die Feyninger, ihr wisst schon.«

Ignaz zumindest wusste, wer diese Feyninger war. Um ein Haar hätten Ignaz und Ursel vergangenen Sonntag auch mit im Konzert gesessen, aber sie hatten ihre Abonnementkarte verschenkt an das schreckhaft veranlagte Ehepaar Doblinger.

»Das ist ja wunderbar. Dann hätten wir uns nicht gar so viele Gedanken zu machen brauchen«, sagte Ignaz.

»Trotzdem. Wir haben Glück gehabt. Ich würde sagen, wir holen uns den Stick und suchen uns ein neues Platzerl. Man soll das Schicksal nicht herausfordern.«

»Ja, der Meinung bin ich auch«, sagte Swoboda. »Gibt's noch was von diesem Hoba? Schmeckt hervorragend.«

»Du sprichst es falsch aus, Swoboda. Das o in Hoba ist kein a. Es ist eine Mischung zwischen o und a. So ähnlich wie im Englischen *war*. Es ist das Loisachtaler o, das wie *war* klingt, verstehst du.«

Swoboda versuchte es ein paar Mal, ohne Erfolg. Ursel schüttelte den Kopf.

»Und dann ist da noch was, Swoboda. Man munkelt im Ort was von einem Trachtler, der durch die ganze Fußgängerzone gelaufen ist, und die Schmier' immer hinterher.«

»Haben sie ihn erwischt, diesen Trachtler?«, fragte Swoboda kauend.

»Erst ist er auf dem Dach vom Kurhaus gesehen worden. Dann gab es eine Verfolgungsjagd. Und ganz am Schluss ist er beim Jackelebauer über einen Misthaufen gesprungen.«

Ignaz blickte Swoboda stirnrunzelnd an.

»Sag einmal Swoboda, was machst du denn da für riskante Sachen?«

Swoboda war gekränkt.

»Das muss aber ein anderer gewesen sein, das war ich nicht,

echt. Eine Verfolgungsjagd mit einem Polizisten – nein, aus dem Alter bin ich wirklich raus!«

Ursel glaubte ihm nicht so recht, auch Ignaz hatte seine Zweifel, aber Swoboda hatte diesmal ehrlich entrüstet geklungen.

»Also, was meint ihr: Holen wir den Stick wieder raus?«

»Ja, auf jeden Fall. Vielleicht nicht gleich morgen, aber am Sonntag wäre ein guter Tag, wenn dieses Klavierkonzert wiederholt wird.«

»Dann sollten wir aber in nächster Zeit keine Lieferungen mehr annehmen.«

»Da habt ihr recht«, sagte Swoboda und wählte eine Nummer auf seinem Mobiltelefon. Sein Gesprächspartner war gleich dran. Nein, es sei alles in Ordnung, man solle sich keine Sorgen machen, sagte Swoboda in einem Italienisch, das stark nach dem VIII. Wiener Bezirk roch – die Vokabel *assassinare* klang bei ihm wie fünf weinselige Jauchzer aus einem Josefstädter Heurigenlied. Nein, sie bräuchten keine Hilfe hier im Kurort, man wolle nur abwarten, bis sich alles wieder beruhigt hätte. Nein, auf dem Friedhof wäre alles in Ordnung. Nur vorsichtshalber habe man die letzten drei Lieferungen zwischengelagert, weil man ganz sichergehen wollte, bis sämtliche Polizisten abgezogen seien. Ansonsten hätte man alles im Griff. Swoboda verabschiedete sich, klappte sein Telefon zu und nickte zuversichtlich.

Der Mann am anderen Ende der Leitung hatte den Hörer ebenfalls aufgelegt.

»Flavio, du fährst da hin und siehst nach, was da los ist«, sagte er in einem Italienisch, das weniger nach dem III. Bezirk Wiens als nach einem palermitanischen Straßendialekt des Stadtteils Vespri klang.

»Im Frühtau zu Berge wir zieh'n, fallera!«

Plötzlich war Lärm von der Straße her zu hören, fröhlicher, ausgelassener Lärm, den man sogar als Gesang bezeichnen konnte. Ursel stand auf, um nachzusehen. Die Straße, an der das Institut Grasegger lag, führte aus der Ortsmitte heraus und war der Zubringer zu mancher Bergtour –

»Es grünen die Wälder, die Höh'n, fallera!«

So war auch jetzt eine Schar lustiger und singender Wandervögel zu sehen. Nach dem ersten Augenschein musste man auf den Betriebsausflug einer kleinen, mittelständischen Firma tippen: Vorneweg marschierte ein schlaksiges, bebrilltes Mädchen – vielleicht die Sekretärin?, dann kam ein stämmiger Mann mit abstehenden Ohren – vielleicht ein Lagerist oder der Chauffeur des Chefs. Gut zu Fuß schienen sie alle zu sein, die kleine Drahtige, der große Vierschrot und der ganz und gar unscheinbare Typ, der die Gruppe abschloss und vielleicht der Buchhalter der Firma war. Jetzt erst erkannte Ursel die beiden Ortspolizisten Johann Ostler und Franz Hölleisen, die inmitten der Wanderer in alle möglichen Richtungen zeigten und als Fremdenführer ganz in ihrem Element waren.

»Kombiniere messerscharf«, sagte Ignaz, »das ist der Abschiedsausflug der Sonderkommission.«

»Sakra!«, flüsterte Swoboda und verschwand in der Tiefe des Balkons, jederzeit bereit, den Hang hinaufzulaufen und über den Kramer nach Tirol oder überhaupt ganz aus der Welt zu verschwinden. Ignaz und Ursel blieben gelassen, sie stellten sich an den Balkon und grüßten als leutselige und am Wanderleben interessierte Einheimische.

»So, wo geht's denn hin?«, rief Ignaz hinunter.

Das ganze Team der Mordkommission IV blickte nun hoch zum Balkon, und den Graseggers fielen Sturzbäche von Schauderhormonen aus dem Kleinhirn über die ganze Wirbelsäule hinab.

»Ach, grüß dich, Ignaz, grüß dich Ursel!«, rief Ostler hinauf. »Wo es hingeht? Wir wollen eine kleine Tour auf die Stepberg-Alm machen«, rief Ostler über die Straße hinweg. »Unsere Münchner wollen noch ein wenig unverbrauchte Natur genießen.«

»Dann wird's aber Zeit«, sagte Ignaz doppeldeutig. »Wenn wir noch jünger wären, würden wir schnell unsere Bergschuhe anziehen und mitgehen.«

»Das könnt ihr ja trotzdem machen.«

»Nein, danke. Aber grüßt mir die Hüttenwirtin!«

»Und lasst es euch schmecken!«, fügte Ignaz hinzu. Auf der Stepberg-Alm gab es selbstgemachten Kaiserschmarren. Nur er selbst machte noch einen besseren.

»Wie sagt man: Hals- und Beinbruch«, rief Ursel hinunter.

Die Gruppe von zwölf Leuten, das lässige Dutzend, die geballte Ladung Staatsmacht, die *SoKo Ahnungslos* kam jetzt direkt am Balkon vorbei, hinten im Haus kühlte der Signore mit der sauberen Schusswunde langsam ein, und vorn geschah, was geschehen musste: Die Blicke von Hubertus Jennerwein und Ignaz Grasegger trafen sich jetzt, ganz kurz, für eine Sekunde. Die beiden nickten einander freundlich zu.

»Jetzt auf! Sonst wird es nichts mehr mit dem Kaiserschmarren!«

Ostler und Hölleisen trieben die kleine Schar klatschend an, die sich daraufhin wieder in Bewegung setzte.

»Am jüngsten Tag, da putzt ein jeder,
Ja sein Gewissen und sein Gewehr.
Und dann marschiern viel Förster und auch Jäger
Aufs hohe Gamsgebirg, zum Luzifer!«

Alle schmetterten jetzt dieses andere, wohlbekannte Lied, und das so herzerfrischend falsch, dass sich ein Golden Retriever, der der Gruppe bisher neugierig gefolgt war, winselnd ins Gebüsch verkroch. Die Polizisten wanderten singend weiter und verschwanden bald aus dem Blickfeld des Ehepaars. Ursel und Ignaz waren wie gerädert von dem Thrill, ihr hormoneller Grundbedarf war für heute gedeckt. Sie setzten sich wieder alle auf die Terrasse, die von der Straße her nicht einsehbar war.

»Puh, jetzt brauche ich ein Schnapserl«, sagte Ursel.

»Das darf doch nicht wahr sein«, wunderte sich Swoboda. »Eine Hundertschaft von Kieberern, die drei Tage dazu braucht, einen kleinen Unfall zu überprüfen. Da gehen also unsere Steuergelder hin!«

»Als ob du Steuergelder zahlen würdest.«

»Trotzdem eigenartig.«

»Aber hast du jetzt unbedingt die ganze Pfanne Hoba auffressen müssen, während wir weg waren?«

»Na, ich bitte euch: in der Todesangst!«

Sie saßen da und genossen den sonnigen Spätnachmittag. Sie fassten Entschlüsse und prosteten sich zu. Swoboda kam in Laune, Fragen zu beantworten, und Ignaz fragte schließlich:

»Und wie kommt man denn jetzt an die Fingerabdrücke des italienischen Außenministers?«

»Du hast ja schon einen Zungenschlag, Ignaz, nach einem halben Liter Wein. Du lässt schwer nach.«

»Also erzähl!«

»Schaut her, der italienische Außenminister war auch einmal ein Staatssekretär und vorher ein Provinzabgeordneter und vorher der stellvertretende Kreisvorsitzende seiner Partei und vorher ein einfaches Parteimitglied, das sich in einem Nebenzimmer einer Trattoria an seinem Weinglas festgehalten hat.«

»Und weiter?«

»So kommt man an die Fingerabdrücke des italienischen Außenministers.«

»Wie –«

»Dieses spezielle Serviceangebot gibt es schon seit vielen

Jahren, wir haben angefangen in Österreich, in Deutschland und in Italien. Wir haben Bedienungen, Kellner, Putzfrauen, Spüler, inzwischen europaweit. Die sammeln die Spuren ein – und eine Spur unter tausend wird irgendwann einmal brauchbar sein. So einfach ist das.«

Wieder schwiegen sie. Deshalb also der Rücktritt des deutschen Bundesministers für XXXXXXXX und die überraschende Einstellung des Verfahrens gegen Dr. XXXXXXXX. Sie fassten noch weitergehende Entschlüsse, tranken Wein und Bier. Sie blickten auf das faserige Felsenfleisch des Zugspitzmassivs und beobachteten mit dem Fernglas die bunten Schirme einiger Paraglider.

»Da machen die einen Betriebsausflug auf die Stepberg-Alm! So was. Wenn man denen jetzt über einen Schleichweg nachgehen würde, könnte man ein komplettes polizeiliches Sonderkommando mit Stumpf und Stiel ausradieren.«

Alle drei lachten herzhaft. Der Abend verlief ruhig und beschaulich, man ergötzte sich noch eine Weile an den artistischen Flugmanövern der Gleitschirmflieger, die dort oben am Osterfelder Kopf gestartet waren. Dann machten Ursel und Ignaz noch einen kleinen Spaziergang in den Ort, um dort das tägliche Foto vor dem Zeitungskiosk zu machen.

34

Kommissar Jennerwein wickelte sich wieder umständlich aus dem ausgedienten Theatervorhang, in dem er überhaupt keine Bewegungsfreiheit hatte. Er zog sein Jackett aus und legte seine Dienstwaffe und sein Portemonnaie vorsichtig neben sich auf den staubigen Boden. Dann wickelte er sich langsam wieder ein. Die Waffe lag immer noch griffbereit da. Jetzt fühlte er sich wesentlich wohler. Heiß und stickig war es hier oben, die Sonne lud das Dachgeschoss auf wie ein Treibhaus. Endlich hörte er von unten ein zaghaftes PIRRILIPI, das Konzert begann in diesem Augenblick. Sein kleines operatives Team Schwattkestengeleschmalfuß, offiziell längst nach München abgereist, hatte sich schon über das Gebäude verteilt, auch Becker und ein paar aus der Abteilung Haare/Fasern/Boden saßen auf der Galerie. Jennerwein hatte nicht gewusst, dass sich Spurensicherer für romantische Klaviermusik interessierten. Ostler und Hölleisen, die ortskundigen Platzhirsche, streiften außen um das Gebäude herum.

PIRR PIRR PÜRÜLÜPÜ. Hier oben lag der Alphajäger, der Fallensteller, der Trachtlerfänger, unter einem dicken Bühnenvorhang, leise dahinschwitzend und unhörbar fluchend. PIRR PIRR. Er schloss die Augen. Er musste sich auf das konzentrieren, was ihn hier oben erwartete. Er versuchte, die Klaviermusik herauszufiltern und nur auf die Geräusche hier oben zu achten. Das Knacken des Holzes. Zwitschernde Vögel draußen, ganz von fern Verkehrslärm, sein eigener Atem, die dumpfen Geräusche, die der Vorhang von sich gab. Er war überzeugt davon, dass sich der Besitzer des USB-Sticks schon im Gebäude befand, dass er vielleicht sogar unten im Zuschauerraum saß und irgendwann, vielleicht bei einer besonders lauten Stelle, aufstand, den Saal verließ und hier heraufkam. In diesem Fall würde er eine SMS von Stengele bekommen. Vielleicht hatte sich der Unbekannte aber auch irgendwo im Gebäude versteckt. Für diesen Fall lag Nicole auf der Lauer, im letzten Streckenabschnitt vor der Speichertür. Wenn von dort jemand durchkäme, würde er eine SMS von ihr erhalten. Bisher hatte er noch keine bekommen. Jennerwein wartete.

PIIRILI PU. Obwohl er versuchte, sich auf die Geräusche hier oben zu konzentrieren, schweiften seine Gedanken dauernd ab. Er musste an die Wanderung auf die Stepberg-Alm vor ein paar Tagen denken. Ein schöner Ausflug bei herrlichem Wetter, oben hatte es köstlichen Kaiserschmarren gegeben, der spillerige Schluchtel-Klopfer hatte mit seinem Hämmerchen allerlei Bäume abgeklopft und deren Alter festgestellt. Und wieder hatte er sich Maria Schmalfuß wegen seiner Krankheit nicht anvertraut. Entweder hatte er einfach nicht den Mut dazu gehabt, oder der Tag war zu schön für so ein weitreichendes Geständnis gewesen. Und Hölleisen hatte eine Geschichte nach der anderen erzählt. PIRRILI PI. Vom Kurort und allen Prominenten, die schon hier waren. Günter Grass hatte 1969 auf dem Platz vor dem Konzertsaal eine Wahlkampfrede gehalten, Hölleisens Vater hatte an diesem Tag Dienst geschoben. Nach der Veranstaltung saß man in der *Roten Katz* zusammen, und Grass verspürte zu späterer Stunde noch Hunger. Er wollte etwas typisch Bayrisches. Hölleisen senior schlug vor, in der elterlichen Metzgerei noch Weißwürste zu essen. Hölleisens Großmutter war nicht begeistert, aber sie kutterte und brühte um Mitternacht noch frische Weißwürste. Grass ließ sich die Zusammensetzung des bayrischen Nationalheiligtums beschreiben: Kalbshirnhäute, gegartes Kalbskopffleisch,

Schweinedärme, geschlegelte Flachsen, Knochen, Fettgewebe, manche geben noch getrocknetes Euter dazu. Grass, ein ausgewiesener Liebhaber von solchen kulinarischen Unappetitlichkeiten, war fasziniert und fing an, mitzuschreiben. Toll, nach genau so etwas habe er gesucht, sagte er. Seitdem hatte sich die Familie Hölleisen alle Neuerscheinungen von Grass gekauft, die erwartete Weißwurst-Geschichte war aber bisher noch nicht dabei gewesen.

Jennerwein musste innerlich grinsen. Inzwischen war es so unerträglich heiß geworden unter seinem Vorhang, dass ihm das Wasser in kleinen Bächen herunterlief. Er kam sich vor wie die letzte Weißwurst im Kessel, die niemand mehr mochte und die nun zu Tode gekocht wurde. Doch da – da war doch was! Plötzlich war er hellwach. Er hatte Schritte gehört. Er drehte den Kopf langsam in die Richtung, aus der die Geräusche gekommen waren. Und dort huschte ein Schatten zwischen den Balken durch, lautlos, ohne ein einziges Knarzen zu verursachen: Der Eindringling war schon oft hier oben gewesen, er kannte das Terrain genau. Oder er war ein professioneller Speicherschleicher. Jennerwein hielt den Atem an. Der Schatten ging zielstrebig auf die Stelle in der Längswand zu, an der Becker den USB-Stick gefunden hatte. Jennerwein ärgerte sich über seine Unaufmerksamkeit: Er hatte ihn nicht kommen hören, den schattenhaften Eindringling. Er fingerte unendlich langsam nach seinem Telefon und sah aufs Display: keine Nachricht von Nicole, keine Nachricht von Stengele, nichts. Der späte Gast war also nicht durch die Speichertür gekommen, er musste vielmehr über das Dach durch das Fenster geklettert sein. Aber so lautlos? Jennerwein musste sofort an den katzengleichen Trachtler denken.

Er sah, wie der Eindringling den kleinen Stick vorsichtig aus dem Versteck zog. Er hielt ihn hoch, um ihn im trüben Licht zu betrachten. Doch dann stockte Jennerwein der Atem: Eine zweite Gestalt kam ins Bild! Sie schlich sich von hinten an und schlug dem anderen mit einem kleinen, schwarzen Gegenstand auf den Hinterkopf. Der sank sofort zu Boden. Der zweite Eindringling bückte sich und nahm ihm den Stick aus der Hand. Jennerwein griff hinter sich, um seine Waffe aufzunehmen. Er griff ins Leere. Das Geräusch, das er dabei machte, ließ den Unbekannten in seinen Bewegungen innehalten.

Jennerwein durchlief ein unguter Schauer. Dort in einiger Entfernung stand der zweite Unbekannte und sah zu ihm her. Er war nur ein paar Meter von ihm entfernt, ein Arm stand seitlich etwas vom Körper ab: Er hatte eine Waffe in der Hand. Jennerwein blinzelte und schaute genauer hin: Nein, er hatte sich nicht getäuscht, breitbeinig und unbeweglich stand dieser Typ da und hielt eine Pistole leicht schräg nach unten. Er hatte ihn entdeckt, warum unternahm er aber nichts? Diese starre Unbeweglichkeit ließ Jennerwein hoffen, dass er einfach nur lauschte und schaute, in die Dunkelheit hineinspähte, ob sich da etwas gerührt hätte. Er würde noch ein wenig warten und dann eine Nachricht verschicken. PIRRILI PI POM POM. Der Fremde bewegte sich immer noch nicht.

»Bleiben Sie ganz ruhig liegen, lassen Sie Ihre Hände da, wo sie sind.«

Verdammt! Die Stimme war von hinten gekommen, ganz nahe an seinem Ohr hörte er sie – der Eindringling stand gar nicht mehr da, wo Jennerwein ihn sah, sondern direkt hinter ihm. Er hatte einen Anfall! Ausgerechnet jetzt, wo er ihn am wenigsten brauchen konnte. Jennerwein wollte etwas sagen, etwas Beschwichtigendes, etwas Dämpfendes, Beruhigendes – aber jetzt drückte sich ein kleines, kaltes Stück Metall von hinten an seinen Hals.

»Lassen Sie das Telefon fallen und bleiben Sie ruhig liegen.«

Der Fremde flüsterte. Kluges Kerlchen, so erkannte man die Stimme nicht. Er sprach bewusst abgehackt und überdeutlich. Außerordentlich kluges Kerlchen, man konnte so auch Dialekt, Akzent, Alter, Geschlecht nicht erkennen. Dann ein Geraschel. Der Fremde nestelte an etwas herum, er suchte etwas in der Tasche. Was hatte er vor? Von unten kam jetzt tosender Beifall, der Druck des Waffenlaufs wurde stärker. Jennerwein ließ das Telefon fallen.

»Was wollen Sie?«

»Ich will, dass Sie keinen Ärger machen und ruhig liegen bleiben.«

Der Kerl blieb bei seinem Geflüster, das machte es noch unheimlicher.

»Hören Sie«, keuchte Jennerwein, »der Stick ist wertlos, wir haben eine Kopie gemacht.«

Der Kerl lachte.

»Sie kommen hier nicht raus, wir haben überall Wachen postiert.«

Der Kerl lachte noch unverschämter, er lachte flüsternd, er lachte meckernd, ohne die Stimme zu erheben. Jennerwein hatte noch nie ein flüsterndes Lachen gehört. Hch Hch. Der Kerl drückte die Waffe noch stärker an seinen Hals. Jennerwein schloss die Augen, um besser nachdenken zu können. Unten war ein Fortissimo zu hören. Hinter Jennerweins Rücken lag seine eigene Waffe, die jetzt nutzlos war. Jennerwein machte die Augen wieder auf – und das verdammte Bild des Kerls stand noch immer im Raum, hinten an der Wand. Es hatte sogar an Schärfe gewonnen. Mensch, streng dich an, Jennerwein, schau genau hin, was hat der für eine Waffe in der Hand? Hat der deine ungeladene Dienstwaffe genommen? Oder ist es eine andere Pistole? Streng dich an, Jennerwein, schau genau hin, konzentrier dich. Viele störende Gedanken schwirrten in seinem Kopf herum, doch dann hatte er es geschafft, zu tunneln und sich auf das kleine Detail im Bild zu konzentrieren. Es war eine Heckler & Koch! Es war seine eigene, munitionslose, harmlose P10, die zu einer hohen, sehr hohen Wahrscheinlichkeit an seinem Hals klebte. Die Wahrscheinlichkeit ging auf die blanke Hundertprozentigkeit zu. Sie ging auf eine lebensrettende Hundertprozentigkeit zu. Er hörte, wie der Kerl die Pistole entsicherte, und jetzt wagte er den Angriff.

Jennerwein drehte sich blitzschnell um und griff in Richtung der Waffe. In dieser kleinen Zeitspanne hörte er noch das hässliche KLACK: Der Kerl hätte ernst gemacht, er hätte geschossen. Doch jetzt merkte sein Gegner ebenfalls, dass die Waffe nicht geladen war, und er ließ sie fallen. Sie polterte auf den Boden – hörte man das unten im Zuschauerraum nicht? Jennerwein hatte die Augen geschlossen, ihm blieb nichts anderes übrig, als blindlings und ungefähr in die Richtung seines Angreifers zu hechten, er bekam nichts als ein Stück Stoff zu fassen. Noch ein Versuch. Wieder griff er ins Leere. Ein dritter Versuch. Diesmal bekam er den glücklosen Schützen zu fassen, kurz, ganz kurz. Es war keine besonders stämmige und gewichtige Person, die er da berührt hatte. Es war ein Leichtgewicht, auch nicht besonders groß. Eine Frau!, schoss es ihm kurz durch den Kopf, er war von einem Kerl ausgegangen. Wie auch immer, die Person hatte wohl bemerkt, dass er gehandikapt war, dass er wild und ziellos herumhechtete – mit ein paar schnellen Schritten entfernte sich das unsichtbare Etwas aus seiner Kampfzone. Stille. Dann hörte er in ein paar Metern Entfernung ein Geräusch, das ihm sehr bekannt vorkam. Ein kleines, übles Geräusch, ein drehendes, schraubendes, knirschendes, klackendes Geräusch, das er in der Waffenkunde gehört hatte. Es war das Geräusch, das man hörte, wenn jemand einen Schalldämpfer auf eine Pistole schraubte.

PUMM PUMM PRILL. Unten gab es jetzt ein Riesengetöse am Pianoforte, niemand würde ihn schreien hören, er musste hier weg, er hatte vielleicht eine kleine Chance: Blind stolperte er in Richtung Speichertür, ein, zwei Schritte weit. Er rutschte ab, verlor das Gleichgewicht und krachte auf eine der morschen Bodenplanken, die schwankend nachgab, wegrutschte und ihm keinen Halt mehr gab. Er war bis zur Hüfte im Hohlraum versunken. Er versuchte mit einem Bein hochzukommen und hörte das Geräusch, das *Pffft* eines Schusses mit aufgesetztem Schalldämpfer. Das Geräusch war immer noch ziemlich laut, das musste man doch unten hören! Jennerwein spürte einen heftigen Schmerz in seinem Oberschenkel, der sich langsam ausbreitete. Ein Steckschuss? Er machte einen hilflosen und ungeschickten Versuch, seitwärts wegzuhechten. Er kam nicht weit. Jetzt brach er durch die Bodenbretter.

»Oder so!«, flüsterte sein Gegner, der näher gekommen sein musste. Jennerwein spürte jetzt einen Tritt, einen Schlag, was auch immer, der ihm endgültig die Kraft raubte, sich im Hohlraum festzuhalten. So sackte er durch die schlechtgenagelten Bretter, konnte sich gerade mit den Armen noch abstützen, brach aber mit einem Fuß durch die Zierdecke.

Die Panik, die jetzt unten im Saal entstand, war unbeschreiblich. Niemand hatte heute Abend damit gerechnet, dass schon wieder etwas passierte. Man hatte sich sicher gefühlt, und das umso mehr, als Pe Feyninger vor dem Konzert extra noch einmal darauf hingewiesen hatte, dass heute aus Gründen des guten Geschmacks eben *keine* Provokation zu erwarten wäre. Und so waren die Zuschauer vollkommen unvorbereitet auf das Männerbein, das da jetzt durch die Decke gesplittert kam. Die Zuschauer direkt unter dieser Stelle drängten und sprinteten so rasch nach außen, dass sie sich gegenseitig zu Boden rissen. Der Drang zu den Türen war so stark, dass kaum einer es schaffte, durch die Tür zu kommen. Genauso war es oben auf der Galerie. Die Menschen klebten binnen Sekunden an den Ausgängen, nur ein paar wenige gelangten auf die Gänge.

Jennerwein bekam nun einen Schlag ins Gesicht. Er hatte immer noch das starre Bild des breitbeinig stehenden Mannes vor Augen, er sah nichts anderes und wusste nicht, ob der Eindringling versucht hatte, ihn niederzuschlagen, oder ob ihn ein Balken getroffen hatte. Er hatte keine Zeit, darüber nachzudenken, er rutschte nach unten, lädiert und blind, die Zierplatte, die ihm noch ein wenig Halt geboten hatte, löste sich auf einer Seite, er rutschte weiter und bekam nur noch die Zierplatte selbst zu fassen. Er hörte die spitzen Schreie, die von den Rändern des Saales kamen, er wusste, dass die Leute dorthin geflohen waren. Der Lärm war ohrenbetäubend, schwoll auch immer wieder an und ab, als käme der Schrecken in Wellen. Und dann spürte Jennerwein, wie sich die Ziernägelchen, die kleinen, billigen Blechstifte – Kauf die billigsten, es ist nur ein Provisorium! – langsam lösten. Er wusste, die Stifte würden nicht mehr lange halten, er wusste aber nicht, ob ihm der Bursche da oben den Gnadentritt geben würde oder ob er auf seinen Absturz warten musste.

Plötzlich die Stimme. Die Stimme, die eine Bresche durch den Lärm schlug. Eine kräftige, starke, beruhigende Stimme, und viele der panischen Menschen hörten sofort auf zu schreien.

»Meine Damen und Herren, bewahren Sie Ruhe. Es droht Ihnen keine Gefahr. Wir machen jetzt Folgendes.«

Eine befehlsgewohnte Stimme, eine Stimme mit dem gewissen stählernen Klang, den ein Offizier braucht und den ein Entscheidungsträger braucht, eine Stimme, die ein Oberbürgermeister einer Großstadt mit mehr als zehn Millionen Einwohnern braucht – die Stimme von Josef Mirgl, dem Oberlöschmeister der örtlichen freiwilligen Feuerwehr und Inhaber des gleichnamigen Autohauses Mirgl, der heute seine Karte *nicht* verschenkt hatte an einen Kinderarzt aus Husum, der heute im Saal war und sich schrecklich gelangweilt hatte, bis zu eben diesem Zeitpunkt, als es galt, eine Katastrophe zu verhindern. Die Stimme schaffte es, dass der hysterische Geräuschpegel im Saal fast ganz abschwoll.

»Bleiben Sie bitte, wo Sie sind, bleiben Sie einfach stehen, ziehen Sie Ihre Kleider aus und werfen Sie die Kleider in die Mitte. Ja, kommt's, Leut', seids nicht g'schamig – es ist ernst gemeint.«

Der Oberlöschmeister wiederholte die Aufforderung noch ein paar Mal. Er winkte ein paar Beherzte in die Mitte, die dort diejenigen Stühle aus der Halterung rissen, die sich direkt unter dem strampelnden Mann da oben befanden.

»Halten Sie noch durch, nur noch ein paar Sekunden!«, schrie Mirgl zu Jennerwein hinauf. Der wusste, dass er sich nicht mehr lange an der Zierplatte festhalten konnte.

Nachdem die Ersten verstanden hatten, auf was der Oberlöschmeister hinauswollte und sich die Kleider vom Leib rissen und in die Mitte warfen, ging es sehr schnell. Die Galerie machte mit. Auch dort streifte man sich die Abendroben, Trachtenanzüge und Fracks vom Leib und warf sie hinunter in den Saal, wo sie von Mirgls Helfern in die Mitte gelegt wurden. War da nicht der Inhaber des Tapetengeschäftes Rose? Die Klavierlehrerin Erika Ziegenspöcker? Oder oben auf der Galerie eine Staatsanwältin am hiesigen Amtsgericht mit einer Frisur wie Marge Simpson? Alle standen sie in Unterwäsche am Rand, froh, diesmal etwas tun zu können. Der Wandgobelin musste dran glauben, auch der Bühnenvorhang wurde abgerissen, die meiste Dämpfungsmasse war jedoch von den feinen Kleidungsstücken gekommen, sorgfältig zu Hause ausgesucht für den Konzertbesuch, jetzt aufgehäuft zu einem wattigen Sprunghügel.

Warum kam denn kein Hölleisenostlerbecker nach oben, um ihm zu helfen? Warum zog ihn niemand durch das Loch auf einen sicheren Querbalken? Kommissar Jennerwein konnte den Zurufen des Oberlöschmeisters Mirgl nicht mehr folgen, sich festzuhalten. Die Platte riss nicht ab, sie war stabiler als sie aussah, aber er hatte langsam keine Kraft in den Fingern mehr. Dann konnte er sich nicht mehr halten, er rutschte endgültig ab. Stegreifaufgabe aus der Physik. Herr Jennerwein (74 Kilo) fällt an einem Föhntag (1013 Hektopascal) von der Speicherdecke in die Tiefe (12 Meter). Berechnen Sie (unter Vernachlässigung des Luftwiderstandes) die Fallzeit von Herrn Jennerwein.

35

Man denkt, dass es in unseren geordneten und reglementierten Zeiten für jedes Delikt eine Vorschrift gibt, die es unter Strafe stellt. Ab und zu vergisst die große, behäbige Dame Bürokratie allerdings auch einmal eine Kleinigkeit. So ist es weithin unbekannt, dass man *Blaulichter* überall dort kaufen kann, wo man auch Springmesser und Handgranatenattrappen bekommt. So ein Blaulicht ist nicht nur erschwinglich und legal erhältlich, man kann es auch problemlos im Auto anschließen und aufs Autodach heften – nirgends steht so ganz genau, dass das eine Ordnungswidrigkeit ist. Gerade im dichten Stadtverkehr ist so eine Signalleuchte außerordentlich nützlich. Doch auch im unbeweglichsten Autobahnstau bilden die anderen Verkehrsteilnehmer bereitwillig eine Gasse in der Mitte – auf dem Standstreifen zu fahren wäre ja eine Ordnungswidrigkeit. (Man könnte sich auch vorstellen, dass ein blaulichtbestücktes Fahrzeug bei einem Bankraub oder einer Gefangenenbefreiung hilfreich wäre.) Glaubt man denjenigen, die solche Blaulichter ohne große offizielle Berechtigung einsetzen, kann man sogar eine eventuelle Polizeikontrolle durch die hastig und glaubhaft herausgepressten Worte … *BKA … laufende Ermittlungen …* überwinden. Glaube, wer es geprüft.

Flavio war die ganze Nacht durchgefahren, und er war so schnell hierhergekommen, weil er das Blaulicht gezielt eingesetzt hatte. Draußen begann eben erst der Morgen zu grauen, aber alle Mitglieder der Familie waren schon im Raum versammelt. Padrone Spalanzani saß im Morgenrock am Tisch und schaufelte Spaghetti in sich hinein. (Ja, schon vor den 6-Uhr-Nachrichten – es ist ein nationales Stereotyp, aber warum sollte man es verschweigen.) Im Hintergrund war Opernmusik von Giacomo Puccini zu hören. *Nessun dorma!*, knödderte der Tenor, im Fernsehen lief ein Fußballspiel aus der *Serie A,* eine Mannschaft war von Spalanzani bestochen, der Sänger vermutlich ebenfalls. Spalanzani zog eine Micro-Uzi heraus und schoss auf einen der Lautsprecher, der krachend zersplitterte, während der andere weiterlief.

Flavio, dem Neffen des Padrone, lag der Satz *Es ist halt jetzt nicht mehr Stereo* auf der Zunge, er hielt dann aber doch den Mund. Stattdessen legte er einen USB-Stick auf den Tisch.

»Den habe ich ihm abgenommen. Muss etwas furchtbar Wichtiges drauf sein.«

»Untersuchen«, sagte Spalanzani. Eine Hand erschien, nahm sich den Stick und trug ihn vorsichtig weg, als würde er jeden Augenblick explodieren.

»Es gab ein Konzert im Kursaal von diesem Ort mit dem unaussprechlichen Doppelnamen«, fuhr Flavio fort. »Ich habe mich unter die Touristen und Konzertbesucher gemischt. Ich habe unseren Mann herumschleichen sehen. Gute Verkleidung, das muss ich schon sagen, aber eben nicht gut genug. Beim Gong, als alle hineinströmten, hat er sich aus der Menge gelöst. Er nahm die Feuerleiter und kletterte übers Dach in den Speicher. Ich kletterte ihm nach. Im Speicher holte er diesen Stick aus einem Versteck. Mit was ich aber nicht gerechnet habe: Dort lag ein zweiter Mann auf der Lauer. Ein Amateur. Ich hab ihm seine Waffe abgenommen. Hier.«

Flavio warf das Stück Eisen auf den Tisch. Spalanzani nahm es nicht einmal in die Hand.

»Das ist eine Heckler & Koch P10«, sagte der Padrone nach

einem kurzen Blick. »Du hast dich mit der deutschen Polizei angelegt.«

Das Gelächter im Raum war so herzerfrischend, wie wenn jemand einen besonders guten Witz besonders gut erzählt hätte. Es erstarb sofort, als Spalanzani wieder zu reden begann.

»Trotzdem: Die Polizei ist ins Spiel gekommen. Das gefällt mir gar nicht, das gefällt mir überhaupt nicht. Erzähl weiter.«

»Da gibt's nicht viel zu erzählen. Den ersten Typen hab ich bewusstlos geschlagen, ich wollte mich später um ihn kümmern, der zweite Typ fiel durch die Decke, da wurde es mir zu mulmig, und ich hab mich in den Wagen gesetzt und bin hierhergefahren.«

»Idiot.«

»Wieso? Ich hab doch den Stick.«

»Wertlos«, sagte der Mund, der zu der Hand gehörte, die vorher den Stick vom Tisch genommen hatte.

»Idiot«, sagte der Mund, der zu Spalanzani gehörte.

»Wieso wertlos?«

»Kerckhoffs.«

»Will heißen?«

»Nicht zu entschlüsseln.«

»Keine Chance?«

»Keine Chance. Zahlensalat.«

»Das gefällt mir noch viel weniger«, sagte der Padrone und rieb mit einer Käsereibe eine faustgroße Trüffel auf seine Spaghetti.

Eine schmächtige Gestalt in einem T-Shirt mit dem Aufdruck *K* wirkte ein wenig verloren an diesem Tisch. Das blasse, unscheinbare Würstchen mischte sich ins Gespräch ein.

»Was ich euch zu berichten habe, wird euch noch viel weniger gefallen. Ich habe so getan, als wäre ich ein interessierter Kunde. Antonio wollte mir tatsächlich die Adresse verkaufen. Antonio ist die undichte Stelle.«

Alle sahen zu dem blassen Mann hin.

»Gefällt mir noch weniger«, sagte Spalanzani mit vollem Mund.

»Polizei dort unten, einer, der unsere Friedhöfe verrät, ein USB-Stick, der nichts bringt.«

»Der Stick? Vermutlich sind unsere Aufträge da drauf.«

»Gut, dass der nicht in falsche Hände geraten ist.«

Der Padrone wischte sich den Mund ab. *Tu pure, oh Principessa!* sang der Tenor aus einem Lautsprecher, ein bestochener Stürmer verschoss absichtlich einen Elfmeter.

»Wir lösen den Alpen-Friedhof auf«, sagte der Padrone. »Flavio, du fährst sofort wieder zurück und schaltest unsere drei Freunde dort aus. Sofort.«

Draußen begann der Tag. *Dilegua, o notte! Tramontate, stelle!* sang der Tenor. Verschwinde, Nacht! Geht unter, Sterne!, hieß es passenderweise.

36

Die Überlebenschancen bei so viel bajuwarischem Tüll, Flausch und Pomp, elegantem Raff, Bausch und Glitter, bei einem ein Meter zwanzig hohen Berg von Lederhosen, Trachtenhemden, Seidendirndln, Lodenjoppen, Wollstrümpfen, Schurwolljankern, Satin-Abendkleidern, Smokings, Cord-Anzügen, Babydoll-Kleidern und Caprihosen waren hoch – deshalb lag Hauptkommissar Jennerwein nur mit einigen Verstauchungen, Zerrungen, Dehnungen, Blutergüssen, einer ausgerenkten großen Zehe, einer Stichwunde (von der Broschennadel Frau Ziegenspöckers), einem verstauchten Fuß, einer leichten Gehirnerschütterung, einem unbedeutenden Streifschuss am Oberschenkel und noch ein paar traumatischen Petitessen in genau dem Klinikum, dessen Personal gestern abermals versucht hatte, ein Konzert der Pianistin Pe Feyninger ganz bis zum Ende zu hören. Das Krankenzimmer war hell und freundlich, eine Tür führte nach außen auf einen Balkon, der alle Zimmer des Stockwerks miteinander verband. Nach alldem, was vor einer Woche geschehen war, war das Vertrauen Jennerweins in hiesige Heil- und Rettungskünste nicht sonderlich groß, aber über seine momentane pflegerische Behandlung hier im Haus konnte er sich wirklich nicht beklagen. Das Klinikpersonal kümmerte sich rührend um ihn, irgendwann am frühen Vormittag marschierte eine kompetent aussehende Dame (Oberarzt aufwärts) ins Zimmer und untersuchte ihn wortlos, obwohl er lediglich

Kassenpatient war. Sie tat das mit großer Professionalität und Gründlichkeit, drückte da auf eine schmerzende Stelle, betrachtete dort einen Bluterguss und schüttelte in regelmäßigen Abständen wissend und erleichtert, sozusagen schamanisch, den Kopf.

»Und?«, fragte Jennerwein nach einiger Zeit.

Die Tür wurde aufgestoßen, und eine sportliche Frau mit praktischem Kurzhaarschnitt und durchdringendem Blick kam herein. Sie fasste die andere sanft an und schob sie zur Tür.

»Kommen Sie, Frau Dr. Wallmeyer«, sagte sie zu ihr, »gehen Sie wieder auf Ihr Zimmer.«

»Ist sie Patientin?«, fragte Jennerwein.

»Ja«, sagte die Kurzhaarige, »seit Neuestem.«

Die Dame, die ihn so gründlich untersucht hatte, ging wieder hinaus und sprach jemanden auf dem Gang an.

»Mein Name ist Dr. Cornelius«, sagte die kurzhaarige Durchdringende. »Von der psychiatrischen Abteilung. Aber keine Sorge: Frau Dr. Wallmeyer ist harmlos. Sie leidet an einer transienten psychotischen Persönlichkeitsstörung.«

Wie alle Psychiater sprach sie psychotisch wie *psychottisch* aus.

»Sie haben eine psychiatrische Abteilung hier im Klinikum?«, fragte Jennerwein überrascht.

»Ja, warum fragen Sie?«

»Nur interessehalber.«

»Ach ja? Niemand fragt bei der psychiatrischen Abteilung nur interessehalber.«

»Also schön: Kann ich einmal einen Termin bei Ihnen bekommen?«

»Um was geht's?«

»Es geht um einen Freund von mir –«

»Natürlich, um einen Freund, klar. Wie heißt der Freund?«

»Sie könnten als Verhörspezialistin beim BKA anfangen.«

»Also, um was geht es bei Ihnen?«

»Es geht um – ja, ich weiß auch nicht, wo ich anfangen soll –«

Jetzt klopfte es ungestüm an der Schiebetür.

»Aufmachen! Polizei!«, hörte man es von draußen. »Öffnen Sie sofort die Tür! Wir wissen, dass Sie da drinnen sind!«

Sein fünfköpfiges Team brach albernd ins Zimmer.

»Oh! Wir wussten nicht, dass Sie gerade behandelt werden.«

»Kommen Sie nur alle herein, ich setze die Untersuchung ein andermal fort«, sagte Dr. Cornelius lächelnd. »Sie wissen, wo Sie mich erreichen können, Herr Jennerwein?«

»Ja, im Neubau.«

Dr. Cornelius ging hinaus, Jennerwein richtete sich im Bett auf.

»Jetzt ist aber Schluss mit lustig!«

Alle schüttelten ihm die Hand.

»Na, das war aber knapp, Chef«, sagte Stengele. »Aber wir freuen uns außerordentlich, Sie gesund und munter zu sehen – relativ gesund und munter.«

»Es sind ja nur ein paar Kratzer«, sagte Jennerwein. »Das einzig Hinderliche ist das da –«

Er zeigte auf seinen bandagierten linken Fuß.

»Deswegen muss ich noch einen Tag dableiben.«

Obwohl Maria Schmalfuß immer wieder dazu mahnte, den angeschlagenen Jennerwein in Ruhe zu lassen, wurde es doch mehr oder weniger eine Dienstbesprechung, die durch viele Besuche und Anrufe von Menschen unterbrochen wurde, die ihre Genesungswünsche loswerden wollten.

»Sie sind mir ja einer!«, sagte etwa Pe Feyninger lachend. »Wie oft soll ich denn das Konzert noch wiederholen?«

»Aber diesmal sind Sie doch ein paar Takte weitergekommen als letzten Sonntag?«

»Ja, aber nicht viele. Ich habe ja eigentlich eine Zugabe für Sie vorbereitet, Herr Kommissar, nämlich eine hochromantische Interpretation des Jennerwein-Liedes. Sie wären dahingeschmolzen!«

»Versprochen: Das nächste Mal setze ich mich ganz brav in den Zuschauerraum und höre mir das Konzert vom Anfang bis zum Ende an.«

Natürlich schneiten auch viele Ärzte herein und kommentierten Jennerweins Blessuren fachkundig, kritisierten diesen Verband, bemängelten jene Tinktur, hätten es besser gefunden, wenn das und das so und so, aber auf jeden Fall nicht so wie hier, sondern ganz anders gemacht worden wäre.

Der spitzbärtige Lauscher dort draußen auf dem Balkon, der scheinbar sein Mobiltelefon abhörte und dazu schwermütig nickend die ewige Alpspitze betrachtete, hatte in Wirklichkeit sein Ohr im Zimmer. Krank und alt sah er aus in seinem zerknitterten Nachthemd, man musste annehmen, dass da ein Patient frische Luft schnappte, eine Schwester brachte ihm sogar einen Stuhl. Es war kein Patient, es war einer, der einen Patienten spielte. Nur die Beule auf seinem Hinterkopf war echt. Er hustete und griff sich an die Seite, ein bisschen übertrieben vielleicht, aber echte Patienten übertreiben oft noch mehr. Zusätzlich zur Beule war seine Enttäuschung allerdings auch echt. Er hatte bisher noch nichts Wesentliches gehört. Aber er blieb am Ball. Er war ein geduldiger Informationssammler.

ALS DANN AUCH noch einige Einheimische kamen, die von dem schwebenden Kommissar unbedingt ein Autogramm haben wollten, reichte es Stengele. Er trat auf den Gang hinaus und wies die Wachbeamten vor der Tür an, die nächste Viertelstunde niemanden hereinzulassen.

»Sie haben Wachen vor meinem Zimmer aufgestellt?«

»Sicherheitshalber. *Ein* Angriff genügt.«

»Wer hat Sie dort oben angegriffen, Chef?«, fragte Maria.

»Ich habe keine Ahnung. Ich habe ihn während des Kampfes kurz gestreift. Es war ein schmächtiger Mensch. Ich würde auch nicht ausschließen, dass es eine Frau war.«

»Er oder sie hat doch zu Ihnen gesprochen, sagten Sie.«

»Er oder sie hat geflüstert.«

»Akzent?«

»War nicht zu erkennen.«

»Dann können wir davon ausgehen, dass es ein Profi war«, stellte Schwattke fest.

»Ja«, sagte Jennerwein, »er hat, während er mich mit *meiner* Waffe bedroht hat, seine eigene herausgeholt und einen Schalldämpfer draufgeschraubt. Das sieht nach keinem Sonntagsschützen aus. Hat Becker das Projektil schon untersucht?«

»Ja, es war das Geschoss einer 92er-Beretta. Eine Allerweltswaffe, die auf keinen bestimmten Täterkreis hindeutet. Sie wird zum Beispiel von der Schweizer Polizei benützt. Aber auch von der Mafia und von Hunderten von Gangstern aus dem Rotlichtmilieu.«

»Und der andere?«, fragte Jennerwein. »Der niedergeschlagen wurde? Gibt es von dem Spuren?«

»Mehr als genug. Aber auch die führen uns zu niemandem. Der USB-Stick und die beiden abendlichen Besucher sind dem allgemeinen Chaos zum Opfer gefallen, der Stick ist weg, und die beiden sind uns entwischt.«

»Aber warum haben sie den Datenträger mitgenommen? Ihn zu kopieren wäre viel unauffälliger gewesen.«

»Vielleicht wollte ihn der erste Eindringling kopieren, ist aber niedergeschlagen worden.«

»Und der andere?«

»Hielt es für sicherer, zu fliehen.«

Jennerwein richtete sich, so gut es ging, im Bett auf. Zwei kleine Details trafen nun in seinem Kopf zusammen. Jedes für sich wäre zu klein gewesen, um überhaupt beachtet zu werden. Aber beide zusammen ließen den Fall in einem merkwürdigen, trüben Licht erscheinen. Als der Eindringling oben im Speicher hinter ihm gestanden hatte, um ihm etwas ins Ohr zu flüstern, hatte der die Waffe, seine Heckler & Koch, in der linken Hand gehalten. Der Eindringling war Linkshänder. Und ein Mitglied seines Teams hier war Linkshänder. Dieses Mitglied trug ein kleines Pflaster an der Stirn, von einer Verletzung, wie man sie nach einer Rangelei hat.

»Ich will von jedem von Ihnen eine Schilderung der Ereignisse gestern Abend«, sagte Jennerwein. »Und zwar von jedem allein – ich will nicht, dass Sie sich gegenseitig unbewusst beeinflussen. Also raus mit der ganzen Rasselbande! Ostler, Sie bleiben da, Sie sind der Erste.«

Das war die bekannte Roony-Jefferson-Methode, wie man sie bei Zeugenaussagen unter Kollegen durchaus praktizierte. Alle waren sofort einverstanden und trotteten, ohne zu murren, hinaus. Offenbar schöpfte niemand Verdacht, dass Jennerwein wiederum einen Verdacht geschöpft hatte.

Ostler berichtete ihm als Erster. Er war in Zivilkleidung außen um das Gebäude herumgeschlichen, und ihm war nichts Verdächtiges aufgefallen. Als Nächster wurde Hölleisen befragt, dessen Aufgabe es gewesen war, den Hauptausgang von außen zu bewachen. Hölleisen hatte diskret mitgefilmt, die Auswertung der Bilder hatte noch keine Ergebnisse gebracht. Nach dem jähen Absturz Jennerweins waren beide von Stengele hineingerufen worden, sie schafften es jedoch nicht in den Saal, das Gedränge war einfach zu groß. Stengele selbst hatte sich im Foyer aufgehalten, er hatte sein Versteck hinter der Kleiderstange der Garderobiere Anne Probst gewählt. Auch Stengele war im Foyer des Erdgeschosses nichts Außergewöhnliches aufgefallen, Maria war im Zuschauerraum gewesen, sie hatte sich dort hinten in einer Nische verborgen. Nicole Schwattke hatte sich ihr Versteck oben auf der Treppe zwischen dem ersten und zweiten Stock hinter einem Mauervorsprung gesucht. Und dann waren da noch Hansjochen Becker und zwei weitere Spurensicherer, nämlich der Schluchtel-Klopfer und der Junkfood-Junkie Joe, die auf der Galerie gesessen hatten, mehr interessehalber als dienstlich. Jennerwein war schon vor der Befragung der Gedanke gekommen, dass sich alle, aber auch wirklich alle, ohne von den anderen bemerkt zu werden, in den Speicher hätten hinaufschleichen können! Jennerwein fühlte sich äußerst unwohl dabei, diesen Gedanken weiterdenken zu müssen. Trotzdem hatte er die Frage stellen müssen:

»Sie sind Linkshänderin?«

»Ja. Warum?«

»Sie halten auch die Waffe links?«

»Natürlich. Warum fragen Sie?«

Pause. Schweigen.

»Haben Sie mir was zu sagen?«

Herumgedruckse. Fußscharren. Fingernägelbetrachtungen.

»Ich weiß, dass es schwach ist, jetzt erst damit rauszurücken. Ich war in meinem Versteck die ganze Zeit hellwach und hochaufmerksam. Bis auf eine Ausnahme. Als das Konzert begonnen hatte, habe ich mich kurz umgedreht, und grade in dem Augenblick geht hinter mir die Türe auf, der Kerl rennt die Treppe herunter, stößt mich heftig beiseite, ich stürze und bleibe ein paar Sekunden liegen – hat nämlich verdammt wehgetan. Nach unten war kein Durchkommen mehr, ich konnte die Verfolgung nicht aufnehmen, ich steckte fest, wie alle anderen.«

»Und von dem Stoß haben Sie auch die Verletzung über der Augenbraue?«

»Ja«, sagte Nicole Schwattke. »Es kann aber auch sein«, fuhr sie fort, »dass ich nicht von dem Täter dort oben niedergerempelt wurde, sondern von einem verschreckten Zuhörer, zum Beispiel von einer Dame, die die Toilette oben benutzt hat. Ich habe einfach nicht aufgepasst.«

»Ja, sparen Sie sich die Entschuldigungen, wir haben alle nicht aufgepasst. Auch ich habe ein paar Anfängerfehler gemacht«, sagte Jennerwein. »Ich habe mir zum Beispiel meine Dienstwaffe abnehmen lassen.«

Es klopfte, und die Familie Schmidinger platzte herein. Das Ehepaar und der Sohn Pauli standen verlegen da.

»Wir haben Ihnen etwas mitgebracht«, sagte Frau Schmidinger, eine weiche, ungeschminkte Rothaarige im Dirndl. Sie packte ein paar Häppchen aus, Lachs- und Kaviarkanapees, über die sich Jennerwein ehrlich freute. Der coole zwölfjährige Pauli grüßte, wünschte artig gute Besserung, drückte auf seinem iPod herum und sah dann aus dem Fenster. Schmidinger trug keinen *Stürzt-Strauß!-Button* mehr. So recht wusste Jennerwein eigentlich nicht, was er mit dem Trio reden sollte.

»Ich habe Ihnen sicherlich eine Menge Arbeit gemacht«, sagte er schließlich zu Peter Schmidinger.

»Ein Hausmeister ist einiges gewohnt«, sagte Peter Schmidinger lächelnd.

»Der Speicher dort oben ist wohl nicht Ihr Lieblingsplatz?«

»Das kann man so sagen. Ich habe ihn seit dem Selbstmord vom Schoirer Sepp nicht mehr betreten. Ich dachte, auch sonst hat kein Mensch Interesse, diesen unnützen Speicher zu betreten. Ich mache mir schwere Vorwürfe. Ich hätte ein richtiges Sicherheitsschloss einbauen lassen sollen.«

»Machen Sie sich keine Vorwürfe. In den Speicher kann man auch über die Dachfenster gelangen.«

Die Schmidingers verabschiedeten sich, und als sie hinausgingen, sah Jennerwein, dass Maria immer noch auf dem Gang stand und mit den zwei Wachen plauderte. Als die drei Schmidingers an ihr vorbeitrotteten, grüßte sie kurz. Schmidinger und seine Frau fassten sich an den Händen, Pauli, der Sohn, steckte sich sofort wieder die Kopfhörer ins Ohr. Als er an ihr vorbeiging, sah sie, dass einer seiner Schnürsenkel gelockert war, sie wies ihn mit einer Geste darauf hin. Pauli, dessen Körper genau in der Mitte zwischen dem Knabenkind und dem langen Lulatsch hing, kniete sich hin und band sich die Schuhbänder, seine Eltern gingen weiter. Am Ende des Ganges blieben sie stehen und warteten auf ihn. Pauli sprang auf und lief den Korridor entlang. Sein Gang, sein Trab, sein Spurt, ein ganz bestimmter Hüftschwung beim Laufen – das alles verriet ihn. Maria wartete ab, bis alle drei um die Ecke gebogen waren, dann stürmte sie ins Zimmer zurück.

»Chef, es ist unglaublich, aber –«

Sie hielt inne. Jennerwein telefonierte gerade und bedeutete ihr mit einer Geste, das Telefonat abzuwarten.

»Was sagen Sie?«, rief Jennerwein ins Telefon. »Das ist unglaublich, das gibt's ja gar nicht!«

Jennerwein legte den Telefonhörer auf.

»Ich habe Neuigkeiten«, sagte Jennerwein.

»Ich auch«, sagte Maria.

»Sie zuerst.«

»Nein, Sie zuerst.«

Sie mussten beide lachen.

»Vielleicht sind es ja dieselben Neuigkeiten?«

»Ich habe Pauli Schmidinger gerade den Gang entlanglaufen sehen: Pauli ist unser Trachtler, den wir verfolgt haben, da bin ich mir ganz sicher. Und jetzt Sie!«

»Becker hat gerade angerufen. Er hat neue Ergebnisse bezüglich der DNA-Spuren oben auf dem Dach. Es gilt immer noch: Kein Hausangestellter hat dort oben Spuren hinterlassen. Aber ein Verwandter eines Hausangestellten. Ein Verwandter von Schmidinger.«

»Sein Junge?«

Jennerwein schüttelte zweifelnd den Kopf.

»Pauli ist unser Trachtler: ja. Aber ist Pauli auch der Sprengstoffmischer? Ist er der Schütze mit Schalldämpfer, der alle Tricks bis hin zum Stimmeverstellen draufhat? Der kaltblütige Killer, der einem Hauptkommissar einen Tritt gibt, damit der fast zu Tode stürzt?«

Maria wollte gerade den Mund aufmachen, um etwas zu entgegnen, da streckte eine Frau den Kopf herein und sagte:

»Eine Frage noch: *Morbus Wallmeyer* oder *Wallmeyer's disease?* Was klingt besser?«

37

»DA, SCHAU, da oben fliegt ein Drachenflieger!«

»Das ist kein Drachenflieger, sondern ein Paraglider.«

»Ich hab immer geglaubt, das ist dasselbe.«

»Nein, ein *Gleitschirmflieger* und ein Paraglider sind dasselbe.«

»Und wo ist da der Unterschied?«

»Zwischen was?«

»Zwischen einem Gleitschirmflieger und einem Paraglider?«

»Da ist eben überhaupt kein Unterschied, das ist eben dasselbe.«

»Aber ich wollte doch den Unterschied zwischen einem Drachenflieger und einem Paraglider wissen.«

»Der eine sitzt beim Fliegen, der andere liegt auf dem Bauch.«

»Und wer tut was?«

»Ich glaube, der Paraglider sitzt und der Drachenflieger liegt. Oder umgekehrt.«

»Und der da droben?«

»Kann man nicht so genau erkennen, der ist zu weit weg.«

»Der schlingert aber ganz schön rum.«

»Wahrscheinlich ein Anfänger.«

Der Mann dort oben in zweihundert Metern Höhe war ganz bestimmt kein Anfänger, das Schlingern rührte vielmehr von seinem Versuch her, schnell nach dem fallenden Fernglas zu greifen, dessen brüchiger Tragegurt gerissen war. Er hatte das

Fernglas nicht mehr erwischt, es war lautlos hinunter in die Tiefe geglitten. Der Mann fluchte. Vorsichtig öffnete er die Tasche, die vor seiner Brust am Gurtzeug befestigt war. Da drinnen steckte ein Präzisionsgewehr mit einem Zielfernrohr, mit dem er ebenfalls nach unten spähen konnte – sein altes Armeefernglas wäre allerdings unauffälliger gewesen. Die Touristen unten, die da hinaufgezeigt hatten zu ihm, wandten ihre Aufmerksamkeit wieder dem Festzug zu, denn die Blasmusik hatte sich aufgestellt und setzte jetzt sicherlich gleich mit dem bayrischsten aller Märsche ein, dem Bayrischen Defiliermarsch. Rrrrrrrrrrrrrrrrrr!, schnarrten die Trommeln des Spielmannszuges schon mal, und der Flieger dort oben war vergessen.

Durch die Ereignisse der letzten Woche war im Kurort eines ganz außer Acht geraten, und das war die ansonsten unablässige Pflege des heimatlichen Brauchtums. Jetzt aber, als man dachte, dass sich alles wieder zum Guten wendete, war es an der Zeit, sich wieder um das zu kümmern, was die eigentliche Anziehungskraft des Fremdenverkehrsortes ausmachte. Und dazu gehörte die seit dem späten Mittelalter nachgewiesene, inzwischen 627. Festwoche mit Bierzelt und Trachtenumzug. Das war gerade das richtige Ereignis, um wieder umzuschwenken auf das eigentliche Wesen des Kurorts, nämlich Kulisse zu bieten für die, die der Kulisse wegen hergekommen waren. Die Kurgäste säumten jetzt die Straßen und fotografierten. Die Kurgäste, die seltsame Spezies der Menschen, die gleichzeitig verachtet wird von den Einheimischen und doch gebraucht, um das Einheimische zu erhalten.

Gleich musste der Umzug mit seinen insgesamt dreißig gehenden, fahrenden und reitenden Bildern beginnen, dieses Jahr waren besonders viele Teilnehmer und Zuschauer dabei, denn der Alpentrachtenerhaltungsverein eines benachbarten 20-Seelen-Dorfes (der Verein bestand sonderbarerweise aus fünfhundert Mitgliedern) feierte nun schon sein 125-jähriges Bestehen. Einer der Vereine feierte immer irgendein Bestehen. Unbestrittene Hauptattraktion war heuer aber die historische Löschgruppe der freiwilligen Feuerwehr, die mit eisernem Spritzenwagen und hölzerner Feuerleiter anrückte – und da war Josef Mirgl dabei, der Inhaber des gleichnamigen Autohauses, der Oberlöschmeister der freiwilligen Feuerwehr, der Held des gestrigen Tages. Diesmal war er natürlich bekleidet zu sehen, sogar historisch gekleidet, in einer Feuerwehruniform aus dem 19. Jahrhundert. Josef Mirgl, der heroische Helfer, bewundert und beneidet von allen Seiten, gab einer überregionalen Zeitung gerade ein Interview. Er habe so gehandelt, wie andere Feuerwehrleute auch gehandelt hätten. Das sei nichts Besonderes für ihn, früher, in seiner aktiven Dienstzeit, habe er jeden Tag so etwas getan. Er nahm jetzt den golden blitzenden Feuerwehrhelm aus Messing ab. Um ihn herum bildete sich eine große Menschentraube. Weil: Der Mirgl, das war schon einer, mit dem man sich unterhalten konnte, ein richtiges Mannsbild war das – und nicht so ein Lätschenbeni wie dieser Jennerwein, dieser sogenannte Kommissar, dieser Huisenblasi, bei dem gar nichts weiterging, der bisher ein einziges wortkarges und lustloses Interview gegeben hatte!

Der Gemeinderat Toni Harrigl, der immer noch die These vertrat, dass ein Mordanschlag auf ihn geplant worden war (und der deshalb eine Bleiweste unter seiner Tracht trug), war ein wenig beleidigt, weil er nicht interviewt wurde. Er sagte zu den Umstehenden:

»Lange wird dieser Jennerwein die Ermittlungen ohnehin nicht mehr leiten. Ich habe in den vergangenen Tagen schon meinen ganzen politischen Einfluss geltend gemacht –« Vierundzwanzig schrille Piccolo-Pfeifen des Spielmannszuges schnitten ihm das Wort ab.

»Was geschieht jetzt eigentlich mit den ganzen Kleidern?«, fragte die Interviewerin Josef Mirgl nach dem Piccolo-Solo.

»Ja, die meisten sind dem Roten Kreuz gespendet worden. Viele wollten sie nicht zurückhaben und sind gegangen.«

»Sie meinen: Die Leute sind in Unterwäsche nach Hause gegangen?«

»Ja, was wollen Sie, Fräulein? Es war eine laue Augustnacht, eine fast italienische Nacht!«

Und tatsächlich waren die abgestreiften Kleider dem Roten Kreuz gespendet worden, denn kaum einer hatte sich (wenn der Bildbruch erlaubt ist) die Blöße geben wollen, in dem Kleiderhaufen herumzuwühlen. Und da die meisten nicht allzu weit vom Konzertsaal entfernt wohnten, hatte es im Kurort gestern zeitweilig Szenen von paradiesischer Unschuld gegeben. (Ein schwerer Unfall war allerdings auch passiert. An der Ortseinfahrt hatte ein ortsunkundiger Fahrer die drei alten Guggemoos-Schwestern in schwarzen Dessous auf dem Gehweg daherkommen sehen wie die drei Hexen bei Macbeth, er brachte diese Szene mit den Erfahrungen aus der Realität nicht ganz zusammen. Er prallte auf ein anderes stehendes Auto auf, das den Hexentanz ebenfalls ungläubig begutachtete.) Rrrrrrrrrrrrrrrr!, schlugen die Trommeln des Spielmannzuges.

»Jetzt muss ich Schluss machen, Fräulein, der Zug geht gleich los.«

»Herr Oberlöschmeister Mirgl, ich bedanke mich für dieses Gespräch.«

Die Kleider dem Roten Kreuz zu spenden war eine gute Idee. Und manch einer stellte sich auch vor, dass es bald in den umkämpften Krisengebieten von Kabul oder in den Slums von Pretoria einen gab, der in einer Lederhose herumlief, auf deren Hosenträger *G'sund samma!* gestickt war.

Und dann war da noch das kleine Mädchen, das ein Täfelchen zu tragen hatte, auf dem *Nr. 17: Weidegenossenschaft mit histori-*

schem Almabtrieb zu lesen war. Das Mädchen steckte ebenfalls in Tracht, es trug das Täfelchen mit beiden Händen, es schwitzte heftig, war aber stolz, dabei sein zu dürfen. Der Musikzug hatte begonnen, im Gleichschritt ging es Richtung Festzelt. Schönes Wetter, herrlicher Sonnenschein, Bayrischer Defiliermarsch. Das Mädchen genoss das Blitzlichtgewitter der Touristen. Die Mama hatte ihr erzählt, dass ihr Bild um die ganze Welt gehen würde. Nach Japan, nach Russland, nach Preußen, überallhin. Das Mädchen trug ein grünes Mieder und eine blütenweiße Trachtenbluse. Der Bayrische Defiliermarsch schwoll an. Das Mädchen legte das Kinn an die Brust und lugte an sich hinunter. Halt, da stimmte was nicht! Das Mädchen bemerkte auf seiner Brust, auf der blütenweißen Dirndlbluse einen winzig kleinen blässlichroten Fleck. Sie nahm das Täfelchen kurz in die linke Hand und versuchte mit der rechten das wegzuwischen, was sie für ein rotes Fuzzelchen hielt. Es war kein rotes Fuzzelchen, es war ein richtiger Fleck. Die Mama würde schimpfen, sie hatte wieder einmal gekleckert. Sie ging ein paar Meter weiter. Aber sie hatte doch gar nicht gekleckert! Da war sie sich ganz sicher. Sie hatte vorhin zum Essen ihr Lätzchen umgebunden, auf dem *An Guad'n!* stand. Sie hatte da nicht draufgekleckert. Sie blickte nochmals an sich hinunter: Der rote Fleck bewegte sich. Und auf einmal war er weg.

38

Als Maria Schmalfuss an der Wohnungstür klingelte, machte ihr ein strumpfsockiger Junge auf, der gerade ein Marmeladenbrot gegessen hatte. Er blickte grimmig drein.

»Moment, ich muss mir nur den Mund abwischen«, sagte der Junge.

Nein, du bleibst jetzt hier! Du setzt dich sofort da hin! Du treibst mir keine Spielchen!, wollte Maria Schmalfuß sagen, doch sie sagte nur:

»Ja, klar, mach das.«

Maria spürte, wie ihre Stimme zitterte. Sollte sie Pauli ins Bad nachfolgen und dort seine Flucht durchs Badezimmerfenster vereiteln? Sollte sie für alle Fälle die kleine bronzene Buddha-Statue dazu mitnehmen? Sollte sie schon einmal ausholen damit? Sollte sie im Revier anrufen und um Verstärkung bitten? Flüsternd eine Ringfahndung anregen? Ganz cool sitzenbleiben und so tun, als hätte sie eine Waffe in der Strickjacke?

Als Pauli wieder aus dem Bad kam, trug er ein frisches Hemd und war ordentlich frisiert. Er stellte zwei Gläser Orangensaft auf den Tisch und bot ihr einen Platz auf dem Sofa an. Das Wohnzimmer war betont unbürgerlich gestaltet. Nur ja keine Kissen, die man mit einem Handkantenschlag formen konnte. Nur ja keine zwei gleichen Sitzmöbel. Pop-Art-Farben schrien Maria aus allen Richtungen an, und Pauli hätte nur noch etwas von Police auflegen müssen, dann wären die Achtzigerjahre perfekt gewesen. Er schien von Anfang an nicht sonderlich verwundert über ihren Besuch gewesen zu sein.

»Sie haben's also rausgekriegt«, sagte er plötzlich.

Maria entgegnete nichts. Wer schweigt, herrscht.

»Aber wie haben Sie's rausgekriegt?«, fragte Pauli Schmidinger nach einer Pause, in denen sie drei gerichtspsychologische Gutachten hätte schreiben können.

»Wie ich's rausgekriegt habe? Nun, ich bin dir letzte Woche nachgelaufen, als du dich als Trachtler verkleidet hast. Und jetzt gerade eben habe ich dich im Krankenhausgang laufen sehen. Und dann habe ich verglichen.«

»Na ja, was heißt: als Trachtler verkleidet? Es war nichts anderes da als das Sepplkostüm. Das Zeug hing im Kleiderschrank, ich weiß gar nicht, wer mir das gekauft hat. Meine Alten bestimmt nicht. Und nachdem hier alles von Polizei gewimmelt hat, dachte ich, ich schlüpfe da rein, bevor ich raus aufs Dach gehe. Und da kam mir die Tracht gerade recht.«

»Warum bist du aufs Dach geklettert?«

»Na, das wissen Sie doch.«

»Ehrlich gesagt: nein.«

»So? Na, wegen der Turnschuhe. Die wollte ich endlich wieder reinholen. Die waren aber nicht mehr da. Runtergefallen vielleicht. Verwittert und zerbröselt. Von Raben weggetragen. Keine Ahnung. Oder haben Sie die da weggeholt?«

»Ja, das haben wir.«

»Aber die Turnschuhe haben doch mit dem ganzen Scheiß nichts zu tun. Oder hat Sie der alte McGraw auf die Spur gebracht?«

»Wer ist der alte McGraw?«

»Das ist der Vater von Jasper McGraw, der mit mir in die Klasse geht.«

»Nein, der Name McGraw sagt mir jetzt gar nichts.«

»Jasper McGraw ist ein eingebildeter Fatzke. Er geht in meine Klasse, gibt an damit, dass seine Eltern stinkreich sind.

Kommt mit einem Schnäuztuch in die Schule, das seine Eltern bei *Gentlemen's Outfitter* in London gekauft haben. Depp. Wir wollten ihm einen Streich spielen. Das sollte nur ein Scherz sein, echt. Nur ein Denkzettel. Seine Eltern sind Amis, irgendwelche Generäle, haben ein Haus am Sonnenhang, ziehen jeden Tag die amerikanische Fahne auf. Und in der Schule muss der damit angeben, dass er sogar Turnschuhe von was weiß ich für einer Firma –«

»Gucci.«

»Wie?«

»Es sind Gucci-Schuhe.«

»Jedenfalls schweineteuer. Und dann haben wir die Schuhe ausgetauscht. Wir haben das billigste Sonderangebot gekauft, das es gab. Wir haben extra das Preisschild drangelassen: *Heruntergesetzt auf 9,99 Euro!* Das hat gesessen! Jasper McGraw ist rot angelaufen vor Wut, 9,99 Euro haben die noch nie in ihrem Leben für irgendwas ausgegeben. Sein Vater, der General, hat dann aber gleich mit irgendwas Juristischem gedroht. Zum Zurücktauschen war keine Gelegenheit, da habe ich sie oben versteckt.«

Wieder entstand eine Pause. Pauli sollte noch was sagen. Wer schweigt, herrscht. Schließlich wurde es Maria zu viel.

»Du bist oft oben im Speicher?«

Pauli Schmidinger nickte unmerklich.

»Und du willst mir sicher noch was sagen.«

Pauli nickte nochmals.

»Spuck es aus, dann hast du es hinter dir. Du bist zwölf, du bist noch nicht strafmündig. Was du auch getan hast, du kommst nicht in den Knast.«

»Also gut«, sagte Pauli, »angefangen hat es mit dem Onkel Gustl. Der ist eigentlich schuld. Aber warten Sie –«

Pauli stand auf und ging ins Nebenzimmer, Maria blieb sitzen, diesmal nicht mehr so zittrig wie vorher. Der Junge vertraute ihr, sie konnte dem Jungen vertrauen. Sie hatte jetzt ein gutes, warmes Bauchgefühl, das genügte ihr. Sie fühlte sich sicher, sie fühlte sich nützlich, sie wollte endlich zeigen, dass sie als Psychologin nicht ganz überflüssig war im Team, dass sie einen entscheidenden Beitrag zu dem Fall lieferte, der vermutlich kurz vor der Lösung stand. Es gab ein Geraschel im Nebenzimmer, als würde dort ein größeres Geschenk ausgewickelt werden. Dann kam Pauli wieder zurück.

Maria erschrak zu Tode, sie blieb starr auf der Sofakante sitzen. Sich nur nichts anmerken lassen. Jetzt ganz ruhig sein, ganz cool sein, so tun, als wäre man überhaupt nicht beeindruckt, als würde man das alle Tage sehen. Pauli Schmidinger stand mit einer mattglänzenden Kalaschnikow in der Tür, er hielt sie zuerst wie Sylvester Stallone in *Rambo II,* dann nahm er sie mit beiden Händen und legte sie vorsichtig auf den Wohnzimmertisch.

Er setzte sich und erzählte seine Geschichte. Knapp und ohne Umschweife. Mein lustigstes Wochenenderlebnis. Wie ich meine Eltern einmal total verarscht habe.

»Die haben überlegt, ob sie mich im nächsten Schuljahr nicht auf eine Montessorischule schicken sollen. Es wurde viel diskutiert, auch Onkel Gustl war oft dabei, das ist der Bruder von meinem Vater. Der war radikal dagegen. Mein Vater und er haben sich deswegen oft gefetzt. An meinem zwölften Geburtstag kam dann ein Geschenkpaket von Onkel Gustl, und als ich es ausgepackt hatte, war mein Geburtstagsfest total versaut, denn das Geschenk von Onkel Gustl bestand aus einem Bausatz für ein Sturmgewehr, der russischen AK 47 Kaliber 7,62 mm.«

Er zeigte auf die Waffe, die vor ihnen lag.

»Es sollte ein Scherz sein, *ich* habe darüber gelacht, meine Eltern nicht. Der kann was erleben, hat meine Mutter gesagt, und mich hat sie angefaucht, dass ich das Zeugs sofort in den gelben Plastikmüllsack werfen soll. Aber sofort!, hat sie geschrien. So kannte ich sie gar nicht, meine Mutter.«

»Eine Kalaschnikow im Plastikmüll?«, fragte Maria verwundert.

»Ja, haben Sie's denn immer noch nicht begriffen!«, sagte Pauli genervt. »Es ist eine Plastikwaffe, die genauso aussieht wie eine echte! Eine sogenannte *Anscheinwaffe,* die man inzwischen in jedem Spielzeugladen bekommt. Deswegen so einen Aufstand zu machen, ich hab es gar nicht fassen können.«

»Du hast sie aber dann nicht entsorgt?«

»Zunächst schon. Ich wollte den Geburtstag nicht noch mehr stanzen. Ich habe es gemacht. Die gelbe Plastiktüte stand die ganze Woche über in der Garageneinfahrt. Irgendwann kam Onkel Gustl vorbei. Na, wie haben Weichspülers Geburtstag gefeiert?, fragte er, und daraufhin wurde der Kontakt mit ihm ganz abgebrochen. Am letzten Sonntag stand die Tüte immer noch da. Ich konnte in der Nacht nicht richtig schlafen, der Föhn, Sie wissen schon. Ich hab mich hinuntergeschlichen, und die Kalaschnikow gaudihalber zusammengebaut. Phattes Gefühl, fassen Sie mal an.«

»Ich denke gar nicht daran.«

»Ich habe in der Garage ein bisschen damit herumgezielt, habe aber schnell die Lust verloren. Dann habe ich sie auf dem Speicher versteckt.«

»Eine billige Imitation«, murmelte Maria.

»Ja freilich«, sagte Pauli, »aber eine gute! Sie haben vorhin ganz schön geschwitzt, ich hab's gesehen. Fassen Sie mal an, dann verlieren Sie die Angst davor.«

Maria nahm die Waffe zögerlich auf. Sie war ziemlich schwer.

»Ein paar eingebaute Eisenteile simulieren das Originalgewicht«, sagte Pauli, als er Marias fragenden Blick sah.

»Du warst dann am Sonntagabend nochmals im Speicher?«, bohrte Maria nach. »Du hast wieder ein bisschen herumgespielt damit?«

»Ja, okay, geb ich zu. Ich war da droben.«

»Und?«

»Ja, ich hab die Knarre aus dem Versteck geholt und hab mich in den Zwischenraum gelegt und bin da ein bisschen rumgerobbt.«

»Du weißt, dass das bloß eine Zierdecke ist?«

»Ja, aber wenn man auf den tragenden Balken bleibt, kann nichts passieren. Ich hab mir dann den Soundtrack von *Das Boot* reingezogen und durch einige Lücken nach unten gezielt, auf die Figuren an der Wand. Etwa in der Mitte des Dachbodens gab es eine Deckenfliese, die ein bisschen lockerer war. Da hab ich mit dem Gewehrlauf dagegen gedrückt. Die Leute sind dagesessen, das Konzert hat anscheinend schon angefangen, ich hab ja nichts gehört, weil jetzt gerade die Stelle im Kopfhörer kam, wo das U-Boot aus dem Hafen von La Rochelle ausläuft, voll dramatisch mit der Musik von Klaus Doldinger, der hat auch mal ein Konzert gegeben im Kursaal. Hab ich mir von oben angehört. *Das Boot,* kennen Sie doch, oder? Und da kam jetzt der Typ rein in die Reihe und, ja, ich geb's zu, ich habe ihn mit der Kalaschnikow verfolgt. Ich hab mir dabei vorgestellt – ich weiß gar nicht mehr, was ich mir da vorgestellt habe. Vielleicht wollte ich mir grade was vorstellen, da denke ich, den Typen kennst du doch, das ist doch mein Snowboard-Trainer, was tut denn der hier in einem Konzert mit lauter halbtoten Zombies! Ich fand das Ganze jetzt schon nicht mehr so gut und wollte aufhören damit, aber dann sehe ich einen Schatten an mir vorbeirauschen. Und dann kracht schräg unter mir die Platte weg. Ich hab einen Riesenschreck gekriegt, ich hab gedacht, ich fall jetzt runter. Ich hab gar nicht mitgekriegt, dass da noch jemand war, dann aber hab ich das ganze Blut gesehen an der Holzkante, und eine Nase, und dann ist es mir langsam gedämmert. Dass da jemand an mir vorbei- und durchgefallen ist.«

»Hast du durch den Spalt nach unten gesehen?«

»Nein, das konnte ich ja nicht, die Platte ist wieder zurückgeschnellt. Aber dann war da unten ein Getöse, ich hatte ja inzwischen den iPod wieder ausgeschaltet. Und dann bin ich abgehauen, in die Wohnung. Ich hab nachgedacht und gar nicht so recht verstanden, was da jetzt grade passiert ist. Und ich habe mir eingeredet, dass der Unfall ja nichts mit mir zu tun gehabt hat. Erst als mein Vater später dann ein paar Details erzählt hat, hab ich mir was zusammengereimt.«

»Was hast du dir zusammengereimt?«

»Der Liebscher wollte meinem Vater was unterjubeln. Der Liebscher stand kurz vor dem Rausschmiss, wahrscheinlich hat er mein Gewehr von unten gesehen, ist raufgekommen und wollte mich da rausziehen. Um sich wichtig zu machen, um zu zeigen, wie unentbehrlich er ist, was weiß ich. Oder um zu sagen: Da, die Schmidingers machen ein Scheiß nach dem anderen! Keine Ahnung.«

»Hat dich Liebscher angesprochen, bevor er runtergefallen ist?«

»Das weiß ich nicht. Ich hab den MP3-Player sehr laut aufgedreht.«

»Und du hattest nicht den Mut, uns das zu sagen?«

»Nein, den Mut hatte ich nicht, das geb ich zu.«

»Hast du den Mut, mit mir wieder ins Krankenhaus zurückzukommen und die Geschichte nochmals zu erzählen? Diesmal einem richtigen Kommissar«, fügte sie süffisant hinzu.

»Ja, das will ich machen. Warten Sie –«

Pauli nahm das Gewehr.

»Das soll doch nicht hier auf dem Wohnzimmertisch liegen bleiben, oder? Meine Schaumstoff-Eltern fallen ja in Ohnmacht.«

»Das tun sie ohnehin. Komm jetzt.«

»Nein, ich will erst das Gewehr wieder verstecken.«

»Hier in der Wohnung? Oder gar auf dem Speicher? Das halte ich für keine gute Idee. Wir nehmen es mit.«

»Sie wollen mit etwas, das jeder für eine echte Kalaschnikow hält, durch den ganzen Ort ziehen?«

»Nein, natürlich nicht. Such eine Tasche.«

Es fand sich im Schmidinger'schen Haushalt auf die Schnelle keine Tasche, die groß genug gewesen wäre für die Abmessungen von 645 mm bei eingeklappter Schulterstütze. Maria ging in die Küche, dort fand sie Blumenpapier.

»Das muss genügen. Wir gehen ins Krankenhaus und bringen einen Blumenstrauß mit.«

ALS MARIA mit Pauli ins Krankenzimmer kam, saß Jennerwein schon aufrecht im Bett, und im Zimmer tanzten tausend Fragezeichen.

»Wenn Sie nicht schon im Bett wären, würde ich jetzt sagen: Setzen Sie sich erst mal hin«, sagte Maria.

»Äh – Sie haben mir Blumen mitgebracht?«

»Dann wickle mal aus, Pauli.«

Jennerwein blieb der Mund offen stehen.

»Eine AK-47. Ich will doch nicht hoffen –«

»Eine täuschend echte Nachbildung«, sagte Pauli. »Eine sogenannte *Anscheinwaffe.*«

»Danke für die Erläuterung«, raunzte Jennerwein.

»Ich frage einmal im Schwesternzimmer, ob es eine Vase dafür gibt«, sagte Maria augenzwinkernd und ging zur Tür. »In der Zeit wird Ihnen dieser junge Mann ein paar interessante Dinge erzählen.«

»Ich höre«, sagte Jennerwein, als Maria draußen war.

Pauli erzählte seine Geschichte noch einmal. Ohne Scheu, detailgetreu, aber ohne Abschweifungen, Maria hatte ihm offenbar die Angst genommen. Eine psychologische Meisterleistung von ihr, dachte Jennerwein. Dieser Frau konnte man sich anvertrauen, und auch er würde sich ihr offenbaren, ihr würde er alles über seine eigenen Schwierigkeiten erzählen. Wenn der Fall abgeschlossen war. Und es sah ganz danach aus, als ob der Fall bald abgeschlossen war – denn der Missetäter stand vor ihm. Gleich morgen würde er mit Maria reden. Oder übermorgen. Nächste Woche würde auch noch genügen.

»Das ist schön, dass du endlich damit rausrückst«, sagte Jennerwein. »Komm, setz dich her zu mir, ich beiße nicht. Aber eines muss ich schon sagen, Freundchen: Du hättest uns viel Arbeit erspart, wenn –«

»Ja, tut mir leid«, unterbrach ihn Pauli Schmidinger. »Und gestern?«, bohrte Jennerwein weiter.

»Wie: gestern?«

»Du weißt genau, was ich meine. Du hast mir jetzt alles von vorletztem Sonntag erzählt, jetzt will ich wissen, was du gestern angestellt hast.«

»Ich weiß zwar nicht, was gestern da oben geschehen ist, Herr Kommissar, aber damit habe ich nichts zu tun. Ich war gestern den ganzen Abend auf meinem Zimmer und habe was gelesen. Wenn Sie wollen, kann ich Ihnen den Inhalt –«

»Sehr witzig«, sagte Jennerwein. »Komm mal näher her zu mir. Stell dich hier vors Bett. Ich will was ausprobieren.«

Pauli trat folgsam vor Jennerweins Krankenlager. Jennerwein schloss die Augen und richtete sich auf. Dann ließ er sich in Richtung des Jungen fallen, kippte nach vornüber und streifte dabei seine Brust.

»Autsch, Sie tun mir weh.«

»Was meinst du, was mir alles wehtut.«

Derjenige, den er gestern zu fassen bekommen hatte, hatte etwa die gleiche Größe wie der Junge, aber er war bei Weitem nicht so schlaksig, nicht so knabenhaft unausgewachsen. Der Speicherschleicher war muskulöser, ausgebildeter, trainierter gewesen. Das genaue Gegenteil von Pauli.

»Man hat gestern auf mich geschossen«, sagte Jennerwein.

»Was?«, rief Pauli entrüstet. »Geschossen! Und da denken Sie, dass ich – mit scharfen Waffen? Das würde ich nie –«

»Na, na«, sagte Jennerwein streng, »ganz so ist es auch nicht. Wer mit einer Anscheinwaffe herumfuchtelt, bei dem liegt der Verdacht schon nahe, dass er auch mal scharf schießen will.«

»Ich habe noch nie eine richtige Waffe in der Hand gehabt!«, sagte Pauli.

»Aber Sprengstoff wolltest du schon zusammenmischen?«

Pauli erschrak. »Wie: Sprengstoff?«

»Wir haben ein paar Zutaten im Speicher gefunden. Entkalker und Bleichmittel zum Beispiel.«

»Die uralte Kiste mit den Putzmitteln da oben? Die steht da schon seit Jahren. Mein erziehungsberechtigtes Weichei hat den Speicher ja nicht mehr betreten.«

Also doch nur Putzmittel, dachte Jennerwein. Unsere kunstvoll aufgebauschte Sprengstoff-Theorie hat sich damit wohl auch erledigt.

Beide blickten nach draußen. Das Wetterstein-Gebirge zeigte sich mattbläulich.

»Und was geschieht jetzt mit mir?«, fragte Pauli.

»Naja, ein wenig wirst du schon durch die Mangel gedreht werden, das sag ich dir. Ich schreibe einen Bericht, den bekommen einige Leute zu lesen. Die werden dich befragen, und ich rate dir, bei der Wahrheit zu bleiben. Wenn du dich sofort nach dem Unfall gemeldet hättest, sähe es rosiger für dich aus.«

»Das müssen Sie aber schon verstehen. Ich hatte Angst. Ich habe immer noch Angst.«

»Immer noch Angst? Vor wem hast du Angst?«

Pauli schwieg. Jennerwein ließ ihn schweigen. Schließlich sagte er, so beiläufig ihm das möglich war:

»Du kommst umso glimpflicher davon, je mehr Sachen wir ins Protokoll schreiben können, bei denen du uns geholfen hast. Wenn allerdings dein Vater – oder deine Eltern etwas damit zu tun haben, dann brauchst du jetzt gar nichts mehr zu sagen. Das weißt du ja –«

»– aus den Gerichts-Shows, natürlich. Aber darum geht es nicht. Mein Vater hat nichts damit zu tun, meine Mutter erst recht nicht.«

»Also, wer dann?«

»Das weiß ich nicht. Ich bin vorher schon ein paar Mal da oben gewesen. Ich dachte, ich bin der Einzige. War ich aber nicht. Wenn ich oben war, hab ich die Speichertür immer wieder hinter mir zugesperrt. Manchmal bin ich auch übers Dachfenster eingestiegen, da ist aber außer mir sonst niemand durchgekommen. Jemand muss noch einen Schlüssel gehabt haben. Zwei- oder dreimal kam jemand rein, ich hab mich dann immer gleich in dem Zwischenraum versteckt.«

»Es war immer derselbe?«

»Ja, ich denke schon. Und er ist immer nur dann gekommen, wenn unten im Saal Konzerte waren. Ich hab versucht, durch die Ritzen raufzulinsen, hab aber niemanden erkannt.«

»Am Schritt hast ihn auch nicht erkannt? Ein Mann? Eine Frau? Ein Leichtgewicht? Ein großer Brocken?«

»Da hab ich wirklich keine Ahnung. Ein riesiger Brocken war's nicht. Ich glaube, er hat auch die Schuhe ausgezogen. Ich hab immer gewartet, bis der wieder gegangen ist. Er ist aber immer zur selben Stelle hingegangen. Und dann habe ich dort ein Versteck gefunden.«

»Du hast das Versteck gefunden?«

Jennerwein hielt es jetzt nicht mehr im Bett. Er ächzte sich von der Matratze, warf sich seinen geblümten Bademantel um und setzte sich mit Pauli an das kleine Tischchen. Er achtete nicht auf seinen verstauchten Fuß, auf seine Stiche und Schrammen, Kratzer und Zipperlein. Er verfolgte die Erzählung des Jungen atemlos. Eine Schwester steckte den Kopf herein und fragte, wie groß die Blumenvase denn sein sollte. Jennerwein jagte die Schwester wieder hinaus.

»Ja, ein wirklich tolles Versteck, ein geniales Versteck, eines der besten und unauffälligsten Verstecke, die man sich vorstellen kann.«

»Hast du nachgesehen, was drin ist?«

»Ja, klar. Ein USB-Stick mit verschlüsselten Daten. Ich hab ihn gleich kopiert. Das gute alte Kerckhoffs'sche Prinzip der

Verschlüsselung! Funktioniert immer noch wunderbar. Uneinnehmbare Festung. Und dann so ein Patzer. Verstehen Sie: so ein gutes Versteck, so eine gute Verschlüsselung, so ein enormer Aufwand – und dann so ein Patzer.«

»Jetzt mach mal 'nen Punkt, Pauli. Du willst mir doch nicht erzählen, dass *du* das geschafft hast, was die Computerfreaks vom BKA nicht geschafft haben, nämlich die Zahlenkolonnen zu entschlüsseln?«

»Normalerweise ist das auch nicht möglich, aber ich sag ja: Wie kann man so blöd sein! Einen Riesenaufwand treiben, und dann die Verschlüsselung durchbrechen, indem man die Daten immer wieder aktualisiert.«

»Bahnhof –«

»Ein einzelner Datensatz ist wertlos, den kann ich nie knacken. Wenn aber jemand die Daten immer wieder aktualisiert, dann kann ich einen Versionsvergleich machen, und dadurch finde ich den Schlüssel. Ein Tipp vom guten alten Kerckhoffs. Einen Teil der Daten habe ich entschlüsselt, und ich hab mir die Dokumente angeschaut.«

Jennerwein schüttelte ungläubig den Kopf.

»Und, sag schon, was sind das für Dokumente?«

»Naja, ich dachte, wenn jemand so einen Aufwand treibt, dann müssten es doch zumindest illegale Pornos sein oder Aufnahmen von militärischen Anlagen, vielleicht auch Industriepatente oder Passwörter für Nummernkonten in der Schweiz – und dann so was.«

»Bitte Pauli, spann mich nicht länger auf die Folter.«

»Urlaubsfotos aus Italien. Bilder von Stränden, von Kirchen, von Badegästen. Sauber beschriftet, wann und wo aufgenommen. Überhaupt nichts, wozu man so einen Aufwand treiben müsste.«

»Wo ist die Kopie von dem USB-Stick? Bei dir zu Hause?«

»So blöd bin ich nicht. Ich hab sie in meiner Mailbox abgespeichert. Wenn Sie irgendwo ein Notebook mit Netzanschluss hätten –«

39

ROSA LEHNER, die Dachdeckermeisterwitwe, die falsche Witwe mit dem Märchenhaus im Wald, war schon wieder einmal beim Rechnen. Hundert Prozent, siebzig Prozent, fünfundzwanzig Prozent. Sie war die ganze Strecke zu Fuß gegangen. Auf diese Weise konnte sie ihre schwere Entscheidung nochmals überdenken. Das Wetter war prächtig, nur ein paar kleine Wölkchen zeigten sich am Himmel, Rosa nahm einen tiefen Schluck aus ihrer Wasserflasche. Sie hatte einen neuen Mann kennengelernt, einen älteren Mann, da gab es wieder einiges zu rechnen. Der Mann war weitaus mehr als ein Dachdeckermeister, sie wollte diesen Mann heiraten, dazu musste sie Max endgültig sterben lassen. Dazu wiederum brauchte sie eine Beerdigung und vor allem eine Leiche. Deshalb war sie die zwanzig Kilometer von ihrem Hexenhäuschen bis hierher zu dem Hügel gegangen. Von der Spitze des Hügelchens aus konnte sie das Anwesen des Beerdigungsinstituts Grasegger sehen. Wie lange war sie schon nicht mehr da gewesen? Jahrzehnte. Und es hatte sich nicht viel verändert.

Sie hätte einfach anrufen können, das war ihr zu riskant gewesen, sie stammte aus der Generation, wo man über gewisse Dinge nicht am Telefon sprach. Sie hätte schreiben können, faxen, mailen, aber für so etwas Wichtiges war ein persönliches Gespräch am angemessensten. Sie dachte, dass sie den Zeitpunkt, bei Ignaz und Ursel aufzutauchen, gut gewählt hatte.

Im Kurort ging es turbulent zu, alle Welt redete von den Vorkommnissen im Konzertsaal – wer würde da auf die kleine verschrumpelte Dachdeckerwitwe achten, die sich bei einem Beerdigungsinstitut nach etwas ganz Bestimmtem erkundigen wollte. Kein Mensch kannte sie hier im Ort, sie war seit Max' Tod nicht mehr da gewesen, sie hatte auch ihr Versprechen gehalten, den Friedhof nicht zu besuchen. Sie hatte sich an alles gehalten, was ausgemacht war, fünfzehn Jahre lang, da durfte sie Ignaz jetzt doch um einen allerletzten Dienst bitten.

Sie hatte keine Eile. Das alte Haus des Beerdigungsinstituts reckte sich stolz in die pralle Mittagssonne, hinter ihm ragte die markante Kramerspitze auf. Der Hang hinter dem Haus war zugewachsen mit Tannen und Kiefern, der Balkon hätte vielleicht einen neuen Anstrich vertragen, aber sonst war alles wie damals. Rosa Lehner wollte jetzt endlich heiraten und nicht mehr rechnen müssen, ob sie jetzt Anspruch auf eine *Kleine* oder *Große Witwenrente* hatte. Der ältere Mann, der alte Mann, der uralte Mann, den sie heiraten wollte, warf zweihundertdreißig Prozent ab. Wenn der starb, dann hätte sie ausgesorgt, aber sie musste zuerst Max loswerden, den fiktiven Max, den Max auf dem Papier, den Max der monatlichen Überweisung der Rentenkasse. Max musste endgültig sterben. Dafür musste Ignaz sorgen. Sie ging den Hügel hinunter. Ob es den kleinen Schleichweg hinter dem Haus immer noch gab?

40

»Da schau mal!«, sagte eine Touristin zu ihrem Mann und deutete mit einem Nordic-Walking-Stock nach oben in den blauen Himmel. »Ein Drachenflieger!«

»Das ist kein Drachenflieger. Das ist ein Paraglider.«

»Jedenfalls dreht der sich wie wild um die eigene Achse!«

»Wahrscheinlich ein Anfänger.«

Der Mann dort oben war kein Anfänger, ganz im Gegenteil. Flavio, der Neffe des Padrone Spalanzani, drehte sich gezielt und hielt so Ausschau nach einem ganz bestimmten Haus dort unten im Kurort. Er hatte eine Jacke um sein Präzisionsgewehr gewickelt, um das Risiko einer Entdeckung zu minimieren. Im Morgengrauen war er aufgebrochen und die ganze Strecke wieder zurückgefahren – das Blaulicht hatte ihm wieder geholfen, dort durchzubrettern, wo der normale Italienrückreisetourist im Stau steht. Hier angekommen, hatte er seinen Gleitschirm ausgepackt und die erste Bahn auf den gut zweitausend Meter hohen Osterfelder Kopf genommen. Von dort aus war er abgeflogen und über das Kreuzeck gesegelt, ins Loisachtal war er noch auswendig gekommen, dann hatte er zu seinem guten alten Armeefernglas gegriffen, mit dem ihm dieses Malheur passiert war. Aber sei's drum, das Zielfernrohr seines Präzisionsgewehrs funktionierte wunderbar. Er drehte sich in alle Richtungen, um die automatische Entfernungseinstellung zu testen. Schwenk nach links: die Steilwand des

Kleinen Waxensteins, sogar mit einigen Bergsteigern. Schwenk nach rechts: die Dachterrasse eines Cafés mitten im Ort. Das Fernrohr war so gut, dass er aus neunhundert Metern Entfernung erkennen konnte, welche Eissorte diese Dame da bestellt hatte: Pistazien und Erdbeere. Vorher hatte er auch noch den Zielpunktlaser angeknipst, um zu testen, ob er funktionierte: ein Trachtenumzug. Ein roter Fleck auf der Bluse eines kleinen Mädchens. Das kleine Mädchen hatte versucht, den Fleck von der Bluse wegzuwischen, putzig. Schwenk nach links: das Kongresszentrum, der Kursaal. Dort war er gestern im Speicher gewesen und hatte den unnützen Stick an sich genommen. Jetzt stand ein Paar vor der Eingangstür, Hand in Hand, der Typ mit Pferdeschwanz, die Rothaarige im Dirndl.

»Hast du den Schlüssel?«

»Welchen Schlüssel?«

»Na, den Hausschlüssel!«

»Den hast du doch eingesteckt. Aber schau hin: Die Tür ist eh auf.«

»Warum lässt der Pauli dauernd die Tür auf?«

»Vielleicht ist er ja gar nicht heimgegangen, und wir haben sie aufgelassen.«

»Trifft sich gut, wo du den Schlüssel vergessen hast.«

»Ich habe den Schlüssel nicht vergessen. Ich habe mich auf dich verlassen, dass du ihn einsteckst, und deswegen habe ich ihn nicht mitgenommen.«

»Was liegt denn da für ein Zettel?«

»BIN BEI DER POLIZEI. PAULI.«

»Um Gotteswillen! Die Bullen haben sich unseren Pauli gegriffen!«

»So eine Sauerei! Willkür! Polizeistaat!«

41

MARIA SCHMALFUSS HATTE ihr netzfähiges Notebook geholt, und Paulis Finger flitzten jetzt blitzschnell über die Tasten. In wenigen Sekunden war er in seiner Mailbox.

»Die Bildschirmauflösung ist nicht besonders gut, aber sehen Sie her –«

Jennerwein, Maria und Pauli starrten auf den Bildschirm:

Max Lehner	G II/3/16/07	Kreszentia Holzapfel
Mario Bozza	G III/4/38/07	Korbinian Neuner
Lucio Garibaldi	G III1/3/16/87	Walther Buchwieser
Dimitrios Kiriakis	P II/1/41/16	Agathe Glatz
Pedro Maglio	P I/4/31/18	Elisabeth Bader

Die Liste ging noch endlos weiter, sie erstreckte sich über viele Seiten.

»Die Namen kenne ich nicht«, sagte Pauli. »Ich hab auch schon im Telefonbuch nachgeschaut. Es gibt keinen einzigen davon hier im Ort und auch im Umkreis nicht.«

Die linke Spalte wies viele südländische Namen auf. Das Auffällige an der rechten Spalte: Es waren ausnahmslos oberbayrisch klingende Namen. Die Vornamen dazu klangen ziemlich altertümlich. Junge Leute waren das alles nicht, aber das war nichts Außergewöhnliches im Kurort. Die Zahlenkombinationen zwischen den Namen sagten Jennerwein überhaupt nichts.

»Rufen Sie bitte Ostler und Hölleisen her«, bat Jennerwein Maria, »vielleicht werden die daraus schlau.«

Wie Pauli gesagt hatte, enthielt der zweite Dateiordner eine Art Diashow aus einer endlosen Reihe von Urlaubsfotos. Alle waren wohl im süditalienischen Raum aufgenommen, an Stränden, vor Sehenswürdigkeiten, hauptsächlich aber vor Kirchen. Jedes Bild war sauber beschriftet, Datum, Uhrzeit und Ort waren in einem kleinen Kästchen mitten ins Bild gesetzt worden.

Man blätterte ein paar Fotos durch, insgesamt schienen es mehrere Hundert zu sein. *Caltagirone, Ragusa* und *Santa Ottaviano.* Ratlose Blicke, keiner hatte eine Idee, wie das zusammenpassen sollte. Ostler und Hölleisen waren gekommen und wurden über die neuesten Entwicklungen informiert. Ostler besah sich zunächst die Namensliste.

»Holzapfel, Neuner, Buchwieser, sonderbar. Das sind lauter Namen von Einheimischen, ich kenne aber keinen Einzigen. Geben Sie mir fünf Minuten Zeit.«

Ostler verschwand und telefonierte. Auch Joe war inzwischen gekommen, er hatte auch sein eigenes Notebook dabei, auf das er die Daten sofort kopierte.

»Kerckhoffs'sches Prinzip, wie?«, sagte er zu Pauli. »Ich würde vorschlagen, wir sehen uns die Fotos mal genauer an. Meine Bildschirmauflösung ist eine Kleinigkeit besser als die von diesem Spielzeug.«

Damit wies er auf das Notebook Marias.

»Hö, hö!«, entrüstete sich Frau Dr. Schmalfuß.

Ostler stieß wieder zu der ambulanten Ermittlergruppe.

»Ich habe mit dem Einwohnermeldeamt telefoniert und nur einmal die ersten zehn Namenspaare durchgegeben. Die Personen in der linken Spalte sind unbekannt, aber die in der rechten sind tatsächlich lauter Einheimische. Aber es sind lauter Einheimische, die in den letzten Jahren verstorben sind. Die Nummern dazwischen – könnten Grabnummern sein. Ich fahr mal eben schnell zum Friedhof und schau mich da ein bisschen um. Ich melde mich.«

Hölleisen wandte sich ebenfalls zum Gehen.

»Ich werde auf der Dienststelle nachforschen, ob wir die Leute in den Akten haben.«

»Ja, tun Sie das«, rief Jennerwein den beiden zerstreut nach.

Joe schüttelte den Kopf.

»Nö, da kann ich nix Besonderes erkennen, zumindest nicht beim ersten Hingucken. Auch nicht beim zweiten. Massenweise blöde Urlaubsfotos – bei dem drohenden Fotoabend mit Freunden möchte ich nicht mit dabei sein. Da: Santa Maria di Léuca, im Hintergrund der Palazzo Verde. Da war ich auch schon mal, allerdings nicht am 3. August 1996 um 13.56 Uhr, wie es hier zu lesen ist.«

Jemand hatte sich sogar die Mühe gemacht, für *Palazzo Verde* eine schöne, mediterran anmutende Schrift herauszusuchen, die Datumsangabe ins Italienische zu übersetzen und den Rahmen in den Farben der Provinz Apulien zu gestalten. Niemand der hier Anwesenden kam allerdings darauf, dass die schön eingerahmten Textfelder nicht dazu da waren, auf etwas hinzuweisen, sondern um etwas zu verdecken. Niemand kam auf die Idee, mit dem Mauszeiger das Textfeld wegzuschieben. Dann hätte man jeweils einen leblosen Körper mit einem genau platzierten, letalen Einschussloch entdeckt.

»Vielleicht hilft es Ihnen weiter«, sagte Pauli zu Jennerwein, »dass der Verschlüsselungscode selbst eine ganz bestimmte, auffallend einfache Form hat. Es sind nämlich zwei Zahlen im Tag-Monat-Jahr-Format, wahrscheinlich Geburtstage von zwei Leuten, die etwa das Alter meiner Eltern haben.«

»Wie funktioniert das dann?«

»Das funktioniert so, dass an der Position 1 (das ist der erste Geburtstag) 10 Zeichen rausgenommen werden, die an der Position 2 (zweiter Geburtstag) wieder eingesetzt werden. Die Verschlüsselungsanweisung sieht dann etwa folgendermaßen aus –«

Pauli tippte ein kleines, auch für einen laienhaften Kommissar verständliches Skript der einfachen, aber überaus mächtigen Programmiersprache PERL ein:

```
#!/usr/bin/perl
#datei zb input.jpg oeffnen
open( inputfile, »+‹«. @ARGV[o] );
$offset1 = int( @ARGV[1] {=170359, dad's birthday!} );
$offset2 = int( @ARGV[2] {=181263, mom's birthday!} );
$cuttingsize = int( @ARGV[3] );
$i = 0;
$buffer =»«;
$modus = int( @ARGV[5] ) ;
#datei zb output.jpg r/w create
open( outputfile, »+›«. @ARGV[4] );
```

»Das sind doch keine Geburtstage«, wandte Joe ein. »Da wett' ich was drauf. Wer ist heutzutage noch so blöd, seinen Geburtstag als Code zu verwenden?«

»Trotzdem«, sagte Jennerwein, »wenn Ostler wieder da ist, will ich, dass die Geburtstage überprüft werden.«

»Verlorene Mühe«, murmelten Pauli und Joe gleichzeitig.

Jennerwein hatte den Eindruck, dass ihm die Zeit davonlief. Der Angreifer wusste, dass sie von dem USB-Stick wussten, dass sie die Daten hatten, dass sie dabei waren, den Code zu knacken, dass sie der Lösung auf der Spur waren. Er hatte den starken Drang, etwas zu unternehmen, aber er wusste nicht, in welche Richtung er gehen musste. Seine Wehwehchen behinderten ihn zusätzlich. Verdammter Krankenstand! Jennerwein wurde wütend. Er wäre schon längst auf und davon, wenn der hinderliche verstauchte Fuß nicht wäre. Ohnmächtige Wut stieg in ihm auf. Ein Mobiltelefon klingelte, es war das von Pauli. Es war ein kurzes Telefonat. Pauli steckte das rosafarbene Etwas in die Tasche und sagte:

»Äh – Ich muss eigentlich heim.«

»Dann geh.«

»Bin ich nicht verhaftet?«

»Nein, einen Zwölfjährigen kann man nicht verhaften«, sagte Maria. »Außerdem wissen wir ja, wo du wohnst. Ich würde sagen, du beichtest deinen Eltern erst mal alles.«

Pauli macht ein bekümmertes Gesicht. Jennerwein fügte mit der veritablen Rio-Bravo-Stimme von John Wayne hinzu:

»Ein letztes Wort zu dir, Fremder. Du darfst die Stadt bis zum Sonnenaufgang morgen nicht verlassen.«

»O.K., Sheriff!«, erwiderte Pauli.

Beim Nachhauseweg fiel Pauli noch etwas ein. Ein kleines Detail, das aber vielleicht wichtig war und zur Lösung des Falles beitragen konnte. Er hatte überhaupt keine Lust, nach Hause zu seinen Eltern zu gehen. Jetzt kam es auf eine halbe Stunde mehr oder weniger auch nicht an. Er musste in seiner Eigenschaft als Hilfssheriff noch etwas erledigen. Und sein Berufswunsch stand auch schon fest. Er wollte Polizist werden.

Schwattke und Stengele waren gekommen und ließen sich über die Wendung im *Fall Edelweiß* aufklären. Als er die Geschichte nochmals erzählte, dachte Jennerwein daran, dass er die akinetoptischen Anfälle immer in Stresssituationen bekommen hatte. Er musste aufpassen. Er musste sich konzentrieren. Er durfte sich nicht zu sehr unter Druck setzen lassen. Er ließ sich das Bett flach stellen und versuchte sich zu entspannen.

»Ah, was haben wir denn da für schöne Fotos«, sagte Joe plötzlich. Er war die ganze Zeit über den Rechner gebeugt gewesen. »Er war etwas versteckt, dieser dritte Dateiordner – es sind nochmals Bilder, nichts als Bilder.«

»Lassen Sie sehen!«

Immer dasselbe Paar. Ein Mann und eine Frau. Immer am gleichen Ort, am Zeitungskiosk vor der Kirche, dahinter die Alpspitze.

»Kennt jemand den Film *Smoke?*«, fragte Joe in die Runde. »Mit Harvey Keitel. Spielt in New York. Da macht ein Freak jahrzehntelang an einer bestimmten New Yorker Straßenkreuzung zu einer bestimmten Zeit immer dasselbe Foto. Das hier ist dasselbe, sozusagen in Grün.«

Joe zauberte mit einer Hand noch einen weiteren Milchshake aus einer seiner Jackentaschen und öffnete mit dem Mauszeiger ein Bild nach dem anderen. Es war ein gruseliger Anblick. Immer dasselbe Ehepaar. Schwattke, Stengele, Joe und Jennerwein stierten angestrengt in den Rechner. War man hier einem ungeheuren Heimatverbrechen auf der Spur?

»Weiß jemand, wer die beiden sind?«

Alle schüttelten den Kopf.

»Schade, dass jetzt kein Ortskundiger mehr da ist.«

Irgendwie kam Jennerwein dieses Paar bekannt vor. Er hatte die beiden vor Kurzem gesehen. Er legte sich entspannt aufs Bett und versuchte nachzudenken. Eine Krankenschwester kam, um ihm frische Verbände aufzulegen. Schwattke und Stengele verzogen sich, die Schwester hatte einen herben, männlichen Gesichtsausdruck. Sie sah auch gar nicht wie eine Schwester aus.

»Was, schon wieder eine Infusion?«, sagte Jennerwein.

Die Krankenschwester nickte.

42

»Ist das wirklich nötig?«

»Ja, es ist nötig. Und es pressiert, Freunde. Ich empfehle den sofortigen geordneten Rückzug. Da war noch einer oben im Gewölb' und hat den Kriminalinspektor bedroht. Und da es niemand von uns war –«

Swoboda blickte in die Runde, niemand zuckte.

»– können es bloß unsere transalpinen Freunde gewesen sein.«

Swoboda sprach den Namen der Organisation nie aus. Er war mit schlechten Nachrichten aus dem Krankenhaus zurückgekommen, Ignaz und Ursel hatten ihn schon ungeduldig erwartet. Der Plan, den USB-Stick mit den brisanten Informationen beim gestrigen Konzertabend aus dem Versteck zu holen, war gründlich danebengegangen. Sie hatten sich Konzertkarten besorgt und vorgehabt, in der Pause auf den Speicher zu gehen – aber jemand war ihnen zuvorgekommen. Und so wie es aussah, war das nicht irgendjemand gewesen.

»Die Schmier' hat den Stick kopiert und müht sich grad ab, ihn zu knacken – gut, das ist ja weiter nicht so schlimm. Ich glaub nicht, dass die ihn überhaupt entschlüsseln können. Und wenn, dann könnte man die mit einem Plan B ruhigstellen, mit dem Der-Generalbundesanwalt-ist-darin-verwickelt-Trick zum Beispiel. Aber *das* ist jetzt unser geringstes Problem.«

Swoboda klatschte in die Hände.

»Jetzt los, auf geht's! Wir haben nicht nur die Polizei im

Genick, sondern darüber hinaus eine weitaus besser gerüstete Organisation.«

Die Graseggers wussten, dass er recht hatte.

»Die haben den Stick. Und die wollen den Schlüssel. Und den kriegen die auch, wenn sie den wollen«, sagte Swoboda. »Die hetzen ihre prämiertesten Grobmotoriker auf uns, und die rütteln dann nicht bloß am Watsch'nbaum.«

Einer davon war schon unterwegs.

Es ist natürlich in den seltensten Fällen angenehm, sein Haus Hals über Kopf verlassen zu müssen. Ein Haus, das seit dem 19. Jahrhundert in Familienbesitz ist. Ein Haus, in dem man aufgewachsen ist. Ein Anwesen in bester Lage, unverbaubar und mit freiem Blick auf all die Berge, die im Fremdenverkehrsprospekt stehen. Im Falle des Instituts fiel die Trennung noch schwerer. Man würde lange suchen müssen, bis man wieder ein Anwesen mit so einem perfekten Zugang fände. Vieles Teure musste zurückbleiben: Kunstwerke von unschätzbarem Wert, hochrangige Kunstfälschungen, Edelmetalle, Preziosen und antike Münzen – nur einen Bruchteil davon konnte man in den abfahrbereiten Kleinbus dort unten in der Garage packen. Es war aber so weit, man musste das Feld räumen. Gleich nachdem Swoboda mit den schlechten Nachrichten von seinem Spähkurs im Krankenhaus zurückgekommen war, hatte der geordnete Rückzug begonnen. Irgendjemand in Italien musste den Friedhof verraten haben. Oder war es gar jemand von hier? Auch für diesen Fall war man vorbereitet. Man war auf alles vorbereitet. Swoboda war dafür verantwortlich, das Haus in einem Zustand zu verlassen, der die Polizei noch ein bisschen beschäftigen würde. Und er konnte sich seinem Steckenpferd hingeben, dem Verwischen alter und Kreieren neuer Spuren: Unten im Keller hatte er gerade eine meisterliche falsche Fährte gelegt. Ignaz und Ursel packten für die große Reise.

»Du weißt schon, dass wir den Wagen nur einmal vollladen können!«

»Ja, das weiß ich.«

»Dass wir nicht noch einmal herkommen können, um die zweite Fuhre zu holen.«

»Das weiß ich auch, oide Krampfhenn'.«

»Und trotzdem willst du das Hirschgeweih mitnehmen?«

»Den Hirsch hat mein Urgroßvater geschossen, der Hirsch kommt mit.«

»Aber was der an Platz wegnimmt im Auto!«

»Der Hirsch kommt mit.«

»Na, wenn du unbedingt meinst, dann nimmst du ihn auf den Schoß.«

»Natürlich nehme ich ihn auf den Schoß.«

»Was ist mit dem Botticelli?«

»Steckt schon unter der Fußmatte.«

»Waffen?«

»Nix Waffen«, mischte sich Swoboda ein, »die lassen wir hier.« Wie die meisten Kriminellen seiner Klasse hasste Swoboda Waffen. Wenn es möglich gewesen wäre, einen Gegner totzuzaubern, hätte er diese Art der Verflüssigung herkömmlichen Mitteln vorgezogen.

»Ich schau einmal, ob hinter dem Haus alles in Ordnung ist. Ich hab da so ein komisches Gefühl.«

Swobodas Gefühle trogen ihn selten, auch in diesem Fall nicht. Schon als er die ersten paar Schritte den Hang hinter dem Haus hochgestiegen war, wusste er, dass da ein unerwünschter Besucher heruntergestiegen kam. Es raschelte und knackte in einer Lautstärke, wie es nur bei jemandem rascheln und knacken kann. Swoboda zog das Schuhwerk aus und bewegte sich barfuß weiter. Schon bald sah er eine Hand, die den Stamm eines dünnen Baums umschloss, die andere Hand hielt eine Digitalkamera. Dann sah er verschmutzte Halbschuhe, die auf dem steilen Hang kaum Halt fanden.

Sakra, dachte Swoboda, und er wählte die Taktik eines Umgehungsangriffs, wie ihn Alexander der Große bei Issos 333 angewandt hatte. Swoboda, der den Vorteil hatte, den Hang zu kennen, sprang ein paar Meter seitlich, schlich sich nach oben, umging die Gestalt am Baum und näherte sich ihr von hinten. Sie stand immer noch in der gleichen Pose da, beobachtete die Rückseite des Hauses und war auf Motivsuche. Swoboda war kein großer Kämpfer, kein Spezialist Mann gegen Mann, keiner, der im finalen Muskelspiel die Entscheidung suchte, aber diese Gestalt dort am Baum war ein leichtes Zweikampf-Opfer für ihn. Sie war zudem einen Kopf kleiner als er. Die Kamera, die der Waldläufer allzu lässig in der Hand hielt, war schnell entwunden und außer Reichweite gepfeffert. Ein Doppelnelson fixierte ihn von hinten, schnell konnte Swoboda die Handschellen von seinem Gürtel lösen, die er immer bei sich trug, und die traurige Gestalt damit an den Baum fesseln. Das hatte sie nun davon. Sakra, dachte Swoboda, als er den Hang wieder hinunterstieg, ganz zum Schluss gibt's anscheinend immer noch eine kleine Abzweigung ins Lebensgefährliche.

Zurück auf der Terrasse trieb Swoboda zur Eile an. Es wurden eifrig letzte Leitungen verlegt, Apparate eingestellt, Pülverchen gemischt – Pass bloß mit dem Brandbeschleuniger auf! – und Lebensnotwendiges eingepackt.

»Das mit dem Hirschgeweih ist also dein Ernst?!«

»Das ist der Geist von meinem –«

Ein Schlag wie von einer Riesenpeitsche pfiff durch die Terrasse, ein Fenster splitterte, zwei große Terracotta-Blumentöpfe wurden umgerissen, alle drei warfen sich auf den Boden. Nachdem sie begriffen hatten, dass das ein Schuss war, und nachdem sie nachvollziehen konnten, woher der Schuss kam, robbten sie in Deckung.

»Ins Haus!«, schrie Ignaz, aber im Haus züngelten schon

die ersten Flämmchen. Ursels Augen waren so schreckgeweitet, dass man kaum mehr das Weiße darin sah. Swoboda hielt sich die Schulter, eine kleine Blutlache bildete sich auf der Terrasse.

43

Die Krankenschwester mit dem herben, männlichen Gesichtsausdruck verschwand aus Jennerweins Krankenzimmer so schnell, wie sie gekommen war. Sie hatte ihm neue Verbände angelegt, dadurch fühlte er sich frisch und tatendurstig. Die Infusion, die jetzt durchgelaufen war, gab ihm noch einen zusätzlichen Drall ins Energetische. Er stand auf, wusch sich, ging zum Kleiderschrank und begann sich anzuziehen. Das ging langsamer, als er sich das vorgestellt hatte. Doch mitten im Ankleidevorgang, als er die Hose gradeüber den Verband seines verstauchten Beines ziehen wollte, da fiel ihm das Wanderliedchen *Im Frühtau zu Berge* ein, und er schob es zunächst weg als lästiges Anschwemmsel aus dem Meer der unnützen Erinnerung. Aber dann: Im Frühtau zu Berge – die Wanderung auf den Stepberg – Ostler hatte ein paar Einheimische auf einem Balkon gegrüßt. Hatte er sie nicht mit Vornamen angeredet? Wie hießen die beiden noch gleich? Jennerwein hatte jetzt den Mann und die Frau auf dem Balkon vor Augen. Das war das Paar auf den Fotos! Er schlüpfte vollends in die Hose, griff sich Telefon und Dienstausweis und humpelte auf den Gang, an den leeren Plätzen der Wachen vorbei, die wahrscheinlich draußen im Grünen waren und ihr Zigarettchen rauchten. Er hüpfte auf einem Bein am Schwesternzimmer vorbei, die Schwester mit dem herben, männlichen Gesichtsausdruck wollte etwas sagen, ließ es aber dann doch, sie konnte ihn nicht aufhalten. Jennerwein eierte den Gang entlang. Ein Frischoperierter mit zwei Krücken kam aus Zimmer 32.

»Kriminalpolizei, laufende Ermittlungen«, rief er dem Kranken zu. »Halten Sie sich bitte an dem Stuhl da fest, hier ist mein Ausweis, ich brauche Ihre Krücken.«

»Natürlich, Herr Jennerwein.«

Als Jennerwein draußen war, sprang er in eines der wartenden Taxis.

»Wo soll's denn hingehen, Herr Kommissar?«

Hier kannte ihn inzwischen jeder.

»Fahren Sie einfach los. Den Straßennamen weiß ich nicht. Südliches Ende des Ortes. Der Weg, der am Sportplatz vorbeiführt und dann zum Stepberg geht. Letztes Haus, mit einem großen –«

»Ach so, zum Beerdigungsinstitut Grasegger wollen Sie!«

Der Taxifahrer brauste los. Grasegger, klar. Der Name war gefallen, als sie vor ein paar Tagen dort vorbeigegangen waren. Ein Bestattungsinstitut. Und dann – eine Riesenliste mit lauter verstorbenen Einheimischen. Der Taxifahrer fuhr wie der Teufel. Jennerweins Telefon klingelte, Ostler war dran.

»Hallo Chef. Wo sind Sie?«

»Egal. Was gibt's?«

»Ich bin hier im Krankenhaus. Ich habe gerade die Bilder in Joes Computer angeschaut. Das ist der Ignaz Grasegger mit seiner Frau Ursel. Alteingesessene Familie, ehrbar, integer, seriös bis dorthinaus. Zwei Kinder, katholisch, Mitglieder des Kirchengemeinderats, Hauptsponsoren der neuen Kirchenorgel und des internationalen Polizeisportfestes, das jährlich hier stattfindet. Sind wohltätig ohne Ende, spenden, wo es etwas zu spenden gibt – das Beerdigungsgeschäft scheint gut zu laufen. Die müssten Sie doch kennen, an dem Haus sind wir bei unserer Wanderung – Hallo Chef, sind Sie noch dran?«

Jennerwein hatte längst aufgelegt. Die schnelle, reifenquietschende Fahrt inspirierte ihn. Jetzt wird ein Schuh draus, dachte er. Holzapfel, Neuner, Buchwieser – und weitere hundert verstorbene Einheimische. Holzapfel, Neuner, Buchwieser – das wird man sehen, ob die eines natürlichen Todes gestorben sind. Kreszentia, Korbinian, Agathe – das klingt verdammt nach zittrigen Erbtanten, verwirrten Erbonkeln, pflegebedürftigen Urgroßmüttern. Das klingt nach verzweifelten Unterschriften unter einem vorgefertigten Testament, nach Rattengift im Kaffee und Arsen im Erdbeerkuchen.

Aber hundertdreißig Morde? In Chinatown ja – aber in einem kleinen Kurort wie diesem? Und dann: Mario Bozza, Lucio Garibaldi, Pedro Maglio – alles südländische Namen. Und was haben die Bestatter damit zu tun?

Das Taxi legte sich mit atemberaubender Geschwindigkeit in eine Kurve, und jetzt sah er alles klar vor sich. Die sonderbare Liste bekam einen Sinn. Hundertdreißig Gräber, zweihundertsechzig Namen, zwei ehrbare Bestatter. Von wegen ehrbar! Die ließen Leichen verschwinden!

Die Raserei des Taxifahrers fand ein abruptes Ende. Er bremste scharf und kam zum Stehen.

»Was soll denn das?«

»Da kommen wir nicht weiter.«

Kühe. Dutzende von braungefleckten Kühen kamen ihnen vom Almabtrieb entgegen. Die Straße füllte sich mit sattgefressenen, pralleuterigen Wiederkäuern, mit einem Auto war da wirklich kein Durchkommen.

»Da bin ich ja zu Fuß schneller.«

»Dann mal los.«

»Wie weit ist es noch?«

»Fünf Minuten.«

Jennerwein riss die Tür auf, schnappte sich die geliehenen Krücken und sprang hinaus.

»Die Rechnung zahlt der Freistaat. Wir sehen uns.«

»Hallo!«, rief ihm der Taxifahrer nach, »ich warte auf Sie.«

Jennerwein humpelte davon, die Straße weiter, zwischen den Kühen hindurch. Rechts türmte sich das Kramergebirge auf, links floss ihm die Loisach entgegen, und unten am Fluss gab es einen kleinen Uferweg, der sicherlich kuhloser war. Die Unterarme schmerzten ihm vom Krückenlauf. Eigentlich tat ihm alles weh, was nur wehtun konnte. Doch Jennerwein war im Jagdfieber. Eine Gruppe von Mountainbikern kam ihm entgegen und Jennerwein riss seinen Dienstausweis ein zweites Mal heraus.

»Kriminalpolizei, laufende Ermittlung. Bitte!«

Die Mountainbiker waren hilfsbereit.

»Aber fallen Sie nicht wieder irgendwo hinunter!«

Jennerwein hörte das nicht mehr, er war schon aufgesprungen und losgefahren. Er war jetzt ein Uferpromenaden-Biker geworden, ein ermittelnder Verfolgungs-Biker, und er verspürte fast keine Schmerzen mehr, nur noch den würzigen Fahrtwind. Er strampelte am Sportplatz vorbei. In den Augenwinkeln sah er die Fußballzwerge der F-Jugend beim Training. Sie mussten Liegestütze machen, die armen Schweine. Vorbei an einem Golden Retriever, der aufmerksam am Wegrand saß. Jennerwein strampelte vorbei, der Hund sprang ihm freudig nach, er geriet außer Atem, nach ein paar Hundert Metern konnte er Jennerwein nicht mehr folgen und blieb schwer hechelnd sitzen. Jennerweins Telefon klingelte. Mit dem verletzten Knöchel radeln und dabei telefonieren, das wollte er nicht riskieren. Er stieg ab. Vielleicht war es was Wichtiges. Es war ein Anruf von Joe.

»Hallo Kommissar, Sie werden's nicht glauben, aber die Geburtsdaten, die sind von –«

»Ignaz und Ursel Grasegger, ich weiß«, sagte Jennerwein und legte auf. Joe war jetzt sicherlich beleidigt, aber er konnte keine Zeit verlieren. Er schwang sich wieder auf sein Mountainbike.

Und bevor er etwas sah und hörte – roch er es. Irgendwo da hinten war ein Feuer ausgebrochen.

††††

Von oben betrachtet lag die Loisach im Talkessel wie eine hungrige Schlange, die nur darauf lauerte, an entscheidender Stelle, mitten im Kurort, zuzuschnappen, und das unschuldige Rinnsal der Partnach zu verschlingen. Dem Mann dort oben im Gleitschirm stand der Sinn nicht nach Besonderheiten der Natur. Er hatte gerade einen Fehler gemacht. Er hatte noch nicht vorgehabt, zu schießen. Er wollte abwarten, bis sich alle drei etwas mehr von der Terrassentür entfernt hatten, dann hätte er drei schnelle, präzise und endgültige Schüsse mit dem Gewehr abgegeben.

Schuld war ein Fallwind. Der Föhn (Freund der Segelflieger und Feind der Paraglider) war es, der Flavios Schirm mit großer Wucht nach unten weggedrückt und ins Trudeln gebracht hatte. Schnell und warm war der Wind gekommen und hatte die Thermik unberechenbar gemacht. Turbulente Windscherungen an der Grenze zwischen ruhenden und strömenden Luftmassen, die für den Föhn so typisch sind, hätten fast dazu geführt, dass der Schirm einklappte. Es waren Brisen, die sich gewaschen hatten. Und dann war es passiert.

Das Haus war leicht zu finden gewesen. Es war das letzte Haus in der Straße. Die Efeu- und Weinumrankungen machten es fast blickdicht, auch von oben, er musste warten, bis alle drei auf der Terrasse waren. Es gab eine Stelle, die fast ohne Deckung war. Und oft standen sie da zu dritt! Das waren seine Kunden, hier war er richtig. Aber – Mamma mia! – was machten die da! Die verlegten Leitungen und schütteten Pülverchen und Flüssigkeiten aus! Dann war ihm durch den verdammten Wind ein Schuss ausgekommen. Und dort unten war etwas explodiert. Er sah noch, das zwei der Bewohner den dritten ins Haus zogen. Danach folgten kleinere Explosionen. Die Flammen züngelten noch unentschlossen, dann loderten sie mit aller Macht aus dem Fenster. Der Auftrag hatte sich erledigt. Er drehte ab. Er bekam furchtbare Kopfschmerzen. Dass ihm, dem bestbezahlten Verflüssiger von Süditalien, das passieren musste! Er steuerte weg von dem brennenden Haus, dann zog er sein Telefon heraus.

»Pronto! Hier Flavio –«, sagte er. Bevor er noch etwas anderes sagen konnte, spürte er einen kleinen Stich im Hals und verlor das Bewusstsein.

††††

Rosa Lehner war äußerst zufrieden mit sich. Sie hatte den Zeitpunkt, nach fünfzehn Jahren abermals hierherzukommen, wirklich gut gewählt. Das halbe Dorf war beim Trachtenumzug, die andere Hälfte erholte sich von den Ereignissen der letzten Woche. Die kleine Dachdeckermeisterwitwe, die bald eine größere Witwe sein würde, die wendige Rechenkünstlerin, ging nun den kleinen Weg am Ufer der Loisach entlang, flussabwärts ging sie, und ab und zu stocherte sie mit den Schuhspitzen ein bisschen im Gras herum. Was war das für ein Knall, dachte Rosa Lehner, und unterbrach ihre Rentenberechnungen. Der Knall war genau aus der Richtung gekommen, in die sie gehen wollte. Was war da los? Sie beschleunigte ihren Schritt. Dann sah sie das Haus, und sie wich erschrocken zurück. Die Flammen schlugen mächtig aus den Fenstern, das Feuer hatte den Dachstuhl schon erreicht, der knackte wütend und spuckte Dachziegel. Die Rauchschwaden wurden so dicht, dass sie ein Taschentuch vor den Mund halten musste. Es hatte wohl gar keinen Sinn, dort hinüberzustürmen und im Haus helfen zu wollen. Sie zog ihr Telefon heraus und wählte 110 – mehr konnte sie für die alten Freunde nicht mehr tun. Jetzt kam auch noch ein Mountainbiker mit Karacho den Gehweg entlang. Der Weg war schmal, sie konnte nicht mehr ausweichen, er bremste, stürzte und schlidderte ihr entgegen. Am Telefon meldete sich ein Polizeiobermeister, sie setzte noch schnell ihre Brandmeldung ab.

»Danke für den Hinweis, Fräulein«, sagte der Polizeiobermeister, »aber wir wissen schon Bescheid!«

Dann half sie dem Mann auf die Beine. Er trug überall am Körper Pflästerchen, Schlingen und Verbände – wie in diesen Comicstrips, bei denen die bemitleidenswerten Opfer auch immer schon kurz nach einem Unfall so aussehen.

»Meine Schuld«, sagte Jennerwein und klopfte sich den Schmutz von der Kleidung. Zu seinen tausend Kratzern waren noch ein paar dazugekommen. Jetzt wummerte es im Haus deutlich, das waren keine zerspringenden Glasscheiben mehr oder krachende Möbel, das waren Sprengstoffexplosionen. Die Rauchschwaden wurden dichter.

»Ich habe die Polizei schon gerufen«, hustete Rosa Lehner, und machte Anstalten, wegzugehen.

»Warten Sie!«, hustete Jennerwein zurück. »Haben Sie was Auffälliges beobachtet?«

»Nein, ich habe nichts gesehen. Ich habe die Polizei gerufen, und das war's dann. Ich gehe jetzt. Das mit Ihrem Sturz tut mir leid, aber Sie scheinen ja so weit in Ordnung zu sein.«

»Moment mal, Sie können nicht einfach verschwinden! Bleiben Sie hier, Sie sind Zeugin.«

Der spielt sich auf wie ein Supermarktabteilungsleiter, dachte Rosa.

»Ich bin Kriminalhauptkommissar Jennerwein, geben Sie mir bitte Ihre Personalien.«

Er hielt ihr den Dienstausweis hin. Rosa zögerte kurz. Das hatte ihr gerade noch gefehlt. Polizei. Sollte Sie weglaufen? Der Typ war zu lädiert, um ihr folgen zu können, sein Rad war im Eimer. Aber andererseits: Was schadete es, wenn sie ihren Namen nannte? Sie zeigte ihren Ausweis, er notierte sich hustend ihre Daten.

»Wir melden uns bei Ihnen. Und jetzt gehen Sie, hier wird es langsam gefährlich!«

Die Dame, die er fast umgefahren hätte, war nicht mehr da, sie war im dichten Nebel der Rauchschwaden verschwunden. Sie musste den Uferweg flussaufwärts gelaufen sein. Sei's drum. Jennerwein hatte jetzt mit einem schweren Hustenanfall zu kämpfen. In Ermangelung eines Taschentuches hielt er sich einen seiner Jackenärmel vors Gesicht. Er drehte sich um, von der Rauchquelle dort drüben weg und stolperte ein paar Meter in Richtung Fluss. Dann strauchelte er und fiel zu Boden. Nur nicht liegen bleiben, weiterrobben. Nur nicht aufgeben. Mit letzter Kraft schleppte er sich zum Ufer der Loisach. Als er seinen Kopf ins Wasser tauchte, wäre er fast wieder aufgesprungen, so eiskalt war es. Im Rücken spürte er die Hitze, und ein dicker, böser Schwall von gelblichen Rauchschwaden zog an ihm vorbei. Jennerwein sprang ins Wasser.

††††

Erst nach zwei Stunden hatten die Männer der örtlichen Feuerwehr den Brand vollständig unter Kontrolle. Die Bedingungen für einen Angriff wären zwar günstig gewesen: Erstens konnte das Anwesen von zwei Seiten angefahren werden, zweitens war ein Fluss mit reichlich Löschwasser in unmittelbarer Nähe, drittens war die Brandmeldung äußerst schnell erfolgt – trotzdem hatte es keine Chance gegeben, irgendetwas zu retten. Selbst der verehrte Oberlöschmeister, der heute dienstfrei hatte, jetzt im Bierzelt saß und wahrscheinlich schon seine fünfte Maß Bier schlürfte, hätte nichts mehr ausrichten können. Nur noch leicht schwelende Mauerstümpfe reckten sich den kopfschüttelnden und erschrockenen Betrachtern entgegen. Vom Dachstuhl war nichts mehr da – eine leichte Brise, die ab und zu den Kramer herunterstrich und das Feuer zusätzlich schürte, hatte ihn in Luft aufgelöst.

»Respekt!«, sagte ein Feuerwehrmann zum anderen. »Flächendeckende Brandbeschleuniger und dazu noch gezielt eingesetzte Sprengmittel! Da hat einer ganze Arbeit geleistet.«

Der Feuerwehrarzt zog sich in den Mannschaftswagen zurück, um dort, noch vor Ort, sein Protokoll zu tippen. Es wurde ein kurzes Protokoll.

»Fundort im Keller des Gebäudes. Zwei stark verkohlte Leichen (dem ersten Anschein nach m und w), nah beieinanderliegend. Eine dritte Leiche (vermutlich m), etwas abseits in sitzender Stellung. Weitere Ergebnisse kann nur eine gerichtsmedizinische Untersuchung bringen.«

Der Feuerwehrarzt setzte seine Unterschrift unter das Protokoll. Kurz dachte er darüber nach, von wem eigentlich Bestatter bestattet werden.

††††

Die traurige Figur, die in einiger Entfernung hinter dem Haus mit Handschellen an eine mittelstarke Birke gefesselt war, hatte Glück gehabt. Der Rauch war durch einen günstigen Wind von ihr weggezogen, sie hatte sich auf den Boden gelegt und versucht, nach unten zu atmen. Der Baum war nicht dick genug gewesen, um daran hochzuklettern – und nicht dünn genug, um ihn ganz umzubiegen. Glücklicherweise war der angekettete Unglücksrabe nicht von irgendeinem der herumfliegenden Holzstücke getroffen worden. Dann aber war die Chance zur Befreiung gekommen, in Gestalt eines schwelenden Stücks Holz, Traum jedes Grillmeisters und Mittelpunkt jeder Kaminfeuerglut. Das Scheit war in die Nähe geflogen, und der Gefangene hatte das heiße Holz mit dem Fuß herziehen können. Dann hatte er die Birke mit aller Kraft auf eine Seite gezogen. In dem entstandenen spitzen Winkel schwelte und glühte, durch günstige Hangwinde züngelnd am Leben gehalten, ein Stück Holz von einer ehemaligen Bauerneckbank. Dann endlich war die mittelstarke Birke gerissen, die traurige Figur war frei. Sie lief den Hang hinauf. Lief, rußschwarz wie sie war, durch die Wälder des Kramerplateaus. Hier im Kurort waren die Strecken nicht eben groß. Sie machte sich auf den Weg zum örtlichen Polizeirevier.

††††

Auf dem Revier war das Team *Edelweiß* jetzt wieder komplett, mit Ausnahme des Häuptlings Jennerwein natürlich, über dessen Verbleib und über dessen Schicksal widersprüchliche Gerüchte im Umlauf waren. Der erlösende Anruf kam von Jennerwein selbst.

»Sie sind wohlauf, Chef?«, sagte Nicole Schwattke erleichtert. »Wir haben uns große Sorgen gemacht, Sie waren plötzlich verschwunden.«

Sie stellte das Telefon auf Mithören. Jennerwein erzählte im Telegrammstil, was in der Zwischenzeit passiert war.

»– und dann blieb mir nichts anderes übrig, als in den Fluss zu springen. An einer Brücke hat mich ein freundlicher Taxifahrer wieder rausgefischt und mich ins Krankenhaus gefahren. Ich hätte mich eher gemeldet, aber eine hartherzige, böse Krankenschwester hat mir verboten, irgendetwas Dienstliches zu verrichten, und musste mich unbedingt bemuttern.«

»Sind Sie verletzt?«

»Ooch, verletzt ist übertrieben. Ich habe eine kleine Platzwunde am Kopf und einen großen Schnupfen. Aber der Sprung ins kalte Wasser war die bessere Lösung, als im Rauch umzukommen.«

»Wir schließen daraus«, sagte Stengele, »dass Sie jetzt wieder im Krankenhaus sind. Heidanei!« Wenn er aufgeregt war, kamen ihm allgäuerische Emotionalia aus.

»Da bin ich jetzt, ja.«

»Sollen wir zu Ihnen kommen?«, fragte Maria Schmalfuß vorsichtig.

»Ich bitte darum. Es gibt eine Dienstbesprechung.«

»Sie wollen jetzt eine Besprechung machen? Wollen Sie sich nicht erst einmal –«

Jennerwein wollte nicht.

Das Team kam komplett, auch Becker und Joe waren dabei. Gut, dass Jennerwein ein Einzelzimmer bekommen hatte.

»Wie geht es Ihnen, Chef?«, sagte Hölleisen.

»Jaja, mir geht es gut, Leute. Aber was viel wichtiger ist: Was ist mit diesen Graseggers? Hat man den Brand –«

Draußen vor dem Krankenzimmer war Lärm zu hören, eine laute Frauenstimme keifte, eine ruppige Männerstimme nölte zurück.

»Könnte einmal jemand nachsehen, was da los ist?«

Dieser Jemand in Gestalt von Becker ging hinaus und gab den Blick frei auf die Krankenschwester mit dem herben, männlichen Gesichtsausdruck, die versuchte, einen vierschrötigen, rotgesichtigen Mann mit Schnauzbart festzuhalten.

»Sie können hier nicht einfach reinspazieren!«

»Das kann ich wohl. Mir reicht's jetzt mit der Schlamperei.«

»Kommen Sie rein«, rief Jennerwein.

»Mein Name ist Toni Harrigl«, polterte der Schnauzbärtige. »Ich bin Gemeinderat, und ich hab's ja schon immer gesagt.«

»Was haben Sie schon immer gesagt?«, fragte ausgerechnet die Recklinghauserin Nicole Schwattke, was Harrigl noch mehr in Rage brachte. Er war jetzt auf hundert.

»Erst der versuchte Mordanschlag auf mich, dann die Unfähigkeit von Ihnen allen – und jetzt auch noch die Sauerei bei den Graseggers! Ich bin als Gemeinderat für das Leben hier in der Gemeinde verantwortlich. Ich frage mich, wann Sie endlich Ergebnisse –«

»Sie tun gerade so, als hätten *wir* den ganzen Schlamassel verursacht.«

»Wir leben vom Fremdenverkehr, wir leben von unserem guten Ruf, den wir uns im Lauf der Jahrzehnte aufgebaut haben. Frage an Sie, Herr Jennerwein: Wann hat das ganze Schlamassel endlich ein Ende?«

Stengele beruhigte den Gemeinderat und verabschiedete ihn. Als er draußen war, sagte Jennerwein:

»Ich werde morgen etwas tun, was diesen Toni Harrigl überhaupt nicht begeistern wird.«

»Was soll das sein?«

»Ich werde eine Exhumierung veranlassen. Eigentlich hundertdreißig Exhumierungen. Was sage ich! Es wird zweihundertsechzig Exhumierungen geben. Wir werden den ganzen Friedhof umgraben.«

Er hielt einen Ausdruck hoch und las vor:

»Max Lehner, G 11/3/16/07, Kreszentia Holzapfel – mit diesem Grab fangen wir an –«

Jennerwein stockte. Max Lehner? Hatte die Frau, mit der er vor dem brennenden Haus zusammengestoßen war, nicht auch –

»Rufen Sie mir bitte die Schwester.«

»Geht's Ihnen nicht gut?«

»In der Hose, die sie mir in der Ambulanz ausgezogen haben, muss noch mein Notizbuch stecken. Mit einer wichtigen Adresse drin.«

†††††

»Sie sind Frau Rosa Lehner?«

»Hören Sie, ich bin dort am Uferweg spazieren gegangen und habe nichts Besonderes –«

»Kennen Sie einen Max Lehner?«
»Ja. Das ist mein Mann.«
»Können wir ihn sprechen?«
»Er ist verreist.«
»Wohin?«
»Das weiß ich nicht.«
»Wie lange schon?« Hauptkommissar Hubertus Jennerwein war der hartnäckigste Ausquetscher, den man sich denken konnte. Und der erfolgreichste.

†††††

Bagni di Petriolo, auf der Strecke zwischen Siena und Grosseto, der laue Wind, der vom Meer herkam, passte genau zum Spätsommer. Die Hügelchen der Provinz waren nicht hoch genug, um einen Föhn zu erzeugen, trotzdem hatten die Italiener einen Namen dafür: *vento di caduta* sagten sie dazu, der *fallende Wind.* Der Kleintransporter fuhr in die Abendsonne hinein. Die Frau, die am Lenkrad saß, rief über die Schulter:

»Wie geht's dir, Swoboda?«

»Einen Guten haut so leicht nix um. Schön, dass wir die drei Leichen noch im Kühlschrank gehabt haben. Damit werden die Kieberer noch eine Weile beschäftigt sein.«

Swoboda griff sich stöhnend an die Schulter.

»Wir sind gleich da«, sagte Ignaz und tätschelte den Kopf des Hirschgeweihs, das er auf dem Schoß hatte. Das Fell war weich, aber darunter fühlte sich der Hirschkopf hart an. An einer abgewetzten Stelle schimmerte mattglänzend ein Schriftzug durch: *Banca di* … Der Rest war abgefeilt worden.

»Sakra«, sagte Swoboda. »Des woa knapp.«

Epilog

JA, SAKRA! Wie ist denn das jetzt? Siegt das Böse, das Verbrechen, der Homo criminalis denn auf ganzer Linie? Darf so etwas sein – ausgerechnet im Werdenfelser Land, das doch seit jeher als Hort der blau-weißen Harmlosigkeit bekannt ist?

Nein, das darf nicht sein. Und drum ist es gut, dass der Stimpf Benedikt an dem Nachmittag im Garten gestanden ist und aufgepasst hat. Benedikt Stimpf übte den ehrbaren Beruf des Jägers und Wildtierpflegers aus, und nach einem ganzen Tag voller Jagen und Hegen und Pflegen suchte er den Himmel mit einem Feldstecher nach dem Bussardpärchen ab, das in der Gegend aufgetaucht war. Was ihm aber dann vor die Linse kam, gefiel ihm gar nicht. Denn dort droben fuchtelte ein narrisch gewordener Gleitschirmflieger mit einem gefährlich aussehenden Etwas herum, ein Windstoß hatte ihm die Jacke weggerissen, die er um das Gewehr gewickelt hatte, jetzt zielte er damit nach allen Richtungen – der Mann dort oben hatte offensichtlich den Verstand verloren. Benedikt Stimpf hielt es für seine Pflicht, ihn ruhigzustellen. Er holte sein Betäubungsgewehr aus dem Schrank und legte eine Patrone ein, die eigentlich für Hirsche, Bären und Wölfe gedacht war. Der ökologisch denkende Benedikt verwendete keinen chemischen Industriepfusch, er stellte seine Betäubungsmittel selbst und umweltverträglich her, er verwendete dazu eine aus

Fliegenpilzhaut gewonnene Essenz, und die schoss er jetzt hinauf in die Lüfte. Dann rief er die Polizei.

Der Effekt des Wirkstoffs Muscimol, der nur in der Pilzhaut, nicht im Pilzfleisch des Fliegenpilzes vorkommt, setzt augenblicklich ein. Muscimol wird beschrieben als psychotropes Gift, das starke Derealisationsphänomene auslöst. Nach Koslowsky-Lamargue *(Toxik in der Natur*, S. 228ff.) »fehlt, im Gegensatz zu allen anderen Halluzinogenen, die Einsicht in die Künstlichkeit des Vorgangs«. Davon wusste der Stimpf Benedikt nichts. Er kannte bloß den *Fliangschwammal-Suri* (auch *Werdenfelser Dreher* genannt), der in der Loisachtaler Gegend durch die Einnahme der dünnen, klebrigen Schicht zwischen Fliegenpilzhaut und festem Fliegenpilzfleisch erzeugt wird, und das schon seit Jahrhunderten und angeblich ohne bleibende Schäden.

DER FLIEGER LANDETE benommen, aber unverletzt auf einer saftigen Wiese. Einige Schafe beschnupperten ihn neugierig. Er richtete sich auf und versuchte sie mit dem Handrücken zu verscheuchen. Dann sank er wieder entkräftet auf den Boden zurück. Wo waren seine Tasche und sein Paraglider? Wo war sein teures Präzisionsgewehr? Er musste eine Weile geschlafen haben, Stimmengewirr weckte ihn. Man hatte ihn auf einen Stuhl gesetzt. Ein großes, zottiges Wildschwein mit zwei Furcht erregenden Hauern kam langsam auf ihn zu und sprach ihn an.

»Wie heißen Sie?«

Flavio konnte vor Schreck nicht antworten. Das Wildschwein reckte seine feuchte Schnauze in die Luft und wiederholte die Frage.

»Wie heißen Sie? Wie ist Ihr Name?«

Jetzt tauchte ein Fuchs in flammend rotem Fell auf und strich um ihn herum. Wo war sein Präzisionsgewehr?

»Nennen Sie uns Ihren Namen!«, sagte der Fuchs.

Es hatte keinen Sinn mehr. Er nannte seinen Namen, wie man einem Hustenreiz nachgibt und hustet.

»Geboren? Wann? Wo?«

Das war wieder das Wildschwein.

»Wo ist Ihr derzeitiger Wohnsitz? Nennen Sie uns Ihre Auftraggeber.«

Jetzt hörte Flavio, der Neffe des großen Padrone Spalanzani, ein helles, dünnes Stimmchen. Er blickte dorthin, wo das Stimmchen hergekommen war, und da war ein baseballschlägergroßes, in der Luft stehendes Wesen mit vibrierenden Flügeln zu sehen. Die Königslibelle flog vor sein Gesicht und blickte ihn fragend an.

»Wohnsitz? Auftraggeber?«

Die Libelle hatte grüne, große Augen, die so eng aneinanderlagen, dass sie fast miteinander verbunden waren. Flavio versuchte nach der Libelle zu schlagen. Die wich aus und rief nach hinten.

»Versuch's du mal!«

Ein stolzer Löwe, dessen Fell einige Schrammen und Blessuren aufwies, trabte heran und baute sich vor ihm auf.

»Was hatten Sie mit dem Gewehr vor?«, brüllte ihn der Löwe an. Flavios Widerstand schwand. Er antwortete. Eine riesige Kröte hüpfte neben den Löwen und notierte alles in ein winziges Notizbüchlein. Flavio redete. Flavio wollte diese Tiere wegreden und weiterschlafen.

»Was tun Sie hier, Herr Flavio Spalanzani?«

»Ich hatte hier einen Auftrag zu erledigen. Und ich will wieder weg«, hechelte er.

»Ein Auftrag, wie?«, hörte man es von allen Seiten. Jetzt sah er Schafe und Ziegen, Hasen und Füchse, und ein mannshohes Eichkätzchen sagte:

»Was für einen Auftrag?«

»Was wollt ihr von mir? Verschwindet!«

Flavio sprang auf und versuchte, durch die Gruppe hindurchzurennen. Zwei mannshohe Wesen in laubgrünen Uniformen, aus denen blöde dreinglotzende Kalbsköpfe hervorlugten, packten ihn und drückten ihn zu Boden.

»Sie haben das Recht, zu –«, sagte das eine Kalb.

»Und jetzt Klartext!«, brüllte der Löwe abermals.

Das wurde nun zu viel für Flavio. Er spuckte alles aus. Er nannte Orte und Zusammenhänge, verriet Namen und Hintermänner. Er hatte keine Kraft mehr, irgendetwas zu verschweigen. Jennerwein nickte befriedigt, sein Instinkt hatte ihm recht gegeben, während die Kollegen der *SoKo Edelweiß* aus dem Staunen gar nicht mehr herauskamen. Es klingelte. Pauli war am Telefon.

»Herr Kommissar, mir ist gerade noch etwas eingefallen. Wissen Sie, *wen* ich vor ein paar Monaten einmal im Speicher gesehen habe?«

»Ja, ich glaube ich weiß es«, sagte Jennerwein, milde lächelnd. »Wo bist du denn gerade?«

»Äh – im Polizeirevier, an der Anmeldung.«

»Schön, dass du uns besuchst. Komm rüber ins Zimmer 202.«

Im Zimmer 202, dem Besprechungszimmer der Mordkommission IV, erschien eine kleine, verrußte Gestalt.

»Um Gotteswillen, Pauli! Wie siehst du denn aus!«, rief Maria Schmalfuß. »Und was sind das für Handschellen?«

»Die will ich loswerden, bevor ich heimkomme«, sagte Pauli Schmidinger. »Sie haben doch sicher einen Schlüssel dazu?«

†††††

Auf dem Friedhof am Fuße des Kramergebirges herrschte der blanke Föhn. Die Sonne stach, die Kramerspitze wuchtete sich auf ihre knapp zweitausend Meter hoch, und das Gipfelkreuz dort droben zwinkerte und blitzte – unverschämt, wie man meinen konnte. Doch diesmal war es keine Trauergemeinde, die sich da unten versammelt hatte. Kein Gemeindepfarrer psalmodierte *Revela Domino viam tuam,* und kein Kaplan assistierte ihm dabei. Keine verkaterten Musiker der Trauerkapelle spielten auf, und kein Sarg stand da, um hinabgelassen zu werden. Heute wurde ein Sarg heraufgeholt, aus der Unterwelt ans Tageslicht, und man hoffte, dass diese Kreszentia Holzapfel nach der Enterdigung einiges zu erzählen hatte. Ein paar kopfschmerzgeplagte Staatsanwälte standen ums Grab, viele Kriminaltechniker von der Spurensicherung, liebevoll *Maden* genannt, eine verweinte Dachdeckermeisterwitwe, die von zwei Uniformierten eskortiert wurde – und schließlich das gesamte Team der Mordkommission IV.

»Ein so ein schweres Trumm!«, sagte einer der vier Friedhofsangestellten, die den Sarg per Hand langsam hochwuchteten. Diese Exhumierung noch, dann den Papierkram, dann sag ich es ihr, dachte Jennerwein. Ich werde mich Maria anvertrauen, sie wird Verständnis dafür haben. Er spreizte Daumen und Zeigefinger, betrachtete sie nachdenklich und rieb sich dann damit beide Schläfen. Hauptkommissar Jennerwein hatte schon einen Tisch für zwei Personen im *Pinocchio* bestellt.

Anhang I

Für das Hoba-Gericht, das an einer Stelle im Buch auftaucht, ist in keinem auch noch so bayrischen Kochbuch ein Rezept zu finden. Es wurde im Werdenfelser Land meines Wissens nur mündlich überliefert. Ich habe es von meinem Großvater. Hier ist es.

Zutaten:
1 kg mehlig kochende Kartoffeln
2 gut gehäufte Teelöffel Mehl
4 Butterflöckchen
1 gut gehäufter Teelöffel Salz

Vorbereitung:
Kartoffeln kochen und drei Tage kühl stellen

Zubereitung:
Kartoffeln schälen, zerstampfen oder durch die Presse drücken, Mehl zur Kartoffelmasse geben, salzen. Eine große, beschichtete Pfanne erhitzen und die Masse hineingeben. Wichtig: Kein Fett verwenden! Die Kartoffelmasse bei hoher Temperatur mit einem Holzspatel immer wieder zerteilen und wenden, bis viele kleine, goldfarbene Kügelchen entstehen. Dieser Vorgang dauert ungefähr fünfzig Minuten. Bitte Geduld aufbringen! Die Kügelchen entstehen erst in den letzten zehn Minuten. Der Hoba ist fertig, wenn die Kügelchen eine feste und elastische Form haben und rundum

braun gebrannt sind. Erst kurz vor dem Servieren die Butterflöckchen dazugeben.

Dazu wird gerne Sauerkraut mit Speck und dunkles Bier gereicht. Mein Großvater hat den Hoba auf der Alm ohne jede Zutat genossen, er trank dazu nichts als frisches Quellwasser.

Anhang II

FÜR ALLE FREUNDE des bayrischen Liedguts hier die vollständige Fassung des Liedes vom Wildschütz Jennerwein. Ich habe die Variante ausgewählt, die bei Familie Grasegger seit jeher gesungen wird.

Es war ein Schütz' in seinen schönsten Jahren,
der wurd' hinweggeputzt von dieser Erd'.
Man fand ihn erst am neunten Tage
bei Tegernsee am Peißenberg.

Denn auf den Bergen, ja, da wohnt die Freiheit,
denn auf den Bergen ist es gar so schön,
allwo auf grauenhafte Weise
der Jennerwein zugrund' musst geh'n!

Auf hartem Fels hat er sein Blut vergossen,
und auf dem Bauche liegend fand man ihn.
Von hinten war er angeschossen,
zerschmettert war sein Unterkinn.

Du feiger Jäger, das ist eine Schande,
und bringet dir gewiss kein Ehrenkreuz.
Er fiel ja nicht im offnen Kampfe,
der Schuss von hinten her beweist's.

Man brachte ihn dann auch noch auf den Wagen,
bei finstrer Nacht ging es sogleich noch fort,
begleitet von den Kameraden,
nach Schliersee, seinem Lieblingsort.

Dort ruht er sanft im Grabe, wie ein jeder,
und wartet auf den großen Jüngsten Tag,
dann zeigt uns Jennerwein den Jäger,
der ihn von hinten her erschossen hat.

Zum Schluss sei Dank auch noch den Veteranen,
die ihr den Trauermarsch so schön gespielt.
Ihr Jäger, tut Euch nun ermahnen,
dass keiner mehr von hinten zielt.

Am jüngsten Tag, da putzt ein jeder
ja sein Gewissen und auch sein Gewehr.
Und dann marschier'n viel Förster und auch Jäger
aufs hohe Gamsgebirg, zum Luzifer!

Denn auf den Bergen, ja, da wohnt die Freiheit,
denn auf den Bergen ist es gar so schön,
allwo auf grauenhafte Weise
der Jennerwein zugrund musst' geh'n!

(Verfasser unbekannt, Entstehungszeit: spätes 19. Jahrhundert)